KB123500

숙영낭자전의
이본과 여성 공간

김선현 지음

보고사
BOGOSA

〈숙영낭자전〉은 적강한 두 남녀의 애절한 사랑과 낭자의 비극적 죽음, 재생과 승천의 서사를 담고 있는 작품으로, 여기에는 조선시대 여성들의 낭만적 사랑에 대한 이상과 정절 이념으로 인한 현실적 질곡이 노정되어 있다. 낭자와 선군의 사랑, 결혼, 이별은 작품에 구축된 이상 공간과 현실 공간의 대립적 배치 속에 구성되며, 각각의 공간 속에 가부장제의 규범 속에서 아내이자 며느리, 어머니로 살아가야 했던 여성들의 삶이 핍진하게 그려진다. 낭자가 직면했던 문제들은 가부장제 사회에 예속되었던 여성들의 당면 문제이기도 했다. 따라서 그녀의 처지에 공감했던 여성 독자들은 재생한 낭자의 거취 문제에 자신의 목소리를 담았고, 그것은 다양한 이본으로 나타났다.

독자가 소설을 읽으며 향유하는 행위는 작자가 창조한 세계 속에 참여하고 인물과 소통하는 것이다. 특히 소설 필사는 적극적 독서 행위로서, 이들에 의해 마련된 이본을 분석하는 것은 소설 향유자들이 작자 혹은 인물, 작품 속에 구현된 세계와 어떠한 방식으로 소통하고 있는지를 살펴보는 작업이라고 할 수 있다. 그렇다면 〈숙영낭자전〉의 향유자들은 어떠한 부분에 공감하며 작품을 필사하였고, 작자와 인물, 세계와 소통했을까. 이 연구는 이러한 소박한 궁금증에서 시작되었다. 이를 위해 먼저 먼지가 뿌옇게 내려앉은 고서들을 뒤적이며 〈숙영낭자전〉 이본을 찾았고, 소설 속에서 수많은 낭자들을 만났다.

이 책은 〈숙영낭자전〉의 이본에 담겨진 낭자들의 목소리에 귀 기울이며 유형적 특징을 분석하고 그 안에 펼쳐진 여성 공간을 연구한 것이다. 필자의 박사논문을 바탕으로 하여 같은 주제의 소논문을 함께 엮었고, 부록으로 〈숙영낭자전〉의 이본 목록과 〈숙영낭자전〉의 필사 이본 한 편을 넣었다. 박사논문을 쓴 이후 몇 종의 새로운 이본 자료를 더 발견할 수 있었다. 책으로 다시 꾸리면서 자료의 검토 결과를 반영해 수정, 보완하였다. 이 책에 실은 이본 목록은 최근의 자료를 반영한 것이기는 하나 결코 완전할 수는 없다는 점을 미리 밝혀둔다. 그럼에도 불구하고 이본 목록을 부록에 넣은 것은 〈숙영낭자전〉을 찾아 연구하는 분들께 조금이나마 보탬이 되기를 바라기 때문이다.

여러 선생님들과 선배, 가족들의 도움과 따뜻한 조언 덕분에 이 책이 나올 수 있었다. 학자의 삶을 살 수 있도록 길을 열어주신 정병헌 선생님, 아득해 보이는 길에서 낙오되지 않도록 손을 잡아주신 최혜진, 이유경 선배님과 덕산고전연구회 선생님들께 이 자리를 빌려 깊은 감사 인사를 드린다. 그리고 아낌없는 조언과 격려로 논문을 꾸릴 수 있도록 도움을 주신 김균태 선생님과 박일용 선생님, 전상욱 선생님께도 감사 인사를 드린다. 무엇보다 늘 곁에서 지켜보며 응원을 아끼지 않으셨던 양가 부모님, 묵묵히 옆자리를 지켜준 남편과 두 아들에게 사랑을 전하며 이 책을 바친다. 마지막으로 책을 엮을 수 있도록 애써 주신 보고사 여러분께도 깊은 감사 인사를 드린다. 〈숙영낭자전〉을 만난 순간부터 이 책이 발간되기까지의 여정을 돌이켜 보니 감사드려야 할 분들이 셀 수 없이 많다. 여러모로 도움을 주신 선생님들과 선배들의 이름을 다 적지는 못했지만 한 분 한 분의 얼굴을 떠올리며 마음속에 새겨본다.

2018년 4월
김선현

차례

숙영낭자전의
이본과 여성 공간

Ⅰ. 머리말

1. 연구 목적

　인간은 공간 속에 존재하며, 그 안에서 여러 존재들과 관계를 맺으며 살아간다. 그 과정에서 인간은 공간에 자신의 존재 흔적을 남겼고, 그 것은 인간의 유구한 문화와 역사를 구성해 왔다. 공간은 단순히 삶의 물질적 토대에 머물지 않고 자아와 세계를 매개하는 소통의 장으로 기 능하는 한편, 삶의 방식을 표현하고 세계에 대한 인식을 드러내는 형식 이 된다. 이러한 공간의 기능 및 함의는 소설 속 공간을 이해하는 데에 도 적용될 수 있다. 소설은 자아와 세계의 대결을 담아내는 장(場)으로 서, 소설을 '짓는 것'은 본질적으로 자아와 관계를 맺고 있는 세계를 '짓는 행위'라고 할 수 있으며, 작자는 이를 통해 소설 속에 구체적인 인간 현존의 삶을 형상화하기 때문이다. 또한 작자에 의해 창조된 세계 는 독자와 작가가 공유하는 공간 의식 속에서 구축된 것이라는 점에서 소설 속 공간에 대한 탐구는 인물과 사건 및 작품 전반에 대한 이해뿐 아니라 소설 안팎의 사회·문화적 맥락을 이해하는 열쇠가 될 수 있다.

　이 연구는 이러한 소설 공간에 대한 이해를 바탕으로 〈숙영낭자전〉[1] 의 공간적 특성에 주목하였다. 〈숙영낭자전〉은 적강한 두 남녀의 결연과 훼절 모함을 입은 낭자의 비극적 죽음과 재생의 서사를 담고 있는 작품이다. 두 인물이 경험하는 적강과 사랑, 이별과 죽음, 재생과 승천이라는 일련의 사건은 낭자의 동선(動線)에 따라 배열되며, 각 사건이 벌어진 공간의 성격과 밀접한 관련을 맺고 있다. 특히 선군과 낭자의 낭만적 사랑과 낭자의 비극적 죽음은 이 작품에 구축된 이상 공간과 현실 공간의 대립적 구도 속에 마련된다. 이러한 사실에 주목하며 서사 속에 구현된 공간 배치에 따라 작품을 독해하다보면, 재생한 낭자가 삶의 공간을 선택하는 지점에 이르러, 그녀가 했을 법한 질문, 즉 "어디서 어떻게 살 것인가?"라는 삶의 공간에 대한 질문과 마주하게 된다. 이 작품의 여러 이본(異本)은 유형을 이루면서 그에 대한 대답을 제안하고 있는데, 여기서 당대 여성들의 현실 세계에 대한 인식과 무의식 속에 잠재된 욕망을 확인해 볼 수 있다.

  소설의 이본은 대본(臺本)으로 삼은 선(先) 텍스트를 긍정 혹은 부정하는 가운데 생성되고, 그것은 일정한 틀 속에서 유형을 이루면서 유형별로 소설 향유자들의 공통된 인식을 담게 된다.[2] 이로 인해 각각의 이본은 개별적 특수성과 더불어 시대적 경향성이나 보편적 인식을 담게 된다. 따라서 이본 정리와 분류는 단순히 이본 간의 차이를 비교하여 계열화하는 것이 아니라, 작품을 통해 제기된 문제에 대한 당대 소

---

1) 이본에 따라 작품의 제목이 '수경낭자전', '낭자전', '옥낭자전', '숙영낭자전' 등으로 다양하다. 특히 필사본에서는 제명이 다양하게 쓰이고 있는데 반해 경판본과 활자본에서는 '숙영낭자전'을 제명으로 삼고 있으며, 이후 판소리, 창극, 연극 등으로 향유되는 과정에서 작품명을 '숙영낭자전'으로 채택하여 사용하였다. 이 연구에서는 보편적으로 사용된 '숙영낭자전'을 대표 제목으로 삼는다.

2) 필사 이본이 다수 존재하는 고소설에서 '작자'와 '독자'를 구분하기 어려운 작품들이 대다수이다. 이 논문에서 '향유자' 혹은 '향유층'이라고 표현한 것은 이러한 지점을 의식한 것이다.

설 향유자들의 다양한 해석을 확인하는 한편 그들이 작품을 통해 공유
했던 의식의 저변을 엿볼 수 있는 중요한 작업이라고 할 수 있다. 또한
한글 소설을 필사하며 향유했던 존재가 대체로 여성들이었다는 사실을
상기해 볼 때, 한글 소설의 다양한 이본을 검토하는 것은 당대 여성들
이 마련했던 문화의 한 양상을 살피고, 그들의 생각을 엿볼 수 있는
방편이 될 수 있다. 이러한 점에 입각하여 이 연구에서는 이 작품의
여러 이본들의 변이 양상에 주목하였다. 특히 이본에 따른 서사 변이가
결말부에 집중되어 있고, 이것이 재생한 낭자가 삶의 공간을 선택하는
문제와 관련되어 있음에 주목하여 이본 유형을 분류할 것이다. 그리고
각 이본별로 선택된 공간을 중심으로 이본별 변모 양상과 그 의미를
밝히고자 한다. 아울러 각각의 이본에 제시된 공간이 여성의 삶의 문제
와 어떠한 관련을 맺고 있는지 살피는 한편, 이 작품이 독자와 소통될
수 있었던 맥락을 탐색함으로써 〈숙영낭자전〉을 통해 공유했던 당대
소설 향유자들의 인식의 저변을 살펴볼 것이다. 이러한 연구를 토대로
이 작품이 가지는 문학사적 의의를 해명하는 데까지 논의를 진전시킬
것이다.

　최근까지 학계에는 〈숙영낭자전〉의 필사 이본 수가 101편으로 소개
되었다. 당시 〈춘향전〉의 국문필사본이 119편, 〈조웅전〉이 150편, 〈창
선감의록〉이 168편으로 소개되었던 사실을 감안해 볼 때,[3] 그 이본 수
가 적은 편이 아니다. 그러나 다른 작품에 비해 이 작품에 대한 가치가
저평가된 면이 있으며, 체계적인 이본 정리 및 그에 대한 연구가 부족

---

3) 조동일, 「소설의 생산·유통·소비」, 『소설의 사회사 비교론』 2, 지식산업사, 2001,
　120쪽.

한 실정이다. 따라서 전체적인 작품 분석에 앞서 이본 현황 및 서지를 검토함으로써, 이 작품의 이본 향유의 실상을 살펴보고자 한다. 그러나 이본 연구가 단순히 이본을 분류하고 서지적 특징을 소개하는 차원에서 그친다면, 개별 이본의 특성에 천착하여 나무(개별 이본)를 보고 숲(전체 작품)을 보지 못하는 우(愚)를 범할 수 있다. 물론 고소설의 이본들이 여기저기 흩어져 있어 제대로 발굴되지 못한 채 훼손되거나 분실될 우려가 있기 때문에 이본 소개만으로도 큰 의미가 있으며, 그것은 작품의 심층적 분석과 이해를 위한 기초 연구라는 점에서 매우 중요하다. 그러나 이 연구는 이본의 단선적인 내용 대비와 분류를 지양하고, 전체적인 작품 구조 분석 속에서 각 이본이 환기하는 의미를 파악하는 데 주안을 두고자 한다.

〈숙영낭자전〉은 판소리와 민요로 불리고, 20세기 초·중반에는 창극, 영화 등으로 향유되기도 하였다.[4] 이는 여타의 고소설과 변별되는 이 작품의 특징 가운데 하나이다. 정노식은 『조선창극사』(1940)에 〈숙영낭자전〉을 열두 마당의 하나로 거론하면서, 전해종 명창이 〈숙영낭자전〉을 잘 불렀다고 기록하고 있다. 전해종 명창이 헌종에서 고종 연간에 활동했던 것을 감안해 볼 때, 판소리 〈숙영낭자전〉은 19세기 중후

---

4) 이 작품의 작자와 창작 연대를 확인할 수는 없으나, 방각본 가운데 선본(先本)으로 추정되는 경판28장본의 간기가 함풍경신(咸豊庚申, 1860)인 것으로 보아, 대략 18세기 중반 무렵 창작되었을 것으로 추정된다. 활자본의 경우 방각본과 내용이 대동소이하며, 1915년을 시작으로 신구서림, 한성서관 등 여러 출판사에서 발간되었다. 대체로 초판 발행 이후 2~3년 사이에 6판까지 발간된 것으로 파악된다. 또한 1928년(이경손 감독)과 1956년(신현호 감독)에 두 차례에 걸쳐 영화로 상영된 바 있으며, 1937년(조선성악연구회 주최)과 1942년(조선음악단, 조선가무단 주최)에는 창극으로 공연되기도 하였다. 김기형, 〈숙영낭자전〉, ≪국립극장 미르≫, 2013년 8월호, 2013.; 한국영상자료원 (http://www.kmdb.or.kr/)

반 무렵부터 불렀을 것으로 추정된다. 정화영의 보고에 따르면, 정정
렬은 〈숙영낭자가〉를 스승인 전해종에게 배운 것이 아니라 재편곡해
불렀고, 박녹주 명창이 32세 때인 1933년에 스승인 정정렬 명창에게
숙영낭자전 한 바탕을 배웠다고 한다.[5] 따라서 현재 전해종 명창이 부
른 〈숙영낭자전〉은 확인할 수 없고, 박녹주 창본을 통해 20세기 초반
에 불린 판소리 〈숙영낭자전〉의 대강을 짐작할 수 있을 뿐이다.

　20세기에 들어서면서 판소리는 시대적 변화에 따른 전환을 모색하
지 않을 수 없었고, 연극적 요소를 가미한 창극이 그 방안으로 채택되
었다.[6] 이처럼 판소리가 창극 형태로 변모하면서 활로를 모색하던 무
렵, 〈숙영낭자전〉은 대중의 요구에 부응하거나 다양한 레퍼토리를 구
축하고자 하는 판소리 연창자 혹은 창극 연출자의 의도 아래 판소리화
의 대상으로 선택되었다. 〈숙영낭자전〉이 판소리로 불리며 지속적으
로 향유될 수 있었던 데에는 여러 요인이 있었을 것이나, 무엇보다 이
작품이 다수의 향유자들에게 읽히며 대중성을 확보하고 있었다는 점이
주요하게 작용했을 것으로 보인다. 이 연구는 이러한 점에 착안하여,
이 작품을 통해 향유자들이 소통하고 공감했던 것이 무엇인지에 주목
하였다. 이는 이 작품이 다수의 이본을 남기고 있을 뿐 아니라 판소리,
민요, 영화 등으로 장르를 변모하며 지속적으로 향유되었던 까닭을 해
명하는 데에도 중요한 시사점을 제공해 줄 것이라 기대한다.

---

5) 문화재관리국편, 『무형문화재조사보고서』 12집, 한국인문과학원, 1998, 423~430쪽.
6) 정병헌, 『판소리문학론』, 새문사, 1993, 44~53쪽.

2. 연구사 검토

〈숙영낭자전〉의 초기 연구는 김태준의 연구에서부터 시작되었다. 그는 조선소설사를 집필하는 과정에서 〈숙영낭자전〉의 경개(梗槪)와 작자 및 창작 시기 등 작품의 외연(外緣)을 탐색하였다.[7] 그리고 작품의 공간적 배경이 안동이라는 사실에 주목하여 이 작품의 작자를 안동 사람이나 안동을 잘 아는 사람일 것이라고 하였으며, 시대적 배경이 세종 조라는 점을 근거로 창작시기를 숙종에서 영조 대 사이로 추정하였다. 그의 연구에서 주목할 만한 것은 장회체로 된 한글본 〈숙영낭자전〉을 한문본 〈재생연(再生緣)〉의 번역작이라고 언급한 부분인데, 현재 〈재생연〉의 소재를 파악하지 못해 구체적인 사실을 확인할 수 없다. 이 연구를 시작으로 김기동[8]과 주왕산[9], 신기형,[10] 박성의[11] 등의 초기 문학사 연구에서 〈숙영낭자전〉의 경개와 작자 문제가 재론되었으나, 대체로 김태준의 견해를 그대로 수용하였다.

본격적으로 〈숙영낭자전〉의 작품론을 시도한 이희숙은 경판16장본을 연구 대상으로 삼아 작자와 제작연대 등의 서지사항을 검토하는 한편, 작품의 형식과 내용적 측면을 아울러 분석하였다.[12] 그는 하층 인물에 대한 묘사가 부정적이고, 한문의 사용이 적은 것을 근거로 이 작

---

7) 김태준, 『조선소설사』, 예문, 1989, 171~172쪽.
8) 김기동, 『이조시대소설론』, 정연사, 1959.
9) 주왕산, 『조선고대소설사』, 정음사, 1950.
10) 신기형, 『한국소설발달사』, 창문사, 1960.
11) 박성의, 『한국고대소설사』, 일신사, 1964.
12) 이희숙, 「숙영낭자전고」, 『한국어문연구』 8, 이화여자대학교 문리대학 한국어문학회, 1968.

품의 작자를 하층민도 상층 지식인도 아닌 인물로 추정하였으며, 특히 언문일치적인 문체를 구사하고, 사건의 해결에 여성적 의존성이 엿보인다는 점, 춘향 남매의 정상(情狀)을 섬세히 그리고 있다는 점을 통해 여성 작자설을 제시하였다. 그리고 애정과 선악의 대비를 통한 권선징악을 주제로 하면서 숙명론적 인생관과 도선 사상을 담고 있는 염정소설로 분류하고, 문체나 문장, 표현 등으로 볼 때 특색이 없는 고대소설의 전형적 작품이라고 평가하였다.

이와 같은 초기 연구를 통해 〈숙영낭자전〉의 작자와 창작 연대 등 작품의 외재적 측면이 어느 정도 밝혀졌다. 그러나 이본 현황이 제대로 파악되기 이전이었기에 연구 대상이 경판본만으로 한정되었다. 또한 소설사를 다루는 과정에서 대체로 애정소설이나 재생소설로 분류되는 다른 작품들과 함께 논의되다 보니 〈숙영낭자전〉이 가진 문학적 특성이 심도 깊게 논의되지 못하였다. 물론 이희숙에 의해 〈숙영낭자전〉의 작품론이 이루어지기는 하였으나 초기 연구 경향에 치우쳐 고소설의 일반적 특성을 찾아내는 데에 그쳤다. 그 결과 작품의 의미가 축소된 채 특색이 없는 작품으로 저평가 된 점이 아쉬움으로 남는다.

이후 김일렬이 가족의식을 보여주는 고소설로 〈숙영낭자전〉을 다루면서 작품이 재평가되었다. 김일렬은 이 작품을 부모와 자식 간의 갈등을 통해 효를 비판하고 애정을 강조한 작품으로 보고, 당대 사회를 앞선 사회의식을 보여주는 작품으로 평가하였다.[13] 그는 뒤이어 1970년대 초 조동일에 의해 채록된 〈옥단춘요〉를 〈숙영낭자전〉에서 파생된

---

13) 김일렬, 「고전소설에 나타난 가족의식」, 『동양문화연구』 1, 경북대학교 동양문화연구소, 1974.

민요로 보고, 소설에서 민요로의 전환 양상과 민요화의 배경 등을 살폈다.[14] 애정 문제와 여성의 고난이 담겨져 있는 〈숙영낭자전〉이 서사 민요를 애호하던 평민 여성에게 수용되어 서사 민요로 전환되면서 그들의 세계관과 의식에 입각해 개작되었을 것이라고 추정하였으며, 일원론적 세계관으로의 변모와 1인칭 현재시제로의 변화, 고난의 강조, 대화체와 독백의 기법 사용을 그 근거로 삼았다.

김일렬은 이러한 논의를 심화 발전시켜, 작품의 구조와 의미를 체계적으로 고찰하였다.[15] 필사본과 방각본, 활자본 등 23종의 이본을 연구 대상으로 삼아 논의를 포괄적으로 진행하는 가운데, 후반부의 사건의 차이에 따라 이본군을 나누어 분석하는 한편 구조적인 측면에서 경험적인 것과 초경험적인 것의 대립 양상을 살피고, 수직적 가족 질서와 수평적 가족 질서의 상충이라는 당대의 사회적 문제의식을 도출해 내었다. 이를 통해 이 작품의 문학적 가치가 새롭게 조명되었으며, 이후 연구자는 지속적으로 이 작품에 관심을 가지고, 다양한 측면에서 작품의 특징을 고찰하였다.[16] 여기서 김일렬은 경판본에 나타난 '용궁'이라는 지명이 안동 서북쪽의 지명이고, '풍산'은 안동 서쪽에 위치한 지명이라는 점을 추가로 언급하며 작가와 안동 지역을 관련지었던 초기의 논의를 보완하였다. 그리고 양반 문화가 강했던 안동 지역의 역사 문화

---

14) 김일렬, 「소설의 민요화-숙영낭자전과 옥단춘요를 대상으로」, 『어문론총』 16, 경북대학교 국어국문학과, 1982.

15) 김일렬, 「조선조 소설에 나타난 효와 애정의 대립-숙영낭자전을 중심으로」, 서울대학교 박사학위논문, 1984.

16) 김일렬은 이후 학위논문을 포함한 몇몇 후속 논문을 묶어 『숙영낭자전 연구』(역락, 1999.)를 집필하였으며, 이 연구는 〈숙영낭자전〉을 종합적으로 고찰한 연구서로서 필자를 포함한 후학 연구자들에게 큰 도움이 되었다. 김일렬의 개별 논문이 『숙영낭자전 연구』(역락, 1999.)에 실려 있는 경우, 이 책을 인용하였다.

적 사실과 〈숙영낭자전〉의 특징이 밀접하게 연관되어 있다는 사실을
논증하였다.[17] 특히 시대적 배경에 대해서는 경판28장본의 간기가
1860년임을 지적하면서, "늦어도 1800년대 전반기 또는 그 이전에 창
작되었"[18]을 것이라고 추정하였다. 작품 내적 공간과 실제 공간의 관련
성을 실증적으로 고찰하여 초기 연구의 미비점을 보완하였다는 점에서
큰 의미가 있다.

　이후 〈숙영낭자전〉에 대한 연구자들의 관심이 증가하면서 작품이
세밀히 분석되었다. 먼저 김충실은 작품의 구성을 살핀 후, 낭자와 선
군의 시련을 완전한 존재가 되어 천상계로 회귀하기 위해 겪게 되는
통과제의적 시련으로 보고 작품을 신화비평적 관점에서 분석했다. 그
리고 이들의 시련은 근본적으로 천정기한(天定期限)의 파기에서 비롯
되었으며, 이는 당대의 규범화된 혼속에 내재된 혼전결합의 문제를 야
기한다고 보았다.[19] 다음으로, 손경희는 『태평한화골계전(太平閑話滑稽
傳)』의 〈과거자잠종기처(科擧者潛踵其妻)〉와 31종의 필사 이본을 자료
로 제시하며 연구 자료의 폭을 확장시켰다. 그는 이본을 수장(水葬) 화
소의 유무에 따라 필사본계 〈수경낭자전〉과 방각본계 〈숙영낭자전〉으
로 대별하고, 프라이의 신화비평적 방법론을 적용하여 작품을 분석하
면서 수장한 낭자의 재생이 여성의 생생력(生生力)을 상징한다고 보았
다. 그리고 작품의 구조를 '금기의 파괴와 간계의 구조'로 파악하면서
이 작품이 이와 유사한 구조를 가진 설화를 토대로 형성되었을 것임을

---

17) 김일렬, 『숙영낭자전 연구』, 역락, 1999, 153~157쪽, 278~279쪽.
18) 김일렬(1999), 위의 책, 280쪽.
19) 김충실, 「숙영낭자전에 나타난 시련에 대한 연구」, 『이화어문논집』 7, 이화여자대학교
　　한국어문학연구소, 1984.

논증하였다.[20)]

　한편 〈숙영낭자전〉이 판소리로 향유되었던 점에 착안하여 소설본뿐만 아니라 창본에 이르기까지 연구의 폭을 확장시킨 연구가 이루어지기도 하였다. 먼저 김종철은 박녹주 창본을 중심으로 〈숙영낭자전〉의 판소리화 양상을 살폈다.[21)] 그는 판소리화 양상을 '상황의 요약적 제시와 선택적 구성', '특정부분의 집중적 제시', '기존 판소리 사설의 차용', '새로운 사설의 창작'으로 나누어 분석하는 한편 서사민요 〈옥단춘요〉와 비교하여 세계관의 차이를 살폈다. 또한 판소리 〈숙영낭자전〉의 미적 특질을 비극미 또는 비장미로 파악하고 이를 비장미로 경사되는 근대 판소리의 경향과 관련 있을 것이라고 추론하였다.

　이후 성현경은 소설본이 창본에 선행한다는 전제 아래, 두 본을 모두 살펴 그 관계를 고찰했다.[22)] 성현경은 14종의 필사 이본을 대상으로 하여 소설본을 〈수경낭자전〉계열과 〈숙영낭자전〉 계열로 나누고, 이와 더불어 5종의 창본을 연구 대상으로 삼아 이본을 총체적으로 재검토하였다. 소설본의 경우 〈수경낭자전〉이 〈숙영낭자전〉으로 개작되는 과정에서 비장미가 약화되고, 초경험적 세계가 약화되면서 유교적 현세주의, 낙관주의 및 충, 효, 열과 같은 보수의식이 강화되었다고 보았다. 그리고 창본의 경우 박록주본, 박송희본, 박동진 창본의 특징을 각각 우연성과 비장미의 강화, 우아미의 확장과 독백, 대화를 통한 장면의 확대와 골계미의 첨가로 파악하였다. 이를 통해 각 이본군의 구조 및 미의식, 세계관의 변화가 밝혀졌으며, 소설본과 창본을 아우르는

---

20) 손경희, 「숙영낭자전 연구」, 연세대학교 대학원 석사학위논문, 1986.
21) 김종철, 「판소리 숙영낭자전 연구」, 『판소리의 정서와 미학』, 역사비평사, 1996.
22) 성현경, 「숙영낭자전과 숙영낭자가의 비교」, 『판소리연구』 6, 판소리학회, 1995.

〈숙영낭자전〉의 이본고가 마련되었다. 이러한 연구 이후 몇몇 연구자
들에 의해 박록주 창본과 박동진 창본을 중심으로 판소리 〈숙영낭자
전〉이 연구되기도 하였다.[23]

이처럼 1990년대에 〈숙영낭자전〉이 판소리로서 연구자들에게 주목
되는 가운데, 소설본 〈숙영낭자전〉의 이본고와 작품론이 이루어지기도
하였다. 전용문은 이본 연구로서 방각본 3종과 활자본 1종, 필사본 23
종의 이본을 소개하고, 표제명과 배경 등 기본적 서지 사항을 고찰하였
다. 특히 발간 연도 및 필사 연도의 파악이 가능한 3종(경판28장본(1860)
과 사재동 28장본(1918), 사재동 21장본(1921))을 중심으로 사건 구성이나 표
현, 유통 과정을 살폈다. 이를 통해 〈숙영낭자전〉의 형성 문제를 추론
하면서 방각본이 출현할 당시 필사본과 유사한 방각본이 별도로 존재
했거나, 방각본보다 선행하던 필사본이 있었을 가능성을 제시하였
다.[24] 그리고 윤경수는 〈숙영낭자전〉에 국조신화의 집단적 무의식이
반영되어 있다는 전제 아래, 작품의 구조를 발단, 전개-위기-절정-
결말로 나누고, 각각 국조신화의 적강적 모티프, 재생적 모티프, 환원
적 모티프의 3개 모티프와 연관시켜 인물 성격과 구조를 분석하였다.[25]

이후 10여 년간 연구에 큰 진전이 없다가 〈숙영낭자전〉 서사의 장르
간 변모 양상을 분석한 연구가 이루어졌다. 류호열은 〈숙영낭자전〉의

23) 윤분희, 「박록주 창본 숙영낭자전 연구」, 『어문논집』 6, 민족어문학회, 1996.; 문복희, 「판소리 숙영낭자전 연구」, 『어문연구』 102, 어문연구학회, 1999.; 강윤정, 「박동진 창본 숙영낭자전 연구」, 『구비문학연구』 20, 한국구비문학회, 2005.
24) 전용문, 「숙영낭자전 異本考(2)」, 『어문학연구』 3, 목원대학교 인문과학연구소, 1993.; 전용문, 「숙영낭자전 연구-이본간의 대비를 중심으로」, 『논문집』 27, 목원대학교, 1995.
25) 윤경수, 「숙영낭자전의 신화적 구성과 분석」, 『연민학지』 7, 연민학회, 1999.

서사가 야담에서 출발하여 판소리, 서사민요 등 다양한 장르로 변모되었다는 선행 연구를 기반으로, 〈숙영낭자전〉과 각 장르별 해당 작품을 비교하며 장르 간 변모 양상을 검토하였다.[26] 먼저 설화 〈과거자잠종기처〉에서 소설로 변모되는 과정에서 남성의 애욕에서 여성적 애환으로 주제의식이 변모되었음을 밝히고, 소설본 내에서는 필사본인 사재동27장본과 경판28장본을 비교하여 여성의 한과 해원에 대한 주제의식의 편차가 보인다고 하면서 전자에 비해 후자가 "좀 더 여성의 입장"[27]을 보인다고 하였다. 다음으로 소설에 비해 판소리 〈숙영낭자전〉에는 해원적 통과의례가 강조되고, 서사민요 〈옥단춘전〉에는 한의 토로, 슬픔의 극대화가 나타나 있다고 분석하였다.

이 연구는 1999년에 김일렬이 〈숙영낭자전〉의 종합적 연구를 개진(開陳)한 이래, 이 작품에 대한 연구가 진전되지 않던 상황에서 〈숙영낭자전〉에 대한 연구자들의 관심을 촉발시켰다는 점에서 연구사적 의의가 있다. 또한 그간 몇몇 선행 연구자에 의해 언급되었던 〈숙영낭자전〉과 관련 있는 여러 장르의 작품을 한 자리에 모아 각 작품의 주제의식의 변모와 특징을 종합적으로 고찰하여, 〈숙영낭자전〉의 문학사적 의

---

26) 류호열, 「숙영낭자전 서사 연구-설화·소설·판소리·서사민요의 장르적 변모를 중심으로」, 건국대학교 박사학위논문, 2012.

27) 류호열(2012), 위의 논문, 93쪽. 필자는 이 견해와 입장을 달리한다. 경판본 〈숙영낭자전〉은 다른 이본과 달리 전반적으로 상공에 대한 비판의식이나 갈등이 약화되어 있는 반면 유교 이념을 내면화한 낭자와 임소저의 덕행에 관한 서술을 확장하고 있다.(자세한 내용은 이 논문의 Ⅲ.장의 2절 (4)항을 참조.) 이러한 개작은 남성적 시각에 입각한 것으로서, 남성 독자를 견인하고 대중성을 확보하기 위한 개작 및 편집이라고 생각된다. 이에 대해서는 경판본 소설이 대체로 '남성 중심적 서술시각의 강화, 유교 이념의 강화와 지배질서의 수호' 등의 변모를 보이고 있다는 논의(서혜은, 「경판 방각소설의 대중성과 사회의식 연구」, 경북대학교 박사학위논문, 2008.)를 참조할 수 있다.

미가 다시금 확인되는 계기를 마련하였다. 그러나 3장의 '소설적 서사의 두 가지 길'에서 사재동27장본과 경판28장본을 비교한 부분은 작품 선정의 기준이 모호할 뿐만 아니라 작품 선정의 적합성에 있어서도 재론의 여지가 있다. 대다수의 필사 이본과 달리, 사재동27장본에서 선군은 부모의 과거 권유에 저항 없이 따른다. 연구자는 이를 근거로 필사본계에 속하는 사재동27장본이 "효와 애정 사이에 무리 없이 조화"[28]를 이룬다고 분석하였는데, 자칫 이러한 양상이 필사본 계열의 전반적 특징으로 오해될 수 있기 때문이다.

최근 학계에서는 〈숙영낭자전〉의 작품론이 보다 미시적인 차원에서 이루어졌다. 작품의 공간적 특징과 이미지, 대중성, 애정 서사, 활용가치에 주목한 연구가 이에 해당된다. 필자는 앞선 연구에서 작품에 나타난 공간의 존재 양상을 안동과 옥연동이라는 두 공간으로 나누고, 각각의 공간이 낭자를 포함한 당대 여성들의 삶과 긴밀히 연결되어 있다는 점에 주목하여 '옥연동'을 여성 해방 공간으로 분석하였다.[29] 그리고 서유석 역시 〈숙영낭자전〉을 중심으로 고소설에 나타난 공간과 장소의 의미를 탐색하면서, 옥(련)연동을 가부장제의 억압에서 벗어나고자 하는 여성의 욕구를 보여주는 "여성 주체적 장소"로 분석하였다.[30]

한편 김미령은 이 작품이 영화와 창극 등 다양한 장르로 변용되면서 현대에까지 유통된 사실을 작품의 대중성에서 찾았고,[31] 정인혁은 작

---

28) 류호열(2012), 위의 논문, 92쪽.

29) 졸고, 「숙영낭자전에 나타난 여성 해방 공간, 옥연동」, 『고전문학과 교육』 21, 한국고전문학교육학회, 2011.

30) 서유석, 「고소설에 나타나는 여성적 공간과 장소의 의미 연구:숙영낭자전의 '옥련동'을 중심으로」, 『어문논집』 58, 중앙어문학회, 2014.

31) 김미령, 「숙영낭자전 서사에 나타나는 대중성」, 『남도문화연구』 25, 순천대학교남도

품에 나타난 성애와 모성의 실체로서의 낭자의 몸이 사회적 이데올로기에 의해 짓밟힌 물화된 이미지로 전이되면서 가부장제 봉건사회의 부조리를 폭로하고 있다고 보았다.[32] 서혜은은 〈숙영낭자전〉을 영남 지역의 특징이 반영된 작품으로 간주하며, 대중성 획득 과정에서 여성과 혼인에 대한 양반 사대부적 취향이 부각된다고 파악하였다.[33] 그리고 이유경은 이 작품을 사랑과 결혼에 대한 인식의 변화가 반영된 근대적 의미의 낭만적 사랑 이야기로 보고 당시의 관습적이고 가부장적인 결혼제도에 대해 문제 제기한 작품으로 평가하였다.[34] 또한 〈숙영낭자전〉의 활용에 주목해 디지털 콘텐츠와 관련하여 〈숙영낭자전〉을 논의한 양민정의 연구와 외국인을 위한 한국어 교재로서 〈숙영낭자전〉의 가치를 규명한 정선희의 논의, 1930년대 〈숙영낭자전〉의 창극화 과정을 살핀 김남석의 연구[35] 역시 주목할 만하다.[36]

이처럼 〈숙영낭자전〉의 연구는 작품의 경개, 작자, 창작 시기 등 작품 외적 연구에서부터 작품의 문학적 의의와 가치를 논의한 연구에 이르기까지 다양한 측면에서 연구되었다. 초기의 연구는 대체로 개론적

문화연구소, 2013.

32) 정인혁, 「숙영낭자전의 "몸"의 이미지」, 『한국고전연구』 28, 한국고전연구학회, 2013.

33) 서혜은, 「영남의 서사 〈숙영낭자전〉의 대중화 양상과 그 의미」, 『인문연구』 74, 영남대학교 인문과학연구소, 2015.

34) 이유경, 「'낭만적 사랑이야기'로서의 〈숙영낭자전〉 연구」, 『고전문학과 교육』 28, 한국고전문학교육학회, 2014.

35) 김남석, 「1930년대 〈숙영낭자전〉의 창극화 도정 연구─ 1937년 2월 조선성악연구회의 공연 사례를 중심으로」, 『열상고전연구』 59, 열상고전연구회, 2017.

36) 양민정, 「디지털 콘텐츠 개발을 위한 고전소설의 활용 방안 시론」, 『외국문학연구』 19, 한국외국어대학교 외국문학연구소, 2005.; 정선희, 「외국인을 위한 한국문화─가치관 교육 제재 확장을 위한 시론 : 〈숙영낭자전〉을 중심으로」, 『한국고전연구』 27, 한국고전연구학회, 2013.

인 차원에서 작자나 창작시기를 밝히는 작품의 외적 연구에 초점을 맞추었으나, 작품 분석이 본격적으로 이루어지면서 작품의 형식과 주제 분석을 아우르며 문학적 의미를 논의한 연구가 제출되었다. 이후 다양한 이본이 소개되고 판소리나 민요 등으로 향유되었음이 밝혀지면서 이본 연구, 판소리 〈숙영낭자전〉에 대한 연구, 장르적 변모에 대한 연구 등으로 연구 범위가 확장되었고, 최근에 이루어진 연구는 이미지, 대중성, 공간적 특성 등 미시적인 차원에서 작품을 분석하는 데에 중점을 두는 경향을 보인다.

이 가운데 이본의 변이 양상을 고찰하고 체계적으로 분석한 연구로서, 김일렬과 손경희, 성현경의 연구를 주목해 볼 필요가 있다. 이 세 연구는 〈숙영낭자전〉의 이본 유형을 다루는 본고의 논의의 필요성과 방향을 점검하는데 중요한 지침이 될 수 있기 때문이다. 따라서 세 연구의 성과를 구체적으로 살피는 한편 이를 바탕으로 이 연구가 어떠한 의미를 지니는지를 짚어보고자 한다.

먼저 김일렬은 처음으로 〈숙영낭자전〉의 이본 연구를 시도하여 작품 이해의 바탕을 제시하였다. 그는 필사 이본 26종 가운데 자료 가치가 희박한 5종을 제외한 21종과 경판28장본, 경판16장본을 대상으로 하여 숙영낭자의 죽음 이후에 벌어지는 사건(장례, 재생, 시련, 재회)의 유무에 따라 이본을 네 군으로 나누어 고찰하였다.[37] 그리고 손경희는 여주인공이 생(生), 사(死), 재생(再生)의 순간에 물과 관련성을 가지는지의 여부에 따라 필사본계 〈수경낭자전〉과 방각본계 〈숙영낭자전〉으로 분류하였으며,[38] 성현경은 김일렬의 연구에서 다루었던 4종의 이본

---

37) 김일렬(1984), 앞의 논문.

외에 10종의 이본을 더 수집하여 연구 대상으로 삼고, 소설본을 제목에
따라 비판각본계인 〈수경낭자전〉과 판각본계인 〈숙영낭자전〉으로 분
류하고 각각의 구조와 의미, 세계관, 미의식을 분석하였다.[39] 이처럼
김일렬은 주된 갈등을 부자간의 갈등, 효와 애정의 갈등으로 파악하고,
이 작품을 효를 부정하고 애정을 긍정하는 사회적 문제의식을 표출하
고 있는 작품으로 파악하면서, 각 이본군이 이러한 의식의 적극도의
정도가 달리 나타나고 있음에 주목했다. 그리고 손경희와 성현경은 두
계열의 특징이 수경낭자전계와 숙영낭자전계 등의 제명과 상관성이 있
다는 점, 이 작품이 '금기 파기와 간계'의 구조를 갖추고 있다는 점에
대해 동일한 의견을 제출하였다.

이상의 연구들은 분류 기준이 상이함에도 불구하고 모두 비판각본
계와 판각본계가 뚜렷한 차이를 보이고 있다는 점에 동의하고 있다.
판각본계에도 필사 이본이 포함되는 만큼 성현경은 손경희가 '필사본
계'라고 언급한 계열을 '비판각본계'라고 언급했으나 크게 두 계열로
분류한다는 점에서 손경희의 견해와 동일하다. 가장 먼저 〈숙영낭자
전〉의 이본 분류를 시도한 김일렬 역시 두 계열의 차이에 대해서는 분
명히 인식하고 있는 바, 그의 분류를 이에 적용할 경우 1,2,3군이 비판
각본계에, 4군이 판각본계에 속한다. 시대적 배경의 차이에서부터 수
장(水葬) 화소의 유무에 이르기까지 두 계열의 차이가 매우 뚜렷하기에
필자 역시 비판각본계열과 판각본계열의 분류에 대해서는 동의한다.
그러나 비판각본계에 속하는 많은 이본을 한 계열에 포함하여 논의하

---

38) 손경희(1986), 앞의 논문.
39) 성현경(1995), 앞의 논문.

기에는 이본들 간의 결말 차이가 다양하여 세분할 필요가 있다고 판단
된다. 김일렬이 비판각본계에 속하는 이본들을 세 계열로 세분한 것도
같은 맥락에서 이해해 볼 수 있다.

　김일렬은 후반부 사건이 '장례, 재생, 시련, 재회'로 구성되어 있다고
분석하면서 모든 사건이 포함된 이본을 1군으로 분류하고, 시련이 생
략된 이본을 2군으로, 장례에서 결말을 맺는 이본을 3군으로 분류하였
다. 그리고 장례와 시련이 생략된 방각본과 활자본을 4군으로 분류하
였다. 1~3군에 포함된 이본은 모두 필사본으로, 3군에는 김광순24장
본만이 포함되고, 선군이 낭자의 죽음 이후 선경을 찾아가는 과정의
유무에 따라 1,2군이 나뉜다. 김일렬은 이상과 같이 4군의 큰 분류를
중심으로 논의하면서, 불행과 행복의 비중이 1군의 경우 대등하지만,
3군은 불행이, 4군은 행복이 강조되어 있으며, 2군은 행복이 다소 강조
되어 있다고 파악하고, 이것이 결말처리방식과 상응한다고 보았다. 이
와 동시에 3,4군의 견해 차이가 큰 점에 주목하며 4군이 운명론에 근거
해 관념적이고 이상주의적인 성격을 띠면서 효에 대한 비판과 애정에
대한 긍정이 가장 소극적으로 드러나는 반면, 3군은 반운명론적 사고
가 개입된 현실적이고 사실주의적 성격을 지니고 있는 이본으로서, 효
와 애정에 대한 부정, 긍정의 태도가 가장 적극적으로 나타나 있다고
파악하였다. 또한 각각의 이본군을 선군, 낭자가 부모와 동거하는지의
여부에 따라 몇 계열로 나누어 분석하면서 "친자간의 대립을 어떠한
관점에서, 어떠한 방법으로 마무리하느냐의 문제"[40] 때문에 이러한 차
이가 발생한 것으로 보았다.

---

40) 김일렬(1999), 앞의 책, 42쪽.

  김일렬의 연구는 이본에 대한 철저한 비교와 분석을 바탕으로 하고
있어 후속 연구에 큰 도움을 주었다. 그러나 3군에 포함된 작품이 김광
순24장본을 한 작품뿐이라는 점에서, 이를 통해 작품 향유의 한 경향
을 파악할 수 있을지에 대해서는 재고해 볼 필요가 있다.[41] 물론 이
작품은 다른 이본과 달리 낭자의 장례라는 비극적 결말을 택하고 있으
며, 비판의식이 강화된 작품으로서 존재 의의를 지니는 것은 사실이다.
그러나 이본"군(群)"을 이루고 있지 않기 때문에 그것이 4군에 해당하
는 방각본이나 활자본과 대비하여 그 의미를 거론할 만큼의 위상을 갖
는지에 대해서는 재고의 여지가 있는 것이다. 한편 그의 연구에서 분류
의 문제보다 더 주목되는 것은 낭자와 선군이 부모와 동거하는지의 여
부에 따라 각 이본군의 하위의 계열을 나누고 이것이 갈등 정도와 밀접
하게 관련된다고 분석한 부분이다. 이 작품의 주요 갈등을 '효와 애정
의 갈등'으로 본 그의 견해에 입각해 본다면 사실 이 부분이 더 중요한
부분이라고 할 수 있다. 부모와의 동거는 곧 부모 봉양의 문제이고 이
는 '효(孝)'라는 가부장제의 질서의 이행 여부와 결부되어 있기 때문이
다. 성현경 역시 이에 주목해 임소저와 결연과정의 유무, 재회 후의 결
말 처리가 어떻게 되고 있는가가 더 중요한 사항[42]으로 여겨진다고 하
였으나 자세히 논의하지 않았다.

  두 연구자가 주목했듯이, 이 작품의 이본은 결말부에 다양한 차이를
보이고 있다. 결말부의 차이로 볼 때, 재생 이후 낭자의 삶이 어떻게
다루어지고 있는지, 그가 부모와 동거하는지 등의 문제는 향유자들 사

---

41) 성현경 역시 3군에 속하는 이본이 1본뿐이기에 예외적인 것으로 처리되어야 할 것이라
   고 언급한 바 있다. 성현경(1995), 앞의 논문, 11쪽.
42) 성현경(1995), 앞의 논문, 8쪽.

이에 논쟁이 되었던 중요한 부분이라고 할 수 있다. 특히 결말에 제시된 장례 절차와 낭자의 공간 선택 문제 즉 거취 공간의 차이가 이본별 변이에 있어 중요한 기준이 된다. 필자는 이러한 점에 주목하여 〈숙영낭자전〉의 이본 연구를 진행한 바 있다.[43] 그 결과 수장 절차의 유무와 재생 후 낭자의 거취 공간의 차이에 따라 '수장-재생-천상계', '수장-재생-지상계', '수장-재생-선계', '빈소-재생-천상계'의 네 계열로 나누어 각 계열의 특성을 고찰하였다. 네 계열을 수장 후 재생하는지, 빈소에서 재생하는지에 따라 '수장-재생' 계열과 '빈소-재생' 계열로 크게 나누고, '수장-재생' 계열을 다시 낭자의 거취 공간에 따라 천상계, 지상계, 선계로 나누어 살핀 것이다. 이 논의에서 필자가 언급한 '수장-재생' 계열과 '빈소-재생'계열은 낭자가 수장된 이후 재생하는지, 수장 화소 없이 낭자가 빈소에서 재생하는지의 차이에 따라 나눈 것으로, 이는 선행 연구에서 언급한 비판각본계열과 판각본계열에 속한다. 비판각본계열과 판각본계열의 분류는 향유 방식의 차이를 나타내는 용어로, 두 계열을 가르는 분명한 차이-장례의 유무-가 제대로 드러나지 않기 때문에 필자는 '수장-재생'과 '빈소-재생'이라는 용어를 사용하여 두 계열의 차이를 명확히 하고자 하였다. 다만, 이 연구는 본고가 이루어질 수 있는 연구의 기반이 되었지만, 자료와 논증이 충분하지 않아 보완이 필요하다.

이러한 일련의 연구들을 통해 〈숙영낭자전〉이 지닌 다양한 특성이 어느 정도 밝혀졌으나, 이본 연구 및 향유 의식과 관련한 연구는 미진

---

43) 졸고, 「숙영낭자전 이본 현황과 변모 양상 연구」, 『어문연구』 162, 한국어문교육연구회, 2014.

한 편이다. 또한 〈숙영낭자전〉은 많은 이본이 산재해있음에도 불구하고 자료의 목록화는 물론 이본 연구가 충분히 이루어지지 않았다. 이본 연구가 미진한 까닭은 자료의 목록화가 제대로 되어 있지 않은 데서 원인을 찾을 수 있겠으나, 이본을 발견했다고 해도 대부분이 필사 이본이라서 판독이 쉽지 않고, 정리하고 분류하는 작업 역시 지난하기 때문인 것으로 보인다. 이러한 어려움으로 이본 연구가 답보 상태에 머물면서 〈숙영낭자전〉에 대한 논의는 대체로 경판본이나 활자본을 연구 대상으로 삼아 진행되어 왔다. 그러나 필자가 확인한 바에 따르면, 〈숙영낭자전〉은 이본에 따라 상이한 결말을 보이고 있을 뿐 아니라 특히 필사본 가운데에는 경판본이나 활자본에 비해 현실에 대한 비판 의식이 강하게 드러나 있는 작품들이 다수 포함되어 있었다. 따라서 경판본이나 활자본만으로 연구대상을 한정할 경우, 〈숙영낭자전〉이 제기하는 문제의식 및 소설적 의미가 축소될 우려가 있다. 이 연구에서는 이를 보완하여, 이본 현황을 충실히 정리하는 한편 이본 검토를 바탕으로 유형을 분류하고, 그에 반영된 향유 의식, 공간의 양상 등에 초점을 맞추어 연구를 진행하고자 한다.

3. 연구 대상 및 방법

조희웅의 이본 목록에 〈숙영낭자전〉의 이본은 필사본 130여 종, 경판본 3종, 활자본 10종(출판사 기준)으로 보고되었다.[44] 여기에 필자가

---

44) 소장처 및 출처에 따라 경판본의 이본 수를 정리하고 있어 동일 자료가 중복 제시된 경우가 있다. 이에 중복 자료를 제외하고 다시 헤아렸으며, 경판본은 장수를 기준으로

추가로 목록을 확인하거나 발굴한 필사 이본 23종을 더하면 이 작품의 필사 이본은 총 150여 종 정도로 파악된다.[45] 그러나 실제 작품을 찾을 수 없고 목록만 남아 있는 경우[46]를 제외하면 남겨져 있는 작품은 140여 종을 웃돌 것으로 짐작된다. 이본 자료 중 필사본의 경우, 자료의 소재처가 정확히 제시되지 않거나 소실된 경우가 있어 검토가 쉽지 않았다. 이에 필자는 필사본 81종과 경판본 3종, 활자본 15종을 포함하여 총 99종의 이본을 확인할 수 있었으며, 이를 연구 대상으로 삼는다. 다만 활자본의 경우, 내용이 거의 유사하기 때문에 유통 흐름을 고려해 장(면)수를 기준으로 하여 4종만을 주요한 검토 대상으로 삼는다.[47]

이 연구에서 대상으로 삼은 이본 목록 가운데에는 필사가 중단되거나 낙장된 이본도 포함되어 있다. 이들 이본의 전체 내용을 확인하기는 어렵지만, 필사기가 남겨져 있거나 다른 작품 및 서간문이 포함되어 있는 경우도 있고, 다른 작품과의 관계를 파악해 볼 수 있는 작품도

할 경우 3종, 활자본은 출판사를 기준으로 할 경우 10종으로 파악된다. 조희웅, 『고전소설 이본 목록』, 집문당, 1999, 313~324쪽.; 조희웅, 『고전소설 문헌 정보』, 집문당, 2000, 350~352쪽.; 조희웅, 『고전소설 연구보정』, 박이정, 2006, 510~513쪽.

45) 졸고(2014), 앞의 논문.

46) 여승구의 『古書通信』 15(1999)에 실린 〈슈졍낭ㅈ젼〉이나 활자본 『대월서상기』(보성사, 1916) 광고면에 수록된 〈숙영낭자전〉 같은 경우가 이에 해당된다.

47) 이 연구에서 대상으로 삼은 〈숙영낭자전〉의 이본 중 일부가 활자화되어 출간된 바 있다. (김선현·최혜진·이문성·이유경·서유석, 『숙영낭자전의 작품세계』 1, 보고사, 2014.; 김선현·최혜진·이문성·이유경·서유석, 『숙영낭자전의 작품세계』 2, 보고사, 2014.; 김선현·최혜진·이문성·이유경·서유석, 『숙영낭자전의 작품세계』 3, 보고사, 2014.) 이 책에 실린 작품을 인용할 때에는 작품명 뒤에 괄호를 넣어 출처(『숙』해당 권수:쪽수)를 밝힌다. 또한 영인 자료집을 참고하여 인용할 경우에는 이미 작품의 약칭에 자료집의 편집자 및 소장자가 드러나므로, 작품제목(약칭)과 해당 쪽수를 함께 밝힌다. 이외에 작품의 원문이나 DB본을 인용하였을 경우에는 작품이 시작되는 면을 기준으로 쪽수를 헤아려 작품 제목(약칭)과 함께 제시한다.

있어 연구 대상에 포함하였다. 또한 이본 장(면)수는 잘못 표기되거나 작품 뒷면에 수록된 작품이나 서간문 등을 포함하여 장수를 헤아린 경우가 있었다. 따라서 여기서는 실제 작품의 장수를 기준으로 삼았다.

　각 작품의 약칭은 소장자 및 소장처, 작품 장수를 기준으로 하였으며, 중복될 경우 a, b, c를 붙여 구분하였다. 소장자 및 소장처는 영인본이 자료집으로 출간되어 있는 경우 자료집의 저자 및 편집자를 제시하고, 개인소장본의 경우에는 소장자의 이름을 밝혔다. 대학에 소장되어 있는 작품은 원소장자를 밝히고 있지 않은 경우가 많아 각 대학명을 적고, 국립중앙도서관은 '국중'으로, 대영박물관은 '대영'으로 줄여 표기하였다. 이외에 영인 자료집과 도서관 소장본이 모두 존재할 경우, 자료집을 우선적으로 참고하여 이를 약칭으로 삼았다. 이하 작품에 대한 언급은 '약칭'으로 대신하고자 한다. 대상 자료 88종을 제시하면 아래와 같다.

[필사본]

<수갱옥낭좌전권지단이라>(경남대48장본)
<수경낭자젼>(경북대25장본)
<수경낭자전이라>(고려대33장본)
<슈경낭ᄌ젼>(고려대37장본)
<수경낭자젼니라>(국중61장본)
<숙형전>(김광순14장본)
<슈경낭ᄌ젼>(김광순24장본)
<수경낭ᄌ젼>(김광순25장본)
<슈경낭ᄌ젼>(김광순26장본)
<슈경낭전이라>(김광순28장본)
<낭ᄌ젼이라>(김광순33장a본)

<슈경낭ᄌ젼이라>(김광순33장b본)
<슉영낭ᄌ젼>(김광순33장c본)
<슉영낭ᄌ젼>(김광순44장본)
<슈경낭ᄌ젼>(김광순46장본)
<슈경낭ᄌ젼>(김광순59장본)
<淑英娘子傳슈경낭자젼>(김동욱22장본)
<슈경낭자젼>(김동욱34장본)
<낭자젼이라>(김동욱48장본)
<낭ᄌ젼　단>(김동욱58장본)
<수경낭자전>(김동욱66장본)
<낭자젼>(단국대19장본)

<슈경낭ᄌ젼 단>(단국대20장본)
<낭자전 즁 초귀>(단국대23장본)
<슈경낭자젼니라>(단국대24장본)
<슈경낭ᄌ젼이라>(단국대26장본)
<옥낭ᄌ젼이라>(단국대31장본)
<슉영낭자전이라>(단국대34장a본)
<슈경옥낭자전이라>(단국대34장b본)
<슉항낭자젼권지일이라>(단국대40장본)
<낭자젼>(단국대41장본)
<낭자전이라>(단국대42장본)
<수경낭ᄌ젼 권지단>(단국대44장본)
<슈경낭자젼이라>(단국대49장본)
<수경낭자전>(단국대53장본)
<슈경옥낭자전>(단국대55장본)
<슈경낭자젼>(단국대57장본)
<수경낭자젼>(박순호27장본)
<수경낭ᄌ젼이라>(박순호30장본)
<옥낭ᄌ젼이ᄅ>(박순호31장본)
<옥낭자전이라>(박순호32장본)
<수경낭자젼>(박순호33장a본)
<수경낭자젼이라>(박순호33장b본)
<수경낭자젼이라>(박순호34장a본)
<수경낭자젼권지라>(박순호34장b본)
<낭자전이라>(박순호35장a본)
<수경낭자빅션군이라>(박순호35장b본)
<낭자젼이라>(박순호36장a본)
<수경낭자전이라>(박순호36장b본)
<슈경낭자전>(박순호37장본)
<수경낭자젼>(박순호39장본)
<수경낭자젼>(박순호40장a본)

<옥낭자전>(박순호40장b본)
<슈경낭자전이라>(박순호43장본)
<옹낭ᄌ젼 상이라>(박순호46장a본)
<수경낭자전단>(박순호46장b본)
<슉향늉ᄌ젼니라>(박순호50장본)
<옥낭ᄌ젼>(사재동24장본)
<수경낭ᄌ젼>(사재동27장본)
<수경낭ᄌ젼>(사재동33장본)
<수경낭자젼 권지초라>(사재동43장본)
<슈경낭ᄌ젼 단>(서울대27장본)
<수경낭자전>(연세대29장본)
<슈경낭자전>(연세대35장본)
<옥낭자전>(연세대49장본)
<수경낭자전>(연용호42장본)
<슈경낭자전>(영남대28장본)
<슈경낭자전>(영남대46장본)
<슈경옹낭ᄌ젼이라>(전남대35장본)
<슈경옹낭자전이라>(전남대53장본)
<수경낭ᄌ젼이라>(조동일28장본)
<수경옥낭자젼>(조동일47장본)
<슈경낭자전>(최래옥66장본)
<특별슉영낭ᄌ젼감응편>(충남대16장본)
<수경낭ᄌ젼>(충남대25장본)
<슈경낭ᄌ젼이라>(한중연31장본)
<슈경낭ᄌ젼이라>(한중연34장a본)
<슈경옥낭자젼이라>(한중연34장b본)
<슈경옥낭자젼>(한중연36장본)
<랑자젼抄>(충남대45장a본)
<슈경낭ᄌ젼>(충남대45장b본)

[방각본]

<슉영낭ᄌ젼 단>(대영28장본)   <슉영낭ᄌ젼 단>(국중16장본)
<슉영낭ᄌ젼 단>(연세대20장본)

[활자본]

<(특별)숙영낭ᄌ뎐>(신구서림22장본)   <(특별)숙영낭ᄌ젼>(대동서원19장본)
<슉영낭ᄌ젼 권단>(한성서관32장본)   <(특별)숙영낭ᄌ젼>(대동서원15장본)

　이 연구는 이본 연구와 작품 분석의 두 논의를 아울러 진행하며, 먼저 전체 이본 현황을 파악하는 것에서부터 시작한다. 이 작품의 이본은 여기저기 산재되어 있어 확인이 어려울 뿐 아니라 보고된 이본 목록 가운데에는 소장처가 불확실하거나 다른 작품이 섞여 있는 경우가 있다. 따라서 이본 현황을 체계적으로 정리하여 제시하는 것 역시 필수적인 작업이라고 할 수 있다. 개별 이본은 <숙영낭자전>이라는 작품의 서사적 흐름을 공유하면서 동시에 부분적으로 변개된, 독자성 내지 특수성을 가진 작품이다. 따라서 다수의 이본을 포함하여 작품 연구에 임할 경우, 보편성과 특수성, 공통점과 차이점을 포괄한 연구가 이루어져야 할 필요가 있다. 따라서 이 연구에서는 전체 서사 구조를 파악하여 이본에 따라 변이를 이루는 부분을 찾고, 이를 통해 개별 이본이 가진 특수성에 착목(着目)하는 한편, 이것이 전체 서사에서 차지하는 의미를 규명한다. 특히 이 작품의 이본은 결말에 큰 차이를 보이며 그것은 재생한 낭자의 거취 공간의 선택 문제와 관련되어 있다. 이 연구에서는 이 점에 유념하며 연구를 진행한다.
　소설에서 결말은 갈등의 구조를 완결 지으며, 작품의 미적 성취를 이루어내는 소설 구성의 끝부분으로서, 서사의 시작, 중간과의 관계망 속에서 고유한 기능과 의미를 갖는다.[48] 이야기를 구조적으로 완결시키는 기능이나 사건의 해결을 통해서만 드러나는 서술자의 세계관 및 주제의식을 드러내는 기능[49]은 결말의 주요한 기능 중 하나라고 할 수 있다. 즉, 결말은 이야기를 끝맺는 행위이면서 동시에 주제를 최종적으로 드러내는 결론이고, 인물의 운명을 결정하는 마지막 순간으로서 이를 통해 독자는 작품의 의미를 되새겨 보게 되는 것이다.[50] 〈숙영낭자전〉의 여러 이본은 대체로 전반부의 서사를 공유하면서 결말에 다양한 차이를 보이고 있다. 이 연구는 서사에서 차지하는 결말의 의미와 기능에 유념하며 결말의 차이를 중심으로 유형을 분류하였다.

그리고 결말의 주된 차이가 재생한 낭자가 삶의 공간을 어디로 할 것인가라는 문제와 직결되어 있음에 착안하여, 그 선택이 제안하는 공간의 특징과 의미에 주목하였다. 소설에서 공간은 단순히 지리적, 물리적 환경으로만 존재하는 것이 아니라, 인물 및 사건과 관련을 맺으면서 인물의 행위, 갈등의 성격을 규정하거나 인물의 행위 및 사건의 의미를 드러내는 기능을 한다.[51] 또한 소설에 형상화된 공간은 경험적

48) 윤분희, 「한국 고소설의 서사구조 연구-결말처리 방식을 중심으로」, 숙명여자대학교 박사학위논문, 1997, 10쪽.
49) 김현, 『현대소설의 담화론적 연구』, 계명문화사, 1995, 5쪽.
50) "결말이란 얽힌 실마리를 푸는 아니 얽힌 실마리를 예견된 방식으로 풀어서 제시함으로써 작품의 주제를 최종적으로 드러내는 결론(conclusion), 행동이 얽혀 있는 이야기를 끝맺는 행위(mettre lafin), 줄거리에 연루되어 있는 인물들의 운명을 결정하는 마지막 사건(évènement final), 그리고 그러한 사건이 일어나는 순간(moment final) 등을 포괄함으로써, 끝날 수밖에 없는 텍스트의 운명을 보여줌과 동시에 독자로 하여금 작품의 의미를 되새겨보게끔 하는 행동으로 정의된다." 김한식, 「소설의 결말을 위한 시론」, 『프랑스어문교육』 7, 프랑스어문교육학회, 1999, 243쪽.
51) 탁원정, 『조선후기 고전소설의 공간의 미학』, 보고사, 2013, 21쪽.

현실 세계를 바탕으로 하여 마련된 상징적 구축물로서, 여기에 내포된
관습적이거나 상징적인 의미는 사회·문화적 토대 위에서 해석될 필요
가 있다. 이러한 점에 유념할 때, 소설 공간에 대한 탐구는 작품에 대한
깊이 있는 이해를 가능케 할 뿐만 아니라 궁극적으로 "그에 투영된 당
대인들의 관념과 기대, 욕망과 꿈의 현장을 판독하는 것"[52]에 까지 이
어질 수 있는 것이다.

　공간은 "인간의 실존이 이루어지는 생활 세계"로서,[53] 그 안에 사는
사람들과 긴밀하게 연계되어 있으며, 인간은 자신을 둘러싼 공간과의
관계를 통해 규정되고 공간은 인간의 삶의 방식을 표현하는 형식이 된
다.[54] 또한 공간은 인간의 삶을 이해하는 하나의 방편이 되기도 한다.
사회학 분야에서는 이러한 공간에 대한 이해 아래 인간 활동을 통한
공간의 생산과 공간 배치가 인간 활동에 미치는 영향을 연구했고, 공간
구조와 사회 구조의 관련성을 살피는 것에서부터 인간의 상호작용을
통해 공간의 성격과 특징이 규정된다고 보는 데에 이르기까지 다양한
방식으로 공간에 대한 연구를 축적해 왔다.[55] 인간과 공간에 대한 이와
같은 이해는 현실 공간뿐 아니라 소설 속 허구 공간을 분석하고 나아가

---

52) 최기숙, 「도시 욕망 환멸: 18,19세기 "서울"의 발견」, 『고전문학연구』 23, 한국고전문
　　학회, 2003, 424쪽.
53) 에드워드 렐프, 김덕현, 김현주, 심승희 옮김, 『장소와 장소상실』, 논형, 2005, 303쪽.
54) 오토 프리드리히 볼노, 이기숙 역, 『인간과 공간』, 에코리브르, 2011, 22~25쪽.
55) 슈뢰르는 철학과 물리학의 공간 개념에서부터 사회학의 공간 개념에 이르기까지 공간
　　이론을 체계적으로 정리하고 이를 토대로 다양한 공간 표상이 함의하고 있는 바에 주목
　　하면서 공간의 여러 국면들을 제시하였다. 그는 사회학 분야의 연구로 에밀 뒤르켕,
　　게오르크 짐멜, 피에르 부르디외, 앤서니 기든스, 니클라스 루만의 이론들을 정리하였
　　다. 자세한 내용은 『공간,장소,경계』(마르쿠스 슈뢰르, 정인모·배정희 역, 에코리브르,
　　2010, 53~178쪽.)을 참조할 수 있다.

작품을 고찰하는 데에도 적용될 수 있다. 소설 공간을 연구하는 것은 서사에 대한 이해 및 인간이 세계를 어떠한 방식으로 이해하고 있는지에 대한 탐구로 이어질 수 있기 때문이다.[56] 이 연구는 소설 공간에 대한 이와 같은 이해와 전제에서 출발하며 다음과 같은 순서로 연구를 진행한다.

Ⅱ장에서는 〈숙영낭자전〉의 이본 현황을 파악하고 합본된 자료 및 필사후기를 검토함으로써 향유의 실상을 살핀다. 선행 연구에 보고된 이본 목록 가운데 다른 작품으로 판명된 경우나 중복된 자료를 추려 그 현황을 필사본, 방각본, 활자본으로 나누어 파악한다. 이 연구는 개별 작품의 형식적인 면에 입각한 서지적 고찰이나, 선본(先本)과 선본(善本)을 가리고 계통을 파악하는 것을 목표로 하지 않는다. 이 연구의 주된 관심은 여러 이본의 서사 구성을 검토하여 서사적 차이에 따라 유형을 나누고, 유형 양상을 분석하여 향유 의식을 추출하는데 있다. 이본은 연구 방향에 따라 원본(原本)에 상대되는 개념으로 이해되거나 원본과 대등한 개념으로 파악되기도 하는데, 대체로 선본이나 계통을 규명하기 위해 이본 연구가 이루어질 때 이본은 원본에 상대되는 개념으로 보고 연구를 진행한다. 그러나 향유자를 중심으로 보면, 모든 이본은 향유자의 인식과 지향에 따라 파생된 독자성을 띤 작품이며, 원본과 대등한 가치를 지닌다.[57] 이러한 점에 주목하며 이 연구에서는 후자에 따라 이본을 원본과 대등한 개념으로 보고 연구를 진행한다. 이에

---

56) 졸고(2011), 앞의 논문, 7쪽.

57) 이창헌, 「고전소설 텍스트 선정과 관련된 몇 가지 문제」, 『한국고전소설과 서사문학』, 1998, 132~133쪽. 김일렬 역시 이본을 "원작과 개작품을 포함하는 대등개념이며 구비문학에서 말하는 각편과 비슷한 개념"으로 이해하였다. 김일렬(1999), 앞의 책, 14쪽.

이 장에서는 이본 현황을 개관하고 향유층을 추정하는데 초점을 맞추어 필사 후기나 합본 작품 등 개별 작품의 서지 사항을 검토한다.

다음으로, Ⅲ장에서는 〈숙영낭자전〉의 이본이 공간의 문제와 밀접한 관련이 있음에 주목하여 이본의 변이 양상과 공간의 문제를 살피고, 이를 기준으로 이본을 분류하여 그 양상을 고찰한다. 이를 위해 이본 변이 양상을 전체 서사 구조 속에서 파악하여 이것이 공간과 어떠한 관련을 맺고 있는지 면밀히 분석하고, 이를 토대로 서사 공간의 형상을 살핀다. 그리고 이에 따라 각 유형을 분류하여 변별적 특징을 추출한다. 이를 위해 이본별 지향 공간의 차이에 따라 유형을 명명하고 이본의 유형적 특징을 파악할 것이다. 소설에 형상화된 공간은 인물과 함께 소설 속에 존재하는 구체적 형상물로서, 허구 세계를 경험 세계와 관련시키고 인물 및 사건의 의미를 드러내는 기능을 한다. 이러한 소설 속 공간의 기능을 상기하며 경험적 현실 세계의 대응물이자 인물의 행동 및 성격 지표로서 공간의 형상에 주목해 볼 필요가 있다. 이에 이 장에서는 작품에 구축된 공간 구조가 인물의 행동, 사건과 어떠한 상관성을 가지며 경험적 현실 세계와 어떠한 관련을 맺는지에 초점을 맞추어 그 의미를 해명하는 데 주안을 둔다.

Ⅳ장에서는 각 이본에 그려진 공간이 당대 여성들의 삶과 어떠한 관련을 맺고 있는지에 대해 유념하며 조선시대 여성의 삶의 문제와 공간의 관련성을 파악하는 한편, 독자와의 소통의 측면에서 서사적 의미를 도출한다. 여기서는 Ⅲ장에서 다룬 이본 연구를 토대로 낭자의 공간 선택과 관련하여 이본 유형의 의미를 추론하고, 공간의 선택에 따라 삶에 대한 인식과 지향이 어떻게 달라지는지를 고찰한다. 특히 소설에 형상화된 공간이 독자에게 읽혀질 때 비로소 그 구체적 형상과 의미가

드러난다는 점에 주목하면서 독자와 작품, 서술자 간의 소통 양상을
규명한다. 독서 행위는 텍스트와 독자 사이의 소통 과정으로서, 독자
는 허구 세계에 참여하면서 정서적, 감정적 변화 과정을 수반한 미적
체험을 하게 된다. 감성 혹은 정서는 심리학에서부터 철학, 문학에 이
르기까지 다양하게 정의되어 왔으나, 미적 체험으로 접근할 경우, 문
학 작품이라는 "외부세계에 대해 능동적으로 감응하면서 반응하는 운
동"[58]으로 설명될 수 있다. 즉, 감성과 정서는 주체로서의 독자와 타자
로서의 작품이 상호 소통하는 과정에서 발생되는 심미적 체험으로, 독
자는 이러한 과정을 통해 작품 속에 몰입하고 감정의 카타르시스를 느
끼며, 나아가 함께 작품을 향유했던 집단과 의식적 교류를 이룰 수 있
게 되는 것이다. 이러한 점에 유념하며 이 장에서는 이 작품에 나타난
공간의 의미를 세밀히 분석하는 한편 수용 미학의 관점에서 향유자들
과 작품 혹은 향유집단 내의 정서적 소통 양상을 인물 및 문체의 특성
을 중심으로 고찰해 봄으로써, 이 작품이 판소리나 창극, 민요 등 다양
한 장르로 향유되며 대중적 인기를 누릴 수 있었던 맥락을 향유자와의
작품 간의 소통의 차원에서 짚어보고자 한다.

　V장에서는 이상의 논의를 토대로 〈숙영낭자전〉이 가지는 문학사적
의의를 밝힌다. 이 작품은 여성의 사랑과 결혼, 시집살이를 중심으로
서사가 진행되는 가운데, 동시대의 소설들과 더불어 모해-죽음, 원귀
의 전통 서사 양식을 수용하면서 가부장제의 억압과 횡포에 대한 문제
의식을 공유하였다. 이러한 점에 주목하여 〈숙영낭자전〉이 주제와 구

58) 신헌재, 「감성 소통을 위한 문학교육의 방법」, 『학습자중심교과교육학회지』 8-2, 학
　습자중심교과교육학회, 2008, 261~262쪽.

조적 측면에서 문학사적으로 어떠한 의의를 갖는지를 밝힐 것이다. 그리고 이 작품의 향유자들은 재생한 낭자의 삶의 공간 선택 문제와 관련해 다양한 결말을 주조하며 이본을 파생시켰고, 이 작품이 다른 고소설 작품들과 달리 판소리나 서사민요로 장르가 변모되면서 지속적으로 향유되었다는 점에 주목하여 문학사적 위상을 밝히고자 한다. 한편, 〈숙영낭자전〉의 핵심 서사인 낭만적 사랑과 정절 이념에 의한 여성의 수난은 각각 애정 소설과 가정 소설에서 남녀의 결합을 막는 현실적 질곡을 드러내거나 여성 수난을 서사화하는데 유용한 서사적 소재가 되어 왔다. 이 작품은 애정 소설과 가정 소설을 적절히 수용하고 변모함으로써 장르 복합을 꾀하였다고 할 수 있는데, 이러한 점에 초점을 맞추어 두 장르와의 접점은 무엇이고 변모된 면은 무엇인지를 논의할 것이다.

Ⅵ장에서는 전체 논의를 요약하고 종합하는 한편 논의의 보완점과 후속 논의를 제언한다.

Ⅱ.
〈숙영낭자전〉 이본 현황 및 서지 검토

　〈숙영낭자전〉은 다수의 필사 이본이 남겨져 있고, 1860년에는 경판본으로 간행되었으며, 이후 활자본으로 유통되면서 20세기 초까지 향유되었다. 초기 연구에서 한문본 〈재생연(再生緣)〉이 이본으로 언급된 바 있으나 실물을 확인할 수 없고,[59] 현재는 한글로 필사된 이본만 확인할 수 있을 뿐이다. 여기서는 본격적인 작품 및 이본 연구에 앞서 이를 위한 선행 작업으로서 이본 현황과 서지 사항을 먼저 검토할 것이다. 작품의 존재 현황을 파악하고 향유의 실상을 확인하는 것 역시 작품 내적 연구와 더불어 작품 외적 연구로서 중요한 의미를 가지기 때문이다. 또한 여러 이본 가운데 필사 이본은 필사후기나 편지 등으로 향유의 실상을 파악할 수 있다는 점에서 중요하다. 이에 서지검토에서는

---

59) 장경남은 1910년에 다카하시 도루(高橋亨)가 편찬한 『朝鮮の物語集附俚諺』에 실린 일본어 번역본 〈再生緣〉이 김태준이 언급한 한문본 〈재생연〉의 번역본일 것이라고 추정하였다. 김태준의 언급과 장경남의 논의로 미루어 볼 때 1900년대 초반 무렵, 한문본 〈재생연〉은 분명히 존재했던 것으로 보인다. 하지만 현재 그 소재는 물론 실물을 확인할 수는 없다. 장경남, 「숙영낭자전의 한문본 재생연의 존재」, 『어문연구』 44(3), 한국어문교육연구회, 2016.

필사후기와 편지, 합본된 작품이 있는 이본에 주목하여 이본에 남겨진 향유자들의 흔적을 추적하고 이를 통해 필사 시기와 필사 지역 및 향유의 실상에 대해 파악하고자 한다.

1. 이본 현황

〈숙영낭자전〉의 이본은 필사본 140여 종, 경판본 3종, 활자본 4종(면수에 따른 분류)으로 알려져 있다.[60] 그러나 이본 현황이 정확히 정리 및 보고되지 않아 자료의 소재 파악이 쉽지 않다. 따라서 이본 자료를 최대한 많이 발굴하여 정확한 소재를 파악해 목록화하고, 서지 사항을 정리하는 작업이 우선적으로 요청된다. 이를 위하여 모든 자료의 원본을 직접 열람하여 작품의 실상을 온전히 전달한다면 더할 나위가 없겠으나, 140종을 상회하는 자료를 직접 살피기 어려울 뿐만 아니라 소실되거나 귀중본으로 분류되어 실물 확인이 불가한 자료가 상당수였다. 따라서 원본이 확인 가능한 경우에는 원본을 열람하되, 그 외의 경우에는 책으로 영인되거나 도서관에서 DB나 마이크로필름으로 보관 중인 자료를 참고하였다. 자세한 이본 현황을 필사본, 방각본, 활자본으로 나누어 살펴보기로 하며, 구체적인 이본 목록은 [부록]에 제시한다.

1) 필사본

본격적으로 이 작품의 이본을 검토한 김일렬은 필사본의 이본수를

---

60) 졸고(2014), 앞의 논문, 8쪽.

70종 이상으로 산정한 바 있고,[61] 조희웅은 필사 이본을 130여 종으로 제시했다.[62] 그러나 조희웅의 필사 이본 목록에는 다른 작품이 섞여 있거나[63] 동일한 자료가 중복되는[64] 등의 오류가 발견되었다.[65] 또한 필사 이본 가운데 개인 소장 자료가 상당수 포함되어 있었으며,[66] 대부분의 이본 자료가 각 대학의 개인문고 자료실이나 고서 자료실에 보관되어 있어 확인이 어려운 경우가 있었다. 그리고 실물 확인이 불가능한 경우도 있었는데, 성암고서박물관에 소장된 〈수경낭ㅈ전〉과 〈슈경낭ㅈ전〉의 두 작품은 박물관이 폐관되어 실물 확인이 어렵다. 또한 괴팅겐 대학에 소장되어 있을 것으로 추정되는 〈숙영낭자전〉은 이희우의 보고에 따라 목록화 했던 것이나 "독일 동양학자 von der Gabelentz가

---

61) 김일렬(1999), 앞의 책, 4쪽.

62) 조희웅(1999), 앞의 책, 313~324쪽.; 조희웅(2000), 앞의 책, 350~352쪽.; 조희웅(2006), 앞의 책, 510~513쪽.

63) 조희웅의 『고전소설 이본 목록』에 제시된 〈슈경낭자전〉(단국대 고853.5 2477고; 단국대 고853.5 숙2477기) 두 편과 〈슉향전(이라)〉(박순호, 『한글필사본고소설자료총서』 71, 오성사, 1986.)등이 이에 해당된다. 〈슈경낭자전〉은 〈정수경전〉이고, 〈슉향전(이라)〉는 〈슉향전〉 가운데 개작이 심한 이본으로서 일반적인 〈슉향전〉의 서두와 달라 〈숙영낭자전〉으로 오인되었던 것으로 보인다.

64) 조희웅의 이본 목록에 이 작품의 이본으로 제시된 〈슈경낭자전〉(단국대 고853.5 숙2477)은 〈슈경낭자전니라〉(단국대24장본)과 동일본이며, 〈슉영낭ㅈ전〉(단국대 고853.3 2478갸)과 〈슉영낭ㅈ전 淑英娘子傳〉(단국대 고853.5숙2478ㄱ)은 모두 경판16장본인 〈슉영낭ㅈ전 단〉(국중16장본)과 동일본이다. 그리고 필사본으로 분류된 〈淑英娘子傳〉(단국대(古853.5/숙2477ㄱ)은 10장 이후 부분이 낙장된 경판본이다.

65) 현전하고 있는 이본이 여기저기 산재해 있음을 고려해 볼 때, 개인이 모든 자료를 직접 열람하고 확인하여 이본 현황을 파악하는 것은 매우 어렵다. 이로 인해 정확성에 일정 부분 한계를 가질 수밖에 없으며, 필자의 연구 역시 이러한 점에서 한계를 가질 수밖에 없다.

66) 조희웅의 이본 목록에 따르면 개인소장본은 40편이며, 이 가운데 필자가 확인한 이본은 최래옥본 한 편뿐이고, 목록에 제시되어 있지 않은 연용호본을 추가로 확인할 수 있었다.

소장하던 한국 고소설 40개는 동독의 여러 지방도서관과 박물관, 도서 관에 문의해 보았으나 성과가 없었다."[67]고 언급한 것을 감안해 볼 때, 확인이 어려울 것으로 보인다.

　그러나 실물 확인이 어렵다고 해서 선행 연구에서 제시한 이본 목록 이 무가치 한 것은 아니다. 이를 통해 다양한 이본이 존재했다는 사실 을 알 수 있을 뿐 아니라 현재 확인이 불가능하거나 소실된 자료 가운 데 개인이 소장하고 있을 가능성을 배제할 수 없기 때문이다. 다만, 기 존의 목록에만 의존할 것이 아니라 선행 연구에서 언급한 목록 가운데 무엇이 목록으로만 존재하는 것인지, 실물 확인이 가능한지, 소장처 및 출처는 어딘지 등 그 소재 여부를 분명히 하여 이본 목록을 체계적 으로 정리할 필요가 있는 것이다. 따라서 필자는 선행 연구에서 언급한 이본 목록 중 중복으로 확인되거나 다른 작품이 섞인 경우를 정리하고, 필자가 자료를 찾고 검토하는 과정에서 발견한 23종의 이본을 포함하 여 〈숙영낭자전〉의 필사 이본을 총 152종으로 목록화하였다.[68] 다만, 이상의 목록 가운데에서도 필자가 확인한 이본은 81종에 불과하다는 점을 분명히 밝혀둔다. 따라서 필자가 확인하지 못한 이본 가운데 이미

---

67) 이희우, 「괴팅겐대학 도서관 한국 고소설 자료 수집에 대하여」, 『관악어문연구』 9, 서울대 국어국문학과, 1984, 319쪽.

68) 조희웅이 이본 목록을 작성할 당시 〈옥낭ᄌ전이록〉(박순호31장본)이나 〈옥낭자전〉(박 순호40장본), 〈옥낭자전이라〉(박순호32장본)은 제명이 '옥낭자'로 시작되고 있어 다른 작품으로 오인되었고 이로 인해 이본 목록에 포함되지 않았던 것으로 보인다. 필자는 이상의 작품을 목록에 포함하고 이 외에 필자가 모두 실물을 확인하지는 못했지만 몇몇 대학의 도서관에 소장되어 있다고 밝히고 있는 작품도 이본 수에 포함하였다. 이 목록 에는 최래옥66장본과 영남대28장본, 연용호42장본도 포함되어 있는데, 연구 대상 자료 를 활용할 수 있도록 배려해 주신 최래옥 선생님과 영남대, 전남대, 경북대 도서관 고서 실의 선생님, 연용호 선생님께 감사 인사를 드린다.

자료집으로 영인되었거나 목록에 포함된 자료가 있을 수도 있다. 그리고 이본의 가감을 감안해 볼 때, 필사 이본은 대략 140종 안팎일 것으로 짐작된다.

필자가 추가적으로 발굴한 이본 목록 가운데 13종의 작품을 실물로 확인할 수 있었다. 이 글에서 처음 소개하는 것이기에 이에 대한 서지적 특징을 간략히 소개하고자 한다.

경북대34장본: 내제는 '수경낭자전'이고, 표제는 '수경낭자라 수경낭ᄌ젼'이다. 글씨는 정갈한 편이나 보관 상태가 좋지 못하고 결미 부분이 낙장되어 있다. 선군이 낭자의 시신을 옥연동에 수장한 후 집에 돌아와 지내던 중 낭자가 현몽하여 임소저와의 혼인을 종용하고, 이후 상공 역시 혼인하라고 하는 부분까지만 남겨져 있다. 뒷표지 앞면에 '密陽郡 朝鮮 密陽郡 府北面 春化里 權寧守 죽임 밀양군 부북면 춘화리'라는 기록이 남겨져 있어, 이 이본이 경상도에서 유통된 이본임을 알 수 있다.

단국대31장본: 첫 장이 낙장 되었고, 작품 뒤에 〈역대가〉, 〈거창가〉와 유사한 가사가 합본되어 있다. 재생한 낭자가 선군, 자식과 함께 바로 승천하는 결말을 보인다.

단국대34장b본: 내제는 '수경낭자전 권지라'이고, 표제는 '玉娘子傳'이다. 서두가 '솔날아 홍무월연의 죠션국화산 밋틱빅산 하의'로 시작되고, 임자년에 필사했다는 기록이 남겨져 있다. 선군을 학사라고 칭하고, 수장 후 낭자가 잠을 잔 듯 숨을 내쉬는 것으로 서술된다.

재생한 낭자가 귀가하여 시부모와 함께 머물다 승천하는 결말을 보인다.

단국대42장본: 장례 부분에서 필사가 중단된 이본으로 작품 뒷면에 서간문이 수록되어 있으나 글씨가 난삽하여 내용 파악이 불가능하다. 면당 행수(行數)는 10행으로 되어 있고, 자수(字數)는 한 행당 20~22자 정도이다.

박순호31장본: 글씨가 정갈한 편이다. 이 이본은 낭자가 누명을 입고 노복에게 끌려 나가 발명하자 정씨가 위로하는 부분에서 필사가 중단되어 있다. '萬病 注文□ 慶尙北道 釜金山 港內 美國醫學博士 魚乙彬 계서 이월 초엿식'라는 필사후기가 남겨져 있다.

박순호40장b본: 글씨가 정갈한 편으로, 서두가 '옛날 종천자시절'로 시작된다. 기묘년에 필사했음을 밝히고 있으나 정확한 연대를 확인하기는 어렵다. 낭자가 재생하여 선군, 자식과 함께 바로 승천하는 결말을 보이며, '천상으로 오른 바를 모르더라'로 끝맺고 있다.

박순호32장본: 글씨가 촘촘하고 정갈하며, 서두의 시대적 배경이 '골여'로 제시되어 있다. 재생한 낭자가 귀가하여 시부모를 극진히 섬기다 승천하는 결말을 보인다.

서울대27장본: 내제는 '슈경낭즈전'이고 표제는 '슈경낭즈전 단'이다. 표지의 제목 옆에 '西紀壹九壹壹年陰四月暮春'이라는 필사 시기

가, 내제 옆에는 '振威郡玄德面華陽里五百五十一番地李坡州宅新小
說'라는 필사 장소와 필사자의 정보가 적혀 있다. 이 정보에 따르면
이 작품은 1911년에 진위군의 이파주라는 사람에 의해 필사된 것으
로, 진위군은 평택시의 옛 행정구역이다. 내용은 방각본과 거의 흡
사하다.

연세대29장본: 내제는 '수경낭자전'이고 표제는 '슈경낭자젼'이다.
내제 옆에는 '긔묘연삼월초이일'이, 작품 끝에 '긔묘지월등서하연노
로'라는 필사 시기가 적혀 있다. 이 이본은 옥연동에 수장되었다가
재생한 낭자가 집으로 돌아와 상공 부처를 모시고 지내다 승천하는
결말을 따른다. 작품 뒤에는 회심곡이 합본되어 있다.

연세대49장본: 이 작품이 소장되어 있는 연세대 중앙도서관 홈페이
지에는 이 이본의 장수를 45장으로 밝히고 있으나 필자가 확인한 바
에 따르면 49장(97면)으로 이루어져 있다. 신미연에 필사했다는 필사
후기가 남겨져 있고, 재생한 낭자가 상공 부부에게 하직 후 승천하는
결말 뒤에 각설이라는 말과 더불어 한림과 낭자가 연광 60에 승천했
다는 내용이 덧붙여져 있다.

연용호42장본: 내제는 '수경낭자전'이고, 표제는 '증슈경낭자젼 鄭淑
瓊娜子傳'이다. 표지 뒷면에 '강능출월 채이 마희여셔재더라'라는 기
록이 남겨져 있으며, 필사 시기는 '乙卯 十二月 十五日 筆字書'로 제
시되어 있다. 다양한 필체가 나타나는 것으로 보아 여러 사람이 돌아
가며 필사한 것으로 추정되며, 한자가 섞여 있다. 다른 이본과 달리

'임진사'가 '김진사'로 제시되며, '보난 션비 님니 쥬거두가 三年만의 살러시나 世上人이 승天ㅎ이 책의는 살니 이스니 들읍소셔 흐연흔 일니노두 혹연 올틋 하고 오던 사름언 올치 안틋 ㅎ고 혹 엇던 사름런 울기도 만니ㅎ여사온니 조코도 슬러운 책리라 니 책은 오자 낙셔을 만니 하여사온니 보나 션밴님 눌려보압소셔'라는 필사후기가 남겨져 있다.

영남대28장본: 작품의 표지로 삼은 종이가 '長壽煙 43전 조선총독부'라고 쓰인 일제시대 담배 포갑지이며, 표지 다음 장에 '筆寫記錄(卷頭) 영천군 화북면 션천동 권학기 筆'이라고 필사자를 밝히고 있다. 작품 뒤에 '당명황 양귀비 이별이라'와 서간문이 함께 수록되어 있으며, 필사 시기는 '무인 슘월 이십이리 등셔'로 제시되어 있다. 이 이본은 재생한 낭자가 하직 후 승천하는 결말을 보이며, '낭즈젼을 보난 부인 말슴ㅎ듸 쳣윤이 버셧다고 말슴ㅎ라 즈시 즈시 알고 보면 무ㅎ닌ㅎ니 칙 보난 우리 스람 노소 업시 니 말슴을 허도이 보지 마소 고맙홀스 고맙홀스 낭즈젼 쑤며 닌 니 고맙홀스 그련 정절 발용ㅎ리 업셔시며 후시 스람 어이 그리 명홀가'라는 필사후기가 남겨져 있다.

충남대25장본: 내제는 '슈경낭즈젼'이고, 표제는 '슈경낭자전이라 이근이라 화쵸가라'이다. 표지에는 '大正十二年이라 기희연이라'고 필사시기를 밝히고 있으나, 첫 장에는 '임슐년이라 이 칙이 오셔 낙즈가 만사오니 칙보난 사람이 눌너보옵소셔'라는 기록이 남겨져 있다. 필체가 고른편이다. 작품 끝에 '임슐년이라 동지달 시무이리날

(시무잇티날) 등셔라 삼일만의 다써드라'라는 후기를 남기고 있으며, 26장부터 〈달겨히라〉, 〈단가라〉, 〈듸왕듸비괴민가라〉 등 단가 몇 수가 합본되어 있다. 이 이본은 낭자가 옥연동에서 재생한 후 선군, 춘힝, 동춘과 함께 곧바로 승천하는 결말을 따른다.

이상에서 필자가 추가로 확인한 자료의 서지 사항을 간략히 살폈다. 이 가운데 간지로 필사 연대를 밝히고 있는 경우가 있으나 정확한 필사 연대를 확인하기는 어렵다. 위의 이본 가운데 특히 연용호42장본과 영남대28장본은 작품에 대한 감상이라 할 수 있는 필사 후기가 남겨져 있어 향유 의식의 일단을 살필 수 있는 자료로 주목된다. 이에 대한 구체적인 내용은 서지 사항을 검토하면서 다시 살펴보고자 한다.

2) 방각본

완판 〈숙영낭자전〉은 확인할 수 없고 경판본만 28장본, 20장본, 18장본, 16장본이 있는 것으로 알려져 있다. 28장본은 함풍경신(咸豊庚申, 1860)에 간행된 것으로,[69] 필사본을 포함한 여러 이본의 필사 및 발간 시기의 기준이 되며, 방각본 가운데 선본(先本)이자 선본(善本)으로 평가받고 있다. 현재 28장본과 20장본, 16장본은 영인 출판되어 전체적

---

69) 김일렬은 경판28장본 말미에 적힌 "咸豊庚申二月 紅樹洞新刊"이라는 간기를 상고하여 간행 연도를 추정하였다. 이 간기는 이능우, 「이야기책(고대소설) 판본지략」(『논문집』 4, 숙명여대, 1964.)에 소개된 내용을 토대로 추정한 것이다. (김일렬(1999), 앞의 책, 7쪽 참고.) 본고에서 살핀 『(나손본) 필사본 영인 자료집』에 수록된 경판28장본에는 간기가 나타나 있지 않은데, 이에 대해 이창헌은 홍수동에서 방각된 28장본의 간기 부분을 산략하고 인행된 판본으로 판단하였다. 이창헌, 『경판방각소설 판본 연구』, 태학사, 2000, 149쪽.

인 내용을 확인할 수 있으나, 18장본은 실물을 확인하지 못하였다. 김일렬의 연구[70]와 조희웅의 이본 목록에서 기메박물관 소장본을 18장본이라고 소개하고 있는데, 기메박물관의 소장 자료를 검토한 전상욱 선생님의 증언에 따르면 기메박물관 소장본은 28장본이라고 한다. 추가적으로 18장본이 발견되지 않는 한 현재 확인 가능한 경판본은 28장, 20장, 16장본 등 3종인 셈이다. 20장본과 16장본으로 볼 때, 이들과 내용이 대동소이할 것으로 보인다.

3) 활자본

활자본은 발간연도를 기준으로 할 때, 현재 13종의 이본 목록을 정리해 볼 수 있다.[71] 활자본의 경우 내용에 큰 차이는 없다. 〈숙영낭자전〉의 활자본은 1915년을 시작으로 신구서림, 한성서관 등 여러 출판사에서 발간되었으며, 현재 실물을 확인할 수 있는 것은 13종이다.[72] 출판사에 따라 22장(42면), 32장(63면), 19장(37면), 15장(30면) 등으로 작품 분량에 차이가 난다. 1915년에 신구서림에서 출판된 초판본은 22장(42면)이며,[73] 1916년에 한성서관에서 출판된 재판본은 32장(63면), 1917년

---

70) 김일렬(1999), 앞의 책, 4쪽.

71) 조희웅의 이본 목록에 제시된 활자본 목록에 필자가 확인한 신문관본(1925)과 대성서림본(1928)을 추가한 것이다. 이본 목록에 제시된 내용 중, 소장자 및 소장처가 밝혀져 있지 않은 경우에는 이본 현황을 파악할 수 없어 목록에서 제외하였다. 예를 들어 다른 활자본 소설의 광고면에 수록되어 있는 경우, 『한국의 딱지본』(소재영, 민병삼, 김호근 엮음, 범우사)에 실려 있는 경우가 이에 해당된다.

72) 이 가운데 백합사14장본과 영화출판사13장본은 확인하지 못하였는데, 조희웅의 이본목록에 따르면, 두 이본은 모두 박순호 개인소장본이다.(조희웅(2006), 앞의 책, 512쪽.)

73) 신구서림본에서 출간된 〈숙영낭자전〉은 초판부터 3판까지 장(면)수 및 내용이 모두 동일하다.

에 대동서원·광동서국·태학서관에서 출판된 5판본은 19장(37면), 1918
년에 대동서원·광동서국에서 출판된 6판본은 15장(30면)으로 차이가
나는 것이다. 한성서관32장본과 대동서원19장본의 마지막 장에 1915
년 5월에 초판본이 인쇄된 것으로 기록되어 있으나 실물을 확인할 수
는 없다. 또한 초판본의 작품 분량이 재판이나 5판과 동일한지 역시
확인할 수 없다. 다만 대동서원 5판과 6판본의 분량이 차이가 나는 것
으로 볼 때, 초판본의 분량이 이후 판본과 동일하지는 않았을 것으로
판단된다.

현재까지 확인된 활자본의 출판 현황으로 볼 때, 15장(30면)본이 출
판된 이후부터는 대체로 분량이 15장본으로 정착되었던 것으로 보인
다. 1920년에 대창서원과 1923년 경성서적, 1924년 조선도서·박문서
관·광동서국·조선도서주식회사, 1927년 태화서관, 1928년 대성서림
에서 출판된 작품이 모두 15장(30면)이며, 표기상의 차이는 있으나 내
용 및 자구(字句)가 모두 동일하다. 한편 광복 이후에도 지속적으로 발
행되어 1945년 12월에 중앙출판사에서 14장(28면)본이 출판되었는데,
내용은 15장(30면)본과 동일하다. 이후 1952년과 1962년에 세창서관에
서 15장(30면)으로 발간되기도 했다. 이후 1961년에는 영화출판사에서
25면본으로 출판되었다고 하나 실물을 확인하지는 못했다. 이를 통해
볼 때, 〈숙영낭자전〉은 1915년 활자본 발간을 시작으로 출판사에 따라
6판까지 발간되며 인기를 누렸고, 점차 장(면)수가 줄어들면서 1920년
대를 거쳐 광복 이후에도 왕성하게 발간되며 읽혔던 것으로 보인다.

그런데 여기서 눈여겨보아야 할 점은 활자본이 크게 두 유형으로 나
뉜다는 점이다. 신구서림22장본, 대동서원19장본, 대동서원15장본이
장회체로 구성되어 있고, 경판본과 유사한 서사적 흐름을 보이는 것과

달리, 한성서관에서 출간된 32장(63면)본은 이와 달리 장회의 구별이 없을 뿐만 아니라 도입부에서 상공을 소개하는 부분과 선군의 태몽을 서술한 부분이 다르고, 서술 분량이 많은 편이다. 또한 전자의 경우 표지의 삽화가 '동별당'으로 동일하게 제시되고 〈감응편〉을 합본하고 있는 것과 달리, 한성서관본은 표지 삽화에 '옥연동'을 그려 넣었을 뿐 아니라 〈감응편〉 역시 수록하고 있지 않다.

〈숙영낭자전〉(신구서림, 1915)과 〈숙영낭자전〉(한성서관, 1916)의 표지

전자의 편집인은 박건회, 후자의 편집인은 남궁설로 편집인이 다른 것으로 볼 때, 이러한 차이는 발행 및 편집자의 편집 방향 및 경향에 따른 것으로 보인다. 박건회는 구활자본 출판 시장 형성에 큰 역할을 담당했던 인물로, 그는 다수의 고소설 저작에 참여했다. '장회체, 목차 삽입, 부록의 첨가'는 다른 편집자들과 다른 그의 편집 방식이었는데,[74]

---

74) 이주영, 「근대 전환기 고전소설의 대응 양상과 그 의미-박건회 편집 및 개작 소설을

그가 편집한 〈숙영낭자전〉에서 역시 이를 확인할 수 있다. 또한 남궁설
역시 〈적성의젼〉(1915), 〈장화홍련젼〉(1918), 〈양산백젼〉(1920) 등을 편
집했던 인물로, 이들 작품이 〈숙영낭자전〉과 동일한 편집 방식을 보여
주고 있다. 이처럼 편집자 나름의 편집 방식 및 관심의 차이에 따라
동일한 제명의 작품 제작에 있어서도 상이한 면모를 보였던 것으로 보
인다.

그러나 박건회 편집본과 남궁설 편집본의 두 형태로 유통되던 〈숙영
낭자전〉의 활자본 시장은 점차 박건회 편집본으로 일원화되었다. 박건
회가 편집에 참여하지 않은 1920년에 출판된 대창서원과 1924년 조선
도서·박문서관·광동서국·조선도서주식회사, 1928년 대성서림에서 출
판된 〈숙영낭자전〉이 대동서원15장본과 유사한 것을 통해서 이를 확인
해 볼 수 있다. 여기에는 경제적 요인과 더불어 여러 요인이 작용했을
것이나,[75] 박건회가 신구서림본에서부터 대동서원본, 경성서적본 등
다수의 저작 및 편집에 참여하면서, 그의 편집본이 남궁설 편집본에
비해 더 높은 대중적 인지도를 얻을 수 있었을 것으로 추정된다. 자세
한 사항은 내용 대비 및 당시의 출판 시장에 대한 고찰을 통해 밝혀질

중심으로」, 『국문학연구』 17, 국문학회, 2008, 136쪽.

75) 신구서림22장본(1915)과 대동서원19장본(1917)의 정가는 25전, 한성서관32장본(1916)
은 20전인데, 대동서원15장본(1918)의 정가는 14전으로 가격이 급격히 하락한다. 그
후 다시 가격이 올라 대창서원15장본(1920)은 25전, 경성서적15장본(1923)과 조선도서
15장본(1924)은 20전으로 형성되다가 대성서림15장본(1928)은 15전으로 다시 가격이
하락하였다. 1918년에 급격히 가격이 떨어진 것으로 볼 때, 당시 독서물 유통 시장이
어떠했는지, 가격 표기의 오류는 없는지 좀 더 세심히 고구되어야 하겠으나, 두 이본
형태 간의 가격 경쟁이 작용했을 가능성을 배제할 수 없을 듯하다. 또한 이윤을 목적으
로 하는 활자본 출판 시장에서 출판 경비의 감소를 위해 분량을 점차 줄이는 방향으로
나아갔음을 고려해 볼 때, 1920년대 이후 대동서원15장본과 유사한 형태로 〈숙영낭자
전〉이 유통된 것은 당연하다고 하겠다.

것이나, 여기서는 활자본 〈숙영낭자전〉의 유통 흐름을 추정하는 데에
중점을 두어 간략히 살폈다.

2. 서지 검토

앞 절에서 현전하는 것으로 알려지고 있는 〈숙영낭자전〉 이본 현황
을 필사본, 방각본, 활자본으로 나누어 살펴보았다. 이제 〈숙영낭자
전〉의 이본에 대한 구체적인 논의를 위해 필자가 확인한 99종의 이본
중 주요 대상인 필사본은 81종과 경판본 3종, 활자본 4종 등 총 88종의
서지를 검토해 보고자 한다. 이 작품의 주된 향유층과 지역적 분포, 필
사 시기 등의 정보를 확인하기 위해 작품 목록과 더불어 각 이본에 남
겨진 필사후기와 합본 자료 등을 함께 정리하면 아래와 같다.

판본		순번	약칭	특이사항	
소설본	필사본	1	경남대48장본	咸安郡 漆西面 二龍里	
		2	경북대25장본	密陽郡 朝鮮 密陽郡 府北面 春化里 權寧守 축임 밀양군 부북면 춘화리	낙장(×)
		3	고려대33장본		낙장(×)
		4	고려대37장본	우이필셔愚以筆書을묘양월 십사일종필홈	
		5	국중61장본		
		6	김광순14장본	갑오 이월 십일일 밤 안흥시 경필 종하엿다 (앞) '이칙은 간단하고도 슬픔니다'라는 필사기 사돈께 보낸 서간문 2편과 어머님, 아버님께 보낸 서간문 각1편, 〈봄노래〉 합본	중간 2면 훼손

판본		순번	약칭	특이사항	
소설본	필사본	7	김광순24장본	갑진이월초팔일	
		8	김광순25장본		낙장(○)
		9	김광순26장본	·	
		10	김광순28장본	갑술년구시절 시가로 돌아가는 여동생에게 보내는 서간문 수록	
		11	김광순33장a본	·	
		12	김광순33장b본	무신년 정월 이십사일 필서	
		13	김광순33장c본		
		14	김광순44장본	계사년정월초육일	
		15	김광순46장본	大朝鮮開國五百四年 乙未 月十三日(1895년(?)) 경상도 안동 임헐님면 천전기 권ㅅ집이 가보라.	
		16	김광순59장본	〈장화홍련전〉 합본	낙장(×)
		17	김동욱22장본	계묘원월염칠일 빅셩읍의셔 심□기번등ㅎ노라 〈복선화음록〉, 〈장화홍련전〉 합본	
		18	김동욱34장본		
		19	김동욱48장본	·	
		20	김동욱58장본	·	
		21	김동욱66장본	丁酉 一月	
		22	단국대19장본	신희연월일 〈궁장가〉합본	
		23	단국대20장본	〈홍길동전〉 일부 합본	
		24	단국대23장본		
		25	단국대24장본		낙장(○)
		26	단국대26장본	甲午十日月	
		27	단국대31장본	거창가류 합본	
		28	단국대34장a본	서간문 뒤 '甲申四月二十五日辛巳 甲申二月二十九日 奠雁 기록. 慶州 金氏가 부모님과 형님께 보낸 서간문 수록	

판본		순번	약칭	특이사항	
소설본	필사본	29	단국대34장b본	임자년	
		30	단국대40장본	갑인 사월 초칠일이라 마지막 장 마지막 줄에 '숙항낭자전니라 장하홍연전니라'라고 씌어 있음.	
		31	단국대41장본		
		32	단국대42장본	서간문 수록	필사 중단
		33	단국대44장본	을사납월초일	
		34	단국대49장본	무진년 이월 초 오일이라	
		35	단국대53장본	·	낙장(×)
		36	단국대55장본	사돈께 보낸 서간문 수록	
		37	단국대57장본	·	
		38	박순호27장본	·	
		39	박순호30장본	님신이월이십삼일	
		40	박순호31장본	萬病 注文□ 慶尙北道 釜金山 港內 美國 醫學博士 魚乙彬 계서 이월 초엿시	필사 중단
		41	박순호32장본	·	
		42	박순호33장a본	단기四一九一年二月二十九日	
		43	박순호33장b본	어머니 진양강씨 제문 수록	
		44	박순호34장a본	서간문 뒤 무자년 이월염일 답장장이라고 기록	
		45	박순호34장b본	님신년이라 낭즈전 오남씨가 쓰로라 종형님께 보낸 서간문 수록	
		46	박순호35장a본	칙주난 경상북도 남경군 사양면 신절이 고 소지라 수월 초팔일이 시초ㅎ여서 스므아 으런 날 진노라	
		47	박순호35장b본	<회친사>, <부자유친>,<부부유별>, 편 지사현(경진년) 합본	
		48	박순호36장a본	·	
		49	박순호36장b본	무오정월입십구월권지라	

판본		순번	약칭	특이사항	
소설본	필사본	50	박순호37장본		낙장(○)
		51	박순호39장본	.	
		52	박순호40장a본		낙장(×)
		53	박순호40장b본	기묘년	
		54	박순호43장본	〈회심곡이라〉 합본	
		55	박순호46장a본	사돈에게 보낸 서간문과 여자가 형님에게 보낸 서간문 수록	
		56	박순호46장b본	표지-병진정월십이일 丙辰正月□堂云 권말-병진이월초일 관긔졍ᄉᆞ의셔죵이라	
		57	박순호50장본	부모님 안부 묻는 서간문 수록	
		58	사재동24장본	신유년춘이월십구일(1921), 〈유씨전〉 합본 책주난 경상북도 상주군 화동면 양지리 돌모퉁이 사는 이생원	
		59	사재동27장본		
		60	사재동33장본	大正七年七月七日謄本, 채봉감별록 부산 釜山府草梁洞三一八番地	
		61	사재동43장본	무신 三月二十六日 등셔라	
		62	서울대27장본	西紀壹九壹壹年陰四月暮春 振威郡玄德面華陽里五百五十一番地李坡州宅新小說	
		63	연세대29장본	긔묘연삼월초이일 긔묘지월등서하연노로 회심곡 합본	
		64	연세대35장본	丙寅 正月二十四日作篇 기회 십이월십오닐의증니라.	
		65	연세대49장본	신미연	
		66	연용호42장본	을묘년 표지 뒷면에 '강능출월 채이 마희여셔 재더라'로 끝맺음.	
		67	영남대28장본	무인 숨월 이십이리 등셔 〈당명황 양귀비 이별이라〉, 서간문 합본 영천군 화북면 션천동 권학기 筆	
		68	영남대46장본	신유원월염구일어 종서	
		69	전남대53장본		

판본			순번	약칭	특이사항	
소설본	필사본		70	전남대35장본	병닌정월의 십구일	
			71	조동일28장본	<정을선전>합본	
			72	조동일47장본	게뫼연중춘십팔일각필이라 歲在癸卯年仲春十八日	
			73	최래옥66장본	1925년	
			74	충남대16장본	병진 칠월니십팔일졀필. <감응편>합본	
			75	충남대25장본	임슐년이라 동지달 시무이리날(시무잇티날) 등셔라 삼일만의 다써드라 <달겨히라>, <단가라>, <뎌왕뎌비괴민가라> 등 합본	
			76	충남대45장a본	全羅北道 南原郡 大山面 大谷里 檀紀四二九二年 四月 十七日(1959)	낙장(×)
			77	충남대45장b본	병오이월필등이라 됴흡이사십일장이라 어둔 눈을 찌그리고 간신이 등서하여슈니 남을 빌이지 말고 흔가한 써소일딜 하여라 책쥬는 강정이라.	
			78	한중연31장본	융희(隆熙)3 동지달십구일날 종사돈에게 보내는 서간문 합본	
			79	한중연34장a본	이별가류 합본	
			80	한중연34장b본	임슐쟁월십일세지종ㅎ노라	
			81	한중연36장본	갑인연십이월일등셔	
	경판본		82	대영박물관28장본	1860년 간행 추정	
			83	연세대20장본		
			84	국중16장본		
	활자본		85	신구서림22장본	1915년(초판)	
			86	한성서관32장본	1916년(재판)	
			87	대동서원19장본	1917년(5판)	
			88	대동서원15장본	1918년(6판)	

- 특이사항에는 필사연대와 함께 수록된 작품, 서간문 등을 적고, 낙장본 가운데 결말 파악이 가능한 경우는 '낙장(○)'으로, 결말 파악이 불가능한 경우는 '낙장(×)'으로 표시하였으며, 필사가 중단된 경우는 '필사중단'이라고 적었다.

이상에서 볼 수 있듯, 필사시기를 대부분 간지(干支)로 표기하고 있어 정확한 필사연대를 확인하기는 어려우나 '大正○년' 등 특정한 시기를 확인할 수 있는 표현이 나타나 있는 경우가 있어 향유시기를 가늠해 볼 수 있다. 필사 장소의 경우, 구체적인 필사장소를 밝히고 있는 작품 편수가 많지는 않지만 몇몇 작품에는 필사자의 인적사항과 함께 필사 지역을 기재하고 있어 확인이 가능하다. 물론, 필사시기 및 필사장소를 밝히고 있는 자료를 통해 작품의 창작 연대나 작품 향유의 전체적인 실상을 확인할 수 있는 것은 아니다. 그러나 이러한 자료를 통해 소설 향유 양상의 대강을 짐작할 수 있다는 점에서 자료를 검토하고 정리하는 작업은 유의미하다.

1990년대 중반까지 〈숙영낭자전〉의 간행연대를 확정할 수 있는 이본으로 알려져 있는 것이 대영28장본 한 편뿐이어서 창작시기에 대한 논의는 대체로 이 작품을 기준으로 전개되었다. 손경희가 〈슈경능ᄌ전〉(사재동27장본)과 〈수경낭ᄌ전〉(권영철28장본), 〈슈경낭자전〉(한중연37장본), 〈슈경옥낭자전〉(한중연36장본), 〈슈경낭ᄌ전〉(한중연34장본)의 필사 연대를 1918년(대정 7), 1915년(대정 4), 1931년, 1914년, 1922년으로 밝혔으나[76] 주목 받지 못하였다.[77] 이후 전용문이 필사시기를 확인할 수

---

76) 손경희(1986), 앞의 논문, 9쪽.

77) 권영철28장본은 필자가 확인하지 못하였으나 사재동27장본을 살펴본 결과 '대정7년'이라는 기록을 찾지 못했고, 나머지 한중연의 자료 역시 필사 연대를 확정할 만한 구체적인 근거를 찾을 수 없었다. 물론, 원본에 '대정7년'이라는 기록이 남겨져 있을 가능성이 있고, 그 외의 경우에도 원본에 연대 추정 가능기록이 남겨져 있을 가능성이 있다. 하지만 연구자가 필사 연대 추정에 대해 구체적인 언급을 하고 있지 않아서 그 추정의 근거를 찾기는 어렵다. 또한 3종의 한중연본 언급에 오류가 발견된다. 연구자는 한중연에 소장된 3종의 이본을 〈슈경낭자전〉(한중연36장본), 〈슈경옥낭자전〉(한중연37장본), 〈슈경낭ᄌ전〉(한중연34장본)으로 목록화하여 필사연도를 1931년, 1914년, 1922년이라

있는 이본으로 사재동33장본(1918)을 제시하고, 사재동24장본의 필사 시기를 1921년으로 추정하였다.[78] 사재동24장본에는 '신유년춘이월십 구일 책주난 경상북도 상주군 화동면 양지리 돌모퉁이 사는 이생원'이 라는 필사기가 남겨져 있는데, 경상남북도가 나뉜 해가 고종3년(1896) 임을 감안하여 1896년 이후인 1921년을 필사연도로 추정한 것이다.

위의 이본 목록 가운데 추가적으로 필사 연대를 확인할 수 있는 작품 은 한중연31장본, 박순호33장본, 김광순46장본, 최래옥66장본, 박순 호31장본, 영남대28장본, 서울대27장본이다. 필사시기 및 간행연도를 확인할 수 있는 이본으로 세 편만이 알려져 있던 상황을 감안해 볼 때, 향유시기를 가늠할 수 있는 추가적인 이본의 확인은 소중한 성과라고 하겠다. 필사연대가 작품 창작 연대인 것은 아니지만 작품의 향유시기 를 가늠할 수 있는 기준이 된다는 점에서 중요하기 때문이다.

먼저 한중연31장본, 최래옥66장본, 영남대28장본, 서울대27장본은 1900년대에 이 작품이 필사의 방식으로 향유되었음을 확인할 수 있는 이본이다. 한중연31장본에 기록된 필사연대는 기유(隆熙) 3년 즉 1909 년이며, 사돈에게 보내는 서간문과 함께 합본되어 있다. 또한 최래옥 66장본의 필사연대는 1925년으로, 최래옥의 증언에 따르면 이 이본은 필사자가 15세 무렵 필사했고, 결혼하면서 혼수품과 함께 가지고 왔다

고 밝혔다. 그러나 확인 결과 〈슈경낭자전〉(한중연36장본)은 한중연37장본이고, 〈슈경 옥낭자젼〉(한중연37장본)은 36장본이었으며, 해당 도서관에서 역시 두 작품의 필사연 도를 연구자와 동일하게 밝히고 있다. 또한 한중연에 소장된 이본 중 34장본은 〈슈경낭 즈젼이라〉[D7B-9A]와 〈숙영랑자젼(내제:슈경옥낭자젼이라)〉[D7B-165] 두 종으로, 이 가운데 해당 도서관에서 필사연도를 1922년으로 밝히고 있는 이본은 후자이다. 이로 보아 연구자가 언급한 〈슈경낭즈젼〉(한중연34장본)은 후자일 것으로 짐작된다. 그러나 소장 도서관에서 역시 필사연도의 판단 근거에 대해서는 밝히고 있지 않다.

78) 전용문(1993), 앞의 논문, 8~9쪽.

고 한다. 이로 보아 20세기 초반 무렵에는 방각본과 필사본이 함께 유
통되면서 독자들의 취향과 지향에 따라 향유 방식이 취택되어 향유되
었을 것임을 짐작해 볼 수 있다.

영남대28장본의 필사 장소는 '영천군 화북면 션천동'으로, 필사 시기
는 '무인 슘월 이십이리 등셔'로 제시되어 있다. 화북면은 영천군의 북
부 지역에 있었던 명산면의 일부와 자천면의 전부, 그리고 신녕군의
동부 지역에 있었던 고현면·지곡면·신촌면이 합쳐서 된 면으로, 필사
지로 제시된 션천동은 1934년 행정구역 통폐합 과정에서 화북면으로
편입된다.[79] 이로 볼 때, 이 이본의 필사 시기는 1938년으로 추정된다.

한편, 박순호33장본과 김광순46장본, 박순호31장본은 1800년대 중
후반에 이 작품이 필사의 방식으로 향유되었던 상황을 추정해 볼 수
있는 자료로 주목된다. 김광순46장본에는 '大朝鮮開國五百四年 乙未
月十三日'이라는 기록과 더불어 '경상도 안동 임혈늬면 쳔젼거 권ᄉ집
이 가보라'라는 필사기가 남겨져 있다. '조선개국오백사년 을미'는 1895
년으로, '권ᄉ'라는 표현으로 볼 때 개신교 선교사가 유입될 무렵인
1885년대 이후에 필사되었음은 분명한 사실로 보인다. 또한 필사지역
이 작품 배경인 경상도 안동인 것으로 보아, 안동 지역에서 향유되었음
을 확인해 볼 수 있다.

또한 박순호33장본에는 '단기四一九一年 二月 二十九日'이라는 기록
이 남겨져 있다. 단기 4191년을 서기로 환산하면 1858년인데, 문제는
'단기'라는 용어를 사용한 시점이 정부 수립 이후인 1948년대 무렵이라

---

79) 한국학중앙연구원, '화북면(華北面)', 『한국향토문화전자대전』
(http://www.grandculture.net/main/main.asp)

는 점이다. 즉, 이 이본의 실제 필사 시기는 1948년 무렵이거나 그 이후로 추정되며 이 이본은 1950년대 이후에도 고소설이 필사되었음을 확인할 수 있는 자료적 가치를 지닌다. 필사자가 왜 필사연대를 '단기 4191년'으로 제시하고 있는지는 알 수 없으나, 필사자가 저본으로 삼았던 작품의 필사연대를 단기로 환산하여 기록으로 남겼을 가능성을 배제할 수 없다. 그리고 이러한 추정이 맞을 경우, 이 이본은 경판본인 대영박물관28장본이 제작된 1860년 보다 앞서 필사된 작품을 저본으로 삼은 것으로 추정해 볼 수 있다.

박순호31장본에는 '萬病 注文□ 慶尙北道 釜金山 港內 美國醫學博士 魚乙彬 계서 이월 초엿쉬'라는 필사후기가 남겨져 있다. 근현대 의학 관련 인물에 대한 조사에 따르면, 어을빈(魚乙彬)은 미국인 의료선교사인 Irvin의 한자식 이름으로, 그는 1893년 북장로회 선교사로 부산에 파견되었다. 이후 동광동에 어을빈병원(魚乙彬病院)을 개원하여 진료하다가 1933년에 작고했다고 한다.[80] 필사자 혹은 필사여부와 관련해 추가적인 자료 조사가 필요하지만 현재 확인된 정보가 맞다면 그의 활동 시기를 감안해 볼 때, 이 이본의 필사 시기는 1893년으로 추정해 볼 수 있다.

필사 지역이 나타나 있는 이본은 박순호31장본, 박순호35장a본, 사재동33장본, 김광순46장본, 김동욱22장본, 영남대28장본, 서울대27장본이다. 박순호31장본의 경우, 필사장소를 '釜金山'으로 밝히고 있고, 필사자가 활동했던 지역 역시 부산인 것으로 보아 부산에서 필사된 것

---

80) 김남일, 「근현대 한의학 인물실록」 들녘, 2011, 417~419쪽.; 박태일, 〈어을빈을 바로 알자〉, 《국제신문》, 2014.04.02. 31면.

으로 보인다. 박순호35장a본 역시 경상북도에서 필사된 것으로, '경상북도 남경군 사양면 신절이 고소지라'라고 필사자의 인적을 구체적으로 밝히고 있으며, 사재동33장본은 '釜山府草梁洞三一八番地'라는 주소를 남겨놓았다. 앞서 언급했듯이 김광순46장본은 경상도 안동에서 필사되었음을 밝히고 있고, 김동욱22장본은 '빅셩읍'에서 필사했다고 기록하고 있으나 어느 지역인지 확인할 수는 없다. 경남대48장본은 경남 지역 방언이 사용된 것으로 보아 그 지역에서 유통되었을 것으로 추정되며, 영남대28장본의 필사 장소는 '영천군 화북면 션쳔동'으로 제시되어 있다. 이외에도 서울대27장본을 통해 이 소설이 진안군에서 향유되었음을 알 수 있다. 그러나 이상에서 언급한 이본들로 볼 때, 이 소설의 주된 유통 지역은 경상도 지역이었던 것으로 보인다.

또한 필사자의 필사 후기와 편지가 남겨져 있거나 가사, 소설 작품 등이 합본(合本)된 이본들이 있다. 이를 통해 주된 향유층을 추정할 수 있을 뿐만 아니라 이 작품과 함께 향유되었던 작품도 파악해 볼 수 있다. 고소설의 필사자는 향유자이면서 동시에 작품을 부분적으로 변개(變改)시키며 새로운 의미를 창출(創出)하는 작가로서, 작품에 남긴 이들의 흔적은 작품이 어떻게 읽히고, 이해되었는지를 파악해 볼 수 있는 근거가 된다. 이러한 의미에서 〈숙영낭자전〉에 남겨진 독자들의 흔적을 눈여겨 볼 필요가 있다.

먼저, 서간문이 실려 있는 이본들을 참조할 수 있다. 서간문의 내용 및 발신자와 수신자에 따라 크게 두 경향으로 나눌 수 있는데, 사돈에게 보낸 서간문과 친정 식구들에게 보낸 서간문이 그것이다. 전자의 발신자가 딸을 시집보내는 어머니이고 수신자는 사돈이라면, 후자의 발신자는 며느리이자 딸이고 수신자는 친정식구들이다. 특히 박순호

46장a본과 한중연31상본에는 사돈에게 보낸 서간문과 형님에게 보낸 서간문이 모두 실려 있어, 딸을 시집보내는 어머니이자 한 가정의 며느리로서, 이 작품을 향유했던 여성들의 존재 위치를 확인해 볼 수 있다.

한편 단국대55장본에는 여러 편의 서간문이 묶여진 언간첩이 합본되어 있다. 소설의 필체와 서간문의 필체가 다른 것으로 볼 때, 필사자가 동일하지는 않은 것으로 확인되지만 언간첩이 여성들이 한글로 편지 쓰는 법을 익히기 위한 도구로 사용되었음을 상기할 때, 이 작품 역시 여성에게 향유되었을 것으로 추정된다. 또한 서간문의 필사자가 이 작품을 필사하지는 않았더라도 소설을 읽었을 가능성이 있고, 소설과 서간문의 필사자가 아닌 제3자가 이 모두를 독서물로 삼았을 가능성이 있으나 모두 여성임은 분명해 보인다. 여러 편의 서간문 중에는 중간에 내용이 끊기거나 앞부분이 누락된 경우가 있어 내용 파악이 쉽지는 않지만,[81] 대체로 사돈과 주고받는 편지로 구성되어 있으며, 그 중 딸을 시집보내는 어머니가 사돈에게 딸을 부탁하는 내용의 서간문이 실려 있다. '딸 신힝보닉난 사돈셔라'에 뒤이은 서간문이 그것으로 여기에는 친딸처럼 대해 달라는 당부와 사위의 품행에 대한 칭찬, 혼수가 넉넉지 못하여 부끄럽다는 등의 내용이 서술되어 있다.

또한 시집간 며느리이자 딸이 친정식구들에게 보낸 편지가 실려 있는 경우를 보면, 단국대34장a본을 그 예로 들 수 있다. 이 작품에는 형님과 부모님의 안부를 묻는 장문의 편지가 실려 있는데, 작품에 대한

---

81) 제일 처음에 수록된 서간문은 앞부분이 누락되어 있어 정확한 내용을 파악하기 어렵고, 편지 내용이 중간에 끊긴 경우도 있다. 그리고 이전에 보낸 편지에 답신을 받고, 다시 답신하는 내용의 서간문도 포함되어 있으며, '자부난 숭셔리'(63-뒤)라고 끝맺고 있는 서간문 뒤에 '스돈 답상장이라'(64-앞)라는 서간문이 포함되어 있다.

감상이 담겨 있지는 않으나, 부모와 형제간의 별리의 정이 곡진하게 기술되어 있다.[82] 편지 사연을 통해 당대 여성들의 삶을 확인해 볼 수 있기에, '어머님젼 상서'의 전문을 실으면 아래와 같다.

어머님젼 상서 문안 일의 압고져 ㅎ회 간졀이요 편지 한 셜 젼의 머은온 후로 비사광음이 물 흐르은 듯 훌훌ㅎ야 어어언 간에 시식이 다 진ㅎ고 시희가 도라오미 그간 문안 몰나 츙ㅎ온 마음 둘 디 업세 소식이 아득 막막ㅎ와 운산쳡쳡 막킨 다시 츄수 만곡 아득ㅎ야 빅운쳔 지 말 니 젼에 홍안셩만 바릿더니 뜻박긔 져 왓삽기로 문안 두로 살펴 온즉 차시 일긔 음음ㅎ온디 증포 하나바님 노경 긔력 아즉 부지ㅎ시고 ㅎ나바님 양위 기치 아즉 강건ㅎ오시며 어머님외 기분 수수 가사 구감 즁 아즉 여상ㅎ오시고 그 밧 디소 혼합니 두로 다 안상ㅎ오시다니 만 만니오나 우션 도련님 몸니 불평ㅎ야 잇쩌가지 고상ㅎ셧다니 듯기 불 승원여이오며 그간 혼사이 얼마나 심여ㅎ엿시난잇가 소딕 두로 ㄷ 안 영들ㅎ신 일 만만 깃부오며 자복난 면식이 무양ㅎ옵고 츈훤 양당 기후 아즉 만상ㅎ오시고 동기 간 두토 무탈ㅎ오니 일로 만힝더덕이올소이 다 알외 말삼 닐사오나 ㅎ감ㅎ압심 격사와 이만 앙달이압고 너닉 기후 수셔 강영ㅎ압심 다 희압나이다 갑자 이월 초오일 자부사리

빅셜 강산 언제든고 연연ㅎ 우리 남민 용산 일별 쩌올 지 옥수을 부어잡고 유유 신졍 못닉 잇지 못ㅎ야 동창을 반겨ㅎ고 훌훌이 젼송ㅎ

---

82) 이 작품에는 편지에 뒤이어, '慶州 金氏 奠雁 甲申 四月 二十五日 辛巳 行禮 巳時 午 甲申二月二十九日'이라는 기록이 남겨져 있다. '甲申四月二十五日辛巳'의 간지를 환산 해 보면 음력 1944년 4월 25일에 해당되는데, 이를 따를 경우 이 작품은 후대에 필사된 작품으로 추정된다. 다만 이 기록이 남겨진 면이 작품 및 서간문이 실려져 있는 면과 종이색이 다른 것으로 보아 후대에 책을 다시 묶은 것으로 보인다. 필자는 실물이 아닌 DB본으로 확인하였기에 실물을 통해 보다 명확한 근거를 확보할 수 있으리라 짐작된 다. 서지 사항을 분명히 제시하고자 이 자리에서 필사에 대한 정보를 밝힌다.

든 형사 잠시라도 놋치 못혼 졍곡 엇지할 줄을 모를 먼먼 질이 갈여오
니 양관 일곡 느진 날이 가옥 쳥쳥 푸른 가지 우리 남미 집푼 졍도
올올리 밋쳐 일만곡 유슈 져 산측에 물 소리 잔잔ㅎ야 함씨 안자 담화
ㅎ던 말소리 이너의 귀에 졍영흔 듯 희월이 무졍ㅎ야 어느더 시삼츈
시졀 다ㅎ오니 유유 심곡 아득ㅎ야 북편만 바리보니 두렷흔 져 달 보
니 동쳔에 놉피 소사 오동 소이 밋쳐드니 오미에 밋진 마음 화용월틱
황홀ㅎ야 사창에 비겨 안져 말 이 희쳔 바리보니 빅운홍슈 집푼 고디
야식만 청양ㅎ야 울울 심사 층양업셔 사창을 닷시 닷고 벽을 안고 누
엇스니 구만 쳥쳔 구름 밧기 은ㅎ슈는 즤울러지고 견우직녀 은은흔듸
우연니 잠이 드러 쑴결인 진싱시온지 쯧박긔 우리 남미 일셕에 홈긔
만나 반가운 마음 엇지 다 이기지 못ㅎ야 나상을 부어잡고 만단졍화
질시다가 무심흔 져 닥 소리 시복을 지촉든가 두 날기 쑥덕이고 뫼씨
요 우난 소리 잠을 뫼여 이런 안져 싱각ㅎ니 허망할 사 가시 업세 등부
을 발키 놋코 그곳슬 발히 보니 상풍만 소소흔듸 구름만 유유ㅎ야 젹
젹 수회 엇지 다 금홀 수 업셔 지필을 너려놋코 편지 일 장 ㅎ려ㅎ니
일심이 잠긘 졍회 수용산츌 엇지 다 기록지 못ㅎ야 두어 자로 모니 안
부 쳥ㅎ오니 그리 짐작 보시기를 바리오며 연ㅎ와 차시 즁소리 도ㅎㅎ
셔ㅎ의 조셕 능디 식사 등졀 얼마나 골몰ㅎ야 아즉 안상ㅎ신계요 어려
문안을 살펴삽기로 이만 기록ㅎ압고 디디평안ㅎ신 소식 바리오며 만
지 회답 보기을 고이압 이만 씃치나이다

— 단국대34장a본, 〈35-뒤〉~〈37-뒤〉

　　다소 장황하지만 서간문의 내용을 살피는 것도 긴요한 일이라 생각
하여 편지 전문(全文)을 인용하였다. 편지의 첫 면은 '부모님젼 상서'로
시작하고 있지만 친정 부모님께 보낸 편지와 형제에게 보낸 편지가 함
께 실려 있다. 위의 인용에서 알 수 있듯이, 편지에는 부모님과 형제에
대한 그리움이 절절하게 담겨져 있어, 이를 통해 기혼 여성의 처지를

확인해 볼 수 있다. '어어언 간에 식식이 다 진ᄒ고 식히가 도라오미 그간 문안 몰나'라는 표현으로 보아, 기혼 여성들이 시집을 간 이후 친정 식구들을 만나기가 쉽지 않았을 뿐 아니라 소식을 접할 기회조차 막막하기만 했음을 알 수 있는 것이다. 친정과 시집의 물리적·심리적 거리감은 '운산천첩첩 막킨 다시 추수 만곡 아득ᄒ'고, '먼먼 질이 갈여' 있는 것이었으며, 시집으로 들어온 이후, 친정 식구들과의 격절(隔絶)과 그로 인한 외로움은 기혼 여성이 공감하는 것이었던 것으로 보인다.

김광순28장본의 뒷부분에 역시 시가로 돌아가는 여동생에게 전하는 편지가 실려 있는데,[83] 이를 통해서도 이와 같은 여성의 삶과 처지를 엿볼 수 있다. 발신자는 기혼 여성으로서, 이제 시집을 가는 여동생에게 기혼 여성이 감당해야 할 책무를 당부하고 있다. 그가 언급한 것처럼 '원부모이형지ᄂ 면치 못할 소임'이었고, '시부모 섬기고, 구고효부 성순군자' 역시 기혼 여성이 감당해야 할 의무였으며, '썽날 나이 잇드리도 낫빗철 ᄒ 슌ᄒ'는 것 역시 여성에게 주어진 책무였던 것이다. 인상적인 것은 발신자가 '황금 갓한 국하빗과 만손 단풍 요란한ᄃ 너는 지ᄒ 가ᄂ고나'라고 언급한 부분으로, '지ᄒ'의 의미가 불분명하지만, 기혼여성의 처지를 국화와 단풍의 화려함과 대조시키는 이 한 문장 속에 "시집"살이의 고단함이 잘 묻어난다. 또한 발신자는 "이 칙이 쩌허지도록 늘 본 다시 두고 보아라"라며 글을 맺는데, 이를 통해 〈숙영낭

---

83) "아아 춤 설푸다 지군이여 맞춤 잇더는 갑슐연 구시절이라 황금 갓한 국하빗과 만손 단풍 요란한더 너는 지ᄒ 가ᄂ고나 부모 동가 더별ᄒ고 시가로 도라갈 더 주우이 선ᄂ지 중 줄 가그라 전별ᄒ더 연약ᄒ 네 마암이 어더다 함하리라 그러나마 그르나마 보더보더 중 가거라 여ᄌ의 원부모이형지ᄂ 면치 못할 소임이라 부디부디 시부모을 줄 섬기여 구고효부 성슌군ᄌᄒ여라 두두고촌이 싱즁ᄒ여 시즁문고 안이 비부조가이 빅ᄀ을 조심ᄒ더 썽날 나이 잇드리도 낫빗철 ᄒ 슌ᄒ면 시가이 후품셩듀물너 밥지하ᄂᄂ이라" (211쪽.)

자전〉이 시집으로 인해 친정과 멀어진 기혼 여성들의 공감 속에 향유
되면서 시집과 친정 간의 공간적 격절감을 메우는 역할을 했음을 알
수 있다.

이러한 사정은 박순호50장본에 실린 편지에도 잘 나타나 있다. 이
작품에 실린 편지 역시 부모님께 보낸 안부 편지로, '우리 할마님', '우
리 어마님', '우리 슘모' 등의 안부를 묻는 발신자의 사연이 애절하다.
필체로 보아 두 작품 모두 작품의 필사자와 서간문의 필자가 동일 인물
일 것으로 추정되는데, 이로 볼 때 〈숙영낭자전〉의 주된 독자층은 여성
들이었고, 특히 기혼 여성들의 공감 속에 향유되었음을 확인해 볼 수
있다.

또한 여성 독자 및 여성 화자의 존재를 확인할 수 있는 소설, 시가가
함께 수록되어 있는 경우가 있다. 김광순59장본과 김동욱22장본에는
〈장화홍련전〉이, 조동일28장본에는 〈정을선전〉이 합본되어 있는데 두
작품은 모두 계모와 전실 자식 간의 갈등을 다룬 소설로서 가정 내 여
성의 문제를 다루고 있다. 〈숙영낭자전〉 역시 가정 내 여성의 문제를
주지로 하는 작품으로서, 이들은 모두 훼절 모해로 인한 여성의 수난을
소재로 하고 있다는 점에서 공통적이다. 또한 시가로는 〈회심곡〉, 〈복
선화음록〉, 〈화전가〉에 속하는 〈봄노래〉와 이별가류의 작품이 합본되
어 있다. 〈회심곡〉은 부모님의 은혜와 효도를 주된 내용으로 하는데,
본래 불교 교리 전파를 목적으로 불린 것이나 효를 강조하는 교훈가사
의 면모를 많이 지녔으며, 전파와 포교의 주요 대상은 향촌의 부녀자층
이었다.[84] 〈복선화음가〉와 〈화전가〉 역시 주된 향유층이 여성이라는

---

84) 김동국, 「회심곡 연구」, 고려대학교 박사학위논문, 2004, 55쪽.

점에서 동일하다.

이처럼 합본된 작품이나 필사자들이 남긴 서간문을 통해 그들의 흔적을 살필 수 있고, 이러한 흔적들을 통해 〈숙영낭자전〉이 대체로 여성 향유층들에게 읽혔음을 추정해 볼 수 있다. 그러나 소설의 내용이나 감상을 적어놓는 경우가 거의 없어 작품 수용의 구체적인 양상을 살피는 것이 쉽지는 않다. 다만 몇몇 작품에 남겨진 필사기를 통해 대강을 살필 수 있을 뿐이다.

1 이 절을 자세히 보고 그대로 하면 뉘 안이 열녀 안 되리요
— 단국대23장본, 〈23-뒤〉

2 부디 타인덜도 이 연을 모와 미스을 명켜 남으 익미한 일을 하지 말소셔 어마님이 말 담담 어이흐른   — 단국대49장본, 〈50-앞〉

3 좌우의 보난 사람 일시의 하난 말리 시상의 즈시 보지 못흔 일을 부디부디 모함 말라 앙급기신흐나이라 남녀 간의 못실 횡실 다은 사람 모함히면 화불션종할 거시니 부디부디 조심흐오 상공 갓흔 사람도 후회한들 실더업시니 어화 시상 사람드라 부디 남 모함마라 히엇드라   — 김광순24장본(432)

위의 필사기는 모두 작품의 교훈적인 측면을 강조하고 있는데, 교훈의 내용에는 차이를 보인다. 1은 낭자의 열녀로서의 모습에 주목하여 열행을 강조하는 반면에 2와 3은 매월과 상공의 행위에 주목하고, 보지 못한 일을 모함하지 말 것과 사리 판단을 분명히 하라는 경고를 남기고 있는 것이다. 다시 말해, 전자의 필사자는 낭자의 행위에 초점을 맞춰 이를 본받아야 할 선행(善行)으로 규정했던 것과 달리 후자의

필사자들은 낭자의 수난에 초점을 맞춰 그녀를 고난으로 몰고 간 인물들의 행위를 지탄받아야 할 악행(惡行)으로 규정한 것이다. 이 필사기가 실린 작품들은 모두 전체적인 서사 흐름이 유사한 가운데 결말의 양상에 차이를 보이는데, 이러한 결말의 변모는 이와 같은 필자자들의 작품에 대한 이해와 밀접한 관련을 맺고 있는 것으로 보인다.

　1이 실린 단국대23장본은 낭자가 죽림동에서 상공부부, 임소저, 자식과 함께 머물러 살다가 상공부부가 먼저 별세하고, 후에 낭자와 선군, 춘양, 동춘이 함께 승천하는 결말을 이루고 있으며, 임소저의 후일에 대한 서술은 없다. 2가 실린 단국대49장본은 재생한 낭자가 상공부부에게 하직 후 승천하는 결말을 보이고, 3이 실린 김광순24장본은 낭자의 장례로 작품을 끝맺는다. 단국대23장본은 가족의 화합을 결말로 내세우고 있다는 점에서 단국대49장본, 김광순24장본과 큰 차이를 보이며, 특히 김광순24장본은 비극적 결말을 통해 낭자가 입은 수난의 비극성과 부당성을 강조하고 있어, 비판적 의식이 두드러진 작품으로 논의된 바 있다.[85] 이러한 결말의 변이와 필사기의 관련성에 초점을 맞춰 다시 살펴보면, 1의 필사자는 상공 부부, 임소저를 끌어안은 낭자의 포용을 결말에 덧붙임으로써 낭자의 행위를 본받아 마땅한 열(烈)로 규정했던 반면, 2의 필사자는 상공 부부의 적적한 최후를, 3의 필사자는 낭자의 비극적 죽음을 각각 결말로 제시하여 상공 부부와 매월의 행실을 금지해야 할 악(惡)으로 규정했음을 알 수 있는 것이다.

　이로 볼 때, 이 작품의 필사 이본은 주로 여성들에 의해 마련되었

85) 김일렬, 「비극적 결말본 숙영낭자전의 성격과 가치」, 『어문학』 66, 한국어문학회, 1999.

고,[86] 이들은 개개인의 향유 의식 및 지향에 따라 결말을 변모시키며 개작에 적극적으로 참여했던 것으로 보인다. 이 작품을 정성스레 필사했던 향유자들은 여동생을 시집보내며 눈물짓는 누이, 딸을 시집보내며 사돈에게 딸의 안위를 당부하는 어머니, 친정 부모와 형제의 안부를 묻는 여인들이었으며, 이들은 작품에 그려진 낭자의 삶에 깊이 공감하며 작품을 향유했던 것이다. 이러한 점에서 볼 때, 〈숙영낭자전〉을 정절이라는 가부장제적 이념을 배경으로 하면서 "시집"살이 하는 여자의 삶을 문제 삼는 한편 낭만적 사랑을 향한 여성들의 꿈과 이상이 반영되어 있는 작품으로 이해해 볼 수 있다.[87] 이 작품을 필사했던 여성들의 시선을 통해 작품을 바라볼 때 소설의 의미가 보다 선명히 파악될 수 있을 것이며, 이러한 점에서 작품의 결말 변이가 이들의 세계에 대한 인식과 어떻게 관련되어 있고, 기혼 여성의 삶이 어떻게 그려지고 있는지 살펴보는 것은 매우 중요하다고 하겠다.

---

86) 단국대31장본(어을빈)과 영남대28장본(권학기)의 필사자는 이름으로 보아 남성일 것으로 추정된다. 이처럼 〈숙영낭자전〉의 향유자들 가운데는 남성들도 있었겠지만 작품의 구성 내용 및 앞서 검토한 서지적 특징으로 볼 때, 대체적으로 여성들이 주 향유층이었을 것으로 판단된다.

87) ≪표준국어대사전≫에 따르면, 시집살이는 결혼한 여자가 시집에 들어가서 살림살이를 하는 일이나 남의 밑에서 엄격한 감독과 간섭을 받으며 하는 일을 비유적으로 이르는 말을 의미한다. 그러나 통상 시집살이라는 용어를 구사할 때, 두 의미를 아울러 여자가 시집에 들어가 살림살이를 하며 시집 식구들의 엄격한 감독과 간섭을 받는 일이라는 의미로 사용한다. 시집은 시집 식구들과 며느리간의 관계성을 기반으로 한 공간으로서, 시집 문화가 파생된 사회의 이념성을 내포하고 있다. 이 논문에서 "시집"살이는 시집식구들의 엄격한 통제와 간섭이라는 의미와 구별하여 시집에서 살아가는 여성들의 삶과 심리적 부담감을 나타내는 용어로 사용하였다.

Ⅲ.
〈숙영낭자전〉의 공간 형상과 이본 유형

    고소설의 이본은 소설 향유자들의 적극적인 독서 행위 과정에서 파생된 결과물로서, 필사본의 필사자 혹은 방각본이나 활자본의 제작자들은 이본 생산에 참여했던 적극적인 소설 향유자라고 할 수 있다. 이들은 서사를 부분적으로 변모시키거나 새로운 내용을 첨가하고 결말을 변모시키면서 이본 파생에 참여하였고, 이를 통해 서사적 의문을 해소하거나 기존 결말에 대해 이의를 제기하는 한편 특정 인물에 대한 긍정적 시각을 드러내기도 했다.[88] 따라서 각각의 이본에는 소설을 향유하며 이본 생산에 참여했던 이들의 의식이 반영되기 마련이며, 이본의 개작 원리를 밝히거나 논쟁되었던 부분을 찾아, 그 의미를 탐색하는 것은 당대 소설 향유자들의 향유 의식을 살피는 방편이 된다. 이본의 유형을 분류하는 것은 이러한 연구의 일환으로, 이 점에 유의하면서 다양한 결말을 보이는 〈숙영낭자전〉의 이본들을 주목해 볼 필요가 있다.

    특히, 〈숙영낭자전〉의 이본은 결말에 차이를 보이는데, 이는 낭자의

---

88) 정충권, 「토끼전 결말의 변이양상과 고소설의 존재 방식」, 『새국어교육』 71, 한국국어
교육학회, 2005, 534쪽.

삶의 공간 선택 문제와 깊은 관련을 보이고 있다. 인간에게 '삶의 공간을 어디로 정할 것인가?'라는 문제는 단순히 삶의 처소를 정하는 문제를 넘어 어떻게 살아갈 것인가의 문제와도 긴밀히 연결되어 있으며, 결국 각각의 선택을 통해 현실의 삶과 공간을 어떻게 인식하고 있는지를 확인할 수 있다. 가부장제의 규제 속에 갇혀 살아야 했던 조선 시대 여성들은 삶의 공간을 어떻게 이해했는지 〈숙영낭자전〉 이본의 여러 결말은 이를 보여준다. 이에 이 장에서는 이러한 결말의 차이, 즉 재생한 낭자가 선택한 공간의 차이에 주목하며 이본 연구를 진행하고자 한다. 이를 위해 먼저 결말의 변이가 어떻게 나타나고 있는지 전체 서사 구조를 검토하면서 변이 양상을 살펴보고, 그것이 공간 선택의 문제와 어떻게 관련되고 있는지 면밀히 검토해 볼 것이다. 그리고 이러한 이본 별 변모가 당대인들의 공간에 대한 인식 및 의식과 어떠한 관련을 맺고 있는지 살펴봄으로써, 이를 통해 이본 유형의 기준을 찾고, 이를 바탕으로 이본을 분류하여 그 유형적 특성과 의미를 고찰하고자 한다.

1. 〈숙영낭자전〉 서사 분석

1) 〈숙영낭자전〉의 서사 단락

한 편의 소설은 개별 서사 단락들이 유기적인 관계를 맺으며 완결된 하나의 구조로서, 서사 구조의 분석은 분절된 서사 단락들의 유기적 관계를 해명하는 것이다. 채트먼은 서사적 텍스트를 이야기(histoire)와 담화(discours)로 구분하였다. 이야기가 사건, 인물, 배경 등의 서사의 내용이라고 한다면 담화는 스토리를 전달하는 방식으로서,[89] 서사 구조의 분석올 위해서는 먼저 담화 층위에서 서술된 것을 순서대로 읽으며 사건을 인과 관계에 따라 재구성하는 일이 선행되어야 한다. 이와 더불어 스토리 층위에서 사건, 인물을 중심으로 갈등을 분석하고 의미를 해명하는 작업을 병행할 때, 서사 구조가 온전히 밝혀질 수 있을 것이다. 이에 이 절에서는 구체적인 작품 분석에 앞서 시간적, 인과적 순차에 따라 서사 단락을 나누어 제시하여 내용을 간략히 살펴보기로 한다.

이를 위해 81종의 이본 자료를 비교하여 〈숙영낭자전〉의 이본들에 두루 나타나는 서사 단락을 15개로 나누어 정리하였다. 다만 하나의 서사 단락 내에서 이본에 따라 생략되거나 부분적으로 차이를 보이는 경우에는 괄호 안에 표기하여 작품의 서사 구조를 온전히 파악하고자 하였다. 그리고 이 작품의 이본은 결말부에 해당하는 ⑭~⑮단락에 이르러 큰 차이를 보이는데, 이는 결말의 선택이 향유자들 사이에서 논쟁이 되었음을 의미한다. 이에 서사적 차이에 따라 각각의 단락을 a, b, c의 하위 단락으로 나누어 상세한 내용을 제시함으로써 차이점을 분명히 드러내고자 하였다. 이를 살펴보면 아래와 같다.

적강-결연

① 경상도 안동 땅에 백상공이 (소년등과 후 높은 벼슬에 올랐으나 소인 참소를 입고 낙향하여 농사에 힘쓰며) 산다.
② 늦도록 자식이 없던 (정씨가 명산대찰에 기자 치성하자고 하자 백공은 비웃었으나 부인의 소원에 따라) 백공 부부가 기자 치성하여 (선관이 나타나 아기를 씻어 뉘이며 선군 적강 내력과 낭자와의 인

---

89) 시모어 채트먼 저, 김경수 역, 『영화와 소설의 서사구조』, 민음사, 1990, 20~29쪽.

연을 알려주는) 태몽을 꾼 후에 선군을 낳는다.

③ 선군이 장성하여 백공 부부가 타문에 배필을 구하자, 낭자가 선군에게 현몽하여 천상배필임을 알린다.

④ 낭자를 본 선군이 상사병에 걸리자 낭자가 현몽하여 선약을 주고, 화상과 금동자 한 쌍을 주어 가세를 요부하게 하고, 매월을 방수로 삼게 하는 등의 방법을 쓰지만 병이 호전되지 않자 선군을 옥연동으로 찾아오라고 한다.

⑤ 선군은 부모의 만류를 뿌리치고 길을 떠나 헤매다 하늘에 하소연한 끝에 옥연동을 찾아 낭자를 만난다. 선군의 허신 요청에 천정기한 3년을 이유로 거절하다가 운우지정을 맺는다.

모해-죽음

⑥ 낭자는 공부가 부질없다며 선군과 함께 귀가하여 동별당에 처소를 정하고 세월을 보내니 선군은 낭자와 함께 남매를 낳아 기르면서 학업을 전폐한다.

⑦ 민망히 여기던 상공이 선군에게 과거를 권유하나 선군은 거절하다가 낭자의 강권에 과거 길에 오르지만 두 차례 귀가하여 낭자와 동침하고, 순행하던 상공이 남자의 목소리를 듣고 낭자의 정절을 의심한다.

⑧ 백공이 낭자를 불러 지난 일을 묻지만 매월과 수작하였다고 답하고, 매월에게 사실이 아님을 확인한 상공은 매월에게 낭자를 엿보라고 한다.

⑨ 선군이 낭자를 만난 후 자신을 돌아보지 않음에 앙심을 품은 매월이 돌이를 시켜 낭자를 모해한다. 상공이 궁문하자 낭자가 사실을 밝히지만 믿지 않자 하늘에 옥잠을 던져 진실을 규명하고 섬돌에 박힌 옥잠을 보고 상공이 사죄한다.

⑩ 낭자가 억울함을 호소하며 시모와 춘양의 만류에도 (벽상에 혈서를

쓰고) 자결한다.

⑪ 백공 부부가 낭자의 장례를 치르고자 하나 시체가 움직이지 않고, (선군이 낭자를 따라 죽을 것을 염려한 백공은 늙은 하인의 조언에 따라 임진사를 찾아가 임소저와 정혼한다.)

⑫ 선군이 과거급제 후 귀향하는데 낭자가 유혈이 낭자한 채 현몽하여 신원(伸寃)하고, (상공이 임소저와 성혼시키려 하나 선군이 거절한다.)

⑬ 귀가하여 낭자의 시체를 본 선군이 낭자의 몸에서 칼을 뽑자 청조가 나와 (하면목,유자심,소애자/ 매월이네) 울고, 선군은 낭자의 자살 내막을 밝히고 매월과 돌이를 징벌한다.

재생-승천

⑭ 낭자가 재생하다.

a. 낭자가 현몽하여 구산도 신산도 아닌 옥연동 못 속에 장사해 줄 것을 요청하자, 선군이 낭자를 옥연동 못 속에 장례하고 제문을 지어 올리니 낭자가 재생한다.

b. 낭자가 현몽하여 천정기한 파기에 대한 옥제의 훈계와 수 일 후 재생할 것임을 알려준 후, 선군이 외출 후 돌아와 보니 낭자의 몸에 생기가 돈다. 이에 선군이 삼과를 다려 입에 넣고 수족을 주무르니 낭자가 재생한다.

⑮ 낭자가 승천하다.

a. 낭자가 승천하라는 옥제의 하교를 전하며 (하직 후) 선군, 자녀들과 함께 승천한다.

b. 낭자가 선군과 함께 집으로 돌아와 부모를 극진히 봉양하며 지내다가 (선군에게 임소저와의 결혼을 권유하고, 선군이 임소저와 결혼한 후) 승천한다.

c. 낭자는 선계에 머물러 지내고, 선군은 동자의 도움으로 선계로 가 낭자를 만난다. 부모님을 모셔오자는 선군의 요청에도 불구하고 낭자는 인간과 달라 함께할 수 없다며 임소저와 결혼하여 부모를 임소저에게 모시게 한다. 선군은 두 곳을 왕래하며 지내다가 후에 낭자의 말에 따라 자녀들을 데리고 선계에서 가서 지내다가 승천한다.

d. 잔치를 배설하여 친척 빈객이 즐기며 치하한다. 이 소문을 들은 임소저가 절개를 지키며 타문과 혼사를 이루려하지 않자 낭자가 선군에게 주상께 사혼을 상소케 하니 주상이 칭찬하며 숙영낭자와 임소저에게 각각 정렬부인과 숙렬부인 직첩을 주며 결혼을 허락한다. 선군은 임소저와 혼례를 이룬 후 세월을 보내다가 백공 부부가 별세하자 선산에 안장하여 시묘살이를 한 후에 자식들의 하직인사를 받으며 낭자와 선군, 임소저가 함께 승천한다.

이상의 서사 단락을 통해 확인할 수 있듯이, 〈숙영낭자전〉은 적강한 두 남녀의 열정적 사랑과 훼절 누명으로 인한 낭자의 수난과 죽음, 재생과 승천의 서사를 담고 있다. 작품의 전반부에 해당하는 ①~⑤단락은 적강한 낭자와 선군의 결연 과정을 주된 내용으로 하면서, 제도 밖에서 이루어진 두 남녀의 만남과 사랑을 그리고 있다. 부모의 매개 없이 이루어진 두 남녀의 사랑은 당대 사회에서 용납되기 어려운 것이었는데, 선군과 낭자는 이러한 사회적 규범뿐 아니라 천정기한이라는 천상계의 규범을 어기면서 사랑을 성취한다. 상공 부부의 환대 속에 규범을 벗어난 이들의 사랑은 수긍되는 듯하지만, 모해로 인한 낭자의 수난과 죽음을 담고 있는 ⑥~⑬단락에서 내재되어 있던 갈등이 표면 위로 떠오른다. 과거 길을 떠난 선군이 두 차례 귀가한 일이 발단이 되어 낭자는 수난을 겪고 결국 죽음에 이르게 되는데, 이 가운데 낭자와 상공의 갈등이 첨예하게 대립되는 것이다. 훼절을 의심하는 상공(시부)과 결백을 주장하는 낭자(며느리), 그 갈등의 중심에는 당대 여성들에게 강요되었던 정절 이념이 자리 잡고 있으며, 낭자의 억울하고 비극적인 죽음을 통해 이념의 폭력성이 폭로된다. 이후 ⑭~⑮단락에서는 낭자의 재생과 승천을 그리는 가운데, 갈등이 갈무리되고 새로운 삶의 가능성이 모색되고 있다.

(1) 적강과 결연

①~⑤단락은 적강한 낭자와 선군의 결연을 중심으로 서사가 전개되고 있다. 그 가운데 ①단락에서는 작품의 시·공간적 배경과 백상공에 대한 소개가 서술된다. 시대적 배경은 이본에 따라 조선 세종 시절이나 고려, 대명홍무연간, 옛 시절 등으로 다양하게 나타나는 반면, 공간적 배경은 안동으로 동일하게 나타난다. 선행 연구자들은 안동이라는 공간의 질서가 당대 안동 지역의 사회 문화적 질서와 유사하게 나타나고 있다는 점에 주목하며, 작품의 유통 및 작자의 추정을 안동 지역과의 관련성 속에서 파악하였다. 경상도 지역이나 안동 지역을 언급하고 있는 필사 후기가 남겨져 있는 이본으로 볼 때, 이러한 추정이 불가능한 것은 아니지만 무엇보다 이 공간의 함의는 서사 내에서 해명되어야 할 것이다. 작자는 소설 속에 인물이 놓인 시간적·공간적 환경을 구체적으로 확정하고 서술하며, "인물들은 추상적으로 심층서사 차원에 존재하는 공간 내에서 존재하며 움직이기"[90] 때문이다. 이러한 점에 주목해 안동이라는 공간을 살펴보면, 안동은 양반 중심의 유교 문화가 자리

90) 시모어 채트먼, 김경수 옮김(1990), 앞의 책, 167쪽.

잡았던 경험적 현실의 재현 공간으로, 이 공간이 가진 사회·문화적 특
수성은 작품 내적 공간 질서를 구축한다. 그리고 이러한 공간적 질서는
상공이라는 인물의 세계관과 연결되는 한편, 선군과 낭자의 행위를 제
약하는 틀로 작용하는 것이다.

　이러한 점에서 시·공간적 배경에 뒤이어 제시되는 백상공에 대한 소
개를 주목해볼 필요가 있다. 이본에 따라 상공에 대한 소개가 생략되는
경우도 있지만, 소개가 제시될 경우에는 대체로 상공의 이름이 '빅셕
주', '빅셩츄', '빅셩취' 등으로 나타나며, 소년등과 후 병조참판에 올랐
다가 소인의 참소를 입어 낙향했다는 내용이 서술된다. 상공의 이러한
신분적 특징은 그가 유교적 이념과 상당히 친연적인 인물이라는 점을
시사한다. 그리고 ②, ③단락에서 이러한 인물의 성격이 구체적으로 드
러난다. ②단락에서는 상공부부가 자식이 없어 근심하다가 기자치성
이후 선군을 출생하는 과정이 서술되는데, 상공은 정씨의 기자치성 권
유에 "상공이 우워 왈 비러 즈식을 느흘진딕 쳔흐의 무즈식흔 스람이
쏘 어딕 잇스올잇가 아무러커느 부인 소원이 글어흐오면 비러 보스니
다"[91]라며 불신의 태도를 보이고, 선군이 장성하자 낭자와의 삼생연에
대한 태몽을 무시한 채 타문에 구혼한다.

　　각셜이라 옛 고려국 시졀의 경상도 안동 쌍의 한 지상이 잇시되 셩
　　은 빅이요 명은 셩즉이라 일즉 등과흐야 벼살이 병부시랑의 잇셔 명망
　　이 조졍의 웃듬이라 셔디 츙열공의 후예라 가운이 불힝흐야 참소을 만
　　나 고힝의 니려와 농업을 심씨던이 가산이 요부흐고 셰상의 □무 한신
　　이라 셰월이 여루하야 연광이 반팔이라 흐로난 상공이 부인으로 더부

---

91)　김동욱58장본(『숙』1 : 18)

려 완월누의 올나 월식을 구경ᄒ더니 부인이 탄왈 우리 세간이 요부ᄒ
고 벼살니 졔일이로디 다만 실하의 일졈 혈육이 업사오니 압풀 뉘기
인도ᄒ며 뒤을 뉘가 니여 션영 힝화을 안이 ᄭᆫ으며 빅골을 뉘가 거두
리요 ᄒ여 죄인이라 탄식ᄒ고 낙누ᄒ니 상공이 왈 낙누ᄒ며 무ᄌᄒᆷ은
다 너의 죄라 양구의 부인인 엿ᄌ오디 오형지죄 삼쳔의 무ᄌ식한 죄가
크다 ᄒ온즉 울리도 졍셩으로 티빅산 실령임게 지셩으로 비려나 보ᄉ
이다 한즉 상공이 허허 웃고 비려 ᄌ식을 나을진디 세상의 무ᄌ식한
스람이 어디 잇사오릿가마난 부인의 원디로 ᄒ사이다 …〈중략〉… 하
날노셔 한 션여 나려와 옥병의 힝슈을 부어 아히를 싯게 누이고 부인
더려 이로디 이 아히난 쳔성 선관으로 요지원의 슈겡낭ᄌ로 더부려 희
롱한 죄로 상졔졔 득죄ᄒ야 인간의 격거ᄒ여 의퇵할 비 업셔 티빅산
실령임이 이 딕의 지시ᄒ여스니 부디 이 아히를 잘 지르오면 삼싱연분
으로 미양 질거ᄒ여 타문의 구혼 마옵소셔 ᄒ고 간디업거날

– 조동일47장본(『숙』1 : 260)

    화셜 세종조 ᄯᅥ의 경상도 안동 ᄯᅡ히 한 션비 잇스되 셩은 빅이요
명은 상곤이라 부인 졍씨로 더부러 동쥬 이십여 년의 일기 ᄉ속이 업
셔 쥬야 슬허ᄒ더니 명산디찰의 기도한 후 긔몽을 엇고 일ᄌ롤 싱ᄒ여
졈졈 ᄌ라미

– 대영28장본(『숙』3 : 18)

  상공은 비유교적 현상과 태도를 냉소하거나 불신하는 인물로서, ①
단락에서 제시되는 인물의 성격은 ②단락과 인과적 연결고리를 맺고
있다. 위의 인용에서 볼 수 있듯 대영28장본처럼 ①단락에서의 상공에
대한 소개가 생략되는 유형의 경우, 이러한 인물의 성격 역시 주목되지
못할 뿐만 아니라, ②단락에서 기자 치성을 경시하는 상공의 태도에
대한 서술, 선군과 낭자의 인연을 언급하는 태몽 역시 생략된다. 이러
한 측면은 조동일47장본과 비교해 볼 때 더 확연하게 드러난다.

이후 ③단락에서는 상공이 선군의 배필을 찾아 타문에 구혼을 하자 낭자가 선군에게 현몽하여 천상의 인연을 밝힌다. 여기서 작품의 중심 인물인 선군과 낭자가 비로소 등장하는데, 이들은 천상 선관과 선녀로서 죄를 입고 적강한 존재로 그려진다. ②단락에서 태몽을 통해 선군과 낭자의 천상인연이 언급된 이본 유형에서는 타문 구혼으로 인해 천상 인연이 속절없이 될까 하는 낭자의 생각과 염려가 서술된 후, 낭자가 선군에게 현몽하여 희롱죄를 입고 적강하였음을 밝히고 3년만 참으라면서 타문 구혼을 만류한다. 한편 태몽이 생략된 유형에서는 낭자의 생각과 염려에 대한 서술 없이, 타문에 구혼했으나 의합한 곳이 없어 상공 부부가 근심하는 가운데 선군이 서당에서 글을 읽다 졸던 중 낭자가 현몽하여 천상인연임을 밝히면서 '비 그릇 준 죄'를 입고 적강하였다고 말한다.

그런데 적강죄명이 무엇이든 이들의 적강은 천상의 인연을 지속하기 위해 허여(許與)된 것이며, 천명(天命)은 이들의 사랑과 결연에 필연성을 부여한다는 점에서 동일하다. 이들의 지상계에서의 삶은 오직 두 사람의 인연을 지속하기 위해 주어진 것이다. 적강소설의 인물들은 지상계에서의 수난을 겪지만 천상 질서의 개입으로 이를 극복하며, 인물들이 겪는 수난은 대체로 적강 죄에 대한 속죄과정으로 설명된다. 이와 달리 이 작품에서 적강 죄는 인물이 겪는 수난과 상관이 없으며, 낭자가 겪는 수난은 천정기한을 파기함에서 비롯된 것으로 설명된다. 즉, 적강 죄는 두 인물을 적강시키기 위한 명분일 뿐이고, 적강 서사는 두 인물이 천상적 인물이라는 점을 환기하는 동시에 결연의 필연성을 보장해주기 위한 서사적 장치로 기능하면서 규범을 벗어난 남녀 간의 사랑에 정당성을 부여해주는 것이다.

꿈속에서의 첫 만남을 시작으로 낭자와 선군의 연애담이 ④~⑤단락
에 걸쳐 서술되는데, 여기서 주목할 점은 이들의 만남이 꿈이라는 환상
적 방식을 통해 이루어지고, 결연이 옥연동이라는 환상적 공간에서 이
루어진다는 점이다. 낭자와 선군은 부모의 동의와 매개 없이 만나고
결연을 이루는데 이는 당대의 관습이나 제도를 넘어서는 것으로, 작품
의 배경이 되는 안동이라는 공간적 질서, 이를 지향하는 상공이라는
인물의 성격과도 배치된다. 이들의 연애담이 환상적 틀을 통할 수밖에
없는 이유가 바로 여기에 있는 것이다. 이처럼 선군과 낭자의 제도를
넘어선 열정적이고 낭만적인 사랑이 그려지는 가운데, ④단락에서는
매월이 낭자를 모해하게 된 원인이, ⑤단락에서는 낭자가 수난을 겪게
되는 근본 원인 – 천정기한의 파기 – 이 제시된다.

이처럼 낭자와 선군의 적강 – 결연을 중심으로 서사를 이끌어 가고
있는 이 서사 단락에서는 안동이라는 가부장제의 현실 세계와 옥연동
이라는 탈가부장제적 환상 세계가 대립적인 공간 구도를 보이면서, 각
공간과 인물의 성격 및 지향이 긴밀한 연관관계를 보여준다. ①~②단
락에서는 가부장제 질서와 체제가 작용하는 공간으로 안동이 제시되
고, 이는 유교 이념을 지향하는 상공의 태도와 긴밀한 관련을 맺고 있
다. 그리고 ④~⑤단락에서는 옥연동이라는 탈가부장제적 공간이 제시
되며, 이곳에서 관습과 제도를 넘어선 선군과 낭자의 낭만적 사랑이
이루어지는 것이다. 이러한 대립적 구도가 ③단락에서 타문에 구혼하
는 상공과 타문 구혼을 만류하는 낭자의 행위를 중심으로 배치되고 있
으며, 이러한 단락의 배치는 '규범에 입각한 결연'/'규범에서 일탈된 결
연'이라는 갈등 상황과 연계되어 있다. 그러나 결국 선군과 낭자가 자
율적 만남으로 애정을 성취하고, 이것이 천정인연에 의해 합리화되면

서 이들이 추구하는 낭만적 사랑의 가치가 우위를 확보하게 된다.

낭만적 사랑은 "강렬한 애착을 보이는 열정적 사랑으로부터 생겨난 특정 신념과 이상의 집합체"로서,[92] 결혼을 전제로 한 자율적인 사랑의 형태이다. 낭만적 사랑은 자율성에 입각한 두 남녀의 자발적인 애정을 근거로 한다는 점에서 열정적 사랑의 속성을 지니고 있지만, 결혼을 통해 지속성과 영원성을 확보한다는 점에서 순간적인 감정에 빠지는 열정적 사랑과 구별된다. 또한 열정적 사랑이 성적(性的) 애착에 연관되는 반면, 낭만적 사랑은 숭고한 사랑의 요소들이 성적인 열정의 요소들을 지배하는 사랑의 양태로서, 결혼을 통한 가족 결합이라는 전제 아래 성적 행위는 허용되고 여성은 '점잖고', '정숙한' 여성으로서의 지위를 훼손하지 않으면서 사랑의 주체로 자리매김하게 된다.

선군과 낭자는 부모의 매개 없이 자발적 애정에 근거해 결연을 이루며, 이들은 가정을 꾸린 이후에도 사랑을 지속하고, 낭자의 재생과 승천을 통해 부부애의 영원성을 확보한다. 이러한 점에서 이들의 사랑은 낭만적 사랑의 면모를 보인다. 꿈속에서 낭자와 첫 만남을 이룬 이후 상사병에 걸려 사경을 헤매는 선군은 분명 성적(性的) 애착에 연관된

---

92) 앤소니 기든스는 서구 사회에서의 현대성(modernty)의 전개 과정을 공/사 영역의 구조적 변동에 초점을 맞추어 설명하면서 사적인 문제인 것처럼 보이는 성(性)과 사랑이 사회의 구조 변동과 밀접한 관계가 있음을 역설한다. 그는 낭만적 사랑을, 열정적 사랑과 숭고한 이상의 결합체로 규정하고, 이것이 18세기 후반의 사회 문화적 현상-가정의 창조, 가부장적 권위의 쇠퇴와 모성(母性)의 발명- 속에서 발생되었다고 주장한다. 그리고 낭만적 사랑은 여성을 안락한 가정의 주체로 가두어 두는데 기여하고 있지만, 이를 통해 여성이 능동적인 사랑의 주체가 되었다는 점을 강조한다. 낭만적 사랑에 대한 기든스의 견해는 비록 그것이 현대성을 규명하기 위한 과정에서 언급된 것이기는 하나, 낭만적 사랑의 특성을 파악하는 데에 유용하게 적용될 수 있다. 앤소니 기든스, 배은경·황정미 역, 『현대사회의 성 사랑 에로티시즘』, 1996, 75~88쪽.

열정적 사랑에 빠져 있다. 그러나 낭자는 선약을 주거나 화상과 금동자를 주고, 매월을 방수로 삼게 하는 등 치병 행위를 하면서 만남을 지연시키고, 이를 통해 사랑의 지속성을 확보한다. 이 과정에서 낭자를 향한 선군의 간절함은 더욱 깊어지고, 여기에 옥연동에서의 만남 지연과 긴장이 더해지면서 낭자는 육체적이고 충동적인 선군의 사랑을 제어하면서 관계의 우위를 확보하는 동시에 '정숙한' 여성으로서 자신의 존재감을 드러낸다.

> 션군니 마음니 황홀ᄒ여 불고염치ᄒ고 당상의 올너간니 낭ᄌ 아미을 슉니고 슈괴ᄒᆫ 터되을 니긔지 못ᄒ여 피셕 디왈 그디ᄂᆫ 읏더ᄒᆫ 쇽긱니관디 임으로 션디을 오르ᄂᆫ다 션군 디왈 ᄂᆫ 유순ᄒᆫ 쇽긱일어니 져어ᄒ신 줄 모로고 션경을 드러왓은니 죄스무셕니로쇼니다 ᄒ니 낭ᄌ 왈 그디ᄂᆫ 목슘을 잇기거던 쇽쇽키 ᄂ가쇼셔 ᄒ니 션군니 마음니 낭망ᄒ여 반간온 마음니 일변 두려온지라 션군니 빅단 ᄉ괴ᄒ여도 잇써을 일흔면 다시 만날 날니 읍ᄂᆫ지라 션군니 나가 왈 낭ᄌ은 날을 모로ᄂ니가 낭ᄌ 동시 츙니불문ᄒ고 시약불견ᄒ며 모로ᄂᆫ 체 ᄒ니 션군니 할길읍셔 ᄒ날을 우럴너 탄식ᄒ고 문을 다드며 셤ᄒ의 ᄂ려션니 그졔야 낭ᄌ 노긔홍상의 빅학션을 쥐고 병풍의 빅겨 셔셔 불너 왈 낭군은 가지 말고 너 말을 잠간 들으쇼셔 ᄒ니 션군니 심상니 회락ᄒ여 도러션니 낭ᄌ 왈 그디ᄂᆫ 닌간의 환싱한들 지식니 쳐디지 읍슨익가 아무리 쳔츙을 미쪄신들 읏지 당일 허락ᄒ리니가 ᄒ고 올으기을 쳥ᄒ거날 션군니 심시 회락ᄒ여 그졔야 완완 올너간니 낭ᄌ 호치을 반기ᄒ여 말ᄒ되 난군은 읏지 그리 지식니 읍ᄂ닛가 ᄒ거날 션군니 보민 마음니 황홀ᄒ여 쑤여들고져 ᄒ나 졔유 안심ᄒ여 낭ᄌ의 옥슈을 잡고 왈 오날 낭ᄌ을 디면ᄒ니 이졔는 죽어도 ᄒ니 읍ᄂ니다
>
> - 김동욱58장본(『숙』1 : 22∼23)

선군은 옥연동에 이르러 황홀한 마음에 낭자를 바로 만나고자 하나 낭자는 속객이 선경을 범하였다며 선군을 내쫓고, 선군의 거듭된 구애 끝에 만남이 성사된다. 낭자는 처음부터 직접적인 만남을 유보시키면서 꿈을 통한 간접적 만남을 지속하고, 옥연동에서의 첫 대면에 앞서서도 만남을 지연시키며 안정적인 애정 관계를 확보해 간다. 만남을 지연시키는 낭자의 행위는 선군의 마음을 확인하고자 하는 관계에 대한 진지한 탐색 과정이며, 이는 '천정을 맺었다고 어찌 당일 허락하겠는가'라는 발화를 통해 '정숙함'이라는 여성의 미덕으로 고양된다. 이를 통해 이들의 사랑은 낭만적 차원으로 승화되고, 선군의 열정은 만남의 지연과 그로 인한 인내, 거듭된 좌절 과정 속에서 '마음이 황홀해 뛰어들고자 하나 안심하여 낭자의 옥수를 잡고' 대면하는 '점잖은' 행위로 수렴된다. 물론 선군은 여전히 육체적 욕망에 사로잡혀 있고, 결국 천정기한을 이유로 관계를 거부하는 낭자의 의지를 꺾고 욕망을 성취하지만 이러한 심리적, 시간적 유예 이후에 이루어진 성적 결합은 충동적 열정과 구별된다. 그리고 이들의 결합은 사실상 '육례'라는 혼인 절차를 생략한, 사실혼에 불과했음에도 불구하고 부모의 환대 속에서 부부로서 승인을 받으며, 이로 인해 이들의 성적 결합은 낭만적 사랑의 과정이자 결과로 의미화 된다.

이처럼 선군과 낭자는 자율적 판단과 선택에 입각해 결연을 이룬다. 이는 경험적 현실 세계의 규범에서 벗어나 있는 것일 뿐 아니라 작중 현실 세계 즉 상공이라는 가부장이 엄존하고 있는 안동의 가부장적 질서와도 배치된다. 그러나 천상의 인연으로 이들의 결연은 필연적인 것으로 정당화되며, 부모의 개입 없이 결연하여 부부의 연을 맺는다. 이들이 부부로서 인정받고 낭자가 아내이자 며느리로서 가족 구성원으로

유입되는 과정에 규범적 질서가 개입되지 않고 사랑만이 유일한 조건
으로 작용한다. 이 작품은 서두에 가부장제 질서와 밀접한 안동이라는
공간과 상공에 대한 서사를 배치하고, 뒤이어 이념적 질서에서 이탈되
어 있는 옥연동이라는 공간과 낭자와 선군의 결연 서사를 직조하여 후
자의 우위를 보임으로써 자율성을 기반으로 한 낭만적 사랑에 대한 추
구를 보여준다. 낭자와 선군의 '적강'은 결연의 필연성을 보장해 주면
서 당대의 규범을 벗어난 낭만적 '결연'을 합리화하고, 이로써 낭만적
사랑의 서사가 완성되는 것이다.

(2) 모해와 죽음

옥연동에서 제도와 관습의 틀을 벗어나 열정적 사랑을 성취한 낭자
와 선군은 지상계인 안동 땅, 즉 "시집"으로 들어오면서 제약을 받게
된다. '입신양명(立身揚名)'의 유교적 명분론이 엄연히 존재하는 사회에
서 사랑에 빠져 학업을 전폐하는 선군의 행위는 용납되지 못하고 결국
과거 길에 오른다. 그리고 욕망을 추스르지 못한 선군의 두 차례의 귀
가는 낭자에게 훼절이라는 불명예를 씌우고 죽음에 이르게 하는 것이
다. 옥연동이 제도와 관습에서 자유로운 공간인 반면 안동은 제도와
관습에 지배받는 공간으로서, 이러한 공간적 질서는 낭자와 선군의 행
위를 단단히 구속한다. 이러한 점에서 선군의 귀가와 백공의 의심, 매
월의 모해로 빚어진 낭자의 수난과 죽음 과정이 서술되는 ⑥~⑬단락의
주 무대가 안동이라는 사실은 의미심장하다.

이러한 공간적 배치 속에 ⑦~⑩단락에 이르러 서사적 갈등이 첨예하
게 드러난다. 훼절을 의심하며 낭자를 단속하는 상공과 결백을 주장하
는 낭자 사이의 갈등, 그 중심에는 당대 여성들의 삶을 구속했던 정절

이념이 놓인다. 간통했다는 소문은 여성 자신과 가문에 치명적인 손실을 입혔다.[93] 간통에 연루되는 것은 사실 여부와 상관없이 유교 이념에 위배되는 것이었으며 가문에 해를 끼치는 것이었다. 때문에 가문에서는 간통에 연루된 여성을 강제로 자살하게 하거나 살해함으로써 사건을 은폐하려 했다. 낭자를 궁문하는 상공의 "일국 디가의 규즁의 외인 츌립도 만사무셕이거날 흐물며 늬 안목의 분명흐믈 보와시니 범흘이 다사리지 못흐리라"[94]라는 언급은 이러한 사정을 잘 보여준다.

조선 사회에서 훼절을 의심 받은 여성이 진실을 규명하는 것은 사실상 불가능했다. "스라스난 늬 갓튼 뉘명을 신원치 못흐리라"[95]라는 낭자의 한탄은 이러한 어려움을 잘 보여준다. 그러기에 이를 소설적 환상에 기대어 표현한 것이 바로 옥잠을 던져 진실을 규명하는 것이었는데, 낭자는 옥잠으로 진실이 드러났음에도 수치심을 견디지 못해 자결한다. 물론 가해자를 찾아 처벌하지 못했기 때문에 사건의 진상이 온전히 밝혀졌다고 볼 수 없지만, 그보다 낭자가 두려워했던 것은 '소문'이었다. 낭자가 죽음을 결심하며 되뇌이는 "음힝흔 죄로 셰상의 낫틀 느셔 그 말니 쳔츄의 유젼흐면 엇지 부그럽지 안이흐리요"[96]라는 언급은 이러한 사실을 잘 보여준다. 그리고 소문에 의한 불명예 때문에 죽을 수밖에 없는 낭자의 모습을 통해 정절 이념의 허구성, 부조리함이 폭로된다.

---

93) 장병인, 「조선시대 성범죄에 대한 국가규제의 변화」, 『역사비평』 56, 역사비평사, 2001, 232~234쪽 참조.

94) 조동일47장본(『숙』1 : 273)

95) 김동욱58장본(『숙』1 : 34)

96) 김동욱58장본(『숙』1 : 34)

사실상 사건의 발단은 선군이 과거 길에 올랐다가 욕망을 주체하지 못하고 두 차례에 걸쳐 귀가하는 데에서 비롯된 것이지만, 여기에 상공의 의심, 매월의 모해가 더해지면서 상황이 비극으로 치닫는다. 그러나 선군의 행위는 전혀 문제가 되지 않고, 매월의 모해가 은폐되면서 비판적 시선은 줄곧 상공에게로 향해 낭자와 상공의 대결 상황으로 전환된다. 이러한 맥락에서 ⑪, ⑫단락에서 낭자의 죽음을 본 상공이 선군이 돌아와 낭자의 시체를 보고 따라 죽을 것을 염려하며 임소저와 정혼하고, 과거 급제한 후 귀향하는 선군에게 임소저와의 혼인을 주선하는 행위를 이해해 볼 수 있다. 이러한 행위 속에 상공에 대한 비판적 시선이 유지되면서 구부(舅婦) 간의 가정 내적 갈등으로 초점화되는 것이다.

궁지에 몰린 낭자는 옥잠을 하늘에 던져 진실을 밝히고 상공이 사죄하면서 갈등이 해소된 듯 보이지만, 억울함을 호소하는 낭자의 자결로인해 서사는 비극으로 치닫는다. 모든 이본에 자결하기 직전 낭자의 감정뿐 아니라, 어머니의 죽음을 마주한 춘양과 동춘의 슬픔 또한 매우 절절하게 그려지고 있으며, 이본 가운데 낭자가 벽상에 혈서를 남기는 서사가 포함된 이본에서는 이를 통해 비극적 분위기가 고조된다. 또한 낭자는 유혈이 낭자한 채로 선군에게 현몽하여 신원(伸冤)하며 해원(解冤)을 요청하는데, 산발한 채 피 흘리는 원혼의 등장은 정절로 표상되는 규범, 가부장제 질서에 의한 희생과 그것의 비극성을 표상한다.

> 잇써 상공 부처 싱각ᄒ되 선군이 도라와 낭자 가삼의 칼을 보면 분명 무함할 줄 알고 함게 주거려 ᄒ 거시니 오기 전의 엄십ᄒ미 올토다 ᄒ고 상공 드러가 엄십ᄒ려 ᄒ니 가삼의 칼이 ᄲ지지 안이ᄒ거늘 쏘

섬돌의 옥잠을 찌려 ᄒ니 요동치 안니ᄒ는지라 샹공 부쳐와 노복 등이
거힝ᄒ여 엄십ᄒ려 ᄒ니 신체가 요동치 안이ᄒ미 쳘쳔지 원혼인 줄 아
라 아모리 할 줄을 모로더라   - 경남대48장본 (『숙』1 : 109)

또한 위의 인용에서처럼 시신에서 빠지지 않는 칼과 방바닥에 붙어
떨어지지 않는 시신 등 낭자의 원혼은 작품의 비극성을 고조시키면서
그녀를 죽음에 이르게 한 억울하고 불편한 상황에 독자의 시선을 주목
시킨다.

조선 건국 이래부터 계속되어 온, 여성에게 가해진 규제와 장려 정
책은 정표 정책과 여성 수신서의 발간 등으로 구체화되었다. 태종이
여성 교육을 위해 중국에서 『열녀전(烈女傳)』을 두 차례에 걸쳐 수입하
였고, 영조 대에는 왕의 적극적인 지지 하에 『여사서(女四書)』 편찬이
이루어졌다.[97] 정조 대에는 정표 절차와 효자 증직에 대하여 자주 논
의하였으며, 가뭄을 당하였을 때에도 선(善)을 드러내고 그윽한 원한
을 푼다는 명분 아래 정려 포상을 더욱 독려하는 한편, 정조 21년에는
≪오륜행실도≫를 편찬함으로써 유교에 입각한 윤리서를 통한 풍속
교화에 힘썼다.[98]

여성의 수신(修身)에 한정된 이러한 국가의 규제와 장려의 목표는 가
부장제 가족의 유지와 확장에 있었고, 여성의 성(性)은 가문의 순수성,
정통성 보장을 위해 정절 이념 하에 예속되면서 감시와 규제의 대상이
되었다. 또한 여성들은 남편이 죽자 불식종사(不食從死)하거나 목매어

---

97) 이숙인, 「규방여성의 교육 문화」, 국제문화재단 편, 『한국의 규방문화』, 박이정, 2005,
    106쪽.
98) 박주, 『조선시대의 효와 여성』, 국학자료원, 2000, 165쪽.

죽은 경우, 자살하거나 약을 먹고 죽거나 물에 빠져 죽은 경우, 외간남
자로부터 정절을 지키기 위해 죽은 경우 등[99] 정절이라는 이념적 틀
속에서 자신의 목숨을 기꺼이 내놓아야 했다. 이러한 사회·문화적 맥
락 속에서 낭자의 죽음은 이해되어야 하며, 여기서 그녀의 죽음이 지니
는 상징적 맥락—정절 이념의 부당함에 대한 항변과 규제로부터의 탈
주—도 포착해낼 수 있다.

이후 ⑬단락에서 선군이 집에 돌아와 낭자의 시체를 보고 오열하며
사건의 내막을 밝히고, 매월과 돌이를 징벌한다. 그런데 선군이 낭자
의 가슴에서 칼을 뽑자 청조가 나타나 우는 부분에서 이본에 따라 차이
를 보인다. 먼저 청조 세 마리가 나타나 각각 선군, 춘양, 동춘의 머리
위에 앉아 '하소연', '소애자', '유감심'이라고 우는 서사가 포함된 이본
에서는 청조가 낭자의 삼혼이라고 설명되면서 남편과 자식을 남기고
죽음을 택한 낭자의 슬픔의 정서가 재차 강조되고, 이후 선군의 심증에
의해 매월의 범행이 밝혀진다. 이와 달리 청조 한 마리가 '매월이네'라
고 세 번 울고 날아가는 서사가 포함된 이본에서는 청조가 매월의 범행
을 알려주면서 낭자에게 좌절과 고통을 안긴 가해자로써 매월이 지목
되고, 이에 따라 선군이 매월을 징벌한다. 이로써 서사가 종결되는 듯
하지만, 이 작품은 ⑭~⑮단락에서 낭자의 재생과 승천을 서술함으로
써, 작품을 비극에 맡기지 않고 삶의 가능성과 전망을 열어 보인다.

---

99) 정조 대에는 남편이 죽자 따라 죽은 경우와 정조를 지키기 위하여 죽은 경우가 가장
    많이 포상되었다고 한다. 박주(2000), 위의 책, 165쪽.

(3) 재생과 승천

낭자가 죽은 이후 과거에 급제한 선군이 매월과 돌이를 징벌함으로써 소설은 종결되는 듯하지만, 뒤이어 낭자의 재생과 승천 서사가 이어진다. 만일 이 작품의 서사가 낭자의 죽음으로 결말을 맺었다면, 규범과 체제에서 벗어나 애정을 성취했던 두 남녀가 결국 이념에 좌절되는 향유의식을 보여주는 작품으로 요약될 수 있을 것이다. 김광순24장본은 낭자의 장례에서 끝맺음으로써 비극적 분위기를 짙게 드리우고 있는데, 이러한 맥락에서 이해해 볼 수 있다. 그러나 대다수의 필사자들은 낭자의 죽음이라는 비극적 결말에 재생과 승천 서사를 더함으로써, 낭자의 죽음으로 봉합되었던 갈등의 근원을 환기시키고, 비극적 현실을 타개할 가능성을 환상적으로 주조해내고 있다.

죽었던 낭자의 재생의 서사를 담고 있는 ⑭단락과 낭자가 선군, 자녀들과 함께 승천하는 과정을 담고 있는 ⑮단락은 이본에 따라 큰 차이를 보인다. 이러한 점에 유의하면서 ⑭단락을 보면, ⑭a에서 낭자는 선군에게 현몽하여 해원에 사례하고 구산도 신(선)산도 아닌 옥연동 못 속에 장례를 치러줄 것을 당부한다. 반면 ⑭b에서는 낭자가 현몽하여 천정기한 파기로 인해 비명횡사하였음과 옥황상제께 사죄하고 애걸한 끝에 옥제의 명에 의해 재생하게 되었음을 알려준다. 이런 차이로 인해 ⑭a에는 뒤이어 선군이 낭자를 옥연동에 수장하고, 제문을 낭독하는 장면이 전개되고, ⑭b에서는 외출 후 돌아온 선군이 생기가 돌아온 낭자에게 삼과를 다려 입에 넣고 수족을 주무르는 장면이 서술된다.

공간을 중심으로 볼 때, 낭자의 죽음 이후 재생하는 과정에서 ⑭a에서는 낭자가 옥연동이라는 선계를 경유하는 반면 ⑭b에서는 지상계를 벗어나지 않는다. 전자에서 낭자는 구산도 신(선)산도 아닌 옥연동 못 속에 장례해 줄 것을 강조하고 있는데, 구산과 신(선)산이 한글로만 표기되어 있어 구체적으로 어디를 가리키는지 알 수는 없으나, 사건의 정황을 고려해 볼 때 각각 구산(舊山)과 선산(先山)을 의미하는 것으로 보인다.[100] 구산(舊山)은 오래된 무덤이나 조상의 무덤이 있는 곳이며, 선산은 조상의 무덤 또는 그것이 있는 산으로, 유교 문화 및 가부장제의 존속과 매우 밀접하게 관련되어 있다. 조선 시대 양반 사대부들에게 선산은 생활공간과 동떨어진 곳이 아니었을 뿐 아니라[101] 조상과 연결되는 심리적 공간이기도 했다. 구산과 선산의 이러한 공간적 함의를 고려해 볼 때, 낭자가 두 공간을 철저히 거부한 채 '옥연동'을 장례지로 선택했다는 것은 매우 인상적이다. 〈황월선전〉에서 천상계의 벌을 받아 죽은 계모가 선산에 안장되고, 〈사씨남정기〉에서 남편에게 쫓겨난 사씨가 시부가 묻혀있는 선산을 찾는다는 사실을 통해 볼 때, 낭자는 두 곳이 아닌 옥연동을 장례 공간으로 택함으로써, 가문과의 연결에 대한 강한 거부감을 표명했던 것으로 보인다. 그런데 ⑭b의 경우 이러한 서사 단락이 삭제되고, 낭자의 죽음과 재생이 옥황상제의 징계와 긍휼로 설명되고 있어 전혀 다른 양상을 보여준다.

이처럼 ⑭a에서 낭자가 옥연동이라는 선계의 공간에서 재생하는 것

---

100) 연세대49장본에는 '선산'과 '구산'으로 표기되어 있다. ≪표준국어대사전≫에 따르면 신산(神山)은 신을 모시거나 참혹하고 억울하게 죽은 사람의 넋을 모신 영산(靈山)을 의미하는데, 낭자의 신분이나 처지로 볼 때 굳이 신산(神山)을 마다할 이유가 없다. 이로 볼 때 필사하는 과정에서 '선산'을 '신산'으로 잘못 표기했을 가능성이 있다고 판단된다. ≪표준국어대사전≫의 '구산6(舊山)'과 '신산2(神山)'의 의미를 참고하였다.

101) 심경호, 「조선시대 한문학에 나타난 인간과 자연의 관계 방식에 대하여」, 『한국학논집』 41, 계명대학교 한국학연구원, 2010, 100쪽.

과 달리 ⑭b에서는 낭자가 동별당의 빈소에서 재생하는 것으로 설정되어 재생 장소에 차이가 난다. 이후 ⑮단락에서는 낭자의 재생 이후의 삶이 서술되는데, 낭자의 거취 장소가 이본에 따라 상이하게 나타난다. ⑮a의 경우, 낭자는 재생하자마자 선군에게 승천하라는 옥제의 하교를 전한다. 그리고 바로 승천하거나 부모에게 하직을 고한 후 승천하는 결말을 보여준다. ⑮b에서는 낭자가 선군과 함께 귀가하여 상공 부부를 극진히 모시다가 승천하고, ⑮c에서는 낭자가 죽림동이라는 제3의 공간에서 재생하여 머물며 선군이 왕래하며 지내다가 승천한다. 그리고 ⑮d에서는 이미 지상계를 벗어나지 않은 상태에서 재생하였기 때문에 지상계에서 부모를 극진히 봉양하다가 상공 부부 사후 3년간 치상을 한 후 승천하는 결말을 보인다.

　이상을 통해 알 수 있듯이 이본에 따라 ⑭, ⑮단락의 낭자의 죽음과 재생이라는 사건 전후의 공간, 재생 방식이나 승천하기까지의 과정에 차이가 나타남을 알 수 있다. ⑭a에서는 낭자가 죽음 이후 옥연동이라는 선계에서 장례를 치른 후에 재생하는 반면, ⑭b는 안동의 동별당에 그대로 머물러 있다가 재생한다. 그리고 ⑮단락에서는 재생한 낭자의 승천하기 전까지 거취 장소에 차이를 보이는데, ⑮a에서는 낭자가 재생 이후 곧바로 승천하고, ⑮b에서는 지상계인 동별당에 돌아와 시부모를 봉양하면서 지내다가 승천한다. ⑮c에서는 낭자 홀로 죽림동이라는 선계에 머물다 승천하고, ⑮d는 동별당에 머물며 시부모를 봉양하며 지내다가 승천하는 결말을 보인다. 이처럼 〈숙영낭자전〉의 결말에는 낭자의 죽음과 재생이라는 사건 전후 공간에 차이를 보이며, ⑭a의 서사 단락을 따르고 있는 이본은 ⑮a, ⑮b, ⑮c의 서사 단락으로 이어지고, ⑭b의 서사 단락을 따르고 있는 이본은 ⑮d로 이어진다.

그러나 어떠한 결말을 따르든지 대부분의 이본은 그녀의 재생과 승천을 결말로 제시하고 있고, 이본별 차이가 '공간'의 문제와 관련되어 있다는 점에서 동일하며,[102] 이는 작품 전체적 서사에서 중요한 의미를 갖는다. 이를 바탕으로 낭자의 재생이 가지는 의미를 전체적인 서사 구조 속에서 파악해 보고자 한다. 앞서 살펴보았듯이, 낭자의 재생은 이본에 따라 옥연동과 동별당이라는 상이한 두 공간에서 이루어진다. 그러나 두 공간은 모두 낭자가 선군과 사랑을 나누던 내밀한 공간이라는 점에서 동일한 공간적 함의를 지니고 있다.

> 신쳬 요지 부동이라 홀일업셔 반렴을 못ᄒ고 뉴인을 다 물니치고 션군이 홀노 빙소의셔 촉을 붉히고 누어 쟝우 자탄ᄒ다가.
> — 대영28장본(『숙』3 : 41)

무슈이 탄식ᄒ고 졔문 지여 졔할시 유셰ᄎ 모연 모월 모일의 할임 빅션군은 감소고우 옥낭ᄌ 실령지ᄒ 하ᄂᆞᆫ이다 삼식연분으로 그듸을 만나 워낭비취지낙을 빅연히로할가 바랏던이 인간니 시긔ᄒ고 귀신이 작회ᄒ여 낭ᄌ로 더부러 누월을 남북의 갈이여던니 쳔만 이미지스로 구쳔의 외로온 혼빅이 되여신니 엇지 슬푸지 안이ᄒ리요 이달다 낭ᄌᆞ 는 셰상만ᄉᆞ을 바리고 구쳔의 도아가건이와 션군은 어린 춘양 동츈을 다리고 뉘을 미더 살꼬 슬푸다 낭ᄌ의 신쳬을 압동산의 무더 쥬고 무덤이ᄂᆞ 보ᄌ ᄒ엿던니 낭ᄌ의 옥쳬을 물속의 너허신이 황쳔 타일의 무삼 면목으로 낭ᄌ을 디면ᄒ리요 비록 유명이 다르나 인졍은 여상여회

---

102) 필자가 확인한 이본 가운데 낭자의 장례를 결말로 삼고 있는 이본은 김광순24장본과 필사가 중단된 단국대42장본뿐이다. 필자가 확인하지 못한 이본 중에 이와 유사한 결말을 보이는 이본이 발견될 가능성이 있으나 지금까지 확인된 이본 현황으로 볼 때, 이러한 결말을 가진 이본이 한 유형을 차지할 만큼 많이 발견될 가능성은 희박해 보인다.

ᄒ니 ᄒᆞᆫ 번 다시 만ᄂᆞ 상봉ᄒᆞ물 천만 바라난이다 ᄒ일비 척작을 드리
온니 복감ᄒᆞ옵소셔 ᄒ며 업더져 무슈이 통곡ᄒ이

– 김동욱58장본(『숙』1 : 52)

위의 인용에서 볼 수 있듯이, 선군은 두 공간에서 낭자를 잃은 슬픔
에 빠져 자탄하거나 낭자의 현몽 지시에 따라 낭자를 옥연동에 수장하
는데, 의례화의 여부에 차이가 있을 뿐 낭자의 재생이 선군의 진심어린
애도(哀悼)와 위무(慰撫) 속에서 이루어진다는 점에서 공통적이다.

이후 재생한 낭자는 선군, 자녀와 함께 슬픔과 기쁨 속에 재회하고
승천한다. 낭자의 재생에서부터 승천에 이르는 과정은 그녀의 억울한
죽음이 내밀한 가족의 애도와 그들과의 관계 회복을 통해 보상받을 수
있음을 보여준다. 낭자의 죽음으로 인해 좌절되고 위기를 맞았던 두
사람의 애정이 낭자의 재생을 통해 극복되는 것이다. 이때 선군과 낭자
의 애정 추구 의지가 강하게 드러나며, 여기에는 두 남녀의 낭만적 사
랑이 성취됨으로써 행복한 삶을 이어나가기를 바라는 향유자들의 기대
와 소망이 투영되어 있다. 때문에 이는 작중 인물에게 뿐 아니라 향유
층에게 심리적 안정과 카타르시스, 쾌감을 제공한다.

그러나 한편으로 낭자의 재생은 죽음으로 서둘러 봉합된 세계의 문
제를 다시 확인하게 되는 계기를 마련한다. 이 작품에서는 경솔하고
부주의한 상공의 행위가 거듭 제시되면서[103] 낭자의 죽음이 가부장제
질서의 횡포에 의한 희생이라는 점이 강조된다. 이것이 곧 이 작품과

---

103) 진실 여부를 정확히 확인하지 않고 낭자의 정절을 의심하여 처벌한 행위와 낭자가
죽은 이후 선군이 따라 죽을까 염려하며 서둘러 시체를 감추려는 행위, 이를 은폐하
기 위해 선군과 임소저의 정혼을 주선한 행위 등을 말한다.

낭자의 죽음이 드러내고 있는 문제의식이라고 할 수 있는데, ⑬단락에서 선군에 의한 매월과 돌쇠의 처단이 제시되면서 갈등과 문제의 원인이 이들에게 돌려지고 사건에 내재된 의미가 훼손된다. 〈사씨남정기〉를 포함한 대부분의 가정소설에서 첩이나 계모를 악(惡)의 전형으로 그리면서 가부장제 이념에 순종적인 선(善)한 인물들의 수난이 이들의 잘못으로 전가(轉嫁)되고, 가부장제가 안고 있는 제도적 모순이 은폐되는 것과 같은 현상을 여기서 확인해 볼 수 있는 것이다. 그러나 낭자가 재생하여 삶의 공간과 방식을 선택하고 승천하는 과정에서 가부장제 질서에 대한 문제제기와 그에 대한 항거(抗拒)가 이루어지고 있는 점에서 결말의 서사에 관심을 돌릴 필요가 있다.

낭자의 죽음으로 가부장제의 횡포와 부조리가 드러났음에도 불구하고, 여전히 그녀를 죽음으로 몰아넣었던 강고한 이념과 체제의 틀은 유지되었다. 결국 재생으로 다시 주어진 삶에서 역시 낭자는 죽기 이전의 규율 속에 머물러야 했던 것이다. 때문에 낭자는 재생과 동시에 삶을 어떻게 영위할 것인지, 삶의 공간을 어디로 선택할 것인지라는 심각한 선택의 문제에 봉착하게 되는데, 이본에 따른 결말의 차이는 그 선택의 가능성들을 보여주고 있다. 각 이본의 결말 속에 현실에서 벗어나 천상으로 갈 것인지, 현실 속에서 안온한 가정을 꾸릴 것인지, 천상도 집도 아닌 제3의 공간을 선택할 것인지, 아니면 현실에서 보다 더 철저하게 이념에 순응하며 살아갈 것인지라는 여러 선택의 가능성들이 제시되어 있는 것이다. 이러한 선택의 가능성은 가족 구성 및 부모 봉양의 책무와 관련되어 나타나는데, 상공 부부의 봉양이 절대적 의무가 아닌 선택의 문제로 치환되어 나타난다는 점이 주목된다.

재생한 낭자가 경험적 현실 세계가 아닌 천상이나 제3의 공간을 삶

의 거점으로 택한 이본들은 부모 봉양에 주안을 두지 않거나 철저하게
거부하고 각각의 삶의 공간에 머물며 부부 중심의 가족 지향을 보인다.
당대 사회에서 효제충신 가운데 효가 으뜸 덕목이었고, 부모 봉양은
매우 중요한 책무였음을 고려해 볼 때, 이러한 결말은 당대 질서에 대
한 거부로서, 현실의 질서를 넘어서고자 한다는 점에서 체제 저항적
성격을 띤다고 할 수 있다. 반면 재생한 낭자가 경험적 현실 세계를
삶의 공간으로 택한 이본에서는 대체로 현실 체제에 순응하는 경향을
보이는데, 체제와 이상을 조율하며 이상적 가정 공간에서 삶의 가능성
을 모색하는지 아니면 당대의 질서를 내면화하여 체제 적응적 면모를
보이는지 등 그 양상에 있어서는 차이를 보인다. 이는 재생과 동시에
낭자 앞에 놓인 삶의 공간을 선택하는 문제가 단순히 공간 선택의 문제
를 넘어 이 작품의 향유자들에게 삶의 방식을 제안한다는 점에서 중요
한 의미가 있다. 새로운 삶의 공간에 대한 낭자의 선택은 현실을 어떻
게 이해하는지에 대한 그녀의 이해를 보여주며, 이는 곧 낭자와 자신을
동일시하며 감정을 이입했던 향유자들의 세계 인식으로 이어진다. 따
라서 이 작품의 다양한 결말을 통해 삶의 공간과 삶의 방식에 대한 당
대 소설 향유자들의 인식을 확인해 볼 수 있는 것이다.

2) 여성의 삶과 공간의 문제

이상의 서사 구조 분석에서 알 수 있듯이, 〈숙영낭자전〉의 서사는
낭자의 공간 이동과 함께 진행되며, 각 공간에서 벌어지는 사건 및 인
물의 행위는 공간의 성격과 긴밀한 관련을 맺고 있다. 경험적 현실 세
계의 재현 공간으로 설정된 안동, 그리고 이와 정반대의 극점에 놓인

상상 공간인 옥연동. 두 공간은 모두 가부장제의 이념이 작용하는 현실 세계를 전제로 구축된 소설 공간으로서, 결국 여성들의 삶을 억압하고 구속하는 현실 세계가 안고 있는 문제를 환기시킨다. 이러한 사실에 주목해 볼 때, 이 작품에 그려진 낭자 수난과 죽음에 주목해볼 필요가 있다. 이를 통해 가부장제 속에서 정절이라는 이념적 굴레를 안고 살아가야 하는 당대 여성들의 당면 문제를 핍진하게 그리고 있기 때문이다. 낭자의 비극적 죽음이 정절 이념에 의한 희생으로 그려지면서 당대 여성들을 속박했던 이념적 질곡의 문제가 심각하게 드러나는 것이다.

여성의 삶을 예속했던 정절 이념의 문제는 비단 소설 속에서만 존재했던 일이 아니었다. 정약용이 1822년에 완성한 살인 사건의 심리·판결을 위한 참고서인 『흠흠신서(欽欽新書)』의 〈상형추의(祥刑追議)〉편에는 144건의 살인사건 가운데 여성의 성, 정절과 관련된 사건이 29건 실려 있으며,[104] 1822년부터 1893년까지 형조에서 처결한 옥안을 기록한 『추조결옥록(秋曹決獄錄)』에는 여성들의 간음 사건과 더불어 추문을 견디지 못한 여성들의 자살이나 추문만을 믿고 부인을 살해한 사건 등이 기록으로 남겨져 있다.[105] 이러한 기록에 따르면, "여성의 성은 가부장제에 입각한 사회적 관계망에 의해 전유되고 있으며, 이 관계망에 의해 감시·처벌 받는 것을 당연한 것으로 전제하였음"[106]을 확인해 볼 수 있다. 정절 모해와 그로 인한 낭자의 죽음은 서사 내에만 존재하는

---

104) 김선경, 「조선후기 여성의 성, 감시와 처벌」, 『역사연구』 8, 역사학연구소, 2000, 58~59쪽.

105) 유승희, 「19세기 여성관련 범죄에 나타난 갈등양상과 사회적 특성－추조결옥록(秋曹決獄錄)을 중심으로」, 『대동문화연구』 73, 성균관대학교 대동문화연구원, 2011, 158~159쪽.

106) 김선경(2000), 앞의 논문, 89쪽.

허구적 사건이 아니라 당대 여성들이 현실에 당면했던 심각한 문제였던 것이다.

　정절 모해를 입은 낭자의 자결은 가부장제적 규범에 속박된 채 살아가야 하는 여성들의 지난한 삶이 죽음을 통해서만이 극복될 수 있었다는 사실을 역설적으로 보여주고 있다. 자연적인 죽음과 달리 자살에는 행위자가 죽음을 선택한 동기와 목적이 분명히 존재하기 때문에 자살은 살아남은 자들에게 '왜 그는 자살을 택할 수밖에 없었는가?'라는 의문을 남겨놓으며, 남겨진 자들을 자살의 원인에 주목시킨다.[107] 이와 마찬가지로 자살 모티프를 수용하고 있는 서사에서는 인물들이 특정한 이유로 인해 자살이라는 극단적 방법을 택하며, 독자들은 그가 자살을 선택할 수밖에 없었던 서사적 상황에 주목하면서 "삶의 지평 위에서 해결할 수 없는 파국적 문제가 무엇이었는지"[108] 헤아리게 되는 것이다. 이러한 맥락에서 볼 때, 정절이 사회를 통제하고 유지하는 하나의 이념으로 자리했던 당대 사회에서, 훼절 모함을 입은 낭자의 죽음은 여성 독자들의 깊은 관심과 공감을 자아냈을 것으로 보인다.

　이처럼 이 작품은 낭자의 자결을 통해 낭자를 죽음으로 몰아넣은 문제의 근원을 탐색하게 하고, 그 궁극의 지점에 있는 가부장제 이념의 횡포를 드러낸다. 낭자의 자결은 분명 선군의 열정적 사랑에서 비롯된 것이지만, 분명 상공의 훼절 의심과 매월의 모해가 더해져 발생한 사건이다. 낭자는 정절을 훼손하지 않았음에도 의심과 소문에 의해 희생되

---

107) 졸고, 「고전소설에 나타난 자살 모티프 양상 연구」, 숙명여자대학교 석사학위논문, 2008, 1~2쪽.
108) 최기숙, 「'여성 원귀'의 환상적 서사화 방식을 통해본 하위 주체의 타자와 과정과 문화적 위치」, 『고소설연구』 22, 한국고소설학회, 2006, 327쪽.

었고, 사건의 진위가 밝혀지더라도 '훼절 소문'은 여성의 사회적 생존을 위협하며 잔존해 있었다. 이념이 "인간 전체의 동의를 바탕으로 이루어지는 것이 아니라, 그것을 만든 주체들의 생각과 이상을 반영하기 때문에 이에서 소외된 집단의 희생을 수반하게 된다"[109]는 사실을 상기할 때, 낭자의 죽음은 이념적 희생이라고 할 수 있다. 그리고 이러한 점에서 이 작품은 가부장제 이념에 의한 억압이 강고하게 작용했던 현실 세계를 조명하고, 낭자의 비극적 죽음을 통해 그 부당성을 폭로하는 것으로 볼 수 있다.

　여성의 성이 통제되었던 사회에서 음부라는 낙인이 찍힌 여성은 사회의 악으로 규정되었고, 결백을 입증할 방법은 죽음뿐이었다. 현실 세계에서 죽음을 택한 여성들은 한줌의 재로 소멸되어 버렸고, 사건의 진상 규명과 관계없이 그녀는 정절을 지킨 정숙한 여인으로 간주되었다. 이로 인해 조선 사회 곳곳에서는 정절을 지키거나 결백을 증명하기 위해 죽어간 수많은 여인들이 존재했다. 여러 고소설 작품 속에 훼절의 위기를 피하거나 결백을 증명하기 위해 자살을 택한 여성 인물들이 등장한다는 것은 이것이 현실과 밀착된 개연성 있는 서사적 사건으로 간주되었음을 의미하는 것이다.[110] 그러나 당대 여성 독자들은 현실에 좌절하지 않고 소설 속 상상 세계를 통해 여기에서 벗어날 방법을 찾았고, 그것은 인물들을 재생시키는 것으로 나타났다.

---

109) 정병헌, 「〈방한림전〉의 비극성과 타자(他者) 인식」, 『고전문학과교육』 17, 한국고전
　　　문학교육학회, 2009, 375쪽.
110) 최기숙은 여성인물이 자살을 시도하는 원인을 내용에 따라 분류하였는데, 이에 따르
　　　면 여성들의 자살 원인은 훼절 위기나 강제혼, 열(烈)과 관련된 경우가 절반 이상의
　　　비율을 보인다. 최기숙(2006), 앞의 논문, 332쪽.

그 가운데 〈숙영낭자전〉에서는 사건의 진상을 온전히 밝힘으로써 그녀(낭자)의 지위를 복권시키고, 그녀(낭자)를 현실 세계에 다시 재생시킴으로써 못다 한 삶을 이어나가도록 했다. 소설 속에 그녀들을 재생시킴으로써 이들의 죽음을 애도했던 것이다. 그러나 그녀의 재생과 동시에 그녀 앞에는 삶의 문제, 즉 "어디서 어떻게 살 것인가?"라는 또 다른 선택의 문제가 남겨져 있었고, 그에 대한 나름의 해결안을 작품의 결말 속에 밝혀 놓은 것으로 보인다. 삶을 선택할 기회가 주어졌을 때, '지금 여기'의 현실 공간을 삶의 거점으로 택할 것인가, 아니면 여기를 벗어나 환상 공간을 택할 것인가, 그리고 각각의 공간에서 어떻게 살아갈 것인가. 그 선택은 조선시대 여성으로서 낭자의 선택이면서 동시에 동시대를 살아갔던 향유자들의 선택이었던 것이다. 이러한 점에서 〈숙영낭자전〉은 이들의 현실 인식이 담겨져 있는 작품이라고 하겠다.[111]

이 작품의 향유자들은 다양한 결말의 이본을 파생시키면서, 여성의 삶과 세계 사이의 갈등을 해결할 수 있는 방법을 모색했고, 그것은 당대 여성들의 삶의 공간을 어디로 정할 것인지와 관련을 맺고 있다. 소설 속에 그려진 공간들은 당대 여성들이 발붙이고 살아가는 현실의 재현 공간이면서 동시에 다양한 삶의 가능성들을 모색할 수 있는 상상 공간인 것이다. 천상을 삶의 거점으로 택한 이본에서는 천상 공간을 통해 현실에 대한 거부감을 표명하며, 가정을 삶의 공간으로 택한 이본에서는 화합과 화해의 가정 공간을 통해 경험적 현실 세계에서 삶의 가능성을 찾았고, 낭자가 죽림동이라는 선계에서 재생한 이본에서는 여성적 이상 공간을 삶의 대안 공간으로 마련하였다. 또한 동별당에서

---

111) 졸고(2014), 앞의 논문, 31쪽.

재생한 이본에서는 이념적 공간을 강화·강조하면서 현실 질서에 순응하며 발맞추어 살 것을 제안하는 것이다.

이 가운데 특히 낭자가 죽림동에서 재생하는 이본은 옥연동과 죽림동이라는 대안 공간을 통해 여성 해방의 상상적 출구를 마련하고 있는 작품으로서, 삶의 공간에 대한 당대 여성들의 새로운 인식을 보여준다. 온갖 새와 꽃이 조화를 이루는 자연 속의 죽림동과 옥연동은 탈이념화된 공간으로서 여성들의 언표가 자유로울 뿐 아니라 여성들 스스로가 행위의 주체로 자리한다. 이러한 공간은 가부장제의 억압 속에서 억눌렸던 여성들이 자신들의 고민을 내어 놓고 토로할 수 있는 공간이며, 동시에 언표가 차단되었던 그들에게 언로를 열어주는 해방 공간인 것이다. 현실의 삶 속에서 자유와 해방감을 느낄 수 있는 공간으로, 화전놀이를 하는 산천이 마련되었다면, 소설 속에서는 옥연동과 죽림동의 선계가 마련된 셈이다.

조선시대 사림파들은 자연을 속(俗)과는 다른 청정무구(清淨無垢)의 존재로 관념하면서 시작(詩作)을 통해 가슴 속의 더러운 것들을 씻어냈고,[112] 윤선도는 이상적 공간을 찾아 노력하며 삶과 자연을 연결하고자 했다.[113] 이처럼 남성들은 자연을 구가(謳歌)하며 실재 공간인 자연에서 이상 공간을 찾았다. 그러나 규방 공간을 벗어나기 어려웠던 여성들은 상상 속에서 이상 공간을 찾았고, 조선조 여성 문인인 허난설헌은 시 속에 "적극적으로 욕망이 발현될 수 있는 신비로운 이미지가 자욱한 별세계"[114]를 그려 넣음으로써, 정신적 해방 공간을 마련하였다. 조선

---

112) 김균태, 「16세기 사림파의 문학관과 강호시」, 『한남어문학』 14, 한남대학교 한남어문학회, 1988, 38쪽.

113) 정병헌, 『한국고전문학의 비평적 이해』, 제이앤씨, 2008, 189쪽.

이라는 울타리는 이념과 규범으로 그물을 쳐놓은 세계였음에 비해 선계는 여성들이 그릴 수 있는 유일한 정신적 비상구였고,[115] 〈숙영낭자전〉에 제시된 옥연동과 죽림동의 공간적 의미 역시 이러한 맥락에서 이해해 볼 수 있다.

2. 여성 공간의 형상과 이본 유형

〈숙영낭자전〉은 이본에 따라 제목이 '낭자전', '옥낭자전', '수경낭자전', '숙영낭자전' 등으로 다양하며, 낭자의 이름도 '수경낭자', '옥낭자', '숙영낭자'로 단일하지 않다. 작품의 공간적 배경은 경상도 안동으로 동일하나 시대적 배경은 '고려', 혹은 '조선 세종시절', '월국시절', '종천자시절' 등으로 다양하게 나타나며, 선군과 임소저의 혼인 서사가 나타나는지의 여부에 있어서도 차이를 보인다. 이처럼 〈숙영낭자전〉의 이본은 세부적인 부분에서 많은 차이를 보여 계열이나 유형을 나누는 것이 쉽지 않다. 향유 방식에 따라 필사본과 방각본, 활자본으로 나누어 볼 수도 있겠으나 필사 이본의 수만 거의 150종에 달하고, 필사본 내에서도 결말의 양상이 다르게 나타나 분류에 어려움을 겪을 수밖에 없는 것이다.

그러나 각각의 이본은 최초에 등장했을 원본(原本)과 유기적인 관계

---

114) 박무영·김경미·조혜란, 『조선의 여성들-부자유한 시대에 너무나 비범했던』, 돌베개, 2004, 83~88쪽.
115) 최혜진, 「허난설헌, 욕망의 시학」, 『여성문학연구』 10, 한국여성문학학회, 2003, 313쪽.

를 맺고 있는 동일한 서사 구조로 구축된 서사물로서, 〈숙영낭자전〉이
라는 총체를 이루는 부분들이다. 따라서 세부적인 차이보다는 포괄적
이고 총체적인 안목에서 이본이 파생된 원리가 무엇인지에 주목할 필
요가 있다. 이러한 관점에서 보았을 때, 〈숙영낭자전〉의 이본은 세부
적으로 많은 차이를 보임에도 불구하고 인물 형상이나 서사 구성에 현
격한 변모가 발견되지 않는다. 그리고 앞서 살펴본 서사분석을 통해
알 수 있듯이, 이본 간의 주된 차이가 낭자의 죽음 이후 부분인 후반부
에 집중되어 있음을 확인해 볼 수 있다. 후반부의 차이에 대해서는 선
행 연구에서 이미 주목하였고, 이에 초점을 맞추어 이본 연구를 개진해
왔다.

　이러한 점에 입각해 이본을 검토해보면, 〈숙영낭자전〉의 이본은 낭
자의 재생에서부터 큰 변모를 보임을 알 수 있다. 특히 재생 과정의
변모－수장(水葬) 여부－는 선행연구에서 언급한 것처럼 비판각본계와
판각본계를 가르는 가장 뚜렷한 차이점이며, 이외에도 이본에 따라 낭
자가 재생한 이후 승천하기까지 선군이 죽림동을 찾아가는지의 여부나
시부모와 동거 여부에 있어 차이를 보인다. 그런데 다소 방만(放漫)해
보이는 이러한 결말의 차이는 결국 낭자의 거취 문제, 즉 공간 선택
문제와 밀접하게 관련된다. 수장 여부는 곧 낭자가 옥연동에서 재생하
는가 아니면 집에서 재생하는가라는 재생 공간의 선택 문제와 결부되
어 있고, 재생 이후 낭자가 어디로 향하는지에 따라 선군의 죽림동행
여부나 부모와의 동거 여부에 차이가 나는 것이다.

　이처럼 〈숙영낭자전〉의 이본들은 결말부에 해당하는 낭자의 재생과
승천 서사에서 큰 차이를 보이며 그것은 공간의 문제와 관련된다. 낭자
의 재생은 옥연동과 동별당의 두 공간에서 이루어지는데, 낭자가 옥연

동에서 장례를 치른 후에 재생하는 경우에는, 낭자가 재생 이후 곧바로 승천하거나, 집으로 돌아와 시부모를 봉양하면서 지내다가 승천하거나, 낭자 홀로 죽림동이라는 선계에 머물다 승천하는 세 양상을 보인다. 그리고 낭자가 안동의 동별당에서 재생하는 경우에는 동별당에 머물며 시부모를 봉양하며 지내다가 승천하는 결말을 보이는 것이다. 즉, 〈숙영낭자전〉의 이본은 재생한 낭자에 의해 선택된 공간 즉, 여성의 삶이 존재하는 여성 공간을 기준으로 네 유형으로 나누어볼 수 있으며, 이는 재생 공간 내지 삶의 공간의 문제와 관련되어 있다. 이를 위해 이 작품에 그려진 여성 공간의 형상을 먼저 살피고 공간의 특징에 따라 작품 유형을 분류하여 〈숙영낭자전〉 이본의 유형별 특징을 면밀히 검토해 보고자 한다.

1) 여성 공간에 대한 상상과 재현

소설에 형상화된 공간은 인물과 함께 소설 속에 존재하는 구체적 형상물로서, "허구세계를 경험 세계와 연관 짓는 사실적 기능과 함께 허구 세계 속 인물의 성격, 사건의 내막과 의미 등을 드러내는 기능 즉 표현적 기능을 한다."[116] 이러한 소설 속 공간의 기능을 상기하며 경험적 현실 세계의 대응물이자 인물의 행동 및 성격 지표로서 공간의 형상에 주목해 볼 필요가 있다. 〈숙영낭자전〉의 공간은 크게 천상과 지상으로 나뉘고, 그 사이에 옥연동과 죽림동이라는 선계의 공간이 설정된다. 특히 선계의 공간은 지상계와 대립적인 공간 배치를 이루고 있으며,

---

116) 최시한, 「근대소설의 형성과 "공간"」, 『현대문학이론연구』 32, 현대문학이론학회, 2007, 10쪽.

각 공간은 인물의 행위, 인물 갈등 및 사건과 관련을 맺고 있다. 이에
이 절에서는 작품에 구축된 서사 공간이 인물의 행동, 사건과 어떠한
상관성을 가지며 경험적 현실 세계와 어떠한 관련을 맺는지에 초점을
맞추어, 낭자의 재생 이후 선택되는 공간들의 특징과 그 의미를 해명하
고자 한다.

(1) 이상적 여성 공간

고소설의 공간은 비현실과 현실 등의 두 체계로 이원화될 수 있다.
물론 현실계(지상계), 천상계, 지하계, 신선계, 용궁계의 다섯으로 좀
더 다양하게 파악되기도 하지만 현실 공간의 반대항으로서 지하계나
신선계 등의 공간을 비현실 공간으로 통합할 경우 이원적 공간 체계를
추출할 수 있다.[117] 이 작품에 역시 현실에 대한 상대적 공간으로 천상
과 옥연동(혹은 죽림동)이 제시된다. 가부장제의 규범이나 제약을 벗어
날 수 있는 공간으로 두 공간이 설정되는 것이다. 두 공간이 적지 않은
차이를 보임에도 불구하고 현실의 질곡을 벗어날 수 있는 출구로 상상
되고 있다는 점에서 두 공간은 모두 "이상적"인 여성 공간의 범주에 놓
일 수 있다.

---

117) 조희웅은 한국 서사문학의 공간계가 보통 현실계(지상계), 천상계, 지하계, 신선계,
　　용궁계의 다섯으로 나뉜다고 하면서, 이들 공간은 모두 현실계와의 밀접한 관련 속에서
　　파악될 수 있음을 주지하며 수직적 공간과 수평적 공간이라는 공간적 관념 아래 각
　　공간계를 나누어 고찰하였다. 조희웅, 「한국 서사문학의 공간 관념」, 『고전문학연구』
　　1, 한국고전문학연구회, 1971. 한편 최재웅은 〈숙향전〉의 공간 구성 원리를 살피면서
　　공간을 크게 비현실 공간과 현실 공간으로 이원화하고, 비현실 공간을 천상공간, 탈속
　　공간, 용궁공간, 지옥공간, 의식공간으로 나누는 한편 현실 공간을 국가적 공간, 사회
　　적 공간, 개인적 공간, 자연적 공간으로 나누어 분석하였다. 최재웅, 「〈숙향전〉의 공간
　　구성 원리와 의미」, 『어문연구』 43, 어문연구학회, 2003.

　동양적 사유에서 옥확상제는 운명을 관장하는, 인간이 범접할 수 없는 절대적 존재로 인식되었다. 그리고 그의 주재 아래 놓인 천상계 역시 티끌 하나 없이 순정하여 세속적 욕망이나 가치가 존재하지 않는 인간의 삶과는 전혀 다른 공간으로 상상되었고, 이러한 전통적 사유 속에서 천상계는 현실의 제약에서 탈출할 수 있는 초월적이고 관념적인 세계로 그려졌다. 한편, 천상계는 옥제의 권위와 절대 권력이 존재하는 두려움의 공간으로 상정되기도 하고, 일체의 세속적 욕망이 허용되지 않는 규범 공간으로 그려지기도 한다. 때문에 천상계의 인물들은 규율을 파기하였을 경우 지상계로 퇴출당하는데, 〈숙영낭자전〉에서 선군과 낭자가 '희롱죄' 혹은 '비 그릇 준 죄'를 입고 각각 안동과 옥연동으로 적강하는 것은 이러한 공간에 대한 인식이 반영된 결과라고 볼 수 있다.

　그러나 이 작품에서는 천상의 질서가 결국 선군과 낭자의 인연에 정당성을 부여해주고, 옥제는 죽었던 낭자를 재생시킴으로써 끊어진 인연을 이어주는 역할을 한다는 점에서 공간의 규범성보다는 애정 실현을 보조해주는 공간적 의미가 더 강하게 나타난다. 그리고 재생한 낭자가 현실에서 삶을 도모하지 않고, 바로 승천하는 이본에서는 낭자와 선군이 서둘러 현실에서 벗어나 천상에서 미진한 인연을 지속하는데, 이는 천상계가 현실의 제약에서 벗어나 애정을 성취할 수 있는 공간으로 상상되었음을 의미한다. 그런데 이 유형만이 아니라 이 작품의 모든 이본은 낭자와 선군의 승천으로 결말을 맺고 있으며, 적강소설로 분류되는 대다수의 고소설 작품 역시 이러한 결말을 따른다. 이는 천상계를 낭자와 선군 등 적강 존재의 본거지로 보고, 이들이 천상 밖의 공간에서 삶을 종식(終熄)한 이후 돌아갈 최후의 목적지로 상정한 결과로 볼 수 있다. 그러나 소설 향유의 관점에서 볼 때, 낭자와 선군, 나아가 인간 존재의 현실에서의 불완전한 삶이 천상으로의 회귀를 통해 영원성을 확보하며 행복한 결말을 이루길 바랐던 소설 향유층의 기대가 투영된 결과로 파악된다.

이처럼 행복한 삶에 대한 막연한 소망이 투영된 공간으로서, 천상이 전통 사유에 입각해 관념적으로 그려졌던 것과 달리 옥연동은 매우 구체적인 공간으로 설정된다. 공간의 형상에서부터 인물들의 행동과 공간이 맺고 있는 관계 역시 상세히 드러나고 있기 때문에, 이를 살펴볼 필요가 있다. 앞서 언급했듯이 선군과 낭자는 천상에서 죄를 입고 적강하는데, 선군은 안동에서 '인간'적 존재로 태어나는 반면, 낭자는 선녀라는 천상적 존재로서의 신분을 유지하며 옥연동에 머문다. 때문에 선군은 낭자와의 천상 인연을 기억하지 못한다. 그리고 낭자의 현몽으로 인연을 알게 된 이후에도 상사병을 앓으며 근심 속에 지낼 뿐 인연을 이루기 위해 적극적으로 나서지 못한다. 이에 반해, 낭자는 꿈을 통해 선군과 소통하면서 인연을 이어가기 위해 적극적으로 나서고, 결국 두 사람은 옥연동에서 결연을 이루게 된다.

옥연동에서 낭자는 자신의 의사를 매우 적극적으로 표현하고, 주도적으로 행동한다. 상공이 다른 가문에 구혼하려 하자 낭자는 선군의 꿈에 나타나 자신과 선군이 천상인연임을 밝힘으로써 일의 성사를 막는다. 또한 낭자는 선군에게 화상과 금동자를 주어 가세를 요부하게 하는 한편 매월을 방수로 삼게 하여 육체적 욕망을 잠재우고자 하며, 선군의 병에 차효가 없자 낭자는 결국 선군을 옥연동으로 찾아오게 한다. 이러한 모든 요구에 선군은 순순히 응하고 낭자는 선군과의 관계를 주도적으로 이끌어간다. 선군이 옥연동에 당도하자 낭자는 속객이 선경을 범하였다면서 그를 몰아낸 후 다시 '텬졍연분이 이슨들 엇지 일언의 허락ᄒ리오'[118]라며 그를 회유함으로써 그의 의지를 시험해 보기도 하는데, 여기에서 이러한 낭자의 면모를 더욱 분명히 확인할 수 있다.

이러한 낭자의 행동은 안동에서의 모습과 매우 다르다. '육례'와 '정절'이라는 규율이 작용하는 안동에서 그녀는 자신의 의사를 적극적으로 드러낼 수 없었다. 훼절을 의심받은 낭자가 결백을 주장함에도 불구하고 그것은 상공에게 받아들여지지 않았을 뿐만 아니라 변명으로 치부되며 발언 기회마저 박탈당했던 것이다. 따라서 그녀는 죽음, 움직이지 않는 시신 등처럼 언어가 아닌 몸으로 말하기라는 방법을 택한다. 이처럼 안동과 옥연동이라는 두 공간에서 낭자는 서로 다른 행동 방식을 보여주는데, 이는 각 공간의 정체성[119]과 관련지어 설명해 볼 수 있다. 옥연동이 첩첩이 산으로 둘러싸여 온갖 자연이 조화를 이루는 열린 공간으로서 세계와 소통하는 것과 달리, 안동의 시집은 높은 담장으로 둘러싸여 있어 외부와의 소통이 불가능한 공간이다. 이러한 공간의 형상은 각 공간의 정체성을 드러내고 있으며, 그것은 낭자의 상이한 행동 방식을 통해 구체화된다. 그리고 이러한 맥락 속에서 '육례'와 '정절'이라는 규율로 여성을 억압하는 안동이라는 공간과 더불어 여성의 언표가 가능한, 해방 공간으로서의 옥연동을 상정해 볼 수 있다.[120]

---

118) 대영28장본(『숙』3 : 21)

119) 렐프는 일상적으로 경험하는 생활 세계이자 인간 실존의 근본적인 토대를 장소로 규정하고, 장소 개념과 장소경험에 대한 탐구를 시도하였다. 그는 장소와 인간의 관계 속에서 형성되는 장소의 고유한 특성 즉 장소의 정체성이 생성된다고 보고, 이를 다른 장소에 대립하여 바로 이 장소에서의 경험을 기반으로 형성된 사람들의 문화적 가치와 경험의 기록이며, 표현이라고 하였다. 에드워드 렐프, 김덕현, 김현주, 심승희 옮김, 『장소와 장소상실』, 논형, 2005, 308~141쪽.

120) 졸고(2011), 앞의 논문, 18쪽.

옥연동은 낭자의 적강과 재생이 이루어지는 공간으로서, 낭자의 삶과 긴밀히 연계되어 있다. 적강과 재생은 모두 생(生)의 끝을 시작으로 전이시키는 삶의 분기점이자 '운명의 전환점'으로, 낭자의 적강과 재생이 이루어지는 옥연동은 생(生)의 에너지가 충만하고 온갖 자연물이 조화를 이루는 공간으로 형상화된다.

> 쥬마가편으로 ᄎ잠ᄎ잠 ᄎᄌ가니 셕양은 지를 넘고 옥연동은 망망ᄒ다 슈 리을 드려ᄀ니 그졔야 광할ᄒ여 쳔봉만악은 긔름으로 둘려 잇고 양유쳔만수은 동구을 덥퍼 공즁의 흐날이고 황금 갓튼 쇠고리난 상하지의 왕닉ᄒ며 탐화봉졉은 츈풍의 홍을 제워 츈식을 ᄌ랑ᄒ고 화힝은 십이ᄒ니 버루쳔지비인간이라 ᄎ잠ᄎ잠 드려ᄀ니 그졔야 션판의 ᄒ여시되 옥연 가무졍이라 ᄒ여더라   – 조동일47장본(『숙』1 : 264)

> 走馬(주마)ᄀ편의로 ᄎᄌᄀ니 셕양은 지을 넘고 옥연동은 망연ᄒᄃ 슈모을 들어ᄀ니 그졔야 광할ᄒ야 쳥봉문악은 그림으로 둘어잇고 양유쳔만록은 동구을 덥퍼잇고 공즁의 회날이난 黃金(황금) ᄌ튼 쇠고리는 上下(ᄉᄒ)지예 왕내ᄒ야 탐花(화)광졉은 츈풍을 회웅하냐 츈식을 자랑ᄒ며 화향은 십의ᄒ고 앵무 공작이 넘노난듸 차잠차잠 드려간니 션판의 ᄒ냐시되 옥연동 가무졍이라 ᄒ았더라
>
> – 박순호43장본(『숙』2 : 76)

한 곳의 다다라는 사양이 지산ᄒ고 셕죄투림이라 산은 쳡쳡 쳔봉이오 슈는 진진 빅곡이라 디당의 년홰 만발ᄒ고 심곡의 모란이 셩개라 화간졉무는 분분셜이오 뉴상잉비는 편편금이라 층암졀벽간의 폭포슈는 은하슈룰 휘여뎐 듯 명ᄉ쳥계상의 돌다리는 오작교와 방불ᄒ다 좌우고면ᄒ며 들어가니 별유텬지 비인간이라 션군이 이 갓튼 풍경을 보미 심신이 샹쾌ᄒ여 우화이등션 ᄒ 듯 희긔 자연 산용슈츌ᄒ여 횡심일

경 드러가니 쥬란화각이 외의표 못ᄒ고 분벽ᄉ창은 환연 조요흔 곳의
금즈로 현판의 쓰되 옥년동이라 ᄒ엿거늘　　　－대영28장본(『숙』3∶20)

선군의 눈에 포착된 옥연동은 높은 산으로 둘러싸여 있고 온갖 꽃이
만발한 별유천지비인간의 세계로 형상화되며, 그곳은 안동이라는 현
실 세계에서 벗어나 있는 깊숙한 곳이다. 그 형상은 시각적이고 청각적
인 이미지들로 채워져 있는 심미적 세계로 표현되어 있어 한 폭의 산수
화를 연상시킨다. 또한 희롱하는 꾀꼬리, 두견, 접동새들과 꽃을 찾아
노니는 나비와 벌은 조화로운 자연 경관이면서 동시에 성애적 생기(生
氣)를 환기시키면서 옥연동의 이미지에 생동감을 부여한다. 이러한 자
연 경관과 풍경은 선군의 시선에 포착된 것으로서, 여기에는 '오작교'
에서 견우가 직녀를 만나 듯, 낭자와의 결연을 앞둔 선군의 기대와 성
애적 욕망이 투영되어 있다.

이러한 몽환적이면서도 감미로운 공간적 분위기는 자연스럽게 선군
과 낭자의 결연 서사로 이어지고, 선군과 낭자는 이곳에서 질서와 규범
의 규제 없이 자유로이 만남을 이루고 애정을 성취한다. 옥연동은 천상
과 지상 사이에 존재하는 공간으로 설정되는데, 천상과 지상이 각각
옥제의 질서, 가부장적 질서로 운영되는 공간인 것과 달리 옥연동은
이러한 질서와 규제로부터 자유로운 일탈된 공간으로 그려진다. 이곳
에서 옥제에 의해 부여된 '천정기한'이나 '육례'라는 지상계의 규범은
두 남녀를 제한하거나 억압하지 못한다. 따라서 낭자는 '천정기한'과
'육례'를 지켜 선군과 결연을 이루고자 하나 그 의지는 선군의 결연 욕
망을 이기지 못하며, 이들은 육체적 결합을 이뤄 원앙이 녹수를 만난
듯, 비취가 연리지에 깃들임 같이 '자연'으로 동화된다.

우리 두 스람이 천상의 득죄ᄒᆞ야 인간의 ᄂᆞ려와셔 인연을 미즈두고
삼연을 위인ᄒᆞ야싸온니 삼연 후의 청혼으로 미즈 삼고 상봉으로 뉵예
삼으 빅연희로ᄒᆞᄌᆞ ᄒᆞ여더니 만일 즉금 허락ᄒᆞ오면 천의을 거스리고
물예미 싱ᄒᆞ니 부디 안심ᄒᆞ야 삼연을 지달리면 인연을 미즈 빅연희로
ᄒᆞ오리다 ᄒᆞ니 선군이 디왈 일일이삼츄라 ᄒᆞ니 삼연이면 멋 삼츄릿가
낭즈 만일 그져 돌아가라 ᄒᆞ오면 ᄂᆡ 목슘이 비죠죽셕이라 목슘이 죽
거 황천의 외로온 혼빅이 되오면 낭즈의 신명인들 엇지 온젼ᄒᆞ올잇가
복원 낭즈는 몸을 잠간 허락ᄒᆞ옵시면 선군의 목슘을 보젼할 듯ᄒᆞ온니
낭즈는 숑빅 갓탄 졍졀을 잠간 굽피소셔 불의 든 나부와 낙슈 문 고기
을 구완ᄒᆞ옵소셔 ᄒᆞ고 낭즈는 ᄉᆞ성을 싱각ᄒᆞ옵소셔 낭즈의 셩셰 문부
터산지상이라 빅이스지 ᄒᆞ여도 무가ᄂᆡᄒᆞ로다 이젹의 월식은 만졍ᄒᆞ고
야식은 삼경이라 선군이 침실의 나아가니 낭즈 할슈업셔 몸을 허락ᄒᆞ
난지라 선군니 그졔야 침식을 도도 베고 젼일 긔리든 졍이 졈졈이 싸
인 회표을 일으고 셔로 밤을 지니더니 두 스룸의 졍이 원낭이 녹슈 만
남 갓고 비취 열이의 짓드림 갓더라 은은한 졍은 용천금 든는 칼노 베
거든 베이거나 홍로 모진 불노 살으거든 살이거나 인간ᄉᆞ 가쇼롭다 ᄒᆞ
고 이 안이 셰상인가 공명을 뉘 알쇼냐 회롱ᄒᆞ난 졍은 비할 바 업더라
낭즈 왈 낭군의 녹심이 아무리 디단ᄒᆞᆫ들 이더지 무예ᄒᆞ시릿가 이졔ᄂᆞᆫ
무가ᄂᆡᄒᆞ라 이 몸이 부졍한니 공부하기 부질업다 ᄒᆞ고 청수 모라ᄂᆞ여
옥연교의 올나안져시니 선군이 결ᄒᆡᆼᄒᆞ야 집으로 도라와

— 박순호43장본(『숙』2 : 77)

'천졍긔한'이나 '육례'는 죽음을 불사하는 선군의 열정 앞에 제 힘을
발휘하지 못하고 두 사람은 운우지정을 이루는데, 위의 인용에서처럼
달빛 가득한 야심한 밤은 낭만적 분위기를 주조하면서 두 사람의 육체
적 결연으로 서사적 흐름을 이끌어 간다. 그 가운데 '인간사', '공명',
'공부'는 모두 부질없는 것으로 치부되며, 두 남녀의 사랑만이 절대적

가치를 지니고 의미를 부여받는다. 그러나 이러한 사랑은 안동에 이르러 지속되지 못하고, '민망한' 행위로 이해된다.

(2) 예속적 여성 공간

낭자는 선군과 결연을 이룬 이후 안동의 시집으로 향한다. 시집에 들어온 그녀의 처소는 '동별당'에 마련되는데, 그곳은 '높은 담'으로 둘러싸인 유폐된 공간으로 형상화된다. 조선시대 남성들의 공간이 밖으로 노출되어 외부와 소통이 가능했던 것과 달리 여성들의 공간은 높은 담으로 둘러싸여 외부에서 안을 들여다 볼 수 없는 구조를 취하였다. 제도적으로 여성들은 내밀한 규방 공간 속에 배치되었는데, 낭자가 거처하는 동별당은 경험적 현실 세계 속에서 여성에게 주어졌던 삶의 공간, 즉 규방의 모습을 그대로 재현해 놓고 있는 것이다.

물론 시집에 들어온 후 8년 동안, 낭자와 선군은 원앙지락을 이루며 춘양, 동춘 남매를 낳아 기르고, 뒷동산에 정자를 짓고 오현금을 타며 희락하며 지낸다. 이같은 삶의 안락과 사랑에 빠져 선군은 학업을 전폐하는데, 이는 상공에게 '민망'하거나 꾸짖고 싶어도 '꾸짖지 못하는' 못마땅한 것으로 여겨진다. 동별당은 분명 현실 세계 속 규방과 달리, 여성에만 국한된 공간이 아니라 선군과 낭자가 사랑을 나누는 내밀한 공간이었지만, 가부장의 시선에서 자유로울 수 없는 공간으로 자리하는 것이다.

유교적 가부장제 원리에 의해 작동되었던 조선 시대에는 내외의 원리에 따라 공간을 배치하였고, 여성들의 삶은 규방을 중심으로 구획되었다. 공간의 안/밖 분리는 단순한 공간 구분의 의미를 넘어 남성과 여성의 삶을 구별 짓고, 구속하였다. 이러한 공간의 배치와 삶의 논리를 『禮記』「內則」편에서 살펴볼 수 있다.

> 예는 부부 사이의 도리를 삼가는 데에서부터 시작된다. 그러므로 집을 지을 때에는 안과 밖의 구분이 있게 한다. 남자는 밖에 거처하고 여자는 안에 거처하며 안채는 깊숙하게 하고 안과 밖 사이에는 문을 두어 문지기가 사람 출입을 감시하게 한다. 남자는 안에 들어가지 않고, 여자는 밖에 나오지 않는다.[121]

이처럼 제도화된 공간의 구별은 여성과 남성을 구분 짓는 동시에 여성의 삶을 남성의 시선과 응시 속에 포획하는 제도적 장치로 기능했다. 여성 공간은 문지기의 감시 속에 놓여 있었고, 출입 역시 자유롭지 못했으며 이러한 상황에서 여자는 "밖에 나오지" 못했다. 때문에 여성들은 규방 공간 속에서 가사나 소설 향유를 하며 여성들만의 문화를 형성했는데, 규방 문화의 발달은 역설적이게도 이러한 공간적 규제와 자유롭지 못했던 여성들의 삶을 드러낸다.[122] 이러한 공간적 구별과 구속은 밖의 위협으로부터 보호한다는 명분 아래 당대 여성들의 삶을 규제했

---

121) 『禮記』, 「內則」, 禮始於謹夫婦, 爲宮室, 辨外內, 男子居外, 女子居內, 深宮固門, 閽寺守之, 男不入, 女不出.

122) 조선시대 여성들의 삶의 공간과 존재적 지위는 최화성의 글에도 잘 나타나 있다. "이조말기(李朝末期)까지의 조선 부인은 일생 동안 내방(內房)에 파묻혀 있었으며, 그의 인격을 인정받지 못하고 단지 '자식을 낳기 위한 도구'이며 '살림살이를 하는 종복(從僕)' 이외의 아무것도 아니었다. 여자의 일생을 결정하는 혼인은 본인의 의사를 묻는 일이 없이 양친(兩親)이 자기 마음대로 결정하며, 또 일단 출가(出嫁)한 후에는 무조건으로 남편에게 절대 복종하도록 되었었다." 최화성, 『조선여성독본:여성해방운동사』, 백우사, 1949, 35쪽. (원문에는 대부분 한자로 표기되어 있으나 여기서는 의미 전달에 필요한 단어에 한해 한자를 병기하였음을 밝힌다.)

고, 여성들은 엄격한 출입의 통제와 감시 속에 놓였다. 이들의 삶은 보호라는 미명 하에 자율성을 보장받지 못했던 것이다. 이러한 경험적 현실 세계 속 여성 공간의 특성을 상공이 거처하는, 낭자가 선군과 결연하여 유입된 시집 즉, 구가(舅家)의 형상에서 확인할 수 있다.

> 닉 집비 단장이 놉고 노비 슈다흔 중의 엇짓 외인이 츄립ᄒ리요 반다시 소장지환이로다   - 김광순46장본(『숙』1 : 376)

> 고이ᄒ고 고이ᄒ도다. 닉 집이 장원이 놉고 상하 이목이 번다ᄒᄆᆡ 외인이 간디로 출입을 못ᄒ거늘   - 대영28장본(『숙』3 : 26)

선군이 과거 길을 떠난 후 시아버지 백상군이 동별당을 순행하는데, 며느리만 거주하는 방에서 남자의 목소리가 들리자, 상공은 '담장이 높아', '외인 출입이 어렵다'면서 이상히 여긴다. 그의 말을 통해 알 수 있듯이 안동의 동별당은 담장이 높아 외인의 출입이 어려운 곳이다. 그리고 폐쇄적인 공간으로서 외인과의 소통이 불가능한 공간으로 묘사된다. 이곳에서 상공은 낭자를 '감시'한다. 물론 상공의 순행이 처음부터 낭자의 행위를 감시하기 위한 것은 아니었으나 우연히 낭자의 방에서 남자의 목소리를 들은 상공은 며칠 동안이나 동별당을 오가며 낭자를 감시하고, 그녀의 행동을 통제하기 시작한다. 상공의 방문을 감지한 낭자는 동춘을 달래는 체하는데, 이는 상공의 행위가 낭자에게 '감시'로 작용하였음을 의미한다.

이와 같은 공간적 규제 및 차단이 가부장제 하에서 이루어진 외면적 측면의 여성 규제 방식이었다면, 수신서나 계녀가의 보급과 교육은 여성의 내면을 규제하는 방식으로 자리 잡았다. 그 요체는 효(孝)와 열(烈)

로서, 각각 부모와 남편에 대한 순종을 미덕으로 권장하였으며, 여성이 결혼을 하였을 경우 효의 대상은 시부모에게로 옮겨갔다. 〈계녀가〉나 〈행신가〉 등의 규방가사에서는 여성에게 효를 권장하고 있는데, 특히 시부모에 대한 효가 강조된다. 유교의 효 이념은 한 집안을 유지시키는 신념으로 자리하며 며느리가 시부모를 모시는 측면에서 특히 권장되는 덕목이었던 것이다.[123] 며느리에게 시부모는 순종하고 효경(孝敬)해야 하는 존재이며, 시부모 모시기는 며느리의 도리로서, 이 도리의 실천 여부가 효부(孝婦) 또는 현부(賢婦) 되기를 결정짓는 것으로 인식되었다.

며느리로서 여성에게 의무로 부과된 덕행이 효(孝)였다면, 부인으로서 여성에게 의무로 부과된 덕행은 열(烈)과 정절(貞節)이었다. 국가적 차원에서 열녀문을 세워주거나 정표 정책을 실시하여 이를 권장했고, "풍속의 정화를 들어, 여자들의 성 생활에 대한 감시와 감독을 합법화했다."[124] 특히 가문 내의 여성이 간통을 범한 실행녀(失行女)로 규정되면 당사자는 물론 그 가문의 남성 가족과 자손들도 검열의 대상이 되어 관직 진입이 봉쇄되었다.[125] 이에 가족과 향촌은 치가(治家)의 명분을 내세워 가까이에서 여성들을 감시하고 처벌하며 여성들의 성(性)과 몸을 규제하는 집행자의 역할을 자처하였는데, 상공이 낭자를 감시하고 처벌하는 것은 이러한 사회 문화적 맥락 속에서 이해해 볼 수 있다. 소설 속에 형상화된 지상계의 안동은 경험적 현실 세계가 재현된, 가부장적 질서가 작용하는 공간이며 낭자가 머무는 시집에서는 이러한 이

---

123) 김미현, 최재남 외, 『한국어문학 여성주제어 사전』 3, 보고사, 2013, 232~233쪽.
124) 이숙인, 『정절의 역사』, 푸른역사, 2014, 280쪽.
125) 이숙인(2014), 위의 책, 12쪽.

넘과 질서가 상공이라는 가부장에 의해 실행되었던 것이다.

> 호령이 추산갓탄지라 낭자 왈 아모리 씨분임 영이 음숙ᄒ온들 발명
> 도 못ᄒ오리가 상공이 분기 등등ᄒ여 왈 종시 기망ᄒ고 바로 아리지
> 아니ᄒ는양 창두로 ᄒ여곰 절박ᄒ라 ᄒ고 음치궁문ᄒ라 ᄒ니 창두 달
> 나드러 절박ᄒ니 낭자 사세 밍낭ᄒ지라 옥안운빈의 눈물리 비오는 덧
> 털리면 왈 아모리 육여를 갓초지 (아니)ᄒ들 노복으로 ᄒ야곰 죄를 주
> 시난닛가 ᄒ면 주서이 싱각ᄒ옵소서 씨분님 목전의 보앗시니 힝여 외
> 임을 더면홀가 ᄒ여 수부로 불너 은근이 언근이 뭇는 거시 씨부의 도
> 리거늘 이디지 ᄒ시문 무신 써신지 아지 못ᄒ거이와 소부은 죽어 맛당
> ᄒ지라 비록 옥설 가탄 정절노써 씨부 양위와 낭군 선ᄒ물 알고 부인
> 두 가장을 셍기지 안니ᄒ물 아오니 집피 싱각ᄒ옵소서 그러나 외인 간
> 통은 고사ᄒ고 일후의 낭군을 엇지 더면ᄒ리오 ᄒ고 명천이 치상ᄒ고
> 일월이 발가거든 닉 일을 알건만은 발명홀 고지 업다 ᄒ고 실피 ᄒ날
> 을 우러러 통곡ᄒ니 그 정상을 뉘라서 다 충양ᄒ리오 상공이 그 말을
> 듯고 더욱 더로 왈 너 죄를 짓고 나을 ᄒ여곰 칙망ᄒ니 죽어도 죄을
> 다 면치 못ᄒ리라 ᄒ고 노복을 호령ᄒ여 긱별리 엄치ᄒ라 ᄒ고 추산갓
> 치 호령ᄒ니 불상ᄒ 옥낭자 옥면에 흐러난니 눈물리요 빅설 갓탄 저
> 다리에 소사난이 유혈이라   － 경남대48장본(『숙』1 : 102∼103)

일단 훼절했다는 소문이 구성되면 그 진위 여부는 중요하지 않았다.
소문은 진실로 받아들여져 음부(淫婦)의 혐의를 쉽게 벗을 수 없었기
때문이다. 이에 낭자는 실절(失節)한 여성으로 간주되었고, 위의 인용
에서 보는 것처럼 상공은 창두와 노복을 시켜 그녀를 결박하고 유혈이
낭자하도록 매질했다. '바로 아뢰라'는 상공의 명령은 진실 규명이 아
니라 훼절에 대한 자백의 강요였고, 결백을 증명하기 위한 낭자의 '발

녕(發明)'은 상공에게 '기망'으로 오인된다. 물론 그녀가 진실을 규명할 기회를 얻지 못한 것은 아니지만 그것은 수긍되지 못하고, 옥잠이 섬돌에 박히는 기이한 행적이나 죽음이라는 극단적 선택이 행해진 이후에야 진실로 인정받는다. 이는 말이 아닌 몸으로 말할 때 비로소 소통되는, 소통 부재의 공간적 특성을 반영한다.

이처럼 낭자에게 안동의 시집은 시아버지의 권위와 시비 매월의 모함이 존재하는 위협적인 공간이며, 언표가 억제된 공간이다. 훼절을 의심받은 낭자가 말로써 자신의 결백을 주장함에도 불구하고 그녀의 결백은 인정받지 못한다. 그러나 그녀가 옥잠을 빼어들어 하늘을 향해 호소한 뒤에야 결백이 받아들여지며, 결국 낭자에 대한 불신은 그녀가 자결이라는 극단적 선택을 하고 나서야 완전히 청산될 수 있었다. 때문에 그 억울함은 유혈이 낭자한 채 선군에게 현몽하여 억울함을 호소하거나 시체가 방에 붙고 칼이 가슴에서 빠지지 않는 등 기괴한 방식으로 호소될 수밖에 없었다. 이와 같은 기괴하고 기이한 형상을 통해 가부장제에 내재된 모순과 폭력성이 폭로되며, 이러한 점에서 낭자의 죽음과 움직이지 않는 시신은 가부장제의 이념에 문제를 제기하고, 그 안에 내재된 폭력성과 허위성에 대한 항거의 의미를 띤다고 할 수 있다.

(3) 여성 공간의 전망과 가능성

조선은 유교 이념을 국가의 운영 원리로 삼았고, 여성 공간과 남성 공간의 안팎 분할을 통해 남녀의 생활, 삶의 방식을 구별하였다. 남성들이 '사랑채'에서 외부 세계와 소통했던 것과 달리 여성들의 삶은 보호라는 명분 아래 남성들의 감시 체제에 의해 규제되었고, 그들은 규방 속에 유폐되었다. 그러나 규방이 여성들의 꿈과 상상까지 구속했던 것은 아니었다. 규제와 규율이 강화되면 강화될수록, 이것에서 일탈되어 있는 세계에 대한 꿈과 상상은 더욱더 간절해졌다. 물론 적극적인 여성들은 규방 밖으로 나가 거리 행사를 구경하고, 자연에서 풍류 놀음을 즐기는 한편 불사(佛祀)와 음사(淫祀)에 참여하면서 제도에 맞대응하기도 했지만,[126] 여성들의 외출에 대한 규제와 단속은 여전히 계속되었다. 이러한 상황에서 '규방 문화'는 이들이 법적 규제 없이 현실에서 일탈할 수 있는 상상적 탈출구의 역할을 담당했다.

규방 공간에서 향유했던 소설이나 가사, 시 등의 문학 작품들은 규방 여성들의 정서적 소통의 산물로서, 여성들은 이 속에 현실과 다른 세계를 구축하고 새로운 삶의 방식과 가능성을 탐색했다. 〈숙영낭자전〉은 이러한 일면을 보여주는 작품으로, 다양한 이본의 존재를 통해 이를 확인해 볼 수 있다. 이 작품의 이본들은 대체적인 서사를 공유하면서 특히 낭자의 재생 이후 부분에서부터 큰 차이를 보이는데, 그것은 삶의 공간에 대한 선택과 지향에 따라 나뉜다. 낭자가 선택하는 공간들은 상이한 공간 정체성을 보여주고 있으며, 이는 결국 낭자가 삶을 어떻게 인식하는지의 문제와 연계된다는 점에서 주목해 볼 필요가 있다.

즉, 재생과 동시에 낭자 앞에는 삶의 문제, 즉 "어디서 어떻게 살 것인가?"라는 선택의 문제가 남겨져 있었고, 여러 이본들 속에 그에 대한 답은 천궁, 집(가정), 죽림동, 시집으로 제시된다. 낭자와 선군은 적강 선녀와 선관으로, 천상계는 이들이 본래 존재했던 공간이다. 천상계 즉 천궁은 옥황상제의 금기와 질서가 작용하는, 즉 아버지의 이름이

126) 정지영, 「금하고자 하나 금할 수 없었다-여성에 대한 규제와 그 틈새」, 규장각한국학연구원, 『조선 여성의 일생』, 글항아리, 2010, 170~185쪽.

작용하는 절대적 공간이면서 동시에 부정적 현실을 탈피할 수 있는 공간으로 기능한다. 지상계의 집은 이중적 의미를 지니는데, 가족의 화합을 기반으로 하는 가정적 공간인가, 유교적 원칙이 지배하는 이념적 공간인가에 따라 공간의 성격이 달리 규정된다. 전자가 집에 온기와 이상을 불어넣은 화합의 공간으로 마련되었다면, 후자는 가부장제의 현실과 유사한 공간으로서 시집을 그대로 재현하고 있는 것이다. 한편 선계로서 죽림동은 천상계도, 지상계도 아닌 제3의 공간으로서 옥황상제와 가부장이라는 아버지의 존재가 부재하는, 탈이념적이고 탈제도적인 공간으로 그려진다. 이처럼 각각의 공간에는 당대 여성들의 삶에 대한 전망과 가능성이 내포되어 있는데, 특히 죽림동은 현실의 제약을 극복하기 위한 여성"적" 대안적 공간을 마련했다는 점에서 주목된다.

낭자가 재생 직후 선군, 자식과 함께 승천하는 이본에서는 삶의 공간으로 천궁이 선택된다. 사실 대부분의 이본이 낭자와 선군의 승천으로 끝맺고 있다는 점에서 천궁이 "삶"의 공간인지에 대해서는 반론의 여지가 있으나, "재생"이 인물의 죽음을 삶으로 전환시키며 새로운 삶의 가능성을 모색하고 전망하는 소설 향유자들의 기대가 반영된 결과라고 할 때, 재생 이후 곧바로 이어지는 재생한 인물의 승천은 삶의 지속성으로 의미화된다. 이러한 점에서 천궁을 "삶"의 공간으로 보아도 무방하리라 생각된다. 낭자와 선군은 지상계에 부모를 남겨두고 자녀와 함께 승천하는데, 이들의 승천을 바라보는 상공 부부의 처량함이 강화되어 나타나며, 상공부부의 비극적 죽음을 제시하고 있는 작품도 포함되어 있다. 이러한 맥락 속에서 천궁은 부정적 현실에서 벗어나 '탈'지상(脫'地上)하기 위해 선택된 곳이면서 동시에 부모 봉양이라는 현실적 의무와 규범에서 벗어날 수 있는 공간으로 이해된다.

　또한 낭자가 집을 삶의 공간으로 선택하는 이본에서 '집'은 성격이 두 가지 형태로 나타난다. 가족의 화합을 전제로 한 공간으로서 '가정'과 가부장제에 의해 작동하는 시집 즉, '구가(舅家)'의 두 양상으로 나타나는 것이다. 물론 이 작품에서 지상계에 위치한 '집'은 기본적으로 가부장이 존재하고 그의 관할 하에 놓인 공간이다. 낭자가 '훼절'했다는 누명을 입고 죽을 수밖에 없는 가부장제에 복속된 이념적 공간인 것이다. 그러나 그녀의 죽음으로 정절 이념의 가혹성이 폭로되면서 '집'의 정체성이 변하게 되는데, '집'이 상공과 낭자가 화해를 이루고 화합하는 가정으로 그려지는 것과 달리 구가(舅家)는 이른바 '시부의 집'으로서, 이념적 보수성을 그대로 유지하거나 더욱 강화된 공간으로 그려진다.

　　상공니 닉달라 낭즈 손을 붓들고 통곡ᄒ여 왈 낭즈난 어디 갓던야 ᄒ며 일변 반갑고 닐변 참괴ᄒᆫ 양을 니기지 못ᄒ더라 낭즈 상공과 정부닌 젼의 극진니 졀ᄒ고 종요니 엿즈오더 소부의 익니 미진ᄒ기로 쳔상 죄로 닐어ᄒ온니 시부님 양위난 너무 수괴치 마읍소셔 ᄒ고 노복을 부녀 언졍니 슌ᄒ니 뉘 아니 칭찬ᄒ리요 니후로난 시부모 셤기기을 더옥 극진니 ᄒ니 그 후로난 예날 징자의계 비하더라 …〈중략〉… 즉시 임소졔을 신힝ᄒ여 낭즈와 ᄒᆞᆷ게 별당으셔 쳐ᄒ니 형졔 갓치 화목ᄒ더라 니려홈으로 부모 날노 잇지 못ᄒᆞᅣ 닐시을 못 보와도 삼춘갓치 여기니라 …〈중략〉… 셰상 사람니 명지장단니라 지부왕의 미엿신니 그 ᄶᅢ을 당ᄒ오면 죽금을 면치 못ᄒᆞ나니다 시부모님 빅 셰 무양ᄒ옵소셔 닝종시예 연화산으로 묘셔가온니다 쳔궁 션관니 극낙으로 사화이 단니온니 극낙으로 오시면 션군얼 만나보리다 …〈중략〉… 션군니 낭즈 다려 왈 님부닌은 엇지 ᄒᆞ올릿가 낭즈 ᄃᆡ왈 ᄒᆞᆷ긔 달려가옴즉ᄒ되 부모 양위을 뫼시지 못할 덧ᄒ온니 엇지 급피 임부인을 향ᄒ올릿가 닐후의 달혀갈 날리 잇사온니 부더 염예 말고 급피 올나가사니다 ᄒ고 님부닌

을 불너 왈 그디난 셔어 싱각지 말고 부모 양위을 묘시고 너니 무양니
지니소셔 닐후 부모 양위와 다시 상봉할 날니 인살지라 부디 셜워니
싱각지 말나 ᄒ고 손을 잡고 도물노 ᄒ직ᄒ니

– 박순호32장본(『숙』2 : 379)

이윽고 낭ᄌ 눈을 써 좌우를 도라 보거늘 구고와 션군의 즐겨오믈
엇지 다 측량ᄒ리오 차시 츈잉이 동츈을 안고 낭ᄌ에 겻히 잇다가 그
회싱ᄒ믈 보고 환텬희디ᄒ야 모친을 붓들고 반가오미 넘쳐 늣기며 왈
어머니 날을 보시오 그스이 엇지ᄒ야 그리 오리 혼몽ᄒ엿소 낭ᄌ 츈잉
에 손을 잡고 어린다시 뭇는 말이 너의 부친이 어디 가며 너의 남미도
잘 잇다냐 ᄒ며 몸을 움작여 이러 안즈니 상하 보는 지 뉘 아니 즐겨ᄒ
리오 모든 스롬이 이 말을 듯고 모다 이르러 치히 분분ᄒ니 이로 슈응
키 어렵더라 니러구러 슈일이 지나미 잔치을 비셜ᄒ고 친척을 다 청ᄒ
야 크게 즐길시 저인을 불너 지됴를 보며 창부로 소리를 식이매 풍악
소리 운소에 스못더라 …〈중략〉… 신부 구가에 머무러 효봉 구고ᄒ고
승슌군ᄌᄒ야 낭ᄌ로 더브러 지긔상합ᄒ야 일시라도 써나기를 앗기더
라 빅부의셔 초후로 일가 화락ᄒ야 그릴 거시 업시 세월을 보니더니
공에 부부 팔십 향슈ᄒ야 긔후 강건ᄒ더니 홀연 득병ᄒ야 일됴에 세상
을 바리니 싱에 부부 슴인이 이훼 과도하야 녜로써 션산의 안장하고
싱이 슴년 시묘하니라

– 대동서원15장본(『숙』3 : 223∼224)

이상에서 알 수 있듯이, 박순호32장본에서는 서사의 분위기를 화해
의 분위기로 이끌어가면서 낭자와 임소저가 형제처럼 화목하게 지낸
다. 낭자와 선군은 승천하면서 상공 부부와 임소저에게 후일 만남을
기약하는데, 여기서 훈훈하고 화목한 가족애를 확인해 볼 수 있다. 그
런데 이와 달리 대동서원15장본에서는 낭자의 재생 상황을 즐거움으로
서술하고는 있으나 잔치로 분위기를 전환하면서 상공과 낭자의 화해가

모호하게 처리되며, '효봉구고ᄒ고 승슌군ᄌ'하는 임소저의 행위와 더불어 가부장적 이념에 기반한 관계성이 강조된다.

한편, 가부장적 질서를 벗어나 있는 삶의 공간으로 죽림동이 제시되는 경우, 죽림동은 온갖 자연물이 조화를 이루고, 낭자의 언표가 자유롭게 이루어지는 공간으로 그려진다. 이곳은 낭자가 적강했던 옥연동과 근접한 공간으로, 천상계의 옥제, 지상계의 부모, 임금 등이 존재하지 않는, 규범과 질서에서 벗어나 있는 공간이다. 이곳에서 낭자는 시부모 봉양의 의무에서 벗어나, 가문 중심, 가부장 중심이 아닌 부부 중심의 가족을 꾸린다. 이러한 맥락 속에 죽림동은 옥연동처럼 낭만적 사랑이 가능하고, 안동의 이념적 질서로부터 해방된 공간적 성격을 지니게 된다.

가부장제가 엄격히 적용되었던 조선 사회에서는 여성의 언표가 자유롭게 이루어질 수 없었다. 그러기에 여성들은 이러한 사회적 억압에서 벗어날 수 있는 해방 공간을 마련하였고, 집이라는 공간을 벗어나 화전놀이와 같은 활동을 통해 잠시나마 가부장제의 규제에서 일탈하고자 했다. 〈덴동어미화전가〉는 화전놀이의 현장과 밀접한 관련을 가지는 규방가사로, 이 작품에서 화전놀이에 참여한 2~30명의 여성들은 집밖의 공간에 모여 현실적 제약과 억압에서 벗어나 연대를 이룬다. 집 밖의 공간인 산천은 집 안과 달리 나비가 춤추고 새가 노래하는 곳으로, 조화롭고 자유로운 세계로 그려진다. 이곳에서 여성들은 춤추고 노래하는 가운데 자신의 시름을 내어 놓고 함께 나누었다. 여기서 화전놀이를 하는 산천은 자신의 한 맺힌 사연을 털어놓고 소통할 수 있는 공간으로 자리한다. 이 공간은 옥연동과 마찬가지로, 가부장제의 억압에서 벗어나 있는 해방 공간으로서의 의미를 지닌다.[127]

낭자가 적강하여 최초로 당도하게 되는 공간이자, 훼절 모해로 자결한 후에 돌아가는 공간인 옥연동과 죽림동은 소설 속에 마련된 화전(花煎)놀이의 공간, 가부장제에서 일탈할 수 있는 공간으로 상상된다. 낭자는 이곳에서 만큼은 자신의 의사를 끊임없이 선군에게 전하고, 선군은 그녀의 뜻에 따라 일을 결정하고 시행에 옮긴다. 이러한 낭자의 행동은 안동에서의 모습과 매우 다르다. '육례'와 '정절'이라는 규율이 작용하는 안동에서 그녀는 자신의 의사를 적극적으로 드러낼 수 없었다. 그러기에 그녀는 훼절 모해에 대한 진상을 규명하기보다는 '누명'을 입은 사실에 대한 한탄과 억울함의 호소에 보다 더 집중하며, 자기 스스로 문제를 해결하기 보다는 하늘의 힘에 의지하여 문제를 해결하고자 한다. 결국 죽음으로써 자기변호를 할 때에야 비로소 자신의 결백이 증명되고 가문에 소속된 며느리로서의 존재성이 보장받을 수 있었다.[128] 반면, 옥연동에서는 자기 스스로 문제 상황을 선군에게 열어 보이고, 자신의 의사를 적극적으로 드러낸다. 죽림동에서 역시 낭자는 주체적으로 행동하며, 시부 봉양이라는 이념적 질서를 거부하는 파격적 면모를 보이기도 한다.

낭자는 유교적 가부장제로 점철되어 있는 (시)집에서 벗어나, 집밖에서 현실의 억압에서 벗어날 수 있는 공간을 찾았다. 그렇게 선택된 옥연동과 죽림동에서 부모의 매개 없이 결연하고, 자녀들과 함께 부부 중심의 가족을 구성한다. 성과 사랑, 혼인과 가족은 유교적 질서 개념으로 구성됨으로써 여성의 종속이 담론과 제도로 고착되었다.[129] 그러

---

127) 졸고(2008), 앞의 논문, 25~26쪽.
128) 지상계에서 말이 아닌 몸을 통할 때에 비로소 자기변호가 가능했다는 점을 주목할 필요가 있다.

나 이 작품은 기존의 관습과 제도에서 벗어난 자유로운 만남, 낭만적
사랑이 가능한 공간을 제시하고 있으며, 여기에는 당대 여성 향유자의
소망이 투영되어 있는 것으로 보인다. 이들의 소망 속에 그려진 옥연동
과 죽림동은 탈이념화된 공간으로서, 이 속에서 여성들은 자유롭게 자
신의 의사를 드러내고 주도적으로 행동할 수 있었다. 즉, 옥연동과 죽
림동은 가부장제의 억압 속에서 억눌렸던 여성들이 자신들의 고민을
내어 놓고 토로할 수 있는 공간이며, 동시에 언표가 차단되었던 그들에
게 언로를 열어주는, 가부장제에서 일탈된 여성적 이상 공간으로 자리
한다. 현실의 삶 속에서 자유와 해방감을 느낄 수 있는 공간으로, 화전
놀이를 하는 산천이 마련되었다면, 작품 속에서는 옥연동, 죽림동이
마련된 셈이며, 이 작품은 가부장제에서 벗어난 여성 공간, 낭만적 사
랑에 대한 여성 향유자들의 이상과 꿈을 담고 있는 것이다.

2) 〈숙영낭자전〉의 이본 유형

소설의 결말이란 플롯의 측면에서 볼 때, 등장인물의 운명이 분명해
지는 곳, 즉 실패 혹은 성공의 순간이며, 아마도 등장인물이 자기 자신
의 마지막 위치를 이해하는 곳, 혹은 우리가 등장인물의 위치를 마침내
완전히 이해하는 곳이다.[130] 때문에 소설의 결말은 소설이 지향하는 바
를 나타내주는 중요한 지점으로, 사건의 한 부분에 지나지 않으나 작품
의 전체적인 성격에 적지 않은 영향을 미친다.[131] 이러한 점을 고려해

---

129) 김경미, 「동아시아 고대의 여성 사상」, 『한국여성학』 21-1, 한국여성학회, 302쪽.
130) Cleanth Brooks & Robert Penn Warren, *Understanding Fiction*, Appleton-
    Century-Crofts, Inc., 1959, pp.655~656.
131) 김일렬(1999), 앞의 책, 43쪽.

볼 때, 결말부인 재생과 승천 서사에서 이본에 따라 다양한 양상을 보인다는 사실을 주목할 만하다. 낭자의 재생과 승천 과정을 서사화하는 가운데 낭자의 삶의 공간 선택 과정을 통해, '죽음 이후 어디로 갈 것인가?'와 '다시 산다면 어디서 어떻게 살아갈 것인가?'라는 질문과 그에 대한 답을 제시하고 있기 때문이다.

앞서 낭자의 재생과 승천이 공간 선택 문제와 긴밀하고, 그것이 이본 분류의 기준이 될 수 있음을 살폈다. 그리고 재생한 낭자가 다시 현실 세계로 돌아와 갈등 해결의 주체로 자리매김하면서 다양한 삶의 가능성들을 모색해나가는데 그녀에게 주어진 삶의 가능성들은 삶의 공간을 어디로 선택할 것인가의 문제로 귀결되며, 그 공간은 천상과 집, 죽림동, 시집의 네 유형으로 나타남을 확인하였다. 여기서 천상이 현실을 벗어날 수 있는 반현실의 이상공간으로 선택되었다면, 죽림동은 여성적 행복이 가능한 이상세계로, 집은 화목한 가정공간으로, 시집은 가부장적 질서가 팽배한 이념 공간으로 나타난다. 이러한 점에 주목하며 이본을 분류하고자 한다.

필자는 이본별 변이가 낭자가 택한 삶의 공간이 어디인가와 관련되어 있음에 주목하며 이본별 변이 양상을 고찰한 바 있다.[132] 이 연구는 이전 논의의 작품 분류를 그대로 수용할 것이다. 다만, 이전 연구에서 사용한 계열이라는 용어를 유형으로 수정하여 이본에 따른 지향 공간의 차이와 향유자들의 세계 인식이 분명히 드러날 수 있도록 각 유형을 명명하였다. 계열이라는 용어가 유사성을 바탕으로 '한 갈래로 이어지는 계통이나 조직'을 추적하는 데 더 유효한 용어인데 반해, 유형

---

132) 졸고(2014), 앞의 논문.

은 '공통적인 것끼리 묶은 하나의 틀'로서, 구조적 유사점이나 공통적
특질을 구체적 현상으로 제시하는 데 더 유효한 용어라고 판단되기 때
문이다.[133]

　이에 따라 이 절에서는 〈숙영낭자전〉의 이본을 재생한 낭자에 의해
선택된 공간을 기준으로 네 유형으로 나누고, 각각의 유형을 '천상공간
지향형', '가정공간지향형', '이상공간지향형', '이념공간지향형'으로 명
명하였다. 앞서 살펴보았듯이 이 글의 대상 이본 중에는 낙장되거나
필사가 중단된 이본이 포함되어 있다. 그러나 낙장이 되었더라도 낭자
의 거취와 관련하여 결말을 확인할 수 있는 이본은 이본 분류에 포함하
여 다루었고, 필사중단이나 낙장 및 훼손으로 결말 확인이 어려운 8편
은 유형 분류에서 제외하였다.[134] 유형별 특징에 대한 논의에 앞서 먼
저 각 유형에 속하는 작품을 제시하고, 이를 바탕으로 각 유형에 해당
되는 작품을 분석하면서 구체적인 변이의 양상을 파악해 보고자 한
다.[135] 다만, 임소저와 선군의 혼인 서사의 유무가 각 유형 내에서도

133) ≪표준국어대사전≫에 따르면, 계열은 '서로 관련이 있거나 유사한 점이 있어서 한
　　갈래로 이어지는 계통이나 조직'을, 유형은 '성질이나 특징 따위가 공통적인 것끼리 묶
　　은 하나의 틀. 또는 그 틀에 속하는 것'을 의미한다. 또한 유형은 철학적 개념어로서
　　'유개념의 하나로서, 단순한 추상 개념이 아니고 어떤 현상의 공통적 성질을 형상으로
　　나타내며, 추상적인 보편성과 개별적인 구체성이 통일되어 있는 것을 이른다.'고 설명
　　되기도 한다.
134) 앞의 표에 제시했듯이, 낙장으로 결말을 확인할 수 없는 이본은 경북대34장본, 고려
　　대33장본, 김광순59장본, 단국대53장본, 박순호40장a본, 충남대45장a본 등 6종이고,
　　필사가 중단된 이본은 단국대42장본, 박순호31장본 등 2종이다.
135) 김광순24장본은 낭자의 장례에서 끝맺는 이본으로, 김일렬에 의해 '비극적 결말본'으
　　로 언급되면서 부자간의 갈등이 첨예하게 드러나는 이본으로 논의된 바 있다. 그러나
　　이러한 결말을 보이는 이본이 현재 한 편에 불과하여(〈낭자전이라〉(단국대42장본)이
　　동일한 결말을 보이기는 하지만 이 작품은 명백히 필사가 중단된 이본으로서 김광순24
　　장본과 다르다.) 이본"군"을 형성하고 있지 않다. 따라서 이 논문에서는 별도의 이본

차이를 보이기 때문에 임소저와 선군의 혼인 서사 유무에 따라 작품을 나누면 아래와 같다.

◉ **천상공간지향형(27)**

임소저와 선군의 혼인 서사 없는 이본(25)
경남대48장본, 김광순14장본, 김광순26장본, 김광순33장본b, 김광순44장본, 김동욱48장본, 김동욱58장본, 단국대26장본, 단국대31장본, 단국대41장본, 단국대49장본, 단국대57장본, 박순호34장a본, 박순호35장a본, 박순호35장b본, 박순호36장b본, 박순호40장b본, 박순호50장본, 연용호42장본, 영남대28장본, 조동일28장본, 전남대35장본, 전남대53장본, 충남대25장본, 한중연34장b본

임소저와 선군의 혼인 서사 있는 이본(2)
단국대19장본, 연세대49장본

유형으로 분류하지 않고, 다른 작품을 논의할 때 이 작품의 의미를 함께 다루고자 한다. 또한 필자는 앞선 논문(2014)에서 조동일47장본과 한중연34장본을 기타군으로 분류하였다. 조동일47장본은 별거하며 지내던 낭자가 상공 부부의 장례를 위해 귀가하여 환생연을 베푸는 것으로 끝맺는 이본이고, 한중연34장본은 선군이 부생화를 구한 후, 수장한 낭자의 시신을 거두어 집에서 재생시키는 독특한 재생 방식을 보여주는 이본으로 여타의 이본들과 다른 특이본으로 파악한 것이었다. 그러나 두 본 모두 변이를 보이는 것일 뿐 조동일47장본은 결국 낭자가 삶의 공간을 '죽림동'으로 택한다는 점에서 '이상공간지향형'에 속하고, 한중연34장본은 집을 택한다는 점에서 '가정공간지향형'에 속한다. 낭자가 어떤 공간을 삶의 공간으로 택하느냐의 관점에서 보면 각각의 유형에 포함될 수 있는 것이다. 또한 두 이본을 해당 유형에 포함하여 유형적 성격과 더불어 변이된 면모를 파악해 밝히는 것이 두 이본의 특성을 드러내기에 더 유용할 것이라 판단된다. 이에 이 논문에서는 조동일47장본과 한중연34장본을 각각 이상공간지향형과 가정공간지향형으로 분류하였다.

◉ 가정공간지향형(18)

임소저와 선군의 혼인 서사가 없는 이본(6)

김동욱66장본, 단국대44장본, 박순호34장b본, 박순호39장본, 박순호46장a본, 연세대29장본

임소저와 선군의 혼인 서사 있는 이본(12)

고려대37장본, 단국대34장b본, 박순호27장본, 박순호30장본, 박순호32장본, 박순호36장a본, 박순호46장b본, 사재동24장본, 사재동33장본, 연세대35장본, 최래옥66장본, 한중연34장a본

◉ 이상공간지향형(20)

임소저와 선군의 혼인 서사가 없는 이본(1)

영남대46장본

임소저와 선군의 혼인 서사가 있는 이본(19)

국중61장본, 김광순25장본, 김광순28장본, 김광순33장a본, 김광순46장본, 단국대20장본, 단국대23장본, 단국대40장본, 단국대55장본, 박순호33장a본, 박순호33장b본,박순호37장본, 박순호43장본, 사재동27장본, 사재동43장본, 조동일47장본, 충남대45장b본, 한중연31장본, 한중연36장본

◉ 이념공간지향형(14)

임소저와 선군의 혼인 서사가 있는 이본(14)

국중16장본, 김광순33장c본, 김동욱22장본, 김동욱34장본, 단국대24장본, 단국대34장a본, 대동서원19장본, 대동서원15장본, 대영28장본, 서울대27장본, 신구서림22장본, 연세대20장본, 충남대16장, 한성서관32장본

(1) 천상공간지향형

천상공간지향형에 속하는 작품들은 옥연동에서 재생한 낭자가 곧바로 승천하거나 상공 부부에게 하직을 고한 직후 승천하는 결말을 따른다. 그리고 재생 전후 낭자의 동선을 중심으로 볼 때, '옥연동─재생─천상'으로의 공간 이동이 나타난다. 이 유형에는 재생에서부터 천상계로 승천하기까지 낭자의 부모 봉양이나 임소저와 선군의 혼인 등의 내용이 삽입되지 않기 때문에 서사가 소략한 편이다. 이 유형에 속한 이본에는 대체로 임소저와 선군의 혼인 서사가 나타나 있지 않으며, 임소저와의 혼인 서사가 포함되어 있는 이본은 단국대19장본과 연세대49장본뿐이다. 그러나 모두 임소저와 선군의 혼인 서사가 선군과 낭자의 승천, 상공 부부의 별세 이후에 이어져 있으며, 연세대49장본의 경우에는 낭자와 선군이 승천하고 상공이 별세한 이후에 선군이 임소저와 혼인후 다시 60세에 승천하는 결말을 이루고 있어 임소저와 선군의 혼인서사가 후에 덧붙여진 것으로 보인다. 이로 볼 때, 천상공간지향형의경우, 본래 임소저와 선군의 혼인 서사가 없었을 것으로 추측된다.

한편, 김광순33장b본과 단국대26장본에 선군이 낭자와 함께 승천했다는 소문을 들은 임소저의 후일담이 서술되어 있어 주목된다. 김광순33장b본에서는 임소저가 북금새가 되어 슬퍼 울고, 단국대26장본에서는 임소저가 신음하다 한을 머금고 죽었다는 후일담을 서술하고 있는것이다. 임소저의 비극적 죽음 속에 그녀 역시 유교적 이념의 희생양이라는 점이 소략하게나마 부각되고 있는 것으로 보인다.

또한 이 유형에서는 재생한 낭자가 곧바로 승천하거나 부모에게 하직 후 승천하기 때문에 부모 봉양에 대한 내용이 생략되어 있다. 특히 단국대31장본과 박순호40장b는 재생한 낭자가 선군과 함께 하직 없이 바로 승천하여 상공 부부에 대한 서술이 전혀 없다. 그러나 이 유형의 필사자들 역시 낭자와 선군의 승천 이후 상공 부부의 최후를 어떻게 서술할 것인지 고민했음은 분명해 보인다. 낭자와 선군이 자녀들과 함께 무지개를 타고 운무에 싸여 승천하는 장면을 서술한 뒤에 '각설리라', '잇써'를 덧붙이면서 상공 부부의 후일담을 추가적으로 삽입해 넣고 있기 때문이다. 이로 볼 때, 초기에 창작된 작품은 낭자와 선군의 승천으로 끝맺었으나, 상공 부부의 최후에 대한 필사자들의 관심이 높아지면서 낭자와 선군의 승천 뒤에 상공 부부의 후일담이 덧붙여졌을 것으로 추정된다.

> 부모 양위게 ᄒ직ᄒ고 낭자는 동춘을 안고 할임은 춘양을 안고 무지기을 더우자바 빅운을 히롱ᄒ고 올나가니 운무가 자옥ᄒ면 옥제 소리 멀니 가니 호싱군이 실식ᄒ여 왕천만 홀 ᄲᅡ롬이라 **잇써의** 시랑과 정씨 집으로 도라와 주야로 흔탄만 ᄒ고 세월을 보너더니 실푸다 시랑 부처 우연이 득병ᄒ여 세상을 이별ᄒ니 일동이 요동ᄒ고 일가이 망극ᄒ더라 잇써의 선군과 낭자 와 이시나 부모 죽은 줄을 알고 직시 옥하게 수유ᄒ고 낭자는 빅운연을 타고 할임은 빅옥 계자을 타고 무지기 달이을 놋코 본가로 나려오니 일가 제인이 칭찬 안이 할 이 업더라 직시 예을 갓초와 녹위 원산의 안장ᄒ고 제문 지여 제홀 시
>
> － 경남대48장본(『숙』1 : 121～122)

인ᄒ여 ᄒ즉ᄒ며 부모 양위임 너너 평안ᄒ옵소셔 ᄒ고 청스ᄌ 흔 쌍을 모라 너여 할임은 동춘을 안고 낭ᄌ은 춘양을 안고 무지기로 더위ᄌ바 빅운을 감두로고 오운의 써여 천궁으로 올나간ᄂ지라 **각셜리라** 상공이 선군과 낭ᄌ 을나간 후로 남여 죵을 다 불너 속양ᄒ며 셰간을

다 분침ᄒ여 슈고 빅 셰을 ᄉ다가 ᄒᆫ 날 ᄒᆫ 시의 상공 부쳐 별셰ᄒ신니
소빅산 슈여봉의 곡셩 소리 셰 마ᄃᆡ 나며 안긔 ᄌᆞ옥ᄒᆞ던이 집안의 운
무 덥펴 삼 일을 벗지 안니ᄒᆞ□□□□□□□□□ ᄒ고 관곽을 가초와
□□□ 안장ᄒ이 □ 소빅산 츄여봉의셔 □□□□□□□□□

– 김동욱58장본(『숙』1 : 54)

위의 인용에서 볼 수 있듯이, 선군과 낭자가 승천한 이후 상공 부부
의 후일담이 서술되는데, 선군과 낭자가 승천한 이후 상공 부부를 봉양
하거나 장례를 주관할 후사가 없기 때문에 대체로 이들의 후일은 '한
탄'이나 '슬픔'으로 설명된다. 물론 승천했던 낭자와 선군이 다시 적강
하여 상공 부부의 장례를 치르거나 상공 부부의 선행으로 종들이 이들
의 장례를 치르는 것으로 결말을 맺는 경우도 있지만, 자식들의 부모
봉양이 언급되지 않는다는 점에서는 동일하다. 선군과 낭자가 승천한
이후의 상공 부부에 대한 서술은 단일하지 않은데, 그 양상을 보면 다
음과 같다.

(ㄱ) 비극적 최후가 제시되는 경우: 김광순33장b본, 김광순44장본
(ㄴ) 서술이 생략된 경우: 단국대31장본, 박순호40장b본, 박순호35장b
　　본, 영남대28장본, 전남대35장본, 전남대53장본, 충남대25장본
(ㄷ) 별세 및 승천이 간략히 서술되어 있는 경우: 박순호35장a본, 조
　　동일28장본, 김광순26장본, 단국대26장본, 단국대57장본, 연용호
　　42장본, 김광순14장본
(ㄹ) 상공이 노비를 속량하고 세간을 노비들에게 분급 후 백수 누리
　　다 별세하는 경우: 김동욱58장본, 단국대41장본, 김동욱48장본,
　　단국대19장본, 연세대49장본
(ㅁ) 상공 부부가 불사약 구하여 만년 불노한 경우: 박순호34장a본,

　　　　박순호36장b본

(ㅂ) 슬픔 속에 지내던 상공 부부가 별세하자 선군과 낭자가 내려와
　　장례를 지내는 경우: 경남대48장본

(ㅅ) (상공 부부 또한 별세 후 승천하여) 선군과 낭자, 춘양 동춘과
　　상봉하는 경우: 단국대49장, 박순호50장본, 한중연34장본

　이처럼 천상공간지향형에 상공 부부의 후일담이 다양하게 나타나는
가운데, (ㄱ)처럼 상공 부부의 비극적 후일담을 제시하고 있는 이본이
포함되어 있어 주목된다. 다른 이본 유형에 이처럼 상공 부부의 최후를
비극적으로 그린 경우가 없기 때문이다. 그리고 (ㄴ)과 (ㄷ)에서는 상공
부부의 서술이 생략되거나 별세했다는 짤막한 기록만을 남기고 있어
사실상 선군과 낭자의 승천으로 결말을 맺고 있으며, (ㄹ)과 (ㅁ)은 세
간을 분급하거나 불사약을 구하는 등 상공 부부 스스로 특정한 행동을
취함으로써 최후를 보장받는다. (ㄹ)에 속하는 이본에서는 모두 상공
부부가 별세하자 노비들이 장례를 주관하며, (ㅁ)에 속하는 이본에서
는 그들 스스로 불사약을 구해 만년불로하는 결말을 보인다. (ㅂ)과
(ㅅ)은 상공부부가 별세하자 선군과 낭자가 장례를 치르거나 이들이 승
천하여 상봉하는 결말을 보이고 있어 다른 이본에 비해 상공부부의 최
후를 긍정적으로 그리고 있다.

　그러나 어떠한 이본이든지 부모 봉양이 언급되지 않고 있다는 점에
서 동일하다. 당대 사회에서 효제충신 가운데 효가 으뜸 덕목이었으며,
자식에게 부모 봉양은 매우 중요한 책무였다는 점을 고려해 본다면,
이러한 결말은 이례적이라 할 수 있다. 다른 유형에 어떠한 방식으로든
부모 봉양이 언급되고 있음을 상기해 볼 때, 이 유형이 다른 유형에

비해 현실에 대한 부정적, 비판적 인식을 가장 분명히 드러내고 있는 것으로 보인다. 부모의 최후에 대한 서술 가운데 주목되는 (ㄱ)과 (ㄹ)에 해당하는 작품의 결말을 살펴보면 아래와 같다.

잇써 승공 뷰뷰 승쳔ᄒ고 션군 낭ᄌ 신션되야 올나ᄀ믈 보고 망극 답답ᄒ여 이리 궁글면 져리 궁글면 통곡ᄒ다가 바리본니 운무 히여지 고 션군과 낭ᄌ 간디업거날 긔ᄀ 믹키 폭스ᄒ리라
― 김광순33장b본(『숙』2 : 68)

동춘 춘양을 불너 왈 춘양아 날을 그리워 엇지 사랏시며 동춘아 졋 먹고져워 엇지 살아시며 춘양이 눈 흘겨보지 아니하더냐 낫을 한터 되 이고 비회를 금치 못하거날 쏘한 할임이 실허하시니 낭자 겨우 비회를 근치고 낭군은 우지 말고 한가지로 부모임계 하직하고 쳔상으로 올라 가사이다 할임과 춘양 동춘을 다리고 집으로 도라가 부모계 뵈와 왈 부모임은 그 사이 긔체 무사하시닛가 말힌여 왈 낭군과 어린 자식을 다리고 상제기서 올나오라 하싯니 글노 하직하로 와사이다 훌훌한오나 실하를 막죽 보고 써나나이다 하고 밧게 나가거날 상공 부인 정시 비러 왈 늘근 부모님이 망영되여 불이지살을 힝하여시니 가지 말고 이서라 하거날 낭자 엿자오디 상지기서 하교하시기로 잇지 말고 올라오라 하 시나이다 하고 할임과 동춘 춘양을 다리고 부모임 양위게 하직하고 올 나갈 지경이 상지기서 무지기를 내리날 낭자 선군이 무지기를 타고 쳔 상이 올나가 옥황상지게 선신하고 낭자와 선군이 더욱 닉외 침밀하여 만디 유젼 빗디 쳔수하고 잘사나 상공 내위난 자식 업고 상공 내외 죽 어서니 건쳐 사람이 초상은 첫서나 다 망힛지고 숙디밧치 되더란다
― 김광순44장본(『숙』2 : 214~215)

청스ᄌ을 타고 집으로 드러가이 상공과 져씨 닉달라 낭ᄌ을 붓들고

통곡ㅎ여 왈 낭즈은 어디을 갓드 왓난야 ㅎ며 일번은 차목한 마음을
이긔지 못ㅎ더라 낭즈 승공과 졍씨 젼의 가 졀ㅎ고 사로더 쳡은 익운
이 쳔상여오며 믹비쳔슈라 너무 흔치 마옵소셔 ㅎ며 왈 옥황상졔임니
우리을 올나오라 ㅎ시이 쳔명을 거스리지 못할 거신니 올나가옵는이
다 ㅎ이 상공 부쳐 더욱 쳐량ㅎ 심스을 층양치 못할너라 낭즈 빅학션
과 포쥬와 약쥬 흔 병을 들어 왈 이 빅흑션은 몸이 치우면 더운 바름니
나온니 쳔ㅎ 유명흔 보비옵고 포쥬는 슈복 포즌은 긔운 불평ㅎ시거든
빅학션과 포즈을 몸의 진이시오면 빅 셰 무양ㅎ올이다 ㅎ고 부모임 양
위임니 지ㅎ 상봉할 져긔 낙극 여화궁 셰겨로 모셔 가오이다 쳔상 션
관이 극낙궁 스환을 단이오이 극낙 연화궁으로 오시면 반가이 ㅁ나 뵈
올리다 ㅎ고 션군다여 왈 우리 올ㄴ갈 시가 급ㅎ여신니 밧비 부모 젼
의 ㅎ즉ㅎ고 올나가는이다 ㅎ이 션군이 부모지졍을 잇지 못ㅎ여 시로
이 슬러ㅎ이 션군과 낭즈 부모 양위을 위로ㅎ여 나아가 복지 고왈 소
즈 등은 셰상 연분이 진ㅎ여삽기로 오날날 ㅎ즉ㅎ옵는이다 ㅎ고 인ㅎ
여 ㅎ즉ㅎ며 부모 양위임 닉닉 평안ㅎ옵소셔 ㅎ고 쳥스즈 흔 쌍을 모
라 너여 할임은 동춘을 안고 낭즈은 춘양을 안고 무지기로 더위즈바
빅운을 감두로고 오운의 쓰여 쳔궁으로 올나간는지라

- 김동욱58장본(『숙』1 : 53)

김광순33장b본에서는 상공 부부가 승천하는 자녀를 보고 망극 답답
해 하다가 기가 막혀 폭사하고, 김광순44장본에는 승천한 선군과 낭자
의 행복한 삶에 뒤이어 상공 내외가 별세한 후 집안이 다 망하고 쑥대
밭이 되었다는 후일담이 서술된다. 김동욱58장본에서는 상공이 종들
을 속량하고, 세간을 분급해 준 후 백세 후에 부부가 동일 별세하자
종들이 장례를 치른다. 특히 김광순44장본은 선군과 낭자의 행복한 삶
과 상공 내외의 비극적인 최후가 대조를 이루고 있는데, 이러한 상공

부부의 최후에 대한 시술에는 낭자의 억울함에 공감했던 필사자들의 보상 심리 욕구가 반영되어 있는 것으로 보인다.

이처럼 천상공간지향형에 속하는 이본들 속에서 상공 부부의 삶이 다양하게 서술되고 있는 것은 이 유형의 필사자들이 상공 부부의 최후 서술을 어떻게 할 것인지에 대해 적절한 합의를 찾지 못한 채, 개개인의 지향에 따라 다른 결말을 주조해냈기 때문인 것으로 보인다. 그러나 개인의 지향에 따른 다양한 결말 속에서도 이 유형의 향유자들은 대체로 현실을 부정적인 공간으로 인식하며 이를 벗어날 수 있는 공간으로 천상을 상상하고, 이를 삶의 이상 공간으로 지향했다는 점에서는 동일하다고 할 수 있다.

이 작품의 중심인물인 선군과 낭자는 천상계에서 적강한 존재로, 이들은 자기 생의 원천을 천상계에 두고, 〈천상계 → 지상계 → 천상계〉의 환상적(環狀的) 삶을 누린다.[136] 이들은 천상의 질서와 금기를 어긴 죄로 인해 지상계로 추방되며, 지상계에서의 고난과 시련, 즉 속죄 과정을 완수한 결과 다시 천상계로 귀환하게 되는 것이다. 큰 틀에서 볼 때, 이 작품은 중심인물인 낭자와 선군의 지상계로 추방과 천상계로의 복귀라는 적강소설의 일반적인 구조를 따르고 있다. 이에 이 작품은 일찍이 적강소설로 분류되기도 했다.[137]

고소설에 형상화된 천상계는 "부(富)·귀(貴)·락(樂)만 있고 생(生)·노(老)·병(病)·사(死) 등이 없는 무량(無量)하고도 영원(永遠)한 세계"[138]로서, 빈부(貧富)와 부귀(富貴), 고락(苦樂)이 공존하며 생(生)·노(老)·병

---

136) 성현경, 『한국소설의 구조와 실상』, 영남대학교출판부, 1981, 170쪽.
137) 성현경(1981), 앞의 책.
138) 성현경(1981), 앞의 책, 30쪽.

㈜病)·사(死)와 같은 현실의 문제가 소거된 이상 세계로 그려진다. 천상계는 인간이 희구하는 완벽한 공간이자 완전무결한 낙원으로서, 인간의 근원적 이상향이며, 현실의 한계를 보상받거나 벗어날 수 있는 공간으로 상상되는 것이다. 그러나 한편으로 천상계는 완전무결(完全無缺)성을 유지하기 위한 금기와 제한 등이 작용하는 세계이자 옥황상제의 권위와 질서에 압도되어 있는 세계로서, 절대자의 통치, 권력, 제도 등으로 운영되는 현실 세계의 재현 공간으로 상징된다.

이처럼 천상계는 경이(驚異)로운 이상 세계이자 경외(敬畏)의 현실 세계라는 이중적 의미를 지니고 있다. 그런데 여기서 주목해야 할 것은 천상계에 대한 상상은 결국 어떠한 의미이든지 현실의 삶에 대한 부정적 인식에서 비롯되고 있다는 점이다. 경이로운 이상 세계로서 천상계가 현실의 한계와 모순을 벗어날 수 있는 반현실(反現實)로 상상되었다면, 경외의 현실 세계로서 천상계는 현실의 질서와 규율을 그대로 안고 있는 억압적인 유사 현실로 상징되는 것이다. 이러한 점에서 〈숙영낭자전〉에 형상화된 천상계를 주목해 볼 필요가 있다. 특히 낭자가 재생 후 지상 혹은 선계에서 머물지 않고 곧바로 삶의 종착지를 천상계로 택한 유형에서 천상계가 가지는 의미는 더욱 세밀히 분석되어야 할 것이다.

〈숙영낭자전〉에서 천상계는 대부분의 고소설에서 형상화된 천상계와 마찬가지로, 옥황상제의 질서에 의해 운영되는 완전무결한 공간으로 그려진다. 낭자와 선군은 희롱죄를 입고 지상계로 적강하고 이들의 지상계에서의 삶은 천상에서 범한 죄에 대한 속죄 과정으로 제시되는 것이다.

이 아기는 천승 선관으로 요지현의셔 슈졍낭즈로 더부러 희롱흔 죄
로 숭졔계옵셔 인간의 젹거ᄒ와 삼식 연분으로 미즈려 ᄒ고 귀뎍의 탄
싱ᄒ와신이 부디부디 천위을 거스리지 마압고 귀이 길웁소셔 지삼 당
부ᄒ고 올ᄂ가거날
                                              – 김동욱58장본(『숙』1 : 18)

천상에 존재하는 인물들에게는 일체의 세속적 욕망이 허용되지 않
으며, 규율을 파기하였을 경우 이들은 여지없이 지상으로 퇴출당한다.
유배지로서 지상계에서의 삶과 운명은 옥황상제에 의해 관장되고 결정
되며, 낭자와 선군의 경우 그 운명은 천정기한과 삼생연분으로 요약된
다. 지상계는 오로지 애정 성취를 위해 허여된 공간으로 자리하고, 이
들의 만남은 천상의 주재 아래 정당성을 부여받게 되는 것이다. 그러나
천정기한 파기로 인해 수난을 겪게 되고, 이는 결국 낭자의 비극적 죽
음을 초래한다.
  그런데 〈숙영낭자전〉은 여타의 적강소설과 비교해 볼 때 천상계의
질서가 가진 권위, 개입의 빈도나 역할이 매우 약화되어 있다. 태몽을
통한 운명적 인연의 제시나 천정기한의 파기로 인한 수난 등을 통해
천상계의 질서가 모든 것을 관장하고 있다는 의식을 보여주고는 있으
나, 천상적 존재의 인도는 물론이고 구원자, 시혜나 보은 등이 거의 제
시되지 않는 것이다. 물론 선군이 옥연동을 찾는 과정에서 하늘의 도움
을 받고, 낭자가 옥잠을 통해 결백을 증명하는 행위 등을 천상계의 도
움으로 설명할 수는 있지만, 선녀와 선군으로서 낭자와 선군, 천상계
가 맺고 있는 연결고리와 그 의미는 미약한 편이다. 때문에 천상의 주
재 아래 낭자와 선군의 만남은 '천정인연(天定因緣)'이라는 필연성을 부
여받지만 지속성까지 보장받지는 못한다.

지상계는 낭자의 삶에 가부장적 억압의 무게를 드리웠고, 그 억압은 천정(天定)에 의한 운명의 고리마저 끊어버리는 강고(强固)한 것이었다. 따라서 낭자는 강포(强暴)한 세계에 좌절하며 억울한 현실로부터 벗어날 출구를 찾지 못하고 자결을 감행한다. 그녀의 죽음은 곧 자기변호의 최후 수단이면서 동시에 현실 질서의 폐쇄성, 억압의 부당함을 폭로하는 항거의 의미를 띤다. 그리고 현실 세계에 대한 이러한 비극적이고도 부정적 인식 아래 이 세계를 벗어날 이상적 반현실(反現實)로서 천상계가 상상되고 창조된다. 이에 천상계라는 환상적 공간은 현실의 모순과 질곡에 대한 비판을 내포한다.

이러한 점에서 재생한 낭자가 천상계를 삶의 공간으로 택한 천상공간지향형에서 특히 천상계에 대한 서술, 옥제의 개입이 거의 나타나 있지 않다는 사실을 주목해 볼 필요가 있다. 옥제는 천상계를 관장하는 절대자로서, 그에 대한 서술의 강화는 필연적으로 이념적 현실의 재현의 의미를 띠게 된다. 이념공간지향형에서 낭자의 재생을 명하는 옥제의 절대적 권위가 강화되어 나타남은 이러한 맥락에서 이해해 볼 수 있다. 따라서 유독 이 유형에 천상계의 개입이나 그에 대한 서술이 소략하게 제시되는 것은 관념적 이상향으로서 그리고 이념적 현실에 대한 반현실로서 천상계가 상상되었음을 의미하는 것이다.

> 천상으로 올느가 상제게 뵈온디 숭제게 너의 울인□의 격거흐야 여러 희포을 고숭흐여릭 흐시고 몬닉 츙츤흐더라
>
> ─ 단국대31장본, 〈31-앞〉~〈31-뒤〉

단국대31장본에서 낭자와 선군이 승천하자 옥제는 지상계에서의 삶

과 애정 성취에 대해 격려하고 칭찬하는데, 여기서 권위와 이념을 드리운 옥제의 모습을 찾아 볼 수 없다. 오히려 그는 현실의 고단함을 이해하고 위무해줄 수 있는 존재로 그려져 있다. 이로 볼 때, 이 유형의 필사자들은 천상 공간을 현실의 한계를 벗어날 수 있는 공간으로 상상하면서, 이러한 결말을 통해 현실의 질곡에서 탈출하고자 하는 갈망과 소망을 투영했던 것으로 보인다.

(2) 가정공간지향형

이 유형에 속하는 작품들은 재생한 낭자가 귀가하여 지상계의 시집에 머물며 시부모와 함께 지내다가 일정 기한이 지난 후에 승천하는 결말을 보인다. 그리고 재생 전후 낭자의 동선을 중심으로 볼 때, '옥연동―재생―집―천상'으로의 공간 이동이 나타난다. 또한 상공과 낭자의 화해가 제시되고 낭자의 극진한 부모 봉양 등이 언급되면서 천상공간지향형에 비해 낭자의 재생 이후 서사가 확대되어 있으며, 상공 부부와 낭자가 만나 회포를 풀고 뒤이어 낭자의 극진한 부모 봉양이 서술되면서 결말을 화목한 분위기로 이끌어 간다.

이 유형에 속한 18종의 이본 가운데 12종에 임소저와 선군의 혼인 서사가 삽입되어 있고, 3종에는 임소저는 등장하나 혼인 서사가 생략되어 있으며, 단국대44장a본과 김동욱66장본의 2종에는 임소저에 대한 언급이 전혀 없다. 임소저와 선군의 혼인 서사가 삽입되어 있는 이본 중 고려대37장본과 박순호32장본에는 임소저와 낭자가 형제처럼 화목하게 지냈다는 서술이 첨가되어 있지만, 박순호30장본과 박순호27장본에는 천상공간지향형의 김광순33장b본, 단국대26장본처럼 임소저가 홀로 남아 두견새 되어 노래한다는 후일담이 추가되어 있다. 임소저가 선군과 혼인을 이루었다는 점에서 김광순33장b본, 단국대26 장본과 다르지만, 선군과 낭자가 승천한 이후 홀로 남은 임소저의 처지를 안타깝게 여긴 향유자가 이러한 후일담을 덧붙였을 것으로 보인다. 승천했던 선군이 다시 내려와 임소저와 함께 승천하는 박순호46장본과 사재동33장본은 이러한 향유자의 인식을 반영하여 수정한 이본이라고 여겨진다.

　이 유형에 역시 천상공간지향형과 마찬가지로 부모의 후일담이 서술되는데, 임소저와 선군의 혼인 서사가 생략되어 있는 3종의 이본은 모두 상공 부부가 별세한 뒤에 선군과 낭자가 장례를 치른 후 승천하거나, 상공 부부가 낭자, 선군과 함께 승천하는 결말을 보인다. 임소저에 대한 언급이 없는 이본 역시 낭자가 선약을 얻어 부모의 병을 낫게 하고 며칠 후 상공부부가 승천하여 부자가 상봉하거나(김동욱58장본), 상공의 상을 지내고 춘향 동춘 남매의 혼례를 마친 후 백년기세하는 것(김동욱66장본)으로 끝을 맺고 있다. 임소저와 선군의 혼인 서사가 포함된 이본은 대부분 선군과 낭자가 승천한 이후 임소저가 상공 부부를 극진히 모신 후 별세하지만, 연세대35장본은 낭자와 선군의 인도로 임소저와 상공 부부가 모두 승천하는 결말을 보인다.

　　상공니 니달라 낭즈 손을 붓들고 통곡ᄒ여 왈 낭즈난 어디 갓던야 ᄒ며 일변 반갑고 닐변 참괴ᄒ 양을 니기지 못ᄒ더라 낭즈 상공과 정부닌 전의 극진니 졀ᄒ고 종요니 엿즈오디 소부의 익니 미진ᄒ기로 천상 죄로 닐어ᄒ온니 시부님 양위난 너무 수괴치 마옵소셔 ᄒ고 노복을 부너 언졍니 슌ᄒ니 뉘 아니 칭찬ᄒ리요 니후로난 시부모 셤기기을 더옥 극진니 ᄒ니 그 후로난 예날 징자의게 비하더라 …〈중략〉… 즉시

임소제을 신힝ᄒ여 낭ᄌ와 홈세 별당으셔 쳐ᄒ니 형제 갓치 화목ᄒ더
라 니려홈으로 부모 날노 잇지 못ᄒ야 닐시을 못 보와도 삼춘갓치 여
기니라 일려기을 사오 연을 지니미 닐닐은 옥낭ᄌ 쥬호을 졍니 차려
부모 양위와 원근 친척니며 샹ᄒ 노보을로 더부려 디연을 비셜ᄒ고 옥
낭ᄌ 잔을 잡고 부모 양위 젼의 들리고 만세을 불은 후의 잔치을 파ᄒ
후 낭ᄌ 쑤려 안자 엿ᄌ오디 소부 연젼의 환성할 ᄶᅵ예 옥황샹졔게옵셔
ᄒ시기을 너 날려가 선군을 다니고 모연 모월 모닐의 쳔궁의 올나오라
ᄒ기로 쳔명을 어기치 못ᄒ야 올나가온니 닉니 무양ᄒ옵소셔 ᄒ니 …
<중략>… 일일은 상공니 노부 등을 불너 예일을 말슴ᄒ고 가중지물을
분지ᄒ야 쥬시고 빅셰을 무야니 계시던니 일일은 집안의 오운니 영농
ᄒ얏던니 잇튼날 상공 부쳐 구몰ᄒ신니 소빅산 츙연봉의셔 곡셩 소리
나던니 집안의 오운니 흣터지더라 그 노복 등니 발상ᄒ고 관곽을 갓초
와 신산의 안장ᄒ더라 임부인과 상공 부쳐 다 승쳔ᄒ기난 선군과 낭ᄌ
쳔상의셔 인도함니라   −박순호32장본(『숙』2 : 377~380)

　선군과 낭자며 추양과 동춘을 ᄃᆞ리고 집으로 도ᄅᆞ와 부모님 젼의 뵈
오니 상공니 놀너며 질긔물 닉이지 못하더라 졍씨 ᄯᅩ 낭자을 붓들고
몬니 사랑ᄒ미 니런 니리 어디 닛슬손ᄀᆞ 닉려구러 세워를 보니더니 닐
른 □□의 운무 자욱ᄒ며 쳔지 아득ᄒ며 쳔상으로셔 쳥의 동ᄌ 옥져를
본공의 ᄯᅴ우고 쳥사자를 가지고 나려와 상공 붓쳐 선군과 낭자와 추
양과 동춘을 다리고 쳔상으로 올나가ᄂᆞᆫ지라 니젹 상졔게 뵈옵고 만세
을 유젼하더라   −박순호46장a본(『숙』2 : 276)

　또한 위의 인용에서 볼 수 있듯이, 박순호32장본은 선군과 낭자의
인도로 상공 부부와 임소저가 승천하는 결말을 이루고 있고, 박순호46
장a본은 낭자와 선군이 상공 부부를 모시고 승천한다. 여기에 제시하
지는 않으나 단국대44장본에는 상공의 사죄, 낭자의 용서와 더불어

낭자의 극진한 부모 봉양이 언급되어 있다. 이처럼 이 유형에는 상공과 낭자의 화해가 제시되거나 낭자의 극진한 부모 봉양, 낭자가 상공 부부를 모시고 승천하는 내용이 서술되는 등 화목하고 행복한 분위기로 결말을 맺고 있다.

인간은 본질적으로 집 속의 존재로서, 원초적 집이라고 할 수 있는 모성의 자궁으로부터 결별되어 나오는 순간, 또 하나의 자궁으로서 집이라는 공간을 확보해서 살 뿐만 아니라 죽어서는 다시 무덤이라는 집을 갖게 된다.[139] 모태의 자궁으로부터 파생되어 온 집의 안온성에 대한 감각은 시대를 초월하여 모든 인간의 심상에 내재되어 있는 것이다. 그러나 이러한 집에 대한 감각은 집안의 존재인 가족 구성원과의 유대, 친밀함 속에서 보다 확고한 의미를 획득하며, 집은 가족 간의 결속을 바탕으로 한 보호와 안식, 안정을 보장받는 장소로 인식된다.

〈숙영낭자전〉의 여러 이본 가운데 특히 이 유형에 속하는 작품들은 이러한 집에 대한 감각과 지향을 잘 드러내고 있다. 이 유형에서는 재생한 낭자가 지상계의 집으로 돌아와 시부와 화해하고 시부모를 극진히 봉양하면서 갈등이 온전히 해소되는 양상을 보이는 것이다. 그리고 이러한 결말 속에서 화목과 화합의 공간으로서 집을 인식하고자 했던 측면을 살펴볼 수 있다.

낭군과 하가지로 도라가서 부모임게 뵈오리 상공 부부 낭즈을 붓들고 일번 낙누하야 일번 북그러워 가로디 소견니 박지 못하여 낭즈로 하여 한탄하더니 이졔난 늘근니 망영되믈 허물치 말나 반가온 슈피하

139) 이재선, 「집의 공간시학」, 『한국문학주제론』, 서강대학교출판부, 2006, 322쪽.

뭇 청양치 못히리로다 낭즈 염유 티왈 이난 다 첩의 익운니 미진하여
하날이 하신 비요 부모 즈청하신 비 아니오니 염여치 마옵소 호고 우
흐로 부모을 지셩으로 셤기고 아리로 비복 등을 셔리 갓치 조속하니
상하 화목하나 칭찬 아니 하리옵더라 …<중략>… 션군니 위로 왈 슈
이 모시고 상천하올 거시오니 너무 슬어마옵소서 이러구러 스일 지니
니 집안이 오운니 영농하고 향니와 풍유소리 진동하며 빅학을 옹위하
여 션군은 승상을 모시고 나□□이 스러가고 낭즈난 부인을 모셔 등천
하니 상하 노복과 일가 친척더리 뉘 안이 충찬하리요

– 단국대44장본(『숙』1 : 433∼435)

  위에서 인용한 단국대44장본에 이러한 가정의 형상이 잘 드러난다.
이 이본에는 다른 이본에 비해 상공의 사죄와 낭자의 용서 장면이 확대
되어 있는데, 그것이 진솔한 감정을 기반으로 한 화해라는 점에서 주목
된다. 용서를 구하는 상공에게서 가부장의 권위는 찾아볼 수 없으며,
그의 잘못을 용서하고 지성으로 섬기는 낭자에게 역시 며느리로서의
의무감을 찾아볼 수 없다. 이러한 화해와 화합의 분위기 속에서 낭자와
선군은 부모를 모시다 함께 승천하고, 집은 '상하가 모두 화목'한 공간
으로 재정립될 뿐 아니라 '칭찬' 받을 만한 가족 공동체로서 사회적 인
정을 받는다. 이와 같은 집에 대한 형상은 이 유형에 속한 다른 이본에
서도 찾아볼 수 있다.

  즉시 임소졔을 신힝ᄒ여 낭즈와 홈게 별당으셔 쳐ᄒ니 형졔 갓치 화
목ᄒ더라 니려홈으로 부모 날노 잇지 못ᄒ야 닐시을 못 보와도 삼춘갓
치 여기니라
– 박순호32장본(『숙』2 : 378)

  선군과 낭자며 추양과 동춘을 드리고 집으로 도르와 부모님 전의 뵈

오니 상공니 놀니며 질거물 니기지 못하더라

– 박순호46장a본(『숙』2 : 276)

　상공이 낭자의 고흔 얼골 다시 보매 황천애 도라가신 부모님 다시
본 듯시 강동애 떠난 형제 다시 본 듯시 즐거운 마음 칭양 업다

– 김동욱66장본(『숙』1 : 255)

　위의 인용에서 집은 가족 구성원 간의 화목과 즐거움이 가득한 공간
으로 서술된다. 박순호32장본에서는 임소저와 함께 별당에서 머물며
형제처럼 화목하게 지내고 상공 부부는 이들을 흐뭇하게 바라본다. 박
순호46장a본과 김동욱66장본에서는 상공이 재생한 낭자를 마주하여
돌아가신 부모님을 다시 만나고, 헤어졌던 형제를 다시 만난 것처럼
즐거워하는 모습이 그려진다. 여기서 집은 가족 구성원과 화합을 이루
는 공간이며, 애정을 기반으로 한 가족 간의 유대가 바탕이 되는 공간
이다. 낭자가 재생하기 이전의 집이 감시와 위협으로부터 자유롭지 못
한 공간이었던 것과 달리, 낭자가 재생한 이후의 집은 스위트홈으로서
가족 간의 화합이 가능한 공간으로 변모되는 것이다. 낭자의 재생 그리
고 재생 이후 낭자의 거취 공간 선택이 갈등 해결과 새로운 삶의 가능
성을 모색하고자 했던 향유자들의 소망이 투영된 결과라고 할 때, 이러
한 집에 대한 인식에는 향유자들의 집에 대한 이상과 기대가 반영된
것으로 보인다.

　친밀감을 기반으로 한 가족 그리고 그러한 가족이 거주하는 안온(安
穩)한 집에 대한 상상은 시공(時空)을 초월해 인간의 의식 속에 뿌리깊
이 잠재되어 있다. 가정공간지향형이 그려놓은 화해와 화목의 공간으
로서 집과 그러한 가족의 모습은 당대 여성들 나아가 인류의 근원적

꿈과 이상인 것이다. 다만, 여기서 이러한 상상이 배태된 원인, 상상에 대한 배치(背馳)로서의 현실 세계를 상기해 볼 필요가 있다. 꿈과 이상의 표출은 실재 세계에서의 결여와 부재 속에서 이루어지기 때문이다. '훼절'과 '모해'가 존재하는 공간으로서 집, 그리고 각종 규범과 규율을 마련해 여성에게 수난을 입히는 주체로서 가부장은 여성이 당면할 수밖에 없었던 현실이었다. 수직적 질서를 근간으로 하는 가부장제 사회에서 부모와 자식(며느리)의 관계는 친근함 보다는 위계질서로 규정되었고, 안동이라는 시집의 공간에서 상공과 낭자, 선군이 맺고 있는 관계와 훼절 모해 속에서 죽음을 택할 수밖에 없었던 낭자의 모습 속에서 이를 확인해 볼 수 있는 것이다.

(3) 이상공간지향형

이 유형에 속하는 작품들은 재생한 낭자가 죽림동에 홀로 머물다가 선군, 자녀와 함께 승천하고, 임소저가 홀로 남아 부모를 봉양하는 결말을 취하고 있다. 재생 전후 낭자의 동선을 중심으로 볼 때 '옥연동−재생−죽림동−천상'으로의 공간 이동이 나타나며, 죽림동이라는 선계를 중심으로 한 서사가 확장되어 있다. 낭자는 재생하여 죽림동이라는 공간에 홀로 머물러 지내다가 선군에게 현몽하여 죽림동으로 찾아오라고 한다. 이에 선군이 죽림동으로 향하는데, 이 여정이 앞서 옥연동으로 향하는 여정보다 길게 서술된다.

> 부모 젼의 하즉하되 슈회을 미포하니 산슈 귀경이나 하고 도라오리
> 드 하즉하고 금안쥰마로 셰승강을 차즈갈 졔 한 곳을 다다르니 일낙셔
> 산하고 월츌동졍흔□ 슈광은 졉쳔하고 월식은 만산흔듸 무심흔 잔나

비와 부려귀 두견셩은 나무 셕난 간장 다 녹은다 슬푸듯 져 시소리 날
과 갓치 우한이라 인정은 고요ᄒᆞ고 심회를 이긜소야 아득한 강가의 발
질니 망연ᄒᆞ다 처량한 심회 비회ᄒᆞ더니 홀런니 ᄇᆞ리보니 엇더한 옥동
ᄌᆞ 일렵션의 등촉을 발커 달고 포연이 지너거날 할림니 반게ᄒᆞ여 불려
문 왈 강상의 쩌가난 동ᄌᆞ난 셰승강 죽임동을 인도ᄒᆞ여 쥬옵소셔 동ᄌᆞ
답 왈 귀긱은 안동 비할림니 안니신닛가 나는 동ᄒᆡ 용왕의 영을 ᄇᆞ다
할림을 인도ᄒᆞ려 왓사오니ᄃᆞ ᄒᆞ고 오르긔을 쳥ᄒᆞ거날 할림이 비의 올
나안지니 살 갓덧 ᄒᆞ더라 순식간의 강을 건늬여 한 곳슬 다다르니 동
ᄌᆞ ᄒᆞ즉 왈 져 길로 슈 리을 ᄀᆞ오면 죽임동이 잇사오니 정성으로 츳지
소셔 인ᄒᆞ여 간더업거날 할림니 무슈히 치ᄒᆞ고 죽임동을 차ᄌᆞ간ᄃᆞ
차잠차잠 한 곳슬 다다른니 잉무 공쟉 넘노난 듯 꼿 즁의 잠든 나부
ᄌᆞ쵀 소리의 훨훨 날고 단게 벽도 울밀한더 경긔도 죳컨이와 연못 속
의 삼간초당 지여시되 금ᄌᆞ로 쮝인 쥬렴 사면의 둘러거날 아모리 보와
도 션경일시 분명ᄒᆞ다 동정을 살펴보니 이식ᄒᆞ여 한 션여 나와 문 왈
엇더한 속긱이관더 감히 션경을 범ᄒᆞ여시난닛가 한더 할림이 답 왈 나
ᄂᆞᆫ 빅션군이옵더니 쳔상 연분으로 슈경낭ᄌᆞ을 보려 왓나니ᄃᆞ 션여 더
왈 빅할림이라 ᄒᆞ시잇가 할림이 디왈 엇지 아르시난닛가 ᄌᆞ연 알거이
와 일젼 슈경낭ᄌᆞ 상제게 슈유ᄒᆞ고 일□□ 유련타ᄀᆞ 할림이 안이 오시
미 오리 유련치 못ᄒᆞ와 ᄀᆞ게싸오니 가련ᄒᆞ도ᄃᆞ 낭ᄌᆞ 가시며 말삼ᄒᆞ시
긔을 할림니 오시거던 이런 ᄉᆞ연이나 ᄒᆞ라고 ᄒᆞ시더니다 션군이 이 말
을 듯고 간담이 쩌러지난 듯 션여게 비려 왈 가련한 인싱을 싱각ᄒᆞ여
낭ᄌᆞ을 다시 보게 ᄒᆞ옵소셔 ᄒᆞ고 이걸하니 션여 함소 왈 낭ᄌᆞ난 업셔
도 잠간 슈여 요긔나 ᄒᆞ고 가소셔 인도ᄒᆞ여 올니거날 션군이 션여을
싸라 드려가니 이젹의 낭ᄌᆞ 싱각ᄒᆞ되 낭군이 이더지 고상타가 날을 못
보시면 분명 병이 될 듯ᄒᆞ노라 ᄒᆞ고 셤셤옥슈을 얼는 드려 엣티도로
고은 얼골을 산호 쥬렴 반만 것고 할림을 인도할 졔 나삼을 부어잡고
반기 울며 하난 마리 낭군은 엇지 이더지 슈쳑ᄒᆞ여난ᄀᆞ 할림이 낭ᄌᆞ
손을 잡고 울며 ᄒᆞ난 말리 원통한들 날를 젼히 잇고 이 몸이 되단말과

'낭즈' 곡졀을 낫낫치 셜화ᄒ여 반기며 슬피 우니

- 조동일47장본(『숙』1 : 292~294)

앞서 선군이 낭자와의 결연을 위해 옥연동을 찾아갈 때에는 상공 부
부에게 낭자가 현몽하여 옥연동으로 찾아오라고 했던 사연을 전하고
부모의 만류에도 불하고 옥연동을 찾아간다. 그리고 길을 잃어 하늘에
하소연한 끝에 길을 찾는 것으로 설정된다. 그러나 죽림동을 찾아갈
때에는 상공 부부에게 산수구경을 하겠다고 하고 길을 나서고, 강가에
이르러 동해 용왕의 명(命)을 받은 동자의 인도에 따라 깊은 산 중에
있는 죽림동에 이른다. 옥연동 방문 시 낭자는 선경을 범하였다며 선군
을 꾸짖는데, 선군이 돌아서자 삼생연분을 잇지 못할까 염려하며 만남
을 허락한다. 죽림동에서 역시 낭자와 선군의 만남이 순탄치 않은 것은
동일하나 그 방식이 다르다. 죽림동에서는 선녀가 선군을 맞이하며 낭
자가 선군을 기다리다 떠났다는 말을 전하면서 잠깐 쉬어 요기나 하고
가라고 하고, 낭자는 선군이 병이 날까 염려하며 선군과 해후한다. 재
생한 낭자가 죽림동에서 재생하는 이상공간지향형에 속하는 이본들은
이와 같은 서사를 공유하고 있다.

이 유형에 속하는 대부분의 이본에서 이 공간은 '세심동 죽림동', '죽
림도원', '세승강 죽림촌' 등으로 제시되나 사재동27장본에서는 '셰심
경 옥연동'이라고 언급된다. 그러나 명명이 달라졌을 뿐, 모두 여러 새
들과 짐승들이 모여 조화를 이루는 별유천지비인간의 선경으로 형상화
된다는 점에서 동일하다.

각셜 이젹의 할임이 뷰모임과 쇼졔 를며 일가 노복을 다 ᄒ직을 연

연이 ㅎ고 실피 실피 ㅎ직ㅎ고 춘양 동춘을 다리고 옥연동이 가나라
잇쩌 맛참 슘츈이라 만학천봉 운심쳐이 두견이 실피 울고 젹막공손 두
견화 만발ㅎ고 춘셩 무쳐 뮬비화며 군불견 쵹규ㅎ며 동원이 도리화며
쏘 흔 편 바라보니 온갓 김싱 우름 울 졔 약슈슘쳔요지연이 쇼식 젼틋
쳥죠시며 말 잘할는 잉무시며 쏘 흔 편 바리보니 쟝끼 펄펄 쌋도리며
온갓 짐싱 퓨드득 나라들고 슈양은 쳔만손이 둘너잇고 경쳐 죠흐니 춤
벼류쳔지비인간나라 반갑쏘다 그간 셕은 간중이 오날날 시룹쏘다 쳡
쳡 츳ᄌ 드르가니   – 사재동27장본(『고』1 : 547~548)

가정공간지향형에서 재생한 낭자가 상공 부부를 극진히 봉양하는
서사가 제시되는 것과 달리, 이 유형에서는 죽림동에서 낭자를 만난
선군이 홀로 남을 부모님을 걱정하며 함께 모실 것을 요청함에도 불구
하고 낭자는 유명이 달라 함께할 수 없다며 죽림동에서의 삶을 고수한
다. 그 대신 임소저와 혼인하여 부모를 봉양한다. 때문에 이 유형에 속
하는 이본 20종 가운데 19종의 이본에 임소저와 선군의 혼인 서사가
포함되어 있다. 그리고 선군과 임소저의 혼인 서사가 포함되지 않은
영남대46장본에서 역시 낭자가 죽림동에서의 삶을 고수하자 선군이
부모의 봉양과 안위를 걱정하는 것으로 끝을 맺는다.

이처럼 이 유형에서는 낭자가 죽림동이라는 제3의 공간에서 재생하
기 때문에 낭자와 상공 부부가 대면하는 서사 상황이 거의 제시되지
않는다. 다만 단국대23장본과 한중연31장본, 김광순28장본과 박순호
37장본, 충남대45장b본에서는 재생한 낭자와 상공 부부의 대면하는 상
황이 설정된다는 점에서 차이를 보인다. 이를 나누어 살펴보면, 단국대
23장본과 한중연31장본에서는 상공 부부와 임소저, 자식들이 모두 죽
림동으로 와서 함께 머물고, 낭자와 선군, 임소저가 '밤이면 거문고 타

고 낮이면 화초 간에 노닐며 세상만사를 부유같이 여기며 산다'.[140] 이
후 상공부부가 별세하자 선군과 낭자, 임소저가 극진히 3년상을 모신
후, 나머지 가족들도 모두 승천하는 결말을 보이는데, 내용이 유사한
것으로 보아 두 이본은 동일한 모본을 필사한 것으로 보인다. 또한 김광
순28장본과 박순호37장본, 충남대45장b본에는 상공 부부의 별세 전후
죽림동에 있던 낭자가 귀가하여 문안하는 내용이 서술된다. 그러나 김
광순28장본에서 낭자는 다시 죽림동으로 돌아가 선군과 임소저, 자녀
를 불러 함께 살고, 박순호37장본에서는 낭자가 장례를 위해 귀가했다
가 먼저 승천하고, 선군이 남아 저제하고 대연을 배설하는 결말을 보인
다. 그리고 충남대45장b본에서는 상공이 병들어 백약이 무효인 상황에
서 죽림동에 머물던 낭자가 자녀들과 함께 홀연히 나타나 선약을 주고,
얼마 뒤 세상을 등진다. 이 이본에는 상공 부부의 장례에 대한 언급은
없고, 이후 낭자는 다시 죽림동으로 돌아가고, 임소저와 벼슬에 오른
자녀들이 평안히 지내는 것으로 결말을 맺는다.

　이처럼 네 이본은 낭자가 죽림동에서 상공 부부가 함께 머물거나 상
공 부부의 별세 전후에 죽림동에 있던 낭자가 귀가하여 문안하는 내용
이 서술된다는 점에서 이 유형에 속하는 다른 이본들과 차이를 보인다.
그러나 죽림동을 가부장제의 현실 질곡에서 벗어날 수 있는 여성적 이
상 공간으로 지향했다는 점에서는 큰 차이가 없다. 단국대23장본과 한
중연31장본의 경우, 부모와 동거하고 3년상을 극진히 했다는 내용이
언급되고는 있으나 가정공간지향형이나 이념공간지향형에서처럼 부
모 봉양에 대한 내용이 상세하지 않고, 낭자와 선군, 임소저의 사랑이

---

140) 단국대23장본, 〈23-앞〉

강조되어 있으며, 김광순28장본이나 박순호37장본, 충남대45장b본 역시 결국 낭자는 부모 봉양의 의무에서 벗어나 있기 때문이다.

이처럼 이 유형에 속하는 이본들에서는 대체로 낭자가 죽림동에 머물고 부모를 봉양할 대리자로서 임소저가 등장하여 상공 부부의 봉양과 장례를 책임진다. 이후 낭자와 선군, 자녀들이 승천하여 천상적 존재로서 자리매김하는 선군 일가의 후일담이 제시되거나 자녀들마저 임소저에게 맡기고 두 사람만 승천하며, 임소저와 자녀들의 지상 복락과 승천이 서술된다.

이상공간지향형에 속한 이본들과 이를 향유했던 향유자들의 지향점을 확인해 보기 위해서는 이 유형에 제시된 '죽림동'이라는 제3의 공간을 주목해 볼 필요가 있다. 여기서 죽림동은 낭자가 적강해 있던 옥연동 너머에 있는 곳으로,[141] 자연과 세계가 조화를 이루는 환상적인 공간으로 그려진다.

　　착관 나가 산수 구경이나 ᄒ고 도라올이다 ᄒ고 인ᄒ여 주임도로 차자간니 여러 날 만의 한 곳의 다다른니 서산의 걸인 치은 일낙서산ᄒ고 동영의 돈난 달은 월출이라 수광접천ᄒ고 월식은 반공산이라 무심한 잔나비는 처처 실피 울고 유의한 두견시은 불여귀을 일삼으이 실푸다 저 시로 니 심사와 갓흔지라 인적은 고요ᄒ고 유수 정이 슬푸도다 창망한 강산 상의서 갈 발을 아지 못ᄒ고 철양한 비회 나든 차의 홀연

---

141) 대부분의 작품에서는 죽림동의 위치가 정확히 제시되지 않으나 김광순46장본에서는 죽림동과 유사한 공간인 '연즈슨'이 옥연동 너머에 있는 것으로 설정되어 있다. 대체로 이상공간지향형에서는 낭자가 죽림동에서 재생하는 것으로 나타나는데, 사재동27장본에는 옥연동에서 재생한다. 대부분의 이본에서 낭자의 재생 공간을 죽림동으로 설정하고 있기에 여기서는 이를 아우르는 명칭으로서 '죽림동'을 택한다.

한 곳 바리본이 한 동사 일 편선의 등불을 도도 달고 지늬가거날 할임
이 급히 문왈 동자은 시심강 죽임도 가난 기을 인도ㅎ압소서 한이 동
자 답왈 귀긱을 보온이 아동 거흐느 빅선군이잇가 할임이 왈 니 선군
이건이와 엇지 나을 아난다 ㅎ신이 동자 답왈 그러ㅎ시면 소동으 뒤을
짜르소서 소자난 동회 용왕 영을 밧자와 빅할임을 인도ㅎ로 왓사온이
수이 비애 오르소서 ㅎ거날 반가온 마암을 이기지 못하여 급픠 비애
올은이 수식간의 강을 건너 동자 가르처 왈 져리로 가면 죽임도가 잇
사온이 정성이 지극ㅎ오면 낭자을 보오리다 ㅎ고 간듸업거날 할임이
죽임도로 차자 가던이 문득 흔 고듸 다다른이 화송은 울미ㅎ고 녹죽언
은은한듸 그 길로 수일을 들어간이 좌우 죽임이 울밀한 가오듸 삼간초
옥이 잇시듸 단장과 사모의 풍경 소소의 청신 훗터진이 과연 꿈 갓드
라 쏘 보지 못할 듯한이 진실노 선경일너라

− 박순호33장본(『숙』1 : 214)

위의 인용문에서 확인할 수 있듯이, 죽림동은 깊은 숲 속에서 다시
배를 타고 올라야 당도할 수 있는 선경으로 그려진다. 선군은 길을 잃
고 헤매다가 한 동자의 인도에 따라 배를 타고 간 후에 다시 화송과
녹죽이 울밀한 곳을 가로질러 수일을 간 후에야 죽림동에 도착한다.
이 공간은 낭자가 적강하고 선군과 인연을 맺었던 옥연동과 유사한 공
간으로 묘사되는데, 두 공간은 모두 지상계와는 다른 별유천지비인간
의 공간이지만 천상계는 아닌 곳으로, 각각 낭자가 적강하고 재생하여
머물다 승천하는 공간으로 설정된다.

필자는 옥연동이 가진 여성적 의미에 주목한 바 있는데,[142] 옥연동이
나 죽림동은 모두 남성들이 꿈꾸는 무릉도원과 마찬가지로 환상적이며

---

142) 졸고(2011), 앞의 논문.

탈속적인 공간으로 그려진다. 그리고 이러한 공간 형상은 '높은 담'으로 형상화되는 안동과 배치(背馳)를 이루면서, 강고한 이념의 틀에서 탈각된 모습을 보여준다. '높은 담'의 안동이 외부와의 접촉을 차단하고 감시하는 폐쇄 공간인데 반해 죽림동은 온갖 자연물이 조화를 이루는 열린 공간으로 그려지는데, 이러한 공간의 형상은 세속과 탈속, 이념과 탈이념이라는 공간적 함의를 내포하고 있는 것이다.

　반현실의 이상 세계로서 천상계가 관념적으로 인식되었던 것과 달리, 죽림동은 구체적인 공간으로 형상화되면서 인물의 행위, 특히 낭자의 행동과 긴밀한 관련을 맺고 있다. 죽림동에서는 낭자의 행동과 발화가 주체적으로 이루어질 뿐 아니라 이념적 질서를 거부하는 면모를 보이는 것이다. 낭자는 안동에서 선군의 과거를 권유하며 당대의 이념과 질서에 순종적인 모습을 보였지만, 죽림동에서는 시부모 봉양의 책임과 의무를 거부한다. 물론 그것이 '몸이 달라 세상 사람이 이곳으로 오기 어렵다'는 이유로 합리화되지만 결과는 동일하다. 이는 천상 공간지향형에서 부모를 남긴 채 승천함으로써 부모 봉양의 의무를 이행하지 않는 것과 유사한데, 이 유형에서는 임소저라는 부모 봉양의 대리인을 내세운다는 점에서 차이가 있다.

　　낭자 답왈 첩인들 부모 자식을 엇지 싱각지 안이할오리가마난 첩의 몸이 전과 달나 시상 사람 인난디 살기 어렵사온이 이곳디로 오기난 어렵지 안이ᄒ나 올 수 업삼난이다 할임이 답왈 부모님은 다른 자식이 업사고 다만 닉 ᄒ나 ᄲᅮᆫ이라 우리꺼지 잇사오며 부모임이 의탁할 곳지 업사온이 보푠 낭자난 깁피 싱각ᄒ압소서 낭자 양구의 왈 사시 일경 그러할 듯ᄒ나 첩이 ᄯᅩ 싱각ᄒ온이 임진사의 소지난 자연 평싱을 속졀 업시 허소이 보닐 거신이 그 엇지 불상치 안의ᄒ올익가 그리 마압시고

> 낭군이 임소지을 재쵀ㅎ여 부모임을 믜시기 ㅎ고 낭군은 왕늬ㅎ여 단
> 이시며 서로 조홀 닷ㅎ온이 ㅎ오이다 족음도 이혹 말고 그리 ㅎ압소시
> 강권ㅎ거날
>
> －박순호33장본(『숙』1 : 216)

이처럼 죽림동은 탈속화된 열린 공간으로서 이념적 틀과 질서로부
터 벗어나 있는 공간으로 형상화된다. 낭자가 삶의 거점으로 택한 이곳
은 상공 부부가 배제된 부부 중심의 공간으로, 효 이념에 근간한 부모
봉양의 책임 즉 여성에게 부여된 책임과 의무와도 결별된 여성적 이상
공간이라고 할 수 있다. 이로 볼 때, 이 유형의 향유자들은 현실을 벗어
날 수 있는 공간으로 죽림동이라는 여성적 이상 공간을 마련하고 이를
지향하며 작품의 결말을 재구했던 것으로 보인다.

(4) 이념공간지향형

이 유형에 속하는 작품들은 재생한 낭자가 귀가하여 부모를 극진히
모시다가 대연 배설 후 낭자와 선군, 임소저가 함께 승천하는 결말을
취하고 있다. 재생 전후 낭자의 동선을 중심으로 볼 때, '동별당－재생
－(동별당)－천상'으로의 공간 이동이 나타난다. 이 유형에는 경판본과
활자본, 필사본이 모두 포함되며 다른 유형에 비해 전반적으로 서술이
축약되거나 생략된 부분이 많다. 다른 유형들과 변별적 차이를 보이는
부분은 ①, ②, ⑩, ⑬ 단락으로, 이를 다시 제시하면 다음과 같다.

> ① 경상도 안동 땅에 백상공이 살다.
> ② 늦도록 자식이 없던 백공 부부가 기자치성하여 태몽을 꾼 후에 선
> 군을 낳다.
> ⑩ 낭자가 억울함을 호소하며 시모와 춘양의 만류에도 자결하다.

⑬ 귀가하여 낭자의 시체를 본 선군이 낭자의 몸에서 칼을 뽑자 청조
　　가 나와 매월이네라며 울고, 선군은 낭자의 자살 내막을 밝히고 매
　　월과 돌이를 징벌하다.

　다른 유형의 경우, ①에서 상공이 소년등과하여 높은 벼슬에 올랐으
나 소인 참소를 입고 낙향하여 농사에 힘썼다는 낙향 내력이 소개되고,
②에서는 정씨가 명산대찰에 기자치성하자고 하자 백공은 비웃었으나
부인의 소원에 따라 기자치성했다는 내용이 서술된다. 이와 달리 이
유형에서는 이 부분이 모두 생략된다. 또한 선관이 정씨의 몽중에 나타
나 아기를 씻어 뉘이며 선군의 적강 내력과 낭자와의 인연을 알려주는
태몽 내용이 생략되고 단순히 태몽을 꾸었다고만 언급한다. 이로 인해
상공과 유교적 이념의 상관성이 미약하게 나타나며, 상공과 낭자의 갈
등에 내재된 이념적 측면 역시 약화된다.
　그리고 다른 유형의 경우 ⑩에서 낭자가 자결을 결심하며 벽상에 혈
서를 남기는 부분이 남겨져 있는 것과 달리 이 유형에서는 이 부분이
생략되고, ⑬에서는 선군이 매월을 처벌할 때, 청조의 울음소리가 ‘매
월이네’ 세 번 우는 것으로 나타난다. 다른 유형에서는 낭자가 벽상의
혈서를 통해 억울한 처지 및 감정을 술회한다. 그리고 선군이 낭자의
가슴에 꽂힌 칼을 뽑자 ‘하면목 유자심 소애자’라는 청조의 울음소리가
낭자의 삼혼으로 소개되면서 이를 통해 남편과 자식을 남기고 죽음을
택한 낭자의 슬픔의 정서가 재차 강조된다. 그러나 이 유형에서는 이러
한 내용이 생략, 변경되면서 낭자의 정서 및 감정이 드러나지 않는다.
　또한 이 유형에는 임소저와의 혼인 권유를 거절하는 선군의 태도와
상공이 선군에게 낭자의 사연을 전하는 태도가 달리 나타난다. 다른

유형에서는 임소저와 혼인하라는 상공의 강권에 선군이 묵묵부답하고, 하인이 따라와 처지를 하소연함에도 오히려 하인을 꾸짖으며 집으로 바삐 간다. 이에 상공은 집 앞에서 낭자가 자결하게 된 사연을 선군에게 전하면서 통곡하고, 선군은 집으로 들어가 낭자의 가슴에 꽂힌 칼을 본 후 '아물이 무심흔들 칼을 쎅지 안이흐엿도다'라며 상공을 책망한다.

> 션군은 낭지 현몽흔 후로 쟝신쟝의흐여 심신을 진졍치 못흐는 허의 그 부친의 말롤 듯고 헤오니 낭즈의 죽올시 분명흔지라 그런 고로 나롤 긔이고 님녀롤 취케흐여 나죵을 위로코져 흐미로다 흐고 이의 고왈 야그 말슴이 지당흐시나 소즈의 마음의 아직 급흐지 아니흐오니 니두롤 보와 셩혼흐여도 늣지 아니흐오니 다시 니르지 마옵소셔 …<중략>… 급히 졍당의 와셔 부모기 그 곡졀롤 무르니 빅공이 오열흐며 닐어디 너 간지 오뉵일 된 후 일일은 냥즈의 형영이 업기로 우리 부체 고이 녀겨 제 방의 가 본즉 져 모양으로 누어스미 불승더경 흐여 그 곡졀롤 일졀 업셔 헤아리미 필언 어늬 놈이 션군이 업는 줄 알고 드려가 겁칙흐려다가 칼노 낭즈롤 질너 죽인가 흐여 칼롤 쎄히려 흐나 중인도 능히 쌘히지 못흐고 신체롤 움직일 길 업셔 넘습지 못흐고 그져 두어 너롤 기다리미오 네게 알게 아니흐믄 네 듯고 놀ᄂᆞ 병이 늘가 넘여흐미오 님녀와 셩혼코져흐믄 네 낭즈의 죽으믈 알기 젼의 슉녀롤 어더 졍을 드리면 낭즈의 죽으믈 알지라도 마음을 위로홀가 싱각이리 흐미라 너는 모로미 과샹치 말고 넘습홀 도리롤 싱각흐라
>
> — 대영28장본(『숙』3 : 38~39)

그러나 위의 인용에서 볼 수 있듯이, 이 유형에서는 선군이 낭자의 현몽으로 죽음을 예감하는데, 상공이 임소저와의 성혼을 권유하자 부

친이 임소저를 통해 자신을 위로하려한 것이라고 이해하면서 다음에 성혼하여도 늦지 않다며 온건하고 정중하게 거절한다. 또한 선군은 낭자의 가슴에 꽂힌 칼을 본 후에도 부모를 책망하거나 원망하지 않으며, 상공은 낭자가 죽게 된 사연을 외인이 겁탈하려다 죽인 것 같다며 거짓말로 둘러댄다. 그리고 임소저와 성혼시켜 선군을 위로하려했다면서 자신의 잘못과 과오를 은폐한다. 이로 인해 선군과 상공의 내적 갈등은 거의 표면에 드러나지 않으며, 상공 역시 가부장으로서의 권위를 잃지 않는다.

　이와 같은 맥락에서 재생한 낭자와 상공 부부가 대면하는 상황을 눈여겨 볼 필요가 있다. 이 유형은 재생한 낭자가 지상계에 머물며 상공 부부를 극진히 봉양한다는 점에서 가정공간지향형과 유사한데, 상공 부부와 낭자의 재회를 그리는 방식에 차이가 있기 때문이다. 가정공간지향형에서 상공 부부와 낭자가 대면하여 감정적 소통을 하고, 대화를 통해 서로의 묵은 감정을 화해의 분위기로 이끌어 가는 것과 달리, 이 유형에서는 '일실 상하 즐겨ᄒᆞᆫ 닐으도 말고 원근이 이 소문을 듯고 다 와 치하ᄒᆞ미 이로 슈옥키 어렵더라'라는 서술자의 간결한 설명으로 축약되어 나타나며, 이후 대연 배설로 낭자와 상공의 갈등은 무마되는 경향을 보인다.

　또한 이 유형에는 낭자가 재생하는 과정에서 옥제가 지신, 염나왕, 남극성 등에게 낭자의 재생과 삼인 승천을 명하는 과정이 상세하게 나타나 있다. 낭자는 선군에게 임소저와의 혼인을 권유하고, 선군이 이를 주상께 상소하자 주상은 낭자에게 정렬부인 직첩을, 임소저에게 숙렬 부인 직첩을 하사하는데 이 역시 이 유형에만 나타나는 특징적인 부분이다. 지상계는 백상군이나 주상이 주관하는 유교적 현실 원칙이 지배하는 공간이며, 천상계는 "옥황상제로 대표되는 절대적인 선계의 원칙이 작용하는 공간"[143]으로, 낭자의 재생 과정과 주상의 직첩 하사 화소에는 이러한 공간의 이념적 특성이 잘 반영되어 있다. 그리고 낭자와 임소저는 '효봉구고(孝奉舅姑)', '승순군자(承順君子)'하며 화락하게 세월을 보내다가, 상공 부부가 별세하자 선산에 안장 후 선군이 시묘살이를 한다. 이후 낭자와 임소저가 각각 사남일녀, 삼남일녀를 낳아 자손이 이어지는데, 이들의 형상은 '옥인군지요 현녀숙완'으로 그려지며, 만석군 이름을 얻을 정도로 부유함을 누리다가 낭자와 선군, 임소저는 자녀들의 하직 인사를 받으며 승천한다.

조선 시대 여성들의 운신(運身)의 폭은 친정과 시집의 범주를 넘어서기 어려웠다. 여성들의 행동반경은 규문 안으로 제한되었고, 혼인 이후에는 친정과의 거리를 유지한 채 시집을 중심으로 삶이 구조화되었다.[144] 시집에 들어간 여성들의 삶은 가부장제를 유지시키기 위한 여러 실천적 규범으로 채워졌고 그 핵심은 "효봉구고, 승순군자"라고 할 수 있다.

> 신부의 화용 월티 진짓 슉녜 가인이라 구가의 도라와 효봉구고ㅎ고
> 승순군ㅈㅎ며 낭ㅈ로 더브러 지긔 샹득ㅎ여 슈유 불니러라
>
> – 대영28장본(『숙』3 : 44)

선군과 혼인한 임소저가 시집에 들어오자마자 행한 일이 '효봉구고', '승순군자'였다는 점은 두 덕목이 며느리로서, 아내로서 여성들의 삶을

---

143) 졸고(2011), 앞의 논문, 10쪽.
144) 김미현, 최재남 외(2013), 앞의 책, 307쪽.

구획지었음을 보여 준다. 유교적 도덕률은 시집이라는 공간 속에 잠복되어 '순종적 며느리', '정숙한 아내'로 살아가도록 여성들의 삶을 재단하고 규제했던 것이다. 따라서 시집이라는 공간에서 지나치게 '순종적인' 면모를 보이는 인물들의 행위 및 형상은 역으로 이 공간이 가진 폐쇄성과 예속성을 보여준다. 〈숙영낭자전〉의 여러 이본 가운데 이념공간지향형에는 이념을 내면화한 인물들의 형상이 강조되어 있으며, 이를 통해 이념적 속박과 예속의 공간으로서 시집의 공간적 함의를 살펴볼 수 있는 것이다.

> 낭지 눈을 써 좌우롤 돌나보거놀 구고와 션군의 즐거ᄒ믈 엇지 측냥ᄒ리요 이씨 츈힝이 동츈을 안고 낭즈의 겻헤 닛다가 그 스라나믈 보고 한턴 희긔ᄒ여 져 셜워ᄒ던 ᄉ연을 다 ᄒ거놀 낭지 우으며 나러 안즈니 일실 샹하 즐겨ᄒ믄 닐으도 말고 원근이 이 소문을 듯고 다 와 치하ᄒ미 이로 슈옥키 어렵더라 니러구러 슈일이 지나미 잔치롤 비셜ᄒ여 친쳑 빈긱을 원도 업시 다 쳥ᄒ여 즐길시 지인으로 지조 보며 창부로 소리롤 식이미 풍악소리 운소의 ᄉ뭇더라
>
> – 대영28장본(『숙』3 : 42)

이 유형에서 낭자는 빈소에서 재생하는데, 재생한 낭자의 행동이 다른 유형과 사뭇 다르다. 낭자는 웃을 뿐, 자녀들과 지난 사연을 토로하거나 상공의 사죄를 받고 용서하며 회포를 풀 기회를 얻지 못한다.[145]

---

145) 가정공간지향형에 속하는 연세대35장본과의 비교를 통해 낭자가 재생한 이후의 서술 차이를 확인해 볼 수 있다. 두 이본 모두 낭자의 재생을 축복과 즐거움으로 그리고 있다는 점에 있어서는 동일하나, 연세대35장본에 낭자가 춘향과 동춘을 보며 슬픔을 토로하는 장면이나 선군이 낭자와 재회하여 벅차오르는 감정을 술회하는 부분, 시부가 참괴해 하거나 낭자가 용서하는 장면 등이 나타나는 것과 달리, 대영박물관28장본은 '즐거ᄒ믈

때문에 낭자의 죽음에 일조한 상공의 잘못은 은폐되고, 상공과의 갈등 역시 온전히 해결되지 못한 채 '원근'의 사람들, '친척과 빈객'들의 축하 속에 묻혀버린다. 이러한 의미에서 이것은 위장된 화합이요 화목인 셈이다. 재생한 낭자가 시집이라는 공간에 머문다는 점에서 가정공간지향형과 유사하지만, 이러한 점에서 분명한 차이를 보인다.

> 삼인이 동일 승텬ᄒ리라 ᄒ시던 일인즉 필연 님녀롤 응ᄒ미라 이미 텬졍이 이스미 엇지 가히 도망ᄒ리오 낭군은 모로미 우리 집 젼후 ᄉ연과 님녀의 시죵 셜화롤 미진ᄒ여 쥬상긔 상소ᄒ면 쥬샹게셔 반ᄃ시 니샹이 녀기ᄉ 특별히 ᄉ혼ᄒ실 거시니 ᄎ 소위 셩인의 권되라 하나ᄒ 국가의 졍졀롤 도장하시미 되고 한나ᄒ 님녜의 원한을 희셕ᄒ미 되리니 엇지 아름답지 아니리요 ᄒ니 션군이 문득 씨다라 응낙ᄒ고 즉시 치힝ᄒ여 샹경ᄒ여 옥졔의 입ᄂ 슉비ᄒ고 슈일 쉬여 낭ᄌ의 ᄉ연과 님녀의 셜화롤 일일히 베펴 샹소ᄒᄃ 샹이 남좌의 칭찬 왈 낭ᄌ의 일은 쳔고의 희한ᄒ 비니 졍녈부인 직쳡을 주라 ᄒ시고 님녀의 졀개 쏘ᄒ 아름다오니 특별히 빅션군과 결혼ᄒ라 ᄒ시고 슉녈부인 직쳡을 주시니
>
> — 대영28장본(『숙』3 : 44)

엇지 측냥ᄒ리요'나 '셜워ᄒ던 ᄉ연을 다 ᄒ거ᄂ' 등의 서술로 축약하는 한편, 며칠 후 친척과 빈객을 청하여 잔치를 베푸는 것으로 장면을 전환시키고 있다.

"낭자 방성통곡하며 실푸다 츈향아 너의 졍셩 실푸고 가련ᄒ다 ᄒ거날 션군니 그 거동을 보고 쏘ᄒ 일히일비ᄒ여 딕셩통곡ᄒ니 젼힝 우름소ᄅ 쑨ᄂ로다 홀님이 외로ᄒ여 집의 도라가사ᄂ다 ᄒ고 ᄂ 일이 쑴닌가 시푸다 쑴미면 씰가ᄒ나니라 낭ᄌ 울며 왈 낭군은 사양치 마옵소셔 부모 양외 젼의 ᄀ서 반기ᄂ 비오리다 ᄒ고 쳔ᄉ 말을 타고 집으로 도라간니 승공과 부닌니 너달ᄂ 붓들고 통곡ᄒ이 왈 낭ᄌ는 어ᄃ 갓다 오신닛가 ᄒ며 괴흔 마ᄋᆞ을 ᄂ기지 못ᄒᄃ라 낭ᄌ 상공과 시모 젼이 극진니 빅릭ᄒ고 조용니 엿즈오ᄃ 소부의 익운니 당ᄒ옵기로 쳔숭의 지은 죄로 이러ᄒ오니 시부모 양외언 너무 수괴치 마옵소셔 ᄒ고 노복을 불러 각각 죄을 푼니 뉘 안니 칭츈ᄒ리요" 연세대35장본, 〈35-앞〉

낭자는 선군과 임소저의 혼인을 권유할 때 비로소 적극적으로 자신의 견해를 표현한다. 그녀는 성인의 권도, 국가의 정절 등을 언급하며 적극적으로 선군에게 임소저와의 혼인을 권유하는데, 이는 선군과 정혼하였기 때문에 타문과 혼인을 할 수 없다며 죽음을 불사한 임소저의 행위와 동일한 이념적 지향을 보여준다. 따라서 이들은 각각 정렬부인과 숙렬부인이라는 직첩을 하사받게 되고, 상제의 포상(褒賞)을 통해 이러한 인물 형상은 더욱 확고하게 자리 잡는다. 선군에게 임소저를 후처로 들일 것을 권유하는 낭자와 일부종사(一夫從事)를 고집하는 임소저는 모두 유교적 가치와 규범에 완벽하게 부합하는 이념의 구현체로서의 면모를 보여주는 것이다.

이 작품에 그려진 지상계는 유교적 질서가 압도하는 세계로서, 시집은 이러한 질서를 유독 여성에게 적용하고 구속하는 공간이다. 규율은 사회적 몸으로서의 개인의 행위를 조절하고 통제하는 힘의 메커니즘으로서, 규율을 따르지 않을 경우 사회는 처벌을 가함으로써 복종하고 훈련된 신체, '순종하는' 신체를 만든다.[146] 선계에서 자유롭게 언표를 구사하며 주체적인 면모를 보이던 낭자가 시집, 즉 구가(舅家)의 공간에 유입된 이후 유교적 이념에 순종하는 모습을 보여주는 것, 임소저가 정혼을 이유로 기꺼이 자신의 목숨을 내놓는 것은 이러한 규율의 메커니즘이 작용한 결과라고 할 수 있다.

---

146) 미셸 푸코, 오생근 역, 『감시와 처벌』, 나남출판, 2005 참고.

Ⅳ.

〈숙영낭자전〉에 나타난 여성 공간과 세계인식

  이 장에서는 앞서 살핀 이본 유형의 양상을 바탕으로, 〈숙영낭자전〉
에 나타난 여성 공간의 의미를 삶의 문제와 관련해 분석하고, 이에 반
영된 소설 향유자들의 세계 인식을 고구해 보고자 한다. 이와 더불어
이 작품이 당대 소설 향유층에게 어떠한 맥락에서 수용될 수 있었고,
어떻게 소통했는지 살펴볼 것이다. 작자가 소설을 쓰고 독자가 작품을
읽으며 향유하는 것은 모두 "의사소통 과정에 드러나는 행위 주체의
활동"[147]으로, 독자가 소설을 향유하는 행위는 작자가 창조한 세계 속
에 참여하고 인물과 소통하면서 작자와 대화를 나누는 것이기 때문이
다. 고소설의 이본은 작자, 작품, 독자가 맺는 이러한 관계를 분명히
확인해 볼 수 있는 매체로서, 필사자는 독자이자 개작자로서, 문학을
기반으로 하는 소통 과정에 능동적으로 참여하며 이본을 파생시킨다.
이본은 작자와 독자가 상호 교섭하면서 새롭게 태어난 심미적 실현물
로서, 그 생성 자체가 이미 독자와 작자 간의 소통 결과라고 할 수 있는

---

147) 우한용, 『한국현대소설담론연구』, 삼지원, 1996, 31쪽.

것이다. 이러한 점에서 서술자, 인물, 독자의 세 차원으로 구성되는 서술 공간[148]에 주목할 필요가 있다.

1. 여성의 삶에 대한 공간적 사유

인간에게 공간의 문제는 매우 중요하다. 그것은 단순히 거주를 위한 삶의 공간을 결정하는 문제로 나타나기도 하지만, 그 선택은 결국 삶의 방식 및 공간에 대한 인식과 관련되어 있다. 본질적으로 인간의 삶은 공간과 관계 맺는 것이라고 할 수 있으며, "인물은 공간을 의미화하고 공간은 인물을 의미화한다."[149] 또한 소설 속 특정한 공간의 선택적 배치와 형상에는 당대인들이 공감했던 특정 공간에 대한 의식적 지향이 내포되어 있을 뿐 아니라 작중 인물의 지향과도 깊이 연관되어 있다.[150]

---

148) 서사에서 공간은 작품에 서술된 이야기 공간(story space)과 그것을 서술하는 담화 공간(discourse space)을 아울러 가리킨다. 그 가운데 서술과 독서 층위에서 두루 문제가 되는 것은 서술 공간의 문제로, 여기에서 독자와 서술자, 인물이 어떻게 소통되고 있는지 파악할 수 있다. 시모어 채트먼(1990), 앞의 책, 115쪽.; 장일구, 「소설 공간론, 그 전제와 지평」, 한국소설학회 편, 『공간의 시학』, 예림기획, 2002, 14쪽, 35쪽.

149) 장석주, 『장소의 탄생』, 작가정신, 2006, 28쪽.

150) 장편 가문 소설이나 가정소설을 중심으로 작중 공간의 구성 및 설계 방식과 서사의 유기적 관계 및 작중 인물의 의식지향과의 관련성, 공간의 상징성 등에 대한 연구가 이루어진 바 있다. 가문소설이나 가정소설은 그 결말이 가부장제적 가정으로 귀결된다는 점에서 이 작품들에서 그려진 여성 공간은 탈속적이라 할지라도 분명 〈숙영낭자전〉에 그려진 '죽림동'과는 다른 경향을 보인다. 그렇지만 여성 독자를 염두에 둔 독서물에서 탈가부장제적 공간이 제시되고 있다는 점을 주목할 필요가 있다. 여성 공간에 대해서는 아래의 논의를 참조. 지연숙, 「소현성록 의 공간 구성과 역사 인식」, 『한국고전연구』 13, 한국고전연구학회, 2006.; 한길연, 「대하소설 속 독특한 여성공간의 탐색을 통한 문학치료」, 『문학치료연구』 19, 한국문학치료학회, 2011.; 최수현, 「국문장편소설 공간 구성 고찰 -〈임씨삼대록〉을 중심으로」, 『고소설 연구』 33, 한국고소설학회,

따라서 소설 공간 속에 함축된, 문화·사회적 맥락이나 은유적이고 상
징적인 의미를 탐색하는 것은 작품 내에서 인물의 성격이나 행위를 이
해하는데 기여할 뿐 아니라 여기에 반영된 소설 향유자들의 세계 인식
및 지향을 파악하는 작업 중의 하나라고 할 수 있다.[151] 여기서는 이러
한 점에 주안을 두고 이 작품에 그려진 공간의 형상을 여성 향유자들의
삶의 공간에 대한 문제, 현실 세계에 대한 인식과 관련해 살펴보고자
한다.

1) 부정적 현실 인식과 천궁

고소설 인물들의 적강과 승천은 운명적으로 결정된 것으로, 작품 전
반에 숙명론적 세계관을 드리우게 마련이다. 〈숙영낭자전〉 역시 적강
구조를 바탕으로 하면서 낭자가 겪는 고난의 원인을 천상계에서 찾고,
운명의 원리로 이를 해명하고자 했다는 점에서 이러한 세계관의 개입
을 부정할 수는 없다. 그러나 이 작품의 이본 유형 가운데 천상공간지
향형에 속하는 작품들에서는 재생한 낭자가 반현실로서 천상계를 삶의
공간으로 지목하고 있으며, 이는 곧 현실에 대한 거부의 의미를 띠고
있다는 점에서 여느 적강 소설과 궤를 달리한다.

〈숙영낭자전〉과 마찬가지로 〈숙향전〉은 천상계에서 죄를 짓고 적강
한 남녀 인물의 운명적 만남을 인물들의 '적강—시련—승천'의 구조 속
에 담아낸 작품이다. 작품이 담고 있는 지향과 주제의식에는 차이가

2012.; 탁원정『조선후기 고전소설의 공간미학』, 보고사, 2013.; 탁원정, 「연작형 국문
장편소설의 공간 구성과 그 의미 –〈쌍천기봉〉 연작을 중심으로」, 『고전문학연구』 45,
한국고전문학회, 2014.
151) 졸고(2011), 위의 논문, 7쪽.

있으나, 두 작품의 주요 인물은 천상계에 죄를 짓고 적강한 존재로서, 남녀 중심인물들의 운명적 인연과 여성 인물의 시련이 핵심 사건이 된다는 점에서 비슷하다. 그러기에 두 작품에 나타나는 '승천'의 의미를 비교해 보는 것은 유의미하리라 생각한다.

낭자와 숙향의 지상계에서의 삶은 천상계에서 지은 죄의 속죄 과정으로 설정된다. 그러나 천상계에서의 죄과로 주어진 여러 차례 반복되는 숙향의 시련과 고난이 천상계의 도움으로 극복되고 이를 통해 천상계와 접속된 숙향의 운명이 거듭 확인되는 반면, 낭자의 수난은 현실에서 극복되지 못하고 결국 죽음으로 귀결된다는 점에서 차이가 있다. 또한 숙향이 고난을 극복한 결과 이선과 결연을 이루고 천상계로의 귀환이 지상계에서의 부귀영화, 가문의 번영과 함께 이루어지는 것과 달리, 낭자의 승천은 유형에 따라 지상계에서의 행복한 삶이 수반되는지의 여부가 달리 나타난다. 특히 천상공간지향형에서 낭자는 지상계에서의 행복한 삶을 누릴 겨를 없이 승천하기 때문에 그 승천이 지상계에서의 삶의 안정과 행복을 수반하고 있지 않다.

또한 천상공간지향형의 특징은 재생한 낭자가 하직 이후 곧바로 승천하게 되면서 지상에는 상공 부부만 남게 되는데, 이로 인해 부모의 후일이 '슬픔'과 '한탄' 등으로 서술된다. 그리고 집안이 망하는 등 상공의 비극적 최후를 그리는 이본에서부터 상공이 후에 승천하여 선군, 낭자와 상봉하는 결말을 보이는 이본에 이르기까지 그 구체적인 양상은 다양하게 나타나지만, 낭자와 선군의 부모 봉양이 제시되지 않는다는 사실은 동일하다.

하날노 올나가고 업난지라 상공 부부 능누하고 사방을 살펴보니 갓곳시 업거날 슬푸드 빅슈말연의 부친임 전의 선공ᄒ야 늣기야 선군을 ᄂ혀더니 일조의 ᄌ식을 일코 술이요 하며 슬피 우다가 급급 싱각하니 츙양 업고 가이 업다 엇다가 말연의 ᄌ식을 일어난고 시시로 싱각하더니 이러구러 시월을 보니이 츄절이 지니면 하절이요 츄절이 지니면 동절이요 숭공 부치씨 시하의 슬푸다 ᄌ식 업시 죽어시니 뉘 안니 섭다 하리요 슬푸드 홍진비러난 ᄉ十日不 스람이 상ᄉ라 기시한 사람 일후의 숭공 부치 천승으로 올나가셔 선군과 낭ᄌ와 양춘 동춘을 디면하여 질겁 그지 업ᄃ 조을씨고 니 아달 니 며나리 이러구러 질겁더라 숭공은 청학 타고 부인 정씨난 빅학을 트고 오난 지최 귀경하며 빅도 홍도 귀경할지 아이 조을시고 이러구러 인간사을 마영ᄒ고 첫승ᄉ가 조을씨고 그만 근치노라 ᄒ엿더라.
　　　　　　　　　　　　　　　　　　　　　　　－박순호50장본, 〈50-앞〉

　그 가운데 위에서 인용한 박순호50장본은 선군과 낭자가 하직 후 먼저 승천하고, 상공 부부가 슬픔 속에 머물다가 승천하여 선군 부부를 만나 즐겁게 지내는 결말을 보인다. 그런데 상공 부부가 승천하기까지 갈 곳 없음과 자식 잃은 슬픔을 토로하고 있는 부분이 상세하여 주목된다. 여기서 낭자와 선군의 승천에 내포된 상징적 의미가 밝혀지는데, 그것은 곧 낭자와 선군의 승천으로 이들을 봉양할 존재이자 장례를 치러줄 존재인 자식이 없어진다는 점이며, 이를 더 적극적으로 해석할 경우 이들의 승천은 부모 봉양에 대한 거부의 표명으로 이해될 수 있는 것이다.

　유교적 이념이 강고하게 작용하던 사회에서 부모 봉양은 자식들에게 주어진 매우 중요한 책무였다. 그러나 천상공간지향형의 경우, 재생한 낭자가 선군과 함께 곧바로 승천하기 때문에 지상에서 상공 부부를 봉양할 존재가 사라지게 된다는 점에서 문제적이다. 또한 이상공간지향형과 달리 이 유형에는 부모를 모실 대리자로서 임소저가 거의 등장하지 않기 때문에 이러한 결말은 파격적이라 할 수 있다. 선군과 낭자가 승천한 이후, 상공 부부가 노비를 속량하고 세간을 분급하는 내용이 서술되는 이본도 이 유형에만 나타나는데, 상공 부부가 별세한 이후 노비나 하인들이 장례의 주체가 된다는 점에서 이것은 서사 안팎의 필연성 확보를 위해 삽입된 것으로 보인다.

앞서 이본 양상을 살피는 가운데, 필자는 부모의 비극적 최후를 결말에 제시한 이본으로 김광순44장본과 김광순33장b본을 살폈다. 두 이본에서는 낭자와 선군이 승천하자, 집안이 쑥대밭이 되거나 상공부부가 기가 막혀 폭사하는데, 이러한 결말을 통해 갈등의 주체로서 상공, 나아가 그의 배후에 놓여 있는 가부장제의 억압에 대한 비판적 시선과 인식을 드러내는 것이다. 특히 김광순44장본의 경우, 모진 시집살이를 견디지 못해 집을 떠나 중이 된 며느리가 돌아와 보니 시가가 쑥대밭이 되었다는 내용을 노래한 〈가출형 며느리 노래〉와 동일한 방식으로, 시집의 형상을 비극적으로 그리고 있어 주목된다. 다른 유형에서 이처럼 상공 부부의 최후를 비극적으로 서술하는 경우가 없다는 점에서 두 작품이 시사하는 바가 크다.

부모임 기체후 안랭ᄒ옵시며 첩 죽은 후의 상쾌이 알의시옵던잇가 할림 왈 낭ᄌ은 부모임 망영되신 일을 싱각지 마르시고 집으로 도라가사이다 ᄒ니 낭ᄌ 쌩그시 웃고 디답 안이ᄒ더라 …〈중략〉… 낭자 선군 천궁으로 올나가니 상공 부처 선군과 소아 등을 일코 눈물로 지니더라 낭ᄌ와 선군이 상제계 조회ᄒ고 물너나와 월빅궁으서 ᄒᆞᆫ가지로 지닐 시 선군이 부모을 싱각ᄒ야 □ᄒ니 광훈전 항아 선군이 부모을 싱각ᄒ난 거동으로 상제전 품달ᄒ어 상공 부체을 불너서 선군과 ᄒ양

동거ᄒ더라　　　　　　　　　　- 한중연34장본, 〈33-뒤〉~〈34-앞〉

　뿐만 아니라 위의 인용에서 확인할 수 있듯이, 한중연34장본에서는 재생한 낭자가 부모의 안부를 물으며, 상공이 자신의 죽음을 상쾌히 여겼는지 묻는 한편, 부모의 망령된 잘못을 잊으라는 선군의 말에 '쌩그시' 웃으며 동조하는 모습을 보인다. 이 이본은 상공부부가 승천하여 선군, 낭자와 함께 동거하는 결말을 보이고 있기는 하지만, 낭자의 언급이나 태도 속에 비판적 시선을 담아 넣고 있음을 포착해 볼 수 있다.
　가부장적 가족 제도 속에서 자식에게 주어진 중요한 덕목은 부모 봉양이었다. 그런데 이 유형에서는 재생한 낭자가 선군과 함께 곧바로 승천함에 따라 부모에 대한 봉양을 이행하지 않는 모습을 보인다. 그러나 이것은 전후 맥락을 고려해 볼 때, 부모 봉양이라는 자식에게 주어진 책무의 거부이면서 동시에 이에 내재된 유교적 규범과 질서에 대한 거부의 의미를 띤다고 할 수 있다. 영남대28장본의 필사기를 통해서도 낭자와 선군의 승천에 함의된 비판적 인식을 엿볼 수 있다.

　　오회라 닉 말 잠관 드러보소 나무 부모 뉘 아니며 나무 ᄌ식 뉘 안니리요 실푸다 낭ᄌ 갓한 스람니야 신상이 니실손가 비옥갓흔 절긔로셔 엇지하여 죽혀난고 부모도 불숭ᄒ고 귀신도 허무ᄒ다 이런 스연 뉘라셔 발커쥬고 선군 부부 ᄯᆞ니로다 츈양 동츈 다 다리고 천기경성 천셩으로 하여신니 그 안니 흔심ᄒ랴 늘근 부모 졍지을 싱각ᄒ니 그 ᄌ식 탄싱홀 시 츄졀봉이 손지ᄒ고 십숙을 신고ᄒ여 남ᄌ을 탄싱ᄒ니 어이 안니 귀홀손가 저 몸니 중셩ᄒ여 부모을 비반ᄒ고 옥황승지 명을 바다 천상 지ᄒ 영별ᄒ니 니연 망극한 일 신상에난 업슬지라 낭ᄌ젼을 보난 부인 말슴ᄒ디 쳣윤이 버셧다고 말슴ᄒ라 ᄌ시 ᄌ시 알고 보면 무ᄒ니

ᄒᆞ니 칙 보난 우리 ᄉᆞ람 노소 업시 니 말ᄉᆞᆷ을 허도이 보지 마소 고맙홀ᄉ 고맙홀ᄉ 낭ᄌᆞ젼 ᄭᅮ며닌 니 고맙홀ᄉ 그런 졍졀 발온ᄒᆞ 리 업셔시며 후ᄉᆡ ᄉᆞ람 어이 그리 명홀가   – 영남대28장본, 〈27-뒤〉〜〈28-앞〉

영남대28장본은 상공 부부의 슬픔 속에 선군과 낭자가 승천하는 결말을 취하고 있는 작품으로, 상공 부부의 최후에 대한 서술이 없는 것이 특징이다. 이 작품의 필사자는 상공 부부만을 남겨 놓고 승천한 낭자와 선군의 행위를 "천륜에 벗어난 것"이라고 언급하였던 앞선 독자의 감상을 언급하면서 남겨진 상공 부부의 적적한 처지에 안타까움을 표명하는 한편 "자세히 알고 보면 어쩔 수 없는 일이다"라고 말하면서 낭자의 억울함에 공감하는 면모를 보인다.

낭자의 재생에는 그녀가 이 세계에서 행복한 삶을 누리기를 바라는 향유자들의 기대와 소망이 투영되어 있다. 그러나 낭자에게 지상계에서 삶을 지속하는 것은 '들러온 셰숭의 부지ᄒᆞ여'[152] 사는 것에 불과했고, 이러한 낭자의 심상에 공감했던 향유자들은 낭자와 선군의 행복한 삶, 애정의 성취가 승천 이후에야 비로소 이루어질 수 있다고 상상했던 것으로 보인다. 현실 세계의 소통 불가능성, 고립성을 경험한 작중 인물이 자기만의 세계로 도피할 때, 이는 소설에서 종종 환상적 세계로 표현된다.[153] 현실에 가로 놓인 이념적 억압이 이 세계 너머에 있는 초월적 세계에 대한 환상을 불러일으키는 것이며, 곧 환상적 세계로의 도피는 필연적으로 현실에 대한 체념을 수반한다. 이러한 사실을 감안해 볼 때, 갑작스러운 낭자와 선군의 승천은 이들의 존재론적 근거에

152) 김동욱58장본(『숙』1 : 35)
153) 최기숙, 『환상』, 연세대출판부, 2003, 100〜101쪽.

따른 귀환이라는 의미보다는 현실에 대한 거부로서 '탈'지상('脫'地上)하기 위한 도피적 선택으로 읽힌다.

2) 가족 화합의 지향과 집

낭자와 선군은 결연과 동시에 가부장 중심의 가족 제도 속으로 편입된다. 시부모가 계신 시집의 공간은 유교적 이념의 질서와 체제 속에서 '높은 벽'으로 구획되고, 남성과 여성은 각각 밖과 안으로 엄격하게 분리되었다. 그 가운데 안(內)에 위치한 여성은 외부의 세계로부터 차단되고 고립되었다.

> 니 집 단장니 놉고 또 노비 만흔디 엇지 외인니 임으로 출립ᄒ리요 만 만난 니 일니 가중 고히ᄒ다 ᄒ고 분한 마음을 니기지 못ᄒ야 쳐소 로 도라온니라 　　　　　　　　　　　　－ 박순호32장본(『숙』2 : 354〜355)

〈숙영낭자전〉의 모든 이본은 낭자의 공간인 동별당을 위와 같이 묘사하고 있다. 여성의 공간은 높은 담장으로 둘러싸여 있을 뿐 아니라 많은 노비들과 시부모의 감시 체제 속에 놓여 있었으며, 외부인의 출입은 허용되지 않았다. 상공이 낭자 방에서 들리는 남성의 목소리에 '괴이하고 분한 마음'을 품는 것은 이러한 공간 구조의 폐쇄성에서 비롯된 것이다. 한국의 전통적 집의 구조는 그 공간의 성격이나 분할에 있어서 특유한 구조성(構造性)·문화성(文化性)·사회성(社會性)을 지니고 있으며, 그것은 가족·사회제도나 질서·전통적인 관습과 매우 밀접한 관련을 맺고 있다.[154] 이러한 관점에서 볼 때, 높은 담으로 형상화되는 집의 배치와 구조는 제도적 폐쇄성, 가족 유대의 단절성을 보여주는 것이다.

가부장제라는 수직적 질서는 가족 간의 위계와 계층을 분명히 나누었고, 이는 곧 시부모와 며느리, 부모와 자식, 부부 간에 높은 벽과 틈을 만들었다. 때문에 이러한 질서 내에서 수평적 질서를 기반으로 한 화목한 가정은 요원(遙遠)한 꿈이요, 이상이었다. 그러나 낭자의 비극적 죽음으로 정절 이념의 폭력성이 폭로되고 가부장의 권위가 무너지면서 가족과 가정에 드리워졌던 유교적 이념 체제의 견고함에 균열이 생겼고, 가정공간지향형은 재생한 낭자가 선택한 지상계의 공간을 벽과 틈이 무너진, 가족 간의 화합이 가능한 공간으로 재구축함으로써 현실 세계에서의 삶의 가능성을 모색하고 있다.

> 할임이 낭자 더부려 동별당 가무정이 드러가 백년언약을 다시 매저 원앙의 지락을 다시 이루니 초회황이 무산 시연을 다리고 양터 상애 올라 가무할 제 구름 타고 왕내하난 듯시 진저사 옥도여를 다리고 모란봉애 올라 산제할 제 벽동석거의 손 위애 히롱하는 듯 할임 부처 즐기는 정을 엇지 다 칭양하며 엇지 다 기록하리요 세월이 여류하여 상공이 별세하니 초종지절과 장사지의를 다하고 삼 년이 지니매 춘향의 나이 십팔 세요 동춘의 나이 십오 세라 춘양과 동춘의 혼예를 다하고 낭자와 백년기세하더라   ─김동욱66장본(『숙』1 : 255)

> 숭공과 부닌니 니달나 붓들고 통곡ᄒ이 왈 낭ᄌ는 어디 갓다 오신닛가 ᄒ며 괴흔 마암을 니기지 못ᄒ드라 낭ᄌ 상공과 시모 전이 극진니 비리ᄒ고 조용니 엿ᄌ오더 소부의 익운니 당ᄒ옵기로 천승의 지은 죄로 이러ᄒ오니 시부모 양외언 너무 수괴치 마옵소서 ᄒ고 노복을 불러

---

154) 이재선, 「집의 시간성과 공간성─가족사 소설과 집의 공간시학」, 김열규, 『가와 가문』, 서강대학교 인문과학연구소, 1989, 75쪽.

각각 죄을 푸니 뉘 안니 칭춘ᄒ리요 …〈중략〉… 노복으로 디죽을 비설ᄒ고 옥죤을 드러 부은 후 ᄒ후을 ᄑ고 낭ᄌ 쑤러 안ᄌ 엿ᄌ오디 시부모님과 낭군과 자녀들을 다리고 천승으로 올나가니 만시무양 ᄒ옵소서 ᄒ고 와연니 구말니 충천으로 올라가더라

— 연세대35장본, 〈35-앞〉

위의 인용에서 볼 수 있듯이, 가정공간지향형은 시부의 참괴(慙愧)함이나 사죄, 이에 대한 낭자의 용서와 극진한 부모 봉양으로 결말을 맺음으로써 가족 화합에 대한 지향을 드러낸다. 특히 김동욱66장본이나 박순호39장본은 선군과 낭자가 부모의 상을 치르고 백년기세하는 결말을 보여 현세지향적 세계관이 잘 드러나는데, 박순호39장본은 선군과 낭자가 백년기세 후 승천하여 사랑을 이어간다고 서술함으로써 현세의 행복이 천상에까지 이어지기를 바라는 향유자들의 소망을 드러낸다. 또한 연세대35장본은 상공 부부가 참괴한 마음을 드러내자 낭자가 상공부부와 노복들을 용서하는 장면이 서술되면서 상공부부와 낭자, 선군, 자녀가 함께 승천하는 것으로 결말을 맺는다. 임소저와 선군의 혼인 서사가 포함된 고려대37장본, 박순호32장본, 박순호36장본, 단국대34장본은 낭자가 임소저와 형제같이 화목하게 지냈다는 내용을 서술하고, 박순호46장본에서는 상공 부부가 별세하자 임소저가 장례를 극진히 치르고, 후에 선군이 내려와 임낭자와 함께 승천하는 결말을 보인다.

한편, 최래옥66장본에서는 상공이 선군에게 임진사의 편지를 전하며 혼인할 것을 권유하고, 낭자가 이를 허락하지만 임소저와 선군이 실제 혼사를 이루는지가 불분명하게 처리되어 있다. 이 이본은 선군이

천상계에서 병법을 연마한 후에 청군의 전투에 출전하여 공을 세우는 내용이 결말부에 삽입되고 있는 특이본으로, 낭자가 상공부부의 초상을 극진히 치르고 자녀들의 성례를 이룬 후 선군과 함께 승천하는 결말을 보인다. 선군이 상공과 나누었던 임소저와의 혼담 내용을 말하려하지 않자 낭자가 "부자 간 정의가 중하되 부부간 정의만 못하며 또 속담에 부모께 못할 말을 부부간에 한다 하던니 이제 능군은 첩을 벼면이 싱각흔 듯ㅎ오니 첩의 마음도 둘 씩 없나이다."[155]라는 언급을 하는 점이 주목되는데, 부자 간의 정보다 부부 간의 정을 앞세우며, 평등한 부부 관계에 대한 인식을 드러내고 있기 때문이다.[156]

이처럼 이 유형에서 재생한 낭자는 또다시 주어진 '지금 여기'에서 삶을 어떻게 꾸려나갈 것인가를 고민하며 가족의 화합을 그 해결 방안으로 택하고 있는 것으로 보인다. 이러한 결말에는 화해와 화목의 가족 공간에 대한 당대 여성들의 소망이 반영되어 있으며, 이를 통해 이상적 가족 공간에 대한 기대를 담고자 했던 것으로 보인다. 행복한 가족 공간으로서의 집은 며느리로 시작해 어머니가 되기까지 시집에서 평생을 살아가야 할 여성들의 꿈이었고, 이상이었던 것이다.

---

155) 최래옥66장본, 〈56-앞〉
156) 최래옥66장본에는 낭자가 재생하기 이전 선군이 옥연동을 왕래했다는 내용이 서술된다. 이에 김일렬은 이 이본을 선군의 시련이 나타나고 있는 1군으로 분류하였다. 그러나 필자가 확인한 바에 따르면, 옥연동을 왕래했다는 언급이 있을 뿐이지, 낭자가 이 공간에 실제로 거주하고 있는 것은 아니다. 때문에 옥연동으로 가는 선군의 여정이 서술되지 않으며 곧이어 옥제의 환생 명에 따라 낭자는 옥연동의 석관 못 가운데서 재생한다. 이 소식을 들은 상공 부부가 선군과 함께 옥연동으로 와서 그녀의 재생을 확인하고, 비복들과 상공이 그녀의 재생을 보고 놀라는 부분이 상세하게 서술된다. 낭자는 옥연동에서 재생한 이후 곧바로 시집으로 귀가하며, 선군의 군담이 삽입되는 것을 제외하면 부모 봉양의 서술이나 승천 등이 필자가 분류한 가정공간지향형과 동일한 양상을 보인다.

3) 여성적 공간의 모색과 죽림동

이상공간지향형에서 재생한 낭자는 죽림동을 삶의 근거지로 삼아 지상계와 철저히 구별된 삶을 살고자 한다. 선군의 부모님 봉양 걱정에도 아랑곳하지 않고 낭자는 선계인 죽림동에서의 삶을 고수하며, 봉양할 대리인으로서 임소저를 내세운다. 그녀 자신은 결국 부모 봉양이라는 "시집"살이 하는 여성에게 주어진 의무를 이행하지 않는 것이다. 며느리로서 당대 여성들에게 시부모 봉양이 중요한 덕목으로 강조되었음을 상기해 볼 때, 이러한 낭자의 행동은 당대의 질서에 대한 위반이자 도전의 의미를 띤다.

> 상졔긔옵셔 불상이 너긔스 남은 연분을 다시 미지라 ᄒ여싸오나 첩의 쇼견은 인간의 다시 나가 사지 못할 일이오민 이고실 졍ᄒ여샷오이 낭군임은 엇더ᄒ온잇가 할임 왈 낭ᄌ의 무암이 그러ᄒ오면 부모와 ᄌ식을 이곳터로 다려오스이다 한더 낭ᄌ 왈 첩이 부모 부모임긔 졍셩이 부죡홈이 아니라 즉금 이닉 몸이 달나 인간 스람과 함긔 것쳐치 못ᄒ올 샤졍이오니 사셰난쳐ᄒ여이다 할임 왈 부모임은 달른 ᄌ식 업고 다만 잇난 빅 선군 뿐이라 우리 여긔 잇고 가지 안니ᄒ면 부모임은 의탁할 고지 업스온니 낭ᄌ는 다시 싱각ᄒ옵쇼셔 낭ᄌ 묵연 양구의 싱각다가 갈오더 사셰 응당 그러할 듯ᄒ오며 □□□□□□ 임소졔 졍셩위 가긍ᄒ며 졔팔을 글웃치듯ᄒ이 낭군임이 이졔 임소졔을 을쥬ᄒ여 부모임을 모시계 하옵고 낭군임은 시시로 왕닉하면 죠홀 듯ᄒ온이 죠금도 으심치 마옵고 글리ᄒ옵쇼셔 ᄒ건눌 할임이 상각ᄒ이 임소졔 수졍도 그려ᄒ며 쏘한 부모임 모시기도 오을쩌라

> – 박순호43장본(『숙』2 : 103~104)

위의 인용에서 보듯, 낭자는 '부모임긔 졍셩이 부죡홈이 아니라', '죠

금도 으심치 마옵고' 등의 말을 통해,[157] 시부모를 봉양을 하지 못하는
자신의 입장을 거듭 변호한다. 낭자의 거듭되는 자기변호는 그녀의 선
택이 서사 내·외적으로 용납되기 위해서는 나름의 이유가 필요했기 때
문인 것으로 보인다. 이는 곧 부모 봉양이 며느리에게 반드시 요구되는
덕목이라는 점을 환기한다. 이 외에도 낭자에게는 "인간에 다시 나가
살지 못하고, 인간과 함께 거처할 수 없다"는 부모 봉양을 회피할 합당
한 이유가 있었다. 그러나 이러한 발언 뒤에 죽림동에 춘양과 동춘을
불러 선군과 함께 지내거나 임소저와 함께 지내는 경우도 있다는 점을
상기해 볼 때, 낭자의 발언을 그대로 받아들이기에는 석연치 않은 점이
있다.

> 인간이 술 듯지 업기로 이곳이 잇습기로 낭군 쓰지 엇지하신잇가 선
> 군이 디왈 거러하오면 부모와 즈식을 어이하리요 낭즈 디왈 즈식을 이
> 곳으로 다리옵소서 부모님은 첩이 정성 부족하기로 모실 길이 업소온
> 니 스지 난치 할리다 한디 션군이 답왈 부모님 영광이 육십이요 실하
> 이 다만 너분이라 이지 우리만 이곳이 잇스오면 부모는 이탁할 곳 업
> 소온니 엇지하리요 낭즈는 다시 싱각하옵소서 낭즈 디왈 니 낭군이 뜻
> 을 아라볼나 하엿쓴니 낭군 말슴이 이러하옵거든 시부모님을 함기 모
> 시옵소서   – 한중연31장본, 〈29-앞〉~〈29-뒤〉

한편, 한중연31장본에는 현실세계에 대한 낭자의 부정적 인식이 보
다 분명히 제시되어 있다. '인간에 살 뜻이 없어' 죽림동에 머문다거나

---

157) 사재동27장본에는 '즉음도 익혹 말고', 김광순28장본에는 '부모임게 정성니 부족함이
   아니라', 박순호33장본에는 '죽음도 익혹 말고'라는 언급이 나타나 있다. 이 외의 이본
   에도 유사한 표현이 반복되고 있다.

'정성이 부족해' 부모님을 모실 수 없다면서 직설적으로 자신의 입장을 드러내는 것이다. 이러한 직설적 발언, 부모 봉양에 대한 당돌한 언급은 낭자가 위치한 공간이 '죽림동'이었기에 가능한 것이기도 하다. 지상계는 유교적 질서와 규율이 작용하는 공간으로서, 언표의 자유가 허용되지 않았다. 그러나 죽림동은 가부장제 이념으로부터 벗어난 공간이었기에 표현의 자유를 보장받을 수 있었던 것이다. 그리고 이와 같은 맥락에서 볼 때, 그녀는 죽림동을 삶의 공간을 택함으로써 며느리에게 부과된 의무와 책임으로부터의 해방될 수 있었던 것으로 보인다.[158]

> 이후로 만사흥락흐여 아희 남믜 달이고 수관모옥의 시상 만물을 모르고 지닌이 만사무심흐더라 할임이 주야로 왕늬흐여 시월을 보내던 이 상공부처 연만흐여 기시흐신이 할임과 낭자와 소직 의통흐고 서산의 안장 후의 잇더 임소지 일자일여을 두어난지라 할임과 낭자 연만흐여 인간을 이별할시 할임이 임소지 잔여을 불어 손을 잡고 왈 우리는 이지 인간을 흐직흐고 오날날 이별한이 엇지 실푸지 안이흐리요 흐고 쏘 인자 춘양 동춘을 임소지개 부탁흐여 왈 자식 남믜 부인기 붓치난이 부인은 편이 잇사온면 부귀영하은 더더로 울이거신이 조금도 부인은 의심 마압고 편이 잇스소서 흐고 인흐여 쩌나로라 흐고 할임과 낭자 청사자을 타고 오운의 싸이여 아문 듸로 가는 줄 몰으더라 임소

---

158) 물론, 한중연31장본과 단국대23장본은 공간이 죽림동으로 달라졌을 뿐 결국 낭자가 부모를 봉양하고, 상공 부부가 별세한 이후 '삼상(三喪)'을 극진히 지낸다는 점에서 며느리로서의 덕목을 잘 이행하고 있다. 그리고 상공 부부의 화해와 감정적 소통이 제시된다는 점에서 이는 가정공간지향형의 결말 양상과 유사한 면모를 보인다. ("상공니 일변은 질기며 일변은 실흐흐시고 정시 쏘한 낭즈이 손을 줍고 실퍼 통곡 왈 우리난 느으를 일코 쥬야 스모흐든니 엇지 오날 일이 만닐 쥴 아리요 낭즈 위로흐고" 한중연31장본, 〈30-뒤〉~〈31-앞〉) 그러나 이 유형에 속하는 대다수의 이본에서 낭자는 죽림동에 머물며 부모 봉양을 거부하고 있다는 것은 이러한 논의를 가능케 한다.

지와 동춘 형지 다 화합ㅎ여 부귀 일국의 진동ㅎ드라 할임과 낭자 천
상의 올나가 상지기 븨온이 할임은 청원사 일관도사의 직자 되고 낭자
은 연ㅎ봉 마고선여의 직자되여 요지연의 상봉 □지ㅎ드라

– 박순호33장a본(『숙』1 : 217)

이 유형에서 주목되는 것은 선군과 낭자가 죽림동에 머물다 승천하
여 천상 선관과 선녀로서의 지위를 회복하는 내용이 서술되면서, 낭자
와 선군 부부 중심으로 후일담을 이끌어가는 이본들이 다수 포함되어
있다는 점이다. 위의 인용에서 볼 수 있듯이, 박순호33장a본에서는 춘
양과 동춘이 마저 임소저에게 맡기고 낭자와 선군이 승천하고, '할임은
청원사 일관도사의 직자 되고 낭자은 연ㅎ봉 마고선여의 직자되여 요
지연의 상봉'했다는 후일담이 서술된다. 또한 박순호33장b본에서 역시
이와 마찬가지로 '홀임언 천문ᄌ의 일광노의 제ᄌ되고 낭ᄌ난 몽닉 좌
구선여 제ᄌ되고 춘양 동춘은 옥진 선여 제ᄌ되여 요지연의 승봉'했다
는 후일담이 서술되고, 국중61장본과 김광순46장본에서는 천상 선관
과 선녀가 되어 부부 화락했다는 내용을 서술하고 있다. 같은 맥락에서
사재동43장본에는 선군과 낭자가 승천하지 않고 자녀와 함께 죽림동
에서 부귀공명 누리며 잘 살았다는 것으로 결말을 맺고 있다.
　이러한 일련의 이본들은 작품의 결말을 낭자와 선군 중심으로 이끌
어가면서 유교 이념에 근거한 가부장 중심의 가족주의를 거부하고 새
로운 가족 구성으로서 부부 중심의 가족을 제안한다. 재생한 낭자가
죽림동을 삶의 공간으로 선택한 유형은 탈이념적인 제3의 공간을 통해
이념과 제약에서 벗어날 수 있는 상상적 출구를 마련하고, 현실을 극복
할 방법을 적극적으로 모색하고 그 의지를 드러냈던 것으로 보인다.

4) 가부장제의 강화와 시집

조선시대 여성들은 삼종지도(三從之道)라는 규범 아래 인생의 1/3을 누군가의 아내이자 며느리로 살아야 했다. 『여사서(女四書)』와 같은 교육서를 통해 남성에게 종속된 여성의 삶이 당연한 것으로 받아들여졌고, '일부종사(一夫從死)', '불경이부(不更二夫)'와 같은 정절 이념이 내면화되었다. 그러나 교육서뿐 아니라 소설을 통해서도 여성에게 드리운 이념적 질서는 끊임없이 재생산 되었으며, 〈숙영낭자전〉의 이본 가운데 이념공간지향형에 속하는 작품들이 이에 속한다. 이 유형은 다른 유형에 보이는 서사의 많은 부분을 축약하고 생략하거나 새로운 서사를 삽입시키는 가운데 낭자와 상공, 선군과 상공이 빚는 갈등을 상당 부분 축소시키고 인물 갈등의 배후에 놓인 이념의 문제가 도리어 이념의 강화로 나아가는 경향을 보인다.

앞서 언급했듯이 이 유형에는 상공의 낙향 내력이나 상공이 정씨의 기자치성 권유를 비웃는 부분, 선관이 나타나 낭자와 선군의 천상인연을 알려주는 태몽 내용이 삭제되면서 유교적 이념을 지향하는 인물로서 상공의 형상 및 비현실적, 비유교적 상황을 냉소하는 태도가 드러나지 않는다. 이로 인해 낭자와 상공의 갈등에 내재된 이념적 문제 역시 부각되지 않는다. 또한 낭자가 벽상에 혈서를 남기며 슬픔을 토로하는 부분을 삭제하고, 청조의 울음소리를 낭자의 감정 표출이 아닌 범인의 지목 형태로 변이시킴에 따라 낭자의 정서 및 비극적 감정 상태에 대한 서술을 축소시키고 있다. 선군과 상공의 갈등 또한 약화되어, 선군은 임소저와 정혼하라는 상공의 권유를 완곡히 거절하며, 낭자의 시체를 본 후에도 부모를 책망하지 않는다.

이처럼 서술이 축약, 생략되면서 낭자와 상공, 선군과 상공의 갈등
이 약화되는 한편 내용의 확장 서술이나 새로운 서사의 삽입으로 이념
의 보수적 성향을 강화시키기도 한다. 임소저의 절행에 대한 서술의
확장이 그 대표적인 예이다.

　　각셜 이젹의 님진亽 집의셔 슉영낭ᄌ의 부셩ᄒ물 듯고 납치롤 화퇴
ᄒ고 달니 구혼ᄒ려ᄒ더니 쳐지 이 ᄉ연을 듯고 부모긔 고왈 녀지 되
여 의혼ᄒᄆᆡ 귀가 납치롤 ᄇ다스면 그 집 ᄉ롬이 분명ᄒ지라 빅셩이
상쳐흔 줄 알고 부모긔셔 허락ᄒ엿더니 그녀 지킹싱ᄒ여신즉 국법의
냥쳐롤 두지 못ᄒᄆᆡ 졀혼홀 의ᄉ는 두지 못ᄒ려니와 소녀의 졍긔즉 밍
셰코 다른 가문의는 아니 갈 터이오니 그런 말솜은 다시 마옵소셔 ᄒ
거늘 님진ᄉ 부쳬 이 말롤 드ᄅᄆᆡ 어히 업셔 가치 아닌 줄노 닐으고
가랑을 광구ᄒ더니 그 후의가 항쳬이셔 의논이 분분ᄒ거늘 님소졔 듯
고 부모긔 고왈 이왕의도 고ᄒ엿습거니와 혼신 니럿틋 살난ᄒ오믄 도
시 소녀의 팔지 그박ᄒ온 연괴라 비록 너 지라도 일언이 즁쳔금이라
집심이 이믜 금셕 갓ᄉ오믜 죵신토록 부모 슬하의셔 일싱을 안과ᄒᄆᆡ
원이여늘 이졔 ᄯᅩ 혼ᄉ롤 의논ᄒ시니 이는 부모의게 ᄇ라는 ᄇᆡ 아니라
부모긔 불회될지라도 ᄎᆞ라리 ᄌᆞ회ᄒ여 이비롤 좃고져 ᄒ오니 부모는
혼ᄉ의 일 단념ᄒᄉ 소녀롤 일변의 치워두소셔 ᄒ고 사긔 맹녈ᄒ거늘
님진ᄉ 부쳬 이 말롤 드ᄅᄆᆡ 그 쥬의롤 죵시 앗지 못홀 줄 알고 다시
의논을 아니ᄒ나 심중의 ᄌᆞ연 근심이 되는지라
　　　　　　　　　　　　　　　　　　　　　－ 대영28장본(『숙』3 : 42)

　　ᄎᆞ셜 임소졔 신셰을 ᄌᆞ탄ᄒ고 침금의 누어씨니 홍슈벽한니 구곡간
장의 가득ᄒ여씨되 풀여너 리 잇슬가 쳥춘 홍안니 무단니 늘글 일을
싱각ᄒ니 ᄌᆞ곌ᄒ여 죽을 마음 간졀ᄒ나 부모의 불회을 면치 못ᄒ기로
무졍 셰월을 덧업씨 보너던니　　　　　　　－ 단국대40장본(『숙』1 : 332)

위의 두 인용은 낭사의 새생 소식을 들은 임소저의 행동이 서술된 부분으로, 비교를 위해 대영28장본과 함께 이상공간지향형의 단국대 40장본에 제시된 내용을 인용하였다. 한 눈에도 대영28장본에 내용이 확장되어 있음을 확인할 수 있는데, 이러한 서술 확장을 통해 임소저의 절행이 강조되고 있음이 주목된다. 이에 뒤이어 낭자는 선군에게 임소 저와의 혼인을 권유하는데, 다른 유형에서는 낭자가 임소저의 정상(情狀)을 측은히 여기며 혼인을 권유했던 것과[159] 달리 이 유형에서는 임 소저의 절행을 치하하는 부분이 추가되면서 혼인을 권유하는 부분이 확장된다. 이를 통해 임소저의 절행은 물론이고 낭자의 부덕(婦德) 또 한 부각되고 있다.

또한 이 유형에는 주상이 낭자와 임소저에게 각각 정렬부인, 숙렬부 인 직첩을 하사하는 내용이 새롭게 삽입되면서, 현실 세계의 지배 원리 로서 주상으로 상징되는 봉건적 이념과 체제를 환기시키고 있으며, 아 울러 유교 이념을 내면화한 두 인물의 형상이 강조된다. 내용을 축약, 생략하며 전반적으로 다른 유형에 비해 분량을 축소시켜 나갔던 것을 고려해 볼 때, 이는 매우 이례적인 현상이라 할 수 있으며, 추가 및 확 장 서술에 내재된 서술자의 의도 또한 명백해진다. 이러한 측면은 낭자 가 재생하는 과정에서 옥제가 지신, 염나왕, 남극성 등에게 낭자의 재 생과 삼인 승천을 명하는 부분에서도 확인해 볼 수 있다. 이러한 서사 의 삽입으로 인해 절대자로서 옥제의 권위가 강화되고, 천상계는 절대

---

159) "임쇼제 정상을 싱각ᄒ온직 그역 가긍ᄒ지라 죄 업시 청츈을 그계 보닐잇가 남의계 원한을 미치지 마옵고 육예을 갓츄와 임쇼졔을 마진 후으 다려다ᄀ 부모 봉양ᄒ옵고 낭군은 왕뉘ᄒ여 단이시면 죠흘 듯 ᄒ오니 조곰도 근심치 말옵고 글허케 ᄒ옵쇼셔" 단 국대40장본(『숙』1 : 332)

자의 권력이 작용하는 현실 세계의 상징적 재현 공간으로 자리매김하게 되는 것이다.

이러한 이념의 강화 및 보수화 경향은 이 유형에 방각본과 활자본이 포함되어 있다는 사실과 관련이 있는 것으로 보인다.[160] 방각본과 활자본은 상업적 이윤을 목적으로 하며 대중성(大衆性)을 지향하는 출판물로서, 특히 방각본은 남성 독자를 견인하는 경향이 있고[161] 남성 방각업자에 의해 생산된 산물이다. 활자본 또한 경판 16장본을 바탕으로 하고 있어 경판본과 활자본 모두 남성 독자를 염두에 둔 개작이 이루어졌을 것으로 추정되는 것이다. 경판본 소설의 대중화 양상을 남성 중심적 서술 시각의 강화, 유교 이념의 강화와 지배질서의 수호, 초경험적 질서의 개입과 그 역할의 강화, 행동 방식의 변모와 인물의 전형화로 파악한 연구나[162] 〈춘향전〉의 경판본이 전통적인 춘향전에서 새로운 춘향전으로 변모하는 가운데, 파경몽의 장면 이행, 집치레 화소의 배

---

160) 성현경 역시 이러한 사실에 주목한 바 있다. 그는 '수경낭자전'이 방각본이 포함된 '숙영낭자전'으로 변모하는 가운데 "남주인공과 여주인공의 시련의 서술·묘사와 그 시련이 지니는 의미가 약화·축소됨으로써 자연히 비장미가 약화·축소되고, 초경험적 세계 또는 존재가 약화됨으로써 여주인공의 신이성이나 신통력 또한 줄어들게" 되었다고 하면서 이를 유교적 현세주의와 낙관주의가 가미됨과 동시에 충효열의 보수의식의 강화로 해석하였다. 그리고 "문체가 완전한 식자층, 사대부층의 문체로 바뀌거나 정돈되고, 부자간의 대립 및 갈등이 약화되며, 여주인공의 무게가 줄어들면서 그 무게 중심이 남주인공에게로 옮겨 가고 있다"고 하면서 이를 "유가의식 또는 보수의식으로의 회귀"로 평가하였다. 성현경(1995), 앞의 논문, 32쪽.

161) 조동일은 858종의 고소설 목록을 검토하여 이본 수가 50종 이상인 36편의 작품을 선정하여 필사본, 목판본, 활자본의 이본 수를 분류했다. 그리고 이를 통해 필사본에서는 여성 취향의 소설이, 목판본에서는 남성 취향의 소설이 많이 나타나고, 활자본에서는 남성 취향과 여성 취향의 소설이 비교적 균등하게 나타났다고 하였다. 이로 볼 때, 목판본 소설의 주된 독자가 남성임을 시사한다. 조동일, 『소설의 사회사 비교론』 2, 지식산업사, 2001, 119~127쪽.

162) 서혜은(2008), 앞의 논문, 59~130쪽.

치 변경 등을 통해 주인공 춘향을 이상적, 이념적으로 형상화했다는 분석은[163] 이러한 추정을 뒷받침해준다.

물론 이 유형에는 방각본과 활자본뿐 아니라 충남대16장본과 단국대 34장a본, 김광순33장c본, 김동욱22장본, 김동욱34장본 등 필사본도 포함되어 있다. 그러나 이 이본들은 모두 방각본, 활자본과 내용이 대동소이하며, 특히 충남대16장본과 단국대34장a본은 내용뿐 아니라 표기, 구성 등이 방각본 및 활자본과 동일하여 활자본이나 활자본의 모본을 대본으로 삼아 필사한 것으로 보인다.[164] 그리고 표기 형태로 보아 이들은 대체로 후대의 여성들에 의해 필사된 것으로 추정된다. 특히 단국대34장a본은 작품 뒷면에 '오산 형님 젼상서'로 시작하는 서간문을 합철하고 있어 여성이 필사했음이 분명히 드러나며, 김동욱22장본 역시 주로 여성들이 향유했던 〈복선화음록〉과 〈장화홍련전〉이 합본된 것으로 보아 여성이 필사한 것으로 추정된다.

유교적 가족주의 및 규범은 우리 문화의 핵심적 특징으로서, 조선후기에는 더욱 강고한 가치체계로 사람들의 의식에 깊숙이 침투해 있었다. 따라서 이것이 소설과 관련을 가지는 것은 필연적이며,[165] 가정이나 가족을 배경으로 하는 작품들은 대개 서사를 가족의 위기 극복과 가문의 번영 등으로 종결지음으로써 이러한 이념적 실체를 분명히 드러낸다. 이 유형의 결말이 낭자와 임소저가 부모를 극진히 모시며 화락한 세월을 보내다가 각각 '옥인군직요 현녀슉완'의 모습을 한 자녀를

---

163) 전상욱, 「방각본 춘향전의 성립과 변모에 대한 연구」, 연세대학교 박사학위논문, 2006, 54~59쪽, 165쪽.

164) 졸고(2014), 앞의 논문, 29쪽.

165) 최시한, 『가정소설 연구』, 민음사, 1993, 18쪽.

낳아 기르고, 부와 복락을 누리다 승천하는 것으로 끝맺고 있음은 이 작품의 지향이 무엇인지를 잘 보여준다.

　이처럼 이념공간지향형에서는 유교적 이념을 내면화한 낭자의 모습이 강조되고, 천상과 지상이 이념적 공간으로서 여성들의 삶을 주관하고 있다. 현실 공간으로 설정된 지상계가 이념성을 담지하고 있음은 앞서 논의한 바, 이 유형에서 이러한 공간적 특성은 서사 구조를 통해 더욱 핍진하게 재현된다. 서사의 축약과 확장을 통해 시부와 낭자 간의 갈등이 약화되는 한편 가부장제 질서는 강화되고, 이로 인해 낭자의 비극적 죽음이 내포하고 있는 서사적 진실이 호도(糊塗)된다. 또한 낭자가 재생하고 승천하는 과정에 옥황상제와 주상의 권위가 강하게 개입되면서 낭자의 재생과 승천이 권위와 질서에 의한 수혜(受惠)로 설명되고, 이 세계를 지배하고 있는 이념과 체제가 더욱 확고히 드러나는 것이다.

　그리고 다른 유형에서 낭자가 죽음 이후 '신산도 선산도 아닌' 선계를 재생할 공간으로 지목하면서, 가문 중심적 질서에 대한 강한 적대의식을 드러내고 있는 것과 달리 이 유형에서는 낭자에게 재생 공간을 선택할 기회마저 주어지지 않으며 승천하기까지 지상계, 즉 안동의 시집 공간을 벗어나지 않는다. 이러한 공간의 주조 속에서 낭자는 부모를 극진히 봉양하고, 남편을 섬기는 지상계의 질서를 내면화한 "이념적 구현체로서의 모습"[166]으로 그려지는 것이며, 상제의 포상을 통해 이러한 인물 형상은 더욱 확고하게 자리 잡는다. 불경이부(不更二夫)를 고수

---

166) 가부장제 이념을 내면화한 존재라는 점에서 〈사씨남정기〉의 사씨와 유사한 면모를 보인다. 정병헌, 「〈사씨남정기〉의 인물 형상과 지향」, 한중인문학회 학술대회, 2009, 27쪽.

하는 임소저 형성이 강화되어 있는 것 역시 같은 맥락에서 이해해 볼
수 있다. 이처럼 이 유형은 갈등을 약화시키고 가부장의 잘못을 포용하
는 낭자의 미덕, 철저히 유교적 이념을 내면화한 낭자의 형상에 초점을
맞춤으로써 현실의 이념과 질서를 재현하는 동시에 가부장제를 강화하
는 데 기여하고 있다.

2. 소설 향유를 통한 정서적 소통

소설을 독서하는 행위는 작자가 "독자에게 주는 대리 경험과 연계"
되어 있으며, 서술자는 특정한 의도 아래 인물의 행위, 인물의 성격을
창출함으로써, 독자가 "특정한 방식으로 행동하고 느낄 수 있도록 취
향을 길러 준다."[167] 또한 독자는 소설 속 인물의 관점에서 사물을 보고
이해함으로써 인물과 자신을 동일시하며, 이 과정에서 독자는 자연스
레 소설 속 인물과 감정적, 정서적으로 공감대를 형성한다. 특히 인물
의 내적 독백을 통해 인물의 내면 심리에서 일어나는 의식의 흐름, 감
정의 변화가 그대로 드러나거나, 이미지로써 인물의 심상이나 인물의
의식이 생동감 있게 서술되는 경우, 독자는 더욱 인물과 밀착되어 정서
적으로 소통하게 된다. 특히 이 작품의 대다수의 이본은 필사본으로,
필사하며 작품을 향유했던 이들은 개작자와 독자라는 이중적 존재로서
작품과 더욱 긴밀한 관계를 맺고 있다.

이 장에서는 이러한 소통 방식과 과정에 주목하며, 이 작품에 그려진

---

167) 조너선 컬러, 이은경·임옥희 옮김, 「정체성, 동일시, 그리고 주체」, 『문학 이론』,
　　 동문선, 1999, 180쪽.

낭만적 사랑에 대한 이상과 가부장제의 현실 규범에 대한 문제의식, 낭자의 재생을 통한 삶의 가능성에 대한 탐색이 서술 공간에서 어떤 방식으로 소통되고 있는지를 살펴보고자 한다.

1) 낭만적 사랑의 감성 공유

자율성과 숭고한 이상을 기반으로 한 낭만적 사랑은 본질적으로 여성화된 사랑으로서,[168] 그에 대한 이상은 남성보다는 여성에게 오랜 기간 영향을 끼쳐왔다. 낭만적 소설 또는 이야기의 열광적 소비자는 여성들이었고, 이들은 현실 세계의 제약을 환상에서 구하면서 거기에서 희망을 찾았다.[169] 그런데 낭만적 사랑을 둘러싼 기든스의 이러한 사회·문화적 진단은 비단 서구의 근대 세계에만 적용되는 것은 아니다. 〈숙영낭자전〉과 이 작품의 여성 향유자들에게서 이러한 문화 현상을 발견할 수 있기 때문이다. 이 작품에 그려지고 있는 선군과 낭자의 사랑－선군이 낭자를 그리며 상사병을 앓고, 낭자가 그를 염려하며 병구완을 위한 여러 방법을 모색하다가 결국에 옥련동에서 만나 육체적 결합을 이루고 부부의 인연을 맺는 일련의 사건－이 낭자의 주도적인 행위 속에 이루어지고 있는 데에서 이러한 사실을 확인해 볼 수 있는 것이다.

선군은 낭자를 향한 열정을 가지고 있을 뿐 낭자와의 결연을 위해 적극적으로 행동하지 않는다. 두 사람의 만남에서부터 결연에 이르기까지 적극적 역할을 하는 것은 낭자이다. 낭자와의 천상인연에 대한

---

168) 앤소니 기든스(1996), 앞의 책, 83쪽.
169) 앤소니 기든스(1996), 앞의 책, 84쪽.

지각이 없던 선군이 타문에 구혼하려하자, 그를 만류하면서 인연을 밝히며 만남을 시작한 것도 낭자였고, 만남을 지연시키면서 선군의 열정을 조절하다가, 그를 옥연동으로 불러 육체적 결합의 계기를 마련한 것도 낭자였다. 그런데 여기서 주목할 점은 낭자의 이러한 적극적 행위가 소설 밖의 현실에서 여성에게 요구하던 행위와 전혀 다른 모습을 보여준다는 점이다. 부녀가 갖추어야 할 품성을 '부용(婦容)', '부언(婦言)', '부덕(婦德)', '부공(婦功)'이라는 이름으로 정해놓고 신체에서부터 언행, 행위까지 규제했던 사회, 남녀 공간의 철저한 구별 속에서 서로에 대한 탐색과정 없이 부모의 매개 하에 결연을 이루었던 세계에서, 만남을 주도하는 낭자의 적극적 행위는 '이상(理想)'이요, '꿈'이었다. 남녀의 결연을 주도하는 여성의 적극적 행위가 이미 조선전기의 애정전기에서부터 확인된다는 사실에서 이러한 측면을 이해해 볼 수 있다. 〈이생규장전〉에서 담장 너머로 받은 이생의 편지에 먼저 만남을 제안한 것도 최랑이었고, 〈운영전〉에서 김진사의 용모와 시문을 보고 흠모하여 마음을 먼저 전한 것도 운영이었으며, 〈최척전〉에서 최척의 인물됨을 보고 만남을 제안한 것 역시 옥영이었다.

　이처럼 낭자가 이성적 판단을 가지고 삼생인연을 맺기 위해 적극적으로 행동하는 인물로 그려지는 것과 달리, 선군은 수동적이고 나약하며, 성애적 열망에 사로잡혀 있는 충동적이고 조급한 인물로 형상화된다. 그러나 이러한 남성 인물은 사랑에 빠져 있는 '열정적 주체'로 비호된다. 이에 따라 선군은 부정적으로 인식되지 않을 뿐만 아니라 오히려 독자들은 그를 감성의 주체로 이해하게 된다.

　　①　선군이 긔이 녀겨 씨다르니 남가일몽이오 이향이 방중의 옹위흔지

라 그늘붓터 낭즈의 고은 양지 눈의 분명ᄒ고 맑은 소리 귀의 정녕
ᄒ여 욕망이난망이요 불스이자시라 무어슬 닐흔 듯 여치여광ᄒ여
인ᄒ여 용뫼 초췌ᄒ고 긔식이 엄엄ᄒ거늘   - 대영28장본(『숙』3:18)

② 마지못ᄒ여 미월롤 불너 잉첩을 삼아 져기 울회롤 소창ᄒᄂ 일편단
심이 낭즈의게만 닛는지라 (월명 공산의 잔나비 수파람ᄒ고 두견이
불여귀라 슬퍼울 졔 장부의 샹ᄉᄒ는 간장 구븨구븨 다 스는도다)
니럿틋 달이 가고 날이 오민 쥬야 ᄉ모ᄒ는 병이 이항의 든지라
                                    - 대영28장본(『숙』3:19)

상사병(相思病)은 대상을 '상사(相思)'하는 심리적 상태가 '병(病)'적으
로 비쳐질 만큼 과잉된 상태를 말한다. '상사(相思)'는 관계성을 전제로
한 정신 작용이며, 여기에는 감정과 욕망이 연계되어 있다. 따라서 감
성을 "감응하고 반응하는 감각"[170]으로서 상호소통을 기반으로 한 심리
적 활동이라고 할 때, 상사병은 감성 작용의 소산이라고 할 수 있다.
이러한 점에서 볼 때, 선군이 낭자를 한번 보고 상사병에 걸려 애태우
는 것은 그가 감성의 주체임을 환기한다. 상사병을 앓는 선군의 형상은

---

170) 고대 그리스 철학에서부터 감성에 대한 논의가 이어져 왔는데, 그것은 'pathos'에서
부터 'passion', 'affectus', 'Sinnlichkeit', 'emotion'에 이르기까지 다양한 용어와 개념
으로 규정되어 왔다. 그러나 엄밀히 말해 감성은 서양 철학의 역사에서 그 자체로 규정
된 적이 없으며 이성의 타자로 간주되었고, 이성과의 관계 속에서 규정되어 정신의 능
동성을 대변하는 이성과 달리 정신의 수동성을 대변하는 것으로 인식되었다. (김상봉,
「감성의 홀로주체성」, 『기호학연구』14, 한국기호학회, 2003, 9~10, 39~45쪽.) 그러나
감성을 수동성을 파악한 서구의 철학적 사유에 대해 반대하며, 감성을 그 자체로 형성
되면서 해석되어 발현된 상태로 보는 견해가 제출되기도 했다. 여기서 감성은 경험이
체화된 감각이 어떤 대상을 능동적으로 포착하는, 감응하고 반응하는 작용으로서 '감
동'으로 이해된다.(이선, 「감성으로서 에스테틱」, 『동서철학연구』47, 동서철학회,
2008, 270쪽.)

인용문 ①과 같이 구체적으로 장면화되고, 낭자가 여러 방안을 모색함에도 불구하고 더욱 깊어져 가는 선군의 병은 사랑을 향한 열정으로서 독자에게 지각된다. 이때 낭자를 그리워하는 선군의 내면 심리가 회화적 이미지로 재현되는데, 인용문 ②의 괄호 부분은 선군의 내면세계를 형용한 시적 언술로서, 여기서 낭자를 향한 선군의 그리움은 잔나비, 두견새에 투영되고, '잔나비 수파람소리'와 '두견의 울음소리' 등의 청각적 이미지를 통해 그의 내면 정서는 하나의 장면으로 형상화된다.

　또한 그는 낭자와의 만남이나 결합이 좌절될 때마다 '목숨, 죽음'을 운운하며 낭자의 감정에 호소하는데, 이는 결국 낭자가 선군과 직접적 만남을 이루거나 육체적 결합을 결단하도록 한다. 이처럼 사랑의 열정에 달뜬 선군의 감정이 낭자의 적극적 행동을 이끌어 내는 것은 두 인물 간의 정서적, 감정적 소통 과정이라고 볼 수 있다.

　　낭ㅈ의 꼿짜온 틱도와 연연흔 소리을 싱각ㅎ니 정신이 아득ㅎ고 흉종이 막막흔지라 이려으로 병셰 눕고 이지 못ㅎ야 병셰 점점 중흔지라 선군이 혼ㅈ말노 일르디 낭ㅈ야 낭ㅈ야 수경낭ㅈ야 삼연니 멋히며 삼연니 멋달인고 병셰 날노 더흐니 삼연 져의 명지 경각이라 엇지 삼연을 기다리리요 닌 몸숙 주은 후의 빅골나나 보소셔 인싱니 흔 변 죽으면 다시 살기 어렵도다 느리 리십의 학발 쌍천과 부모 친척을 니별ㅎ고 황천으로 도라가리 슬푸다 어렵도다 어렵도다 니뉘 싱ㅅ 어렵도다 몽중의 수경경낭ㅈ 보려더니 낭ㅈ 싱ㅅ 가련ㅎ다 싱ㅅ불견니 닉 수심 □□ 병니 도여 니날리나 호음 볼가 져날니라 호음 볼가 니러구려 ㅎ난 병리 누월을 신음타가 속졀업시 죽른지라 목숨 죽근 후의 가련흔 소 학발 쌍친 압푸로 인도ㅎ고 뒤을 일 ㅈ식이 업사니 더옥 가련ㅎ고 불상토다 이뉘 마음 니러홀 졔 부모 마음 옥죽홀가 진심갈력으로 충연봉의 드려가셔 지셩으로 발원하야 오십 후의 단만 독ㅈ을 주옥 갓치

스랑타가 후스난 고스하고 목졔의 츠목한 악식을 불가ᄒ여 빅으로 구
ᄒᄒ시다가 필경 너 병셰 죽계된니 어지 가련하지 아니ᄒ리 혼심치 안
니ᄒ니요 미지라 옥낭즈여 야니의 한 변 싱각ᄒ옵소셔 죽계된 목슴을
살니소셔 하며 눈물을 흘여 비기을 젹시난지라

– 박순호32장본(『숙』2 : 347~348)

　　선군이 디왈 삼 연이 몃 희면 낭자야 그저 가라 ᄒ면 절단코 쥬거□
이 그제야 빅연동낙 허사되니라 바리건딘 낭즈는 삼연지절을 바리고
급피 몸을 허락ᄒ여 곳 본 나부와 낙수 문 고기을 급피 구ᄒ옵소셔 낭
즈의 옥수를 잡고 낙누ᄒ여 금침의 나사든이 낭즈 형셰 문무틱산지상
이라 ᄒ릴업서 몸을 허락ᄒ여　　　　　　 – 경남대48장본(『숙』1 : 95)

　　위의 인용에서처럼 선군의 감정과 자탄이 거듭 서술되는 가운데, 그
의 감정에 녹아 있는 간절함과 애절함이 작품 내부의 낭자에게 뿐 아니
라 작품 밖의 독자에게 전달된다. 그리고 낭자를 향한 그의 감정이 진
실성과 순수성을 바탕으로 하고 있다는 점이 강조되면서 나약하고 수
동적으로 보이는, 일면 부정적으로 보일 수 있는 그의 성향은 긍정적인
것으로 치환된다. '낭군이 첩을 싱각ᄒ여 영병ᄒ여스니 첩이 가장 감격
ᄒ온지라'[171]라는 낭자의 언술에서 확인할 수 있듯이 그것은 오히려
'감격'스러운 것으로 이해된다. 이와 같은 맥락에서 그의 충동적이고
조급한 성향 역시 부정되어야 할 것이 아니라 낭만적 사랑을 이끌어
가는 열정으로 간주된다.
　　이에 낭자의 죽음은 근본적으로 선군의 충동적이고 조급한 성정과
열정적 욕망에서 비롯된 것임에도 불구하고, 이러한 사실이 주목되지

---

171) 대영28장본(『숙』3 : 19)

않는다. 낭자는 3년 이후 육례를 이뤄 혼인하자고 요구하지만 선군이 애걸을 이기지 못해 육체적 결합을 이룬다. 이로 인해 선군과 낭자는 천정기한이라는 금기를 파기하게 되고 결국 이것이 낭자를 죽음으로 이끌어 간 원인이 된다. 그리고 과거에 올랐던 선군이 두 차례 귀가함에 따라 매월의 훼절 모해와 상공의 의심이 이어지고, 결국 낭자는 비극적 죽음을 맞게 된다. 이처럼 낭자의 죽음에 선군의 조급하고 충동적인 행위가 관여되어 있음에도 불구하고 이 보다는 부차적일 수 있는 매월의 모해와 상공의 의심이 낭자 죽음의 직접적 원인으로 부각되면서 이들이 비판의 대상이 된다. 오히려 과거급제 후 귀향한 선군은 낭자의 주검을 보고 오열하며 낭자의 죽음을 애도하는 감성적 주체로 거듭나고, 매월을 처벌해 낭자의 원한을 풀어주는 구원자, 한림 또는 주서로서의 공명을 저버리고 낭자와 사랑을 중시하는 낭만적 사랑의 존재로 그려진다.

조급하고 충동적인 남성 인물의 형상은 〈우렁각시〉 설화나 〈위경천전〉과 같은 애정전기에서도 확인해 볼 수 있는데, 여기서는 남성의 조급성이나 충동성이 부정적으로 인식된다는 점에서 〈숙영낭자전〉과 차이를 보인다. 〈우렁각시〉 설화에서는 우렁각시가 근신 중에 있어 결혼할 수 없다며 때를 기다려 달라고 요청함에도 불구하고 총각은 결혼을 강행하는데, 총각의 조급성은 결국 이들의 운명을 불행으로 몰아넣는 근본적 원인으로 간주되면서 부정적으로 인식된다.[172] 또한 〈위경천

---

172) 김균태는 〈우렁각시〉 설화를 '만남-이별-죽음(환생)'의 내용 단락으로 나누고, 각 화소의 드나듦에 따라 설화의 각편을 1)만남 유형 2)이별 유형 3)환생 유형 4)내기 유형 5)옷 바꿔 입기 유형 6)복합(과제 수행과 옷 바꿔 입기) 유형으로 나누었다. 이 연구에서 제시된 각편의 이본을 살펴보면, 각 유형마다 금기위반 화소의 유무에 있어 차이를

전〉에서는 위생이 소숙방의 아름다운 모습에 매혹되어 그녀를 뒤따라
가 결연을 이룬다. 그런데 위생이 친구인 장생에게 이에 대해 말을 하
자 장생은 선비로서 그릇된 행동이라고 충고하며 그의 충동적 행위를
부정적인 것으로 간주한다. 그런데 두 작품과 달리 선군의 조급성과
충동성은 열정으로 미화되고, 이로써 독자들은 그를 이상적이고 긍정
적인 존재로 인식하게 되는 것이다.

   이상에서 알 수 있듯이, 이 작품은 낭자와 선군을 사랑에 빠진 열정
적 존재로 형상함으로써, 낭만적 사랑에 대한 향유자의 공감을 이끌어
내고 있다. 그런데 이 외에도 이 작품은 낭자와 선군의 감정을 전면화
하여 제시하는 서술 방식을 택함으로써 향유자들의 감정적 동조와 동
일시를 유도해 내기도 한다.

> (션군이 그 말을 드르미 희불ㅈ승ㅎ야 이에 승당좌졍ㅎ미 믄득 바라
> 보건디) ㉠ 낭ㅈ의 화용은 운간명월이 벽공에 걸엇는 듯 티도는 금본
> 모란이 홉연이 조로를 씌엿는 듯ㅎ고 일쌍 츄파는 경슈ㅈ고 셤셤세료
> 는 츈풍에 양류 휘드는 듯 쳡쳡 쥬슌은 잉뮈 단스를 먹으믄 듯ㅎ니 쳔
> 고무쌍이오 추세에 독보홀 졀뎌가인이라 (마음에 황홀난칙ㅎ야 혜오
> 디) ㉡오날날에 이갓튼 션녀를 디ㅎ미 금셕슈스나 무한이라 ㅎ고 (그
> 리든 졍회를 베풀미)   － 신구서림22장본(『숙』3 : 104)

   위에 인용된 내용은 션경을 범하였다며 낭자가 선군을 내쫓은 후,
다시 선군을 불러 당상으로 올라오라고 하자, 선군이 기뻐하며 낭자를

보이는데, 유형과 관계없이 금기위반 화소가 나타나는 경우에는 대체로 이들의 운명을
비극으로 몰아넣은 문제적 사건으로 인식되고 있다. 김균태, 「〈우렁이 색시〉 각편의
유형과 의미」, 『문학치료연구』 14, 한국문학치료학회, 2010, 19~22쪽.

대면하는 부분이다. 서술 방식을 세심히 살펴보면, 괄호 부분은 서술
자가 선군의 행위를 관찰하여 서술한 것이고 ㉠은 낭자의 외모와 태도
를 본 선군의 감탄이 제시되면서 서술자의 목소리와 선군의 목소리가
중첩되어 나타나는 부분이며, ㉡은 서술자가 선군의 생각을 직접 인용
한 것이다. ㉠의 서술은 이른바 이중시점적 진술로서, "서술자가 자신
의 존재를 약화시키고 등장인물이 처한 상황 및 등장인물의 내면심리
와 합일되는 상태에서 대상에 대해 이야기"[173]하는 방식이다. 여기서
서술자는 선군의 의식 내면으로 침투해 들어가 그의 시점으로 낭자를
바라보게 되는데, 이를 통해 낭자를 본 선군의 찬탄과 황홀감은 독자에
게 전달되고, 독자는 서술자와 함께 작중 세계에 들어가 선군의 내면
심리와 정서에 참여하게 된다.

이와 같은 서술 전략 속에서 이 작품을 향유했던 여성들은 '얼골리
관옥 갓고 성음이 쇄락'하며, '빅가지 일을 무불통지ᄒ고 골격이 품딕
ᄒᆫ'[174] 천상선관과 '꼿싸온 얼골리며 낙인지식과 편월슈화지틱'[175]인 천
상선녀의 낭만적 사랑 속에 욕망을 투영하고, 정서적으로 공감하고 소
통했던 것으로 보인다. 낭만적 사랑은 사랑하는 대상에 대한 이상화(理
想化)를 동반하는데, 애정 소설에 그려진 재자(才子)와 가인(佳人)의 만
남 그리고 낭자와 선군의 만남 역시 이러한 면에서 이해해 볼 수 있다.
그런데 낭만적 사랑에 대한 꿈과 환상은 자율성에 기반한 사랑이 불가
능한 현실, 제도적 규범적 제약에서 배태된 것이라는 점에서 현실을
우회적으로 비판하며,[176] 낭자와 선군의 제도에서 벗어난 낭만적 사랑

173) 박일용(1993), 앞의 책, 235쪽.
174) 김동욱58장본(『숙』1 : 19)
175) 김동욱58장본(『숙』1 : 19)

은 "가문과 공동체의 유지와 번영을 중시하는 결혼제도와 가부장주의
에 대한 강한 거부를 보여준다."[177]고 볼 수 있다.

2) 삶의 위안과 비극의 극복

〈숙영낭자전〉에는 여러 감정 가운데 눈물과 슬픔이 주된 서사적 분
위기를 형성한다. 감정의 과잉 상태라 할 만큼 낭자의 눈물, 슬픔은 아
무런 여과 장치 없이 있는 그대로 노출되며, 그에 대해 안타까워하거나
비통해 하는 주변 인물들의 감정 역시 반복적으로 서술된다. 작중 인물
의 감정 표출과 그에 대한 서술은 서사 세계 내에서 감정 전이, 전염,
동화로 이어질 뿐 아니라 서사 밖에 존재하는 향유자들에게 역시 쉽게
전이될 수 있다. 작품을 읽고 향유하는 행위는 작품 속에 주어진 문제
상황을 인식하고 그것을 해결하는 과정을 지켜보거나 그것에 동참하면
서 그 사건을 간접적으로 체험하는 활동이다. 이때 체험되는 것은 인물
의 행위는 물론 감정의 모든 영역이 포함된다. 특히 필사는 적극적인
독서(향유) 행위라는 점에서 작중인물과 향유자 사이의 거리가 매우 가
깝기 때문에 이러한 감정의 전이 및 동화가 보다 더 쉽게 이루어질 수
있다. 정도의 차이는 있으나 대체로 이 작품의 모든 이본에 슬픔과 눈
물에 대한 서술이 편만(遍滿)하게 드러나고 있는데, 이는 이 작품의 향
유자들이 대체로 낭자의 슬픔에 공감하고 동참했음을 의미한다.[178]

---

176) 현실이 억압적일수록, 규범적 제약으로 인간관계의 친밀성과 애정을 구속할수록 낭
만적 사랑에 대한 이상과 신화는 지속적으로 재생산되게 마련이다. 〈숙영낭자전〉은 그
러한 시대적 분위기 속에서 낭만적 사랑에 대한 당대 소설 향유자들의 욕망을 투영하고
있는 것이다.
177) 이유경(2014), 앞의 논문, 184쪽.

무삼 발명 ᄒ리요 ᄒ시고 고셩딕칰ᄒ이 닝ᄌ 이 밀을 듯고 눈물을
홀여 천만 이민흔 말노 발명ᄒ되 누명을 벗셔날 길이 업눈지라 … <중
략>… 가심을 두다리며 통곡ᄒ이 어덕의 고목이 씀을 너고 귀신이 셜
어ᄒ니 엇지 천지들 울고져 안니ᄒ리요 보눈 스람니 도라셔 치슈린니
…<중략>… 낭ᄌ을 결박ᄒ여 미을 쳐 궁문ᄒ이 낭ᄌ 의름 갓치 허튼
머리 옥 갓튼 낭츨 덥퍼 흐르눈니 눈물이요 손난이 유혈을 보티이

– 김동욱58장본(『숙』1 : 31~32)

훼절의 누명을 입고 시부에게 모진 고초를 당하며 흘리는 낭자의 눈
물은 좌절감과 억울함, 상실감의 표현으로, 서술자는 거듭해서 그녀의
감정을 "눈물"로 설명한다. 모해를 입은 낭자의 수난과 죽음의 서사가
그려지는 ⑥단락 이후부터는 작품의 분위기가 슬픔과 우울의 분위기로
이어지면서 그녀의 죽음에 이르러 슬픔과 우울이 폭발적으로 발산되어
소설 내의 인물들에게로 전이된다.

가련타 츈양아 불숭흔 동춘을 엇지 홀고 답답ᄒ다 츈양아 뉘을 의지
ᄒ랴 하며 눈물이 비 오듯 ᄒ니 츈양이 어미 거동을 보고 디셩통곡 왈
어만임아 어만임아 엇지 이디지 셜어 ᄒ시눈잇가 만일 어만임 죽시오
면 우리 두은 뉘을 의탁ᄒ여 스라나리요 쇽졀업시 항긔 죽어 어만임을
의탁ᄒ리니다 가련타 동춘이 셰승의 낫튼낫다가 장셩ᄒ기 어려온니
원통코 답답ᄒ다 뫼여 셔로 붓들고 슬피 통곡ᄒ다 …<중략>… 춘양이

---

178) 이념공간지향형에 속하는 이본들은 다른 유형에 속하는 이본에 비해 눈물 및 슬픔에
대한 서술이 적게 나타나는 편이긴 하나, 이 유형에서 역시 다른 감정 서술 보다 눈물
및 슬픔에 대한 서술 비중이 높게 나타난다. 〈숙영낭자전〉의 이본은 대체로 모해–죽음
의 서사에서부터 '눈물'이라는 단어가 빈번히 등장하고 인물의 슬픔에 대한 서술이 증가
하고 있다는 점에서 동일하다. 그 내용에 있어 이본별로 큰 차이를 보이고 있지 않으므
로, 여기서는 분석의 일관성을 위해 김동욱58장본을 중심으로 살펴보기로 한다.

> 동춘을 씨워 다리고 신체을 붓들고 낫츨 흔틱 디이고 디셩통곡ㅎ여 왈
> 어만임아 어만임아 이 릴니 어인 일고 눌과 동춘을 다려가옵소셔 ㅎ며
> 슬픠 운이 곡셩니 원근의 들니거눌
>
> – 김동욱58장본(『숙』1 : 35〜36)

낭자의 울음은 춘양에게 전이되고, 춘양의 울음은 다시 '원근'으로
퍼져나가 주변부로 확산된다. 이는 소설 내에만 국한되지 않고 소설
밖의 향유자에게까지 확산되어 향유자들은 낭자의 상황이나 정서에 근
접하면서 동일한 삶과 문화적 맥락 안에서 쉽게 공감하게 된다. 이를
통해 향유자들은 그녀의 슬픔에 공감하고 그의 처지를 동정하면서 울
음이 배태된 비극적 현실에 주목하게 되는 것이다. 이 작품의 필사자들
이 남긴 "혹 엇던 사룸런 울기도 만니ㅎ여사온니 조코도 슬려운 췩리
라"[179]라거나 "셰상 스암드라 이 글을 ㅈ셔이 보소 줄줄리 눈물이요 ㅈ
ㅈ이 인정일느라"[180]라는 후기는 이러한 정서적 소통과 전이 양상을 잘
보여준다.

한편, 서술자는 낭자의 감정을 직접 서술하거나 인물의 슬픔을 세계
전체로 확산시키면서 향유자의 공감(empathy)과 동감(sympathy)을 유
도한다. 공감은 다른 사람의 경험을 이해하는 행위이고, 동감은 그 이
해에 대한 감정적 반응으로,[181] "타인의 고통을 함께 느끼며, 그의 고통

---

179) 연용호42장본, 〈42-앞〉
180) 김광순46장본, 〈46-앞〉
181) McCarthy는 동감(sympathy)와 공감(empathy)의 용어 정의에 대한 19~20세기 심리
　　학, 철학, 문학, 사회학 분야의 논의를 정리하면서, 잠정적으로 공감은 타인의 경험에
　　대한 종합적 이해(comprehensive understanding of another's experience)이고, 동감
　　은 그 이해에 대한 감정적 반응(the feelingful response to that achieved
　　understanding)이라는 점에서 변별된다고 보았다. 그러나 두 용어 모두 심리적 참여

에 대한 자기 나름의 상상적 재현"[182]하는 미적 활동이라고 할 수 있다. 인물의 감정을 전체화하는 서술은 인물 억울한 죽음에 대한 독자의 감정적 추동이 보다 수월하게 이루어질 수 있도록 하는 서술 전략으로서, 이를 통해 향유자는 낭자의 감정과 현실에 더욱 몰입하며 허구를 현실 세계로, 나아가 인물의 관점과 자신의 관점을 동일시하며 상황을 이해한다.

> 츈양니 동츈을 안고 우리도 어만임과 ᄒ씨 죽어 지희의 도라가ᄌ ᄒ며 궁글며 통곡ᄒ니 그 정승을 ᄎ마 보지 못ᄒᆞᆯ너라 초목금쉬 다 셔러ᄒ느 듯 일월니 무광ᄒ고 ᄉᆞ쳔이 븐싱ᄒ니 아무리 철셕간장인들 안니 울 니 업더라 이러구러 슬피 통곡ᄒ다가 …<중략>… ᄒᆞᆫ 손으로 할임

(psychic participation)로서, 지적이고 정서적인 심리적 정서 활동(psycho-emotional activity)이라는 점에서 동일하다고 보았다. 그의 논의를 통해서도 알 수 있듯이, 공감과 동정은 관점에 따라 상이한 개념으로 이해되면서 대체로 용어 역시 구별되어 사용되어 왔다. 가령, 독일의 현상학자인 Max Scheler는 공감을 '타자의 체험에 참여하려는 나의 의식적 태도로서, 타자와 나 사이의 간격과 거리, 분리를 전제한' 감정 작용으로 규정하면서, 동정은 타자와 나 사이의 간격이 배제된 동일성을 바탕으로 한 감정 작용으로 이해한다. 그는 윤리의 기초를 감정으로 보는 입장에 서서 사랑이 윤리의 기초라는 점을 치밀하게 분석하였다. 그 논저의 원제는 'Wesen und formen der sympathie'인데 'sympathie'라는 용어가 역자에 따라 혹은 관점에 따라 '공감', '동정', '동감' 등으로 다양한 번역되어 왔다. 이처럼 두 용어는 관점에 따라 상이하게 쓰일 수 있으나, 타자 혹은 타인의 감정에 반응하는 심리적 정서 활동이라는 점에서 같은 범주에 놓일 수 있으며, 작품, 작가, 독자 간의 문학적 소통을 설명하는 데에 두 용어를 구별지을 필요는 없다고 판단된다. 따라서 이 논문에서는 이러한 입장을 견지하는 McCarthy의 견해를 염두에 두며 연구를 진행한다. Thomas J. McCarthy, Relationships of sympathy : the writer and the reader in British romanticism, Aldershot, England : Scolar Press ; Brookfield, Vt. : Ashgate Pub. Co., 1997, pp.3~8.; 막스 셸러 저, 이을상 역, 『공감의 본질과 형식』, 지식을만드는지식, 2013.; 막스 셸러 저, 이을상 역, 『동정의 본질과 형식』, UUP, 2002.; 막스 셸러 저, 조정옥 역, 『동감의 본질과 형태들』, 아카넷, 2006.
182) 손유경, 「1920년대 문학과 동정(sympathy)-김동인의 단편을 중심으로」, 『한국현대문학연구』 16, 한국현대문학회, 2004, 165~167쪽.

을 붓들고 쏘 흔 손으로 동츈의 몸을 안고 슬피 통곡ᄒᆞ이 초목금슈 다
우ᄂᆞᆫ 듯 ᄒᆞ더라 …〈중략〉… 상봉ᄒᆞ물 천만 바라난이다 ᄒᆞ일빈 쳑작을
드리온니 복감ᄒᆞ옵소셔 ᄒᆞ며 업더져 무슈이 통곡ᄒᆞ이 초목금슈 다 우
난 듯 ᄒᆞ고 산쳔이 문허지고져 ᄒᆞ더   — 김동욱58장본(『숙』1 : 37〜53)

동츈이 어마니롤 ᄎᆞ즈면 무어시라 디답ᄒᆞ올닛가 어마니도 참아 니런
일롤ᄒᆞ오 ᄒᆞ며 호텬고지ᄒᆞ여 방곡이통ᄒᆞ니 그 잔잉 참절흔 경상을 볼
진디 쳘셕 간장이라도 눈물 홀닐 거시오 도목 심장이라도 슬허홀지라
                                    — 대영28장본(『숙』3 : 31)

이러한 서사적 배치와 서술자의 태도 속에서 낭자의 슬픔이 공간적
으로 확대되고 세계화된다. 그리고 서술자는 고통에 공감하는 주변인
의 눈물과 더불어 이들을 둘러싼 세계로부터 지지와 동조를 얻는 환경
을 조성함으로써 그 슬픔이 모두의 것인 양 조직한다.[183] 이에 따라 향
유자는 낭자의 슬픔에 동참하게 되고, 낭자의 감정은 향유자 본인의
것으로 환치(換置)된다. 이러한 정서적 공감, 동일시를 통해 낭자의 슬
픔은 작중 인물은 물론이고 이 작품을 읽는 향유자에 전이되며, 이들은
슬픔과 눈물의 연대를 이룬다. 그리고 그 과정에서 향유자들은 주인공
의 비극적 처지에 자신을 투사시켜, 현실 세계의 질곡을 인식하는 한

---

183) 조선 후기 장편소설을 대상으로 감정의 작용을 분석한 정혜경은 "서술자는 고난 받는
주체와 더불어 우는 인물을 배치하여 감정적 결속을 형성하여 독자가 상상적 동질감을
지니고 그러한 감정 경험에 동참할 수 있는 기반을 마련한다."고 하였다. 그리고 "〈장선
감의록〉에서는 선악의 선명한 대조와 선인의 슬픔에 동조하며 함께 눈물을 흘리는 인물
을 배치함으로써 정서적 공감을 이끌어내며, 이러한 설정은 독자로 하여금 선인계(善人
界)를 편들며 작품을 감상할 수 있도록 이끈다."고 하였다. 정혜경, 「조선후기 장편소설
의 감정의 미학 : 〈창선감의록〉, 〈소현성록〉, 〈유효공선행록〉, 〈현씨양웅쌍린기〉를 중
심으로」, 고려대학교 박사학위논문, 2013, 42〜44쪽.

편, 눈물을 통한 카타르시스를 맛보게 되는 것이다.[184]

고난 받는 주체로부터 시작된 슬픔의 감정적 표출은 소설 내적 인물에서 나아가 소설 밖의 향유자들에게 전이되며 심리적 공감과 감정적 결속을 이끌어 낸다. 이 작품은 낭자의 고난과 슬픔의 연계적 배치, 등장인물의 감정적 동조를 통해 서사의 분위기를 슬픔으로 이끌어 가는데, 이를 통해 향유자들은 낭자의 고통과 정서에 공감하고, 눈물을 통해 사회적 공감을 획득하게 된다. 이러한 서술적 특성으로 향유자들은 낭자의 감정에 몰입하는 가운데 슬픔의 원인—낭자가 죽게 된 직접적 원인으로서 정절 이념 부당성, 불온성에 의문을 갖게 된다. 그리고 이들은 작중 인물의 고통과 아픔을 통해 위안과 카타르시스를 얻는 동시에 눈물을 흘리고 흐느끼고 통곡하고 슬픔을 분출하면서 행복을 느끼고 세심한 공감과 동정에서 위안을 얻는 것이다.[185]

이처럼 이 작품은 낭자의 감정을 끊임없이 밖으로 드러내면서 작품 안팎의 수용자(受用者)에게 감정을 전이시킨다. 감정의 통제와 절제가

---

184) 박일용은 최고운, 홍길동, 전우치의 비극적 패배로 인해 이들의 도전의식은 해소되지 않고 독자들의 문제로 남으며, 그 결과 독자들은 이러한 주인공의 투쟁을 통해 현실 세계의 질곡을 인식하는 한편, 그들의 비극적 좌절에서 카타르시스를 느낀다고 하였다. 그리고 〈구운몽〉, 〈숙향전〉, 〈설저전〉 등은 초월적 힘의 도움을 받아 소외 상황을 해소시키고 주인공 개인의 욕망 성취 문제가 부각되며, 독자들은 주인공이 겪는 수난을 통해 연민적 정서를 느끼는 동시에 그것의 환상적 해소를 통해 대리 만족감을 느낀다고 하였다. 그리고 〈사씨남정기〉와 같은 가정 소설의 독자들은 가부장제 이념으로 인해 고통 받는 작중인물의 비극적 처지에 자신을 투사시켜 도덕적 우월성을 느끼는 한편 비극적 카타르시스를 맛본다고 했다. 영웅소설과 가문소설의 지향과 독자 수용 양상의 관련성을 언급한 이 논의는 감정 서술이 독자들에게 이입되는 현상을 설명하는 데에도 유의미한 논의 틀을 제공해준다. 박일용, 「가문소설과 영웅소설의 소설사적 관련 양상」, 『고전문학연구』 20, 한국고전문학연구회, 2001, 177~183쪽.

185) 폴 블룸, 문희경 옮김, 『우리는 왜 빠져드는가? : 인간 행동의 숨겨진 비밀을 추적하는 쾌락의 심리학』, 살림, 2011, 265쪽.

성숙한 인격의 징표로 간주되면서, 조선 시대 사대부 남성의 글쓰기는 "감정의 직접적 노출을 억제하고 승화하거나 절제하는 것만이 제도적 차원의 '문(文)'으로 인정받을 수 있었다." 따라서 편지나 전, 행장 등에서 조차 "자신의 심경을 길게 서술하는 경우는 드물었고, 대체로 상대방에 대한 호감과 친밀성을 강조하는 선에서 감정표현이 제한되었다."[186] 이러한 남성적 글씨기의 양태(樣態)를 감안해 본다면, 이 작품에 나타난 감정의 과잉 표출은 여성 문학으로서의 특징을 반영한다. 이 작품은 낭자의 슬픔과 눈물을 적극적으로 표출함으로써 여성 향유자의 공감과 동정을 견인해 내고, 이를 통해 여성 향유자들은 낭자의 심상에 자신의 감정을 투영하며 정서를 교감하며 소통했을 것으로 보인다.

낭자의 비극적 죽음과 재생 서사, 그녀의 슬픔을 표출하고 드러내는 서술은 곧 향유자들로 하여금 낭자 및 작중인물들과 슬픔의 연대를 이루어 카타르시스를 느끼게 하고, 낭자와 동병상련의 상황인 자신의 처지에 대한 위안을 얻을 수 있게 한다. 〈창선감의록〉과 같은 가정 소설

---

186) 최기숙은 사대부의 일상에서 제도화된 글쓰기 양식으로서 한문으로 쓰인 편지(書/尺牘)를 비롯해 전·행장·유사·행록 등 생애서를 대상으로 조선시대 감정론의 추이를 살피고, 사대부가 일상과 학술의 장에서 감정을 매개로 어떠한 담론 구조를 형성해왔는지, 그러한 담론 구조 속에서 작동하는 감정의 문화 규약은 무엇인지를 해명했다. 이 논문의 분석 대상은 한문으로 쓰인 글로서, 한글로 쓰인 글에 비해 감정 서술이 배제되어 나타난다는 사실은 분명하다. 그러나 사대부 남성 글쓰기와 여성적 글쓰기의 분명한 차이를 파악하는데 유용한 논의를 포함하고 있으며, 다음의 서술은 남성적 글쓰기의 특징을 잘 보여주고 있다. "시에서의 감정 표현이나 수사학의 문제는 상층 사대부 문화에서 감정을 둘러싼 일반적 견해인 통제와 절제의 자장 안에서 표현되었으며, 미학적 차원에서 승화의 시선을 벗어나지 않았다고 볼 수 있다. 문학에서 감정이 차지하는 이러한 지위는 감정의 통제와 절제를 성숙한 인격의 징표로 간주하는 해석적 시선이 지배적이었기 때문이다." 최기숙, 「조선시대 감정론의 추이와 감정의 문화 규약 -사대부의 글쓰기를 중심으로」, 『동방학지』 159, 연세대학교 국학연구원, 2012, 11~17쪽.

이 여성 독자의 위안물로 읽혔던 것은 이러한 수용 과정을 반영한
다.[187] 향유자들은 이를 통해 낭자의 비극을 극복해 보려는 의지를 갖
게 되며, 그 의지는 향유자 나름의 시각에 따라 서사를 변이시키고 서
술을 달리하며 이본을 파생시키는 것으로 표현되었던 것으로 보인다.

3) 자기 위로와 희망의 접속

고소설에는 작중 인물이 절망 끝에 스스로 목숨을 끊는 자살의 서사
가 다수 존재한다. 인물들의 자살은 절박한 상황이나 불가피한 여건에
놓여있을 때 취하는 최종 선택이자, 결백 증명이나 항거, 위기의식 등
의 표현 수단으로 나타난다.[188] 그리고 서사적 기능에서 볼 때, 자살은
극적 갈등이나 위기의식을 고조시키면서 작품의 분위기를 비극적으로
주조하며, 인물의 죽음으로 촉발된 비극적 분위기는 독자들을 작품에
더욱 깊이 몰입하도록 한다. 이 가운데 독자들은 인물들이 자살을 선택
할 수밖에 없었던 서사적 상황에 주목하고, 그에게 닥친 불행과 고통에
대해 연민하게 된다. 그리고 이러한 공감 속에서 낭자가 어떠한 방식으
로든 보상받기를 바라는 염원을 자아냈을 것으로 보인다. 낭자의 재생
은 현실적 보상에 대한 촉구가 반영된 결과라고 할 수 있는 것이다.
현전하는 〈숙영낭자전〉의 대부분의 이본이 낭자의 재생 서사를 포함하
고 있는 것은 낭자의 재생과 승천이 이 작품의 향유자들에게 합당한
것으로 이해되었음을 의미한다.

---

187) 임형택, 「17세기 규방소설의 성립과 ≪창선감의록≫」, 『동방학지』 57, 연세대학교
　　국학연구원, 1988.; 김종철, 「장편소설의 독자층과 그 성격」, 한국고소설연구회 편, 『고
　　소설의 저작과 전파』, 아세아문화사, 1994.
188) 최기숙(2006), 앞의 논문, 327쪽.

낭자의 재생에는 낭자의 죽음을 불행한 희생으로 판단하고, 부당한 것이라고 인식했던 소설 향유자들의 공감과 현실적 보상에 대한 요청이 전제되어 있다. 때문에 선군이 매월을 처벌함에 따라 낭자의 억울함이 해소되고, 결백이 증명되었음에도 불구하고 서사는 여기에서 종결되지 않는다. 그녀가 다시 이 세계에 되살아나 단절되었던 삶을 회복할 때, 비로소 그녀의 억울한 죽음에 대한 향유자들의 불만과 의문이 해소될 수 있는 것이다. 그런데 이러한 향유자들의 인식은 사실상 서술자의 서술 전략과 밀접한 관련을 맺고 있다. 이러한 점에서 낭자의 재생에 앞서 제시된 장례 장면을 주목할 필요가 있다. 이 작품의 모든 이본에는 선군이 제문을 읽는 장면이 삽입되어 있는데, 이 가운데 특히 낭자를 수장하는 서사가 포함된 천상공간지향형, 가정공간지향형, 이상공간지향형에 속하는 작품들에는 낭자의 죽음에 통곡하고 오열하는 선군의 모습과 춘양과 동춘의 비극적 정서가 강조되어 있다.

> ① ㉠ 할님니 수중창ᄒ여 무수히 통곡ᄒ고 제(문)을 지여시디 그 결의 ᄒ여시디 시푸다 삼셩연분으로 그디을 만ᄂ 원능좌지뇩을 빅여히요 홀ᄀ 바리던니 ᄒ늘 지시ᄒ고 귀신 이려ᄒ가 이미ᄒ 누명을 바ᄃ 황쳔쳔으로 도라간니 엿지 원토치 안이ᄒ이요 셰상만ᄉ을 다 바리고 황쳔으로 도가그이와 셩군 뉘을 밋고 사이요 어인 ᄌ식을 다리고 장셩ᄒ기 지루ᄌ ᄒ면 시푼 마음을 엇지 층양ᄒ리요 낭ᄌ 신쳬을 압 동산의 무드시면 무듬이ᄂ ᄌ죠 볼가 바리드니 낭ᄌ을 물쏙의 여혀시니 어연 쳔연 다시 볼고 ᄒ고 디셩토곡ᄒ니 산쳔쵸목과 금수 다 실혀ᄒᄂ 듯ᄒ드라 원(큰)디 낭ᄌ 실영지ᄒ의 디시 한 분 보기을 쳔만 바너리ᄂ이다 일비 청잔으로 북형ᄒ온니 강님ᄒᄋ(소)서 ᄒ면 통곡ᄒ니 ㉡ 일역ᄒ여 노상병역 쳔지진동ᄒ드니 놀니 무리

갈ᄂ지면 낭ᄌ 칠보단장 쳥ᄉ 잇글고 완연니 ᄂ오그날 할님 농복
등니 놀니 낭ᄌ을 붓덜고 디셩통곡ᄒ니 낭ᄌ 단순호치 반만 열고
말슘ᄒ되 낭군님 실혀ᄒ지 마옵소셔 쳡이 양군과 연분이 즁ᄒᆫ고로
옥황상지쪄옵서 힐노ᄒ시더 낭군과 두 ᄌ식을 다이고 오릭ᄒ시기
로 왓ᄉ오니 ᄂ군 마음을 진ᄒ옵소셔 셰부 야위은 그간의 평안ᄒ시
ᄂ이가 ᄒ니 할님 낭ᄌ 손을 잡고 왈 낭ᄌ 너 망염된 일을 싱각ᄒ옵
소셔 ⓒ 낭ᄌ왈 동춘야 졋 며거라 춘양아 ᄂ을 보와라 녀 두리 거간
의 뉘를 밋고 사라노 빅욱갓턴 두 기 밋ᄐ 눈물 비온ᄃ시 혈이이
춘양니 거간의 어마님을 붓들고 어만님야 오더 가다 인직 왓ᄂ이가
모너 셔르 붓들고 디셩통곡ᄒ이 할님 그 거동을 보고 일변은 반갑
고 일변 고이ᄒ면 낭ᄌ을 붓들고 죽넌 귀신아 난왓ᄀ 사라 육신이
왓ᄂ잇ᄀ 그ᄉ의 어더로 가신는잇고 ᄒ니 낭ᄌ왈 쳡의 몸 익운 밋
쳐 쳔상으로 갓더니 상졔쎄옵서 양군과 두 ᄌ식을 다이고 올ᄂ오라
ᄒ기로 왓ᄉ오니 낭군 염여 염여치 마옵소셔 ᄒ고 할님과 두 ᄌ식
을 낫낫치 셜ᄒ ᄒ고 호셩이 진동ᄒ드라   – 박순호30장본(『숙』1 : 176)

② ㉠ 션군이 디경하여 디셩통곡하며 한식 무수이 하고 졔문 지여 위
로할 시 유시차 모일 모월이 션군 할임은 감소고우 옥낭자 실영 지
하이 알이나이다 오호 통지라 삼싱 연분으로 그 피를 만나 원낭 비
조지낙을 빅연회로 할나 하엿더니 인간이 시기던가 귀신이 시기던
가 낭자로 더부러 말하고 경셩의 갓더니 쳔만한 일노 구쳔의 외로
온 혼빅이 되오니 엇지 한심치 아니하리요 슬푸다 낭자난 셰상을
바리고 황쳔이 도라가거니와 션군은 어린 자식 춘양 동춘을 다리고
뉘를 미더하여 살고 익달고 답답한 낭자이 신쳬를 앞동산 뒷동산이
무더노코 무덤이나 보자 하엿더니 낭자이 옥쳬를 물속이 엿코 구쳔
타일이 무산 면목으로 낭자를 디면하리요 하고 병더른 명은 다르나
오날날 인정을 싱각하오니 한 번 상봉은 쳔만 요힝이라 하고 일비
쳥작으로 원통하오나 응감하옵소셔 하고 업더져 무수이 통곡하니

산천 초목이 함누하난 덧하더니 ⓒ 인하여 물이 갈나지며 낭자 칠
보단장과 녹이홍상을 입고 쏘한 천사자 한 쌍을 몰고 완연이 나오
거날 할림과 셋던 사람이 모다 보니 이난 수경낭자거날 할임이 더
경하여 왈 엇지 달이 넘고 수중 혼빅이 되어거날 엇지 인동 환싱하
엿난고 하며 통악 왈 나를 위하여 오시며 자식을 싱각하여 오시나
잇가 이제난 환싱하여 왓사오니 빅연희로 하사이다 하며 슬혀 하거
날 낭자 호치로 반만 여러 이로디 낭군임 슬혀 마옵소서 첩이 천궁
이 올나가오니 옥황상제계서 신하로 가오니 상제 하관하시되 네가
낭군과 자식을 다리고 올나오라 하시민 천사자 한 쌍을 몰고 왓사
오니 시부모 야위 직쳡 무사하오시잇가 ⓒ 동춘 춘양을 불너 왈 춘
양아 날을 그리워 엇지 사랏시며 동춘아 젖 먹고저워 엇지 살아시
며 춘양이 눈 흘겨보지 아니하더냐 낫을 한틱 되이고 비회를 금치
못하거날 쏘한 할임이 실허하시니 낭자 겨우 비회를 근치고 낭군은
우지 말고 한가지로 부모임계 하직하고 천상으로 올라가사이다

– 김광순44장본(『숙』2 : 213~214)

  위에서 인용한 부분은 선군이 낭자를 수장 후 통곡하며 제문을 읽고,
그 후 낭자가 연못 속에서 칠보단장을 이끌고 나와 선군, 자식들과 재회
하는 장면이다. 박순호30장본은 가정공간지향형에, 김광순44장본은
천상공간지향형에 속하는 작품으로, 두 작품은 모두 선군과 낭자의 감
정을 곡진하게 술회하며 서사적 분위기를 고조시키고 있다. 두 인용문
의 ㉠은 선군이 낭독한 제문으로 여기에는 낭자를 잃은 상실감과 슬픔
이 그대로 표백(表白)되어 있다. 그것은 제문의 일반적 격식에서 벗어나
있어 제문이라기보다는 슬픔의 토로 내지 독백이라 보아도 무방할 정
도이다. 대체로 소설에 삽입된 제문은 제의의 현장성을 재현하고 인물
형상화에 기여하거나 사건 진행에 관여하며 작중 분위기의 고조시키는

역할을 하는데,[189] 선군의 제문은 제의의 현장성을 재현하기보다는 선군의 비통한 심정을 드러내 보임으로써 작중 분위기를 고조시키고, 향유자들의 감정을 선군의 것과 동일시하도록 이끄는 역할을 한다.

제문은 망자를 애도하는 글쓰기 양식으로, 망자에 대한 위로뿐 아니라 남겨진 자의 비통함 역시 담고 있다. 제문의 작자는 제문을 통해 망자를 회상하고 애도하면서 일차적으로 "고인을 자신의 현실에 관계 짓고 의미를 부여"[190]하는 한편 단절감과 상실감을 드러내면서 자신을 위로한다. 그러나 제문의 소통 및 효용 범위는 고인과 나, 두 존재 간의 감정 소통 내지 애도와 위로만으로 한정되지 않는다. 제문은 장례 및 제례식에서의 낭독되기 때문에 사실상 제문의 청자에는 망자와 더불어 장례식의 참석자가 포함되는 것이다. 따라서 제문은 고인, 작자뿐 아니라 장례 및 제례에 참석한 사람 모두의 슬픔에 대한 공감, 감정적 유대와 위로를 전제로 한다. 이러한 맥락에서 볼 때, 소설 속 제문은 작품 내 인물들 간의 감정 교류에 그치지 않고, 제문의 청자로서 독자를 상정하며 독자의 공감과 감정적 소통을 강하게 추동한다. 선군의 제문 역시 이러한 맥락에서 이해해 볼 수 있다.

선군의 제문과 통곡으로 촉발된 슬픔의 동조와 공감 속에서 낭자의 재생은 온당한 것으로 반드시 성사되어야 할 것으로 이해된다. 그리고 서술자는 이러한 향유자의 기대에 부응하며, 낭자의 재생 과정을 그녀

189) 경일남, 「고전소설에 삽입된 제문의 양상과 의미」, 『어문연구』 38, 어문연구학회, 2002, 95~103쪽.
190) 최기숙, 「귀신을 둘러싼 문(文)·학(學)·지(知)의 다층적 인식과 복합적 상상력-조선시대 제문·묘지문과 서사에서 '귀(鬼)·신(神)'의 거리와 공통 감각」, 세계한국어문학회 추계학술대회 발표논문, 2011, 71쪽.

가 못 속에서 걸어 나오는 외양(ⓛ)에서부터 낭자, 선군, 자녀들이 공유
하는 심리적 전경(ⓒ)에 이르기까지 상세하게 묘사한다. 이에 향유자들
은 낭자의 재생에 시선을 고정한 채, 보상으로 인한 쾌감과 슬픔 등의
복합적 감정과 위로를 느끼게 되는 것이다.

    ㉠ 축문 일중 정이 지여 못 둑이 부축할디 모년 모월 모일이 할임
빅선이 낭ᄌ 실영 지하이 통축하디 실푸다 삼성 연분으로 그더을 만나
니 원앙귀테지낙으로 빅연희로 바리드니 조물이 시기하고 기신니 즉
히하야 낭ᄌ로 슈월 작별하여다가 그린 정을 일분도 설활치 못하고 천
만 이미하신 일노 누명하야 황천이 위로운 혼빅이 더아시니 엇지 가련
치 아이하리요만 낭ᄌ이 세승만ᄉ을 잇고 구천이 도라가거니와 선군
은 츄양 동츈을 다리고 어이 술고 실푸다 낭ᄌ 신치을 동순히나 무다
두고 무듬이나 볼가 하엿드니 낭ᄌ 옥 갓한 센테을 못 가온히 여헛시
니 엇지 불숭하고 통박지 안이하리요 유명이 다르나 정이야 다러릿가
갑갑고 이들한 말을 고슈이 밋칫신니 엇지하여야 낭ᄌ 옥안을 한 변
다시 만너볼고 슬푸다 일비쥬로 낭니 옥안 외로하이 실영한 심을 보기
하압소셔 하고 업드저 통곡한이 그 경숭을 보니 일천 간중이 다 녹난
듯하드라 ⓛ 지을 하하고 덥으로 도라오미 츈양 동츈은 어미을 부러며
하날을 우러러 호천통곡하이 그 경숭을 보이 일천 간중이 다 녹난 듯
하드라 하며 츈양 동츈을 다리고 동별쌍이 드러가니 츈양 동츈은 어미
누엇든 즈리이 업드저 어미을 부러며 업드저 우난지라 선군이 망극하
야 아희을 달너여 밤을 자니신니 비몽간이 낭ᄌ 겻히 안지며 하는 말
이 낭군은 엇디 무저시월을 □업시 보니시난잇가 첩이 연분은 영결 종
천더야 시이인지난 첩을 이저 압갓치 싱각 말고 부모임 정혼하신 임소
제을 만나고 빅연희로 하압소셔 하고 츈양 동츈을 울니다 말고 부디
줄 기러소셔 하고 셜피 울고 가거날 할임니 낭ᄌ을 붓드려하다가 찌다
러니 낭ᄌ는 점점 간더업고 한갓 말소리 귀이 징징 아람다온 얼골은

뉴의 순순하야 주야로 이통하드라 …<중략>… ⓒ 할임이 아희들 다리
고 줌임동으로 가니 낭즈 춘양 동춘을 보 울며 너난 나을 기리고 엇지
스란나야 ㅎ며 기절혼이 할임이 붓들고 단단기유ㅎ여 기우인ᄉ을 ᄎ
려 울며 반겨드러가 춘양 가로디 어마임은 엇지 이고디와 기시난잇가
신아흥신이온지 쥬근 혼빅이온지 꿈인지 싱신지 일회 일비ㅎ여 동춘
을 다리고 고싱ㅎ든 말슴을 ㅎ여 일성통곡의 기절ㅎ거날 낭즈와 할임
이 달니여 왈 춘양아 진정ㅎ여라 인지난 무슴 한이 잇서리요 동춘이
전 먹고 여나지 아니ㅎ더라 이 후익 동춘이 하난 말이 만ᄉ무심ㅎ여
지니 세상 즈미 칭양 업드라   -〈김광순28장본〉(『숙』2 : 132~138)

　천상공간지향형과 가정공간지향형에서 선군의 제문에 뒤이어 낭자
가 재생하고, 자녀와 해후하면서 슬픔과 기쁨을 나누는 장면이 서술되
는 것과 달리, 이상공간지향형에서는 대체로 선군이 제문을 낭독한 뒤
(㉠) 귀가하여 한탄하는 중에 낭자가 현몽하여 임소저와 혼인할 것을
당부하는 장면(ⓛ)이 이어진다는 점에서 차이를 보인다.[191] 그러나 순
서의 차이가 있을 뿐 이상공간지향형에서 역시 낭자가 재생 후 죽림동
에 머물다 선군을 만나고, 자녀와 해후하는 부분(ⓒ)에 이르러서는 천
상공간지향형이나 가정공간지향형과 마찬가지로 선군, 자녀들과 해후
하여 슬픔을 토로하는 부분이 서술된다. 위의 인용문에서 확인할 수
있듯이 이상공간지향형에 속하는 김광순28장본에서는 낭자의 장례를
치른 이후, 그녀의 죽음을 애도하며 슬퍼하는 선군과 자녀들의 모습이

---

191) 이상공간지향형으로 분류되는 김광순46장본에서는 선군의 제문에 뒤이어 낭자가 녹
　의홍상을 입고 재생하는 장면이 서술된다. 그러나 낭자는 재생 후 등천하고, 선군은
　자녀들과 함께 귀가하여 한탄하는 중 낭자가 현몽한다. '대체로'라고 표현한 이유는 이
　때문이다.

거듭 강조되고, 이후 죽림동에서 해후한 낭자와 자녀들이 슬픔과 기쁨을 토로하는 장면이 서술된다.

한편, 이념공간지향형에서 역시 선군은 제문을 읽으며 슬픔을 토로하는데, 다른 이본 유형에 비해 인연을 지속하지 못함에 대한 안타까움, 외로움과 절망감에 대한 서술이 줄고, 그 대신 원통함과 매월에 대한 원한의 감정이 더해져 있다.(㉠) 그리고 다른 유형과 달리 제문을 다 읽은 선군이 홀로 빈소에 앉아 탄식하는 중 낭자가 현몽하여 재생할 것임을 밝히고, 그 과정에서 천정기한을 파기하여 곤액을 당하게 한 것이라는 옥제의 훈계와 낭자가 애걸한 끝에 재생을 하명(下命)받게 된 내력이 서술된다.(㉡) 앞서 제시한 세 이본 유형이 감정에 호소하는 방식으로 낭자의 재생에 필연성을 부여하면서 이에 대한 향유자들의 공감을 이끌어내는 것과 달리, 이념공간지향형에서는 재생의 필연성을 천상적 질서에서 찾으면서 낭자의 죽음과 재생에 대한 인과적 계기를 마련하고, 이를 통해 독자가 재생이라는 비현실적 서사 전개에 동의하도록 설득하는 것이다.

㉠ 션군이 이의 칼룰 들고 나리가 미월의 목을 베인 후 비롤 가르고 간을 너여 낭즈의 신쳬 압히 놋코 두어 줄 졔문을 나리오니 졔문의 왈 셩인도 세욱ㅎ고 슉녀도 봉참ㅎ믄 고왕소금니의 비비유지라 ㅎ니 낭즈 갓튼 지원 극통ㅎ 일이 어듸 다시 이스리오 오회라 도시 션군의 탓시니 슈원 슈귀리요 오늘눌 미월의 원슈는 갑핫거니와 낭즈의 화용월틱롤 어듸가 드시 보리오 다만 션군이 죽어 지하의 가 낭즈롤 조츨거시니 부모의게 불회나 나의 쳐치 불구ㅎ리로다 ㅎ고 니져기롤 밧치미 신쳬롤 어로 만지며 일장 통곡ㅎ 후 돌이룰 본읍의 보너여 절도 정비ㅎ니라 ㉡ 이쎠 빅공 부체 션군더러 브로 니르지 아이 ㅎ엇다가 일

이 이 갓치 탄누흐물 보고 도로혀 무류흐여 아무 말롤 못흐거늘 션군
이 화안이셩으로 지삼 위로흐고 념습 제구롤 준비흐여 빙소의 드러가
반렴흐리 홀시 신체 요지 부동이라 홀일업셔 반렴을 못흐고 뉴인을 다
물니치고 션군이 홀노 빙소의셔 쵹을 붉히고 누어 장우 자탄흐다가 어
언간 잠이 드럿더니 문득 낭지 화복셩식으로 완연히 드러와 션군긔 스
레 왈 낭군의 도량으로 쳡의 원슈을 갑하 쥬시니 그 은혜 결초 보은흐
여도 오히려 다 갑지 못흐리로다 작일의 옥제 조회 바드실시 쳡을 명
초흐사 꾸지져 갈아스더 네 션군과 맛늘 긔한이 닛거늘 능히 참지 못
흐고 십년을 젼긔흐여 인연을 미잣는 고로 인간의 느려가 이미흔 일노
비명횡스 흐미니 장찻 누롤 원하며 누롤 한흐리요 흐시미 쳡이 스죄흐
여 고흐되 옥제 명을 어긔온 죄는 만스무셕이오나 그런 왹을 랑흐오미
죡징이 되옵고 쏘 션군이 쳡을 위흐어 죽고제 흐오니 바라건더 다시
쳡을 셰샹의 니여 보니스 션군과 미진흔 인연을 밋게 흐여 쥬소셔 쳔
만 이걸 흐온즉 옥제게셔 긍측히 여기스 …<중략>… 셔가여리 삼남을
졍흐여스오니 낭군은 아직 과샹치 말고 슈일만 기다리소셔 흐고 간더
업거늘 ⓒ 션군이 씨여 마음의 가장 창연흐나 그 몽스롤 싱각흐고 심
록회즈부흐여 가마니 슈일만 기다리시니 익일을 당흐여 션군이 맛춤
밧긔 나앗다가 드러가 본즉 낭지 도라누엇거늘 션군이 놀나 신체롤 만
져본즉 온긔 완연흐여 싱긔 닛는지라 심중의 더희흐여 일변 부모롤 쳥
흐여 삼과롤 다려 입에 흘리며 슈죡을 줘무르니 니윽흐여 낭지 눈을
써 좌우롤 돌나보거늘 구고와 션군의 즐거흠믈 엇지 측냥흐리요 이쩌
춘힝이 동츈을 안고 낭즈의 겻히 닛다가 그 스라나물 보고 한편회긔흐
여 져 셜워흐던 스연을 다 흐거늘 낭지 우으며 나러 안즈니 일실 샹하
즐겨흐믄 닐으도 말고 원근이 이 소문을 듯고 다와 치하흐미 이로 슈
옥키 어렵더라 니러구러 슈일이 지나미 잔치롤 비셜흐여 친쳑 빈긱을
원도 업시 다 쳥흐여 즐길시 지인으로 지조 보며 창부로 소리롤 식이
미 풍악소리 운소의 스뭇더라   － 대영28장본(『숙』3 : 40〜42)

또한 이념공간지향형에서는 낭자가 현몽하여 재생 내력을 설화하는 장면에 뒤이어 낭자가 재생하는데, 낭자가 의식을 잃었던 상태에서 의식을 되찾은 것처럼 묘사되며, 춘향 역시 낭자의 상태를 정신이 흐릿하고 가물가물한 상태인 '혼몽(昏懜)'으로 명명한다. 이는 다른 유형들에서 낭자가 수장된 이후 옥연동이나 죽림동에서 칠보단장과 녹의홍상을 입은 선녀의 형상으로 나타나는 것과 상당한 차이를 보인다. 이러한 차이는 앞서 천상 원리를 통해 낭자의 재생에 인과적 필연성을 부여했던 것과 마찬가지로, 재생을 현실적이고 합리적인 방식으로 재구하고자 했던 개작 의식이 반영된 결과로 해석된다. 그리고 이 유형에 경판본과 활자본 그리고 이를 모본으로 필사를 했던 이본들이 포함되어 있다는 점을 상기할 때, 이러한 변모는 대중 독자를 염두에 둔 상업적 출판물인 방각본 소설의 매체적 특성에 기인하는 것으로 보인다.

이러한 사실에 유념하며 이념공간지향형에서 낭자가 재생 후 가족들과 해후하는 장면을 살펴볼 필요가 있다. 다른 유형에서 낭자가 재생한 후 슬픔 속에서 가족과 재회하고, 이를 통해 재회의 기쁨 보다는 지난한 고통에 대한 슬픔이 강조되는 것과 달리 이념공간지향형에서는 ⓒ에서 확인할 수 있듯이, 기쁨과 즐거움이 두드러지면서 낭자의 재생 소식을 들은 일가친척들이 모두 환영하며 대연을 배설하는 장면을 첨가하고 있는 것이다. 대체로 방각본이나 활자본 소설에서 행복한 결말이 두루 나타나고 있음을 주지할 때, 이러한 변모는 행복한 결말을 지향했던 소설 독자들의 기대에 부응한 결과라고 볼 수 있다.[192] 방각본

---

192) 대중소설로서 방각본 소설의 특징은 보수적 경향성과 행복한 결말의 지향으로 파악할 수 있다. 그리고 이러한 경향과 지향성은 공적인 장소에서의 대량 유통되면서, 상업적 출판물로서 독자의 호응과 이해에 민감하게 반응해야 했던 매체적 특성에 따른 것으

소설에 강하게 드러나는 초경험적 질서나 환상적인 요소들이 형식상으로 서사의 전개를 유기적으로 하는 동시에 내용상으로 신분상승이나 애정성취, 가족의 형성 등 인간의 기본적 욕망이 실현된 양상으로 나타난다고 본 견해[193]는 이를 뒷받침 해준다.

　이상에서 확인할 수 있듯이, 〈숙영낭자전〉의 이본에는 낭자의 재생 서사가 포함되어 있으며, 여기에는 절망적 상황을 전환시켜 희망에 접속하고자 했던 향유자들의 삶에 대한 기대와 갈망이 반영되어 있음을 알 수 있다. 이본에 따라 장례를 치르는 방식이나 제문의 양상 및 재생 이후의 분위기가 달리 나타나기는 하나 모든 이본에 선군의 제문이 제시되고 있으며 여기에 낭자의 슬픔, 그녀의 죽음을 애도하는 주변인들의 감정 서술이 더해진다. 이와 같은 서술 속에서 슬픔의 분위기가 고조될수록 소설 향유자들은 더 깊이 작품에 몰입하며 낭자를 연민하거나 동정했고, 이러한 향유자들의 공감, 감정적 소통 속에서 현실적 보상으로서 낭자의 재생이 제시된 것이다. 그러나 재생으로 또 다시 주어진 낭자의 삶에 대한 전망과 기대는 향유자마다 다른 시각을 보여준다. 이본에 따라 재생 이후 낭자의 거취 공간을 천상 공간인 천궁과 가정 공간인 집, 혹은 이상 공간으로서 죽림동과 이념 공간으로서 시집 등으로 달리 설정하고 있는 것은 이러한 인식의 차이에 따른 것으로 보인다.

　이 작품의 향유자들은 각각의 유형을 향유하면서, 여성의 삶과 세계 사이의 갈등을 해결할 수 있는 방법을 모색했고, 소설 속에 그려진 공

로 보인다. 임성래, 「대중소설연구」, 『열상고전연구』 6, 열상고전연구회, 1993, 46쪽.; 임성래, 「방각본의 등장과 전통 이야기 방식의 변화–남원고사와 경판 35장본 춘향전을 중심으로」, 『동방학지』 122, 연세대학교 국학연구원, 2003, 359쪽.
193) 서혜은(2008), 앞의 논문, 145~146쪽.

간들은 당대 여성들이 발붙이고 살아가는 현실의 재현 공간이면서 동시에 다양한 삶의 가능성들을 모색할 수 있는 상상 공간인 것이다. 천상을 삶의 거점으로 택한 천상공간지향형에서는 천상 공간으로의 도피하는 결말을 구성함으로써 이를 통해 현실에 대한 거부감을 표명하며, 가정을 삶의 공간으로 택한 가정공간지향형에서는 화합과 화해의 가정 공간을 통해 경험적 현실 세계에서 삶의 가능성을 찾았다. 그리고 낭자가 죽림동이라는 선계에서 재생한 이상공간지향형에서는 여성적 이상 공간을 삶의 대안 공간으로 마련하였다. 또한 낭자가 동별당에서 재생하고 이를 삶의 거점으로 택한 이념공간지향형에서는 이념적 공간을 강화·강조하면서 현실 질서에 순응하며 발맞추어 살 것을 제안하는 것이다.

V.

〈숙영낭자전〉과 여성·문화·소통

　〈숙영낭자전〉은 적강한 두 남녀의 결연과 훼절 누명으로 인한 낭자의 수난과 죽음, 재생과 승천의 서사로 구성된다. 그 속에 여성이 꿈꾸었을 법한 낭만적 사랑에 대한 이상을 담고 있으며, 가부장제의 억압 속에서 결혼 이후 아내이자 며느리로 살아가야 했던 여성들의 삶이 핍진하게 그려진다. 이러한 점에서 이 작품은 여성들의 공감 속에 향유될 수 있었고, 소설뿐 아니라 판소리, 민요 등으로 장르가 변모되며 지속적으로 향유되었다. 여성들의 삶과 이상을 담고 있는 문학 작품은 〈숙영낭자전〉이 등장하기 이전에도 존재했고, 동시대에도 존재했다. 애정 소설에 낭만적 사랑의 서사가 그려졌다면, 가정 소설에는 가부장제 이념에 예속된 채 살아갈 수밖에 없었던 여성들의 삶이 그려졌던 것이다. 〈숙영낭자전〉은 두 장르의 소재와 문학적 관습을 복합적으로 수용하여 여성들의 사랑과 결혼, 이상과 현실을 한 자리에 담아내는 소설적 성취를 이루었다. 한 작품은 독자적으로 존재하기보다는 이전 혹은 동시대의 작품들과 부단히 관련을 맺고 있으며 후대의 작품에 영향을 미치기 마련이다. 여기에서는 이러한 점에 초점을 맞추어, 〈숙영낭자전〉이 문학사적으로 어떠한 위상을 갖는지, 전통 서사 및 장르의 수용과 변모 그리고 향유의 지속과 관련하여 살펴보고자 한다.

앞서 논의했듯이, 〈숙영낭자전〉의 이본들은 재생한 낭자가 삶의 공간을 어디로 선택하는지와 관련해 다양한 변모를 보인다. 본고에서는 이러한 변모가 작품과 향유자, 혹은 향유자 간의 소통의 결과라는 점에 주목하면서, 당대의 여성들이 "나에게 삶을 선택할 기회가 주어진다면 어떠한 삶을 선택할 것인가?"라는 질문을 스스로에게 던지고 그 선택의 결과를 작품의 결말 속에 담은 것으로 보았다. 소설의 향유자들은 필사라는 능동적인 방식으로 작품을 향유하면서 낭자의 사랑과 결혼 이후의 삶 속에 자신을 투영했고, 재생한 낭자가 삶의 공간을 선택하는 문제에 이르러 다양한 의견을 제안함으로써 자신의 목소리를 표출한 것이다. 삶의 공간을 선택하는 문제가 현실에 대한 인식과 관련을 맺고 있다는 점을 주지한다면, 〈숙영낭자전〉의 다양한 결말을 통해 당대 여성들이 '세계를 어떻게 해석했는가?'의 문제를 파악하는 데에까지 나아갈 수 있을 것이다. 이러한 점에서 〈숙영낭자전〉은 이 작품을 향유했던 "시집"살이 여성의 삶과 공간 지향을 이해할 수 있는 문화사적 가치를 지니며, 우리는 이 작품을 통해서 그들의 삶에 깊이 파고들었던 삶의 문제가 무엇이었는지를 확인할 수 있는 것이다.

이와 같은 견지에서 〈숙영낭자전〉에 구축된 현실 공간을 주목해 보면, 가부장제의 규범과 질서로 점철되어 있는 공간 형상을 발견할 수 있다. 높은 담으로 여성과 남성의 삶이 구획된 안동의 동별당이 이러한 세계의 일면을 상징하는 공간 구조물이었다면, 훼절 모해와 그로 인한 낭자의 죽음은 그것의 상징적 사건이었다. 당대의 소설에서 '누명과 모해'는 특히 '정절'과 연계되어 여성 인물의 삶에 직면한 위기나 고난을 핍진하게 그려내는 서사적 장치로 기능했다. 낭자가 입은 훼절 모해와 누명은 그녀만 겪은 일이 아니었던 것이다. 〈장화홍련전〉의 장화나 〈정을선전〉의 추연, 〈콩쥐팥쥐전〉의 콩쥐 역시 훼절 모해를 입고 결국 죽음에 이르렀으며, 이외에도 고소설의 여러 작품 속에서 여성 인물들은 훼절 누명을 쓰고 희생되었다. 그리고 이들은 피가 낭자한 채 등장하여 억울함을 호소하거나 칼이 빠지지 않은 채로 바닥에 붙어 세계의 횡포와 부당함에 항거하며 자신의 목소리를 낸 뒤에야 결백을 증명할 수 있었다. 이들의 피맺힌 절규와 죽음의 항거를 통해 여성들의 삶을 속박했던 정절의 문제가 표면에 떠오르고, 그 허위성과 가혹성이 낱낱이 폭로되었다.

여성의 성이 통제되었던 사회에서 훼절 모해를 입은 여성들은 그 혐의를 쉽게 벗을 수 없었다. 진위 여부와 관계없이 이들에게는 '음부(淫婦)'라는 낙인이 찍혔고 이들이 결백을 증명할 방법은 '죽음'뿐이었다. 『흠흠신서』의 〈상형추의〉편이나 『추조결옥록』, 『심리록』 등에 기록된 훼절 누명을 입은 여성들의 죽음은 이러한 실상을 보여준다. 훼절 모해와 그로 인한 죽음은 소설 속에 그려진 허구적 사건이 아니라 당대 여성들의 현실에 당면한 문제였던 것이다. 이와 같은 배경 속에서 모해와 누명의 서사는 정절-죽음과 연계되었고, 죽음은 훼절 모해를 입은 여성들이 결백을 증명할 유일한 수단으로 간주되었다. 그리고 현실에서 결백을 증명할 수 없었던 여성들은 원귀 혹은 원혼으로 등장함으로써 결백을 증명하거나 변호할 기회를 얻었다. 현실에서 자기 해명의 기회를 박탈당한 여성들은 환상적 서사 지평 위에 자기를 변호하거나 문제의 실상을 호소할 수 있는 통로를 마련했던 것이다.

이처럼 가부장제의 규제 속에서 행위는 물론 발언마저 자유롭지 않앉던 여성들은 서사적 전통 속에서 자신들의 '목소리'를 드러낼 방법을 찾았다. 설화에서 원귀(혼)의 출현은 좌절된 욕망을 표현하는 장치로 기능을 했던 바,[194] 〈숙영낭자전〉과 〈장화홍련전〉, 〈정을선전〉 등의 작품은 이를 수용함으로써, 여성 인물들에게 자기 해명의 기회를 부여하였다. 이 작품들에서 현실과 소통을 이루지 못하고 좌절한 인물들은 죽음을 택했고, 이들은 기괴한 형상으로 등장해 자신의 '목소리'를 내고 억울함을 호소했다. 죽음은 좌절의 표현이면서 동시에 이들이 원귀로 귀환하여 소통의 기회를 얻고 억울함을 하소연 할 수 있는 수단이 되었다. 즉, 원귀(혼)의 서사는 현실 세계의 중심을 차지하지 못하고 주변에만 머물러야 했던 여성들이 자기 목소리를 낼 수 있는 궁극의 장치 및 기호로 인식되었던 것이다. 〈숙영낭자전〉에서 낭자가 피를 흘리고 머리를 산발한 채로 선군에게 현몽하거나 시신이 땅에 붙고 움직이지 않는 것, 그리고 원혼이 세 마리의 새로 나타나 억울함과 안타까움을 하소연하는 것은 전통 서사를 수용한 결과이다.

〈숙영낭자전〉은 동시대의 소설들과 더불어 모해-죽음, 원귀를 다루고 있는 전통 서사 양식을 수용하면서, 가부장제의 억압과 횡포에 대한 문제의식을 공유하였다. 여성들이 원귀로 등장한 뒤에야 비로소 소통의 기회를 얻는 것은 분명 가부장제의 억압 속에서 발언의 기회마저 빼앗겼던 여성들의 현실적 제약을 보여주는 동시에 속박되어 살아야 했던 사회적 주변인, 혹은 하위 주체로서의 여성의 위치를 확인케 한다.[195] 그리고 환상이 "사회질서가 의존하고 있는 통합구조와 의미 작

---

194) 강진옥, 「욕구형 원혼설화의 형성과정과 변모양상」, 『한국문화연구』 4, 이화여자대학교 한국문화연구원, 2003 참조.
195) 하위주체는 스피박이 언급한 '서발턴(subaltern)'의 번역어이다. 박종성의 논의에 따

용을 해체함으로써 문화적 안정성을 전복하고 침식"시킨다고 할 때,[196] '모해－죽음'과 그 이후에 이어지는 원귀의 서사는 여성에게 가해진 억압의 부당성을 환기하며 세계의 변화를 촉구한다. 이러한 점에서 이 작품은 여성들의 공감 속에 향유되었고, 소설에 그려진 환상 세계는 곧 당대 여성들이 억울함과 원망을 토로할 장(場)이자, 현실에 고착된 문제를 표출하고 공론화할 수 있는 통로가 되었다. 〈숙영낭자전〉의 향유자들이 결말을 다양하게 변화시키면서 저마다 자신의 목소리를 내었던 것은 이념적 속박 속에서 배태된 공감과 소통의 결과인 것이다.

이러한 공감 속에서 〈숙영낭자전〉은 소설뿐 아니라 판소리와 민요로도 향유되었다. 『조선창극사』에 전해종 명창이 판소리 〈숙영낭자전〉을 잘 불렀다는 기록이 남겨져 있어[197] 19세기 중후반 무렵, 이 작품이 판소리로 불렸음을 알 수 있다.[198] 이후 20세기 초반에는 정정렬과 박녹주가 〈숙영낭자가〉를 불렀고, 1937년에는 창극으로 공연되었다. 또한 조동일이 채록한 〈옥단춘요〉[199]를 통해 이 작품이 민요로도 향유되

르면, 서발턴이라는 말은 원래 이탈리아의 마르크스주의자였던 안토니오 그람시가 사회의 하층 계급을 지칭하기 위해 사용했던 말로서, 지배계층의 헤게모니에 종속되거나 접근을 부인당한 그룹 즉, 노동자, 농민, 여성, 피식민지인 등 주변부적 부류를 의미한다. 조선시대 여성들은 가부장제의 규율 속에서 사회, 정치적으로 하위 계층에 속했으며 이러한 점에서 하위주체로 호명할 수 있다. 박종성, 『탈식민주의에 대한 성찰－푸코, 파농, 사이드, 바바, 스피박』, 살림출판사, 2006.; 가야트리 스피박, 태혜숙 역, 『서발턴은 말할 수 있는가?』, 그린비, 2013.

196) 로즈메리 잭슨, 『환상성』, 서강여성문학연구회 옮김, 문학동네 2001, 93~103쪽.

197) 정노식, 『조선창극사』, 조선일보사, 1940, 77쪽.

198) 1843년에 창작된 「관우희」에서는 열두 마당으로 언급되지 않았으나, 고종연간에 활동했던 전해종 명창이 잘 불렀다고 언급하는 것으로 볼 때, 대체로 19세기 중후반 무렵에는 판소리로 불렸을 것으로 추정된다.

199) 조동일이 채록한 〈옥단춘요〉는 『서사민요연구』(계명대출판부, 1979)의 자료편에 소개되어 있다. (조동일, 『서사민요연구』, 계명대출판부, 1979, 362~364쪽.(자료편))

었음을 알 수 있으며, 선행연구에서 두 작품 간의 상관관계가 상세히 밝혀진 바 있다.[200] 그러나 판소리와 민요가 두 인물의 적강과 결연, 모해와 죽음, 재생과 승천의 서사를 담아내는 방식은 소설의 방식과 사뭇 다른 양상을 보인다. 구체적인 변모 양상을 파악하기 위해 현재까지 전해지고 있는 박녹주 창본 〈숙영낭자전〉과 〈옥단춘요〉를 중심으로 살펴보기로 한다.

먼저 판소리 〈숙영낭자전〉의 서사 변이 양상을 살펴보면, 판소리는 소설의 서사 구성과 유사한 흐름을 보이는 가운데 전반적으로 서사를 축약하는 경향을 보인다. 특히 적강―결연의 서사가 매우 소략하게 다루어진다. 소설본에서는 낭자와 선군(현진)[201]이 꿈을 통해 소통하다가 옥연동에서 결연하기까지의 과정이 길게 서술된다. 그러나 창본에서는 명산 찾아 놀기를 좋아하던 선군이 천태산에 이르러 숙영과 상종타가 정이 들어 부부가 되었다는 한 문장으로 이를 대신한다. 그리고 모해―죽음의 서사는 낭자가 자결 직전 설움을 토로하는 장면과 선군의 과거 급제 장면을 중심으로 재구성된다. 이처럼 전반적으로 축약된 형태로 서사를 변모시키는 가운데 재생―승천 서사에서는 선군이 낭자를 재생시키기 위해 구약 여행을 떠나는 장면이 첨가 되고, 낭자의 재생과 승천은 아래와 같이 간결하게 요약된다.

그때에 백한림 천태산 들어가 노승에게 약을 얻어 낭자를 살리시니 백진사도 대회하여 일가동락 태평하고 팔십 장수를 하느니마는 하루

---

200) 김일렬(1999), 앞의 책, 223~239쪽.
201) 박녹주 창본에서는 남성 인물의 이름이 '현진'으로 제시된다. 인물명이 달라질 경우 혼동을 겪을 우려가 있어 이해의 편의를 위해 이후부터는 선군으로 지칭하기로 한다.

는 낭자 숙영이 한림의 손을 잡고 백운 타고 하늘에 오르니 그 뒤야
뉘 알겠느냐.
- 박녹주창본(『숙』3 : 236)

판소리 〈숙영낭자전〉은 소설에 제시된 서사의 대부분을 축약하면서
상대적으로 죽음에 임하는 낭자의 슬픔과 이를 바라보는 자녀와 선군
의 슬픔을 극대화한다. 그리고 낭자의 죽음이 제시된 직후 과거에 급제
한 선군의 영화로움을 부각시키고, 구약 여행길에 오른 선군의 구약
행위를 더해 넣으며 희비를 교차시키는데 초점을 맞춘다. 그 과정에서
낭자는 나약한 피해자로, 선군은 적극적인 구원자로 형상이 뒤바뀐다.
이러한 서사 변모 과정으로 인해 창본에서는 각 공간의 상징성은 물
론 규범을 넘어선 두 인물의 결연, 낭자의 자결과 재생에 내재된 의미
가 주목되지 않는다. 창본에 제시된 천태산은 낭자와 선군이 결연하고,
낭자의 재생과 관계를 맺고 있는 공간이라는 점에서 소설에 제시된 옥
연동과 유사하다. 하지만 낭자와 천태산의 관련성이나 결연 상황이 구
체적으로 제시되지 않아 두 남녀의 만남이 갖는 반제도적 성격이나 공
간에 내재된 상징적 의미가 드러나지 않는다. 또한 안동이라는 공간의
상징성과 상공의 형상 역시 비중 있게 그려지지 않으며, 여기에 내재된
문제의식 역시 현저히 약화되는 양상을 보인다. 〈숙영낭자전〉이 단순
히 판소리로만 불렸던 것이 아니라 창극으로 공연되었다는 점을 고려
해본다면, 이와 같은 서사적 변모에는 판소리의 향유 시기, 향유 여건
및 향유층의 변화 등이 복합적으로 작용했을 것으로 사료된다.[202]

---

202) 여기서는 〈숙영낭자전〉이 소설뿐 아니라 판소리로 향유될 정도로 많은 영향을 미쳤
던 작품이었다는 점을 밝히는 선에서 논의를 마치고, 구체적인 변이 양상과 특징은 [보
론]에서 상술하기로 한다.

한편, 소설 〈숙영낭자전〉은 민요로도 향유되었으며 〈옥단춘요〉를 통해 그 실상을 파악해 볼 수 있다. 이 작품에서는 여성 인물의 이름이 '숙영' 혹은 '수경'이 아니라 '옥단춘'이며 남성 인물의 이름은 제시되지 않는다. 때문에 두 작품 간의 상관성이 떨어져 보이지만 과거길을 떠난 남성 인물과 여성 인물의 죽음이 주된 소재로 등장하고 있다는 점에서 〈숙영낭자전〉과 유사하다. 〈옥단춘요〉는 소설의 전체 서사 구성 가운데 과거 급제 후 돌아온 남성 인물이 여성 인물의 죽음을 보고 오열하는 부분에 초점이 맞추어져 있다. 따라서 소설에서 비중 있게 그려졌던 낭자와 선군의 옥연동에서의 결연, 모함과 누명, 재생과 승천 등의 화소는 생략되고 남성 인물이 과거길에 오르는 데서부터 서사가 시작된다. 이때 남성 인물이 과거길에 오르게 된 이유나 옥단춘의 죽음의 원인이 명확하게 제시되지 않는다. '부모 명령 할 수 없다'[203]는 남성 인물의 언급을 통해 그의 과거행이 부모의 요구에 의한 것임을 짐작할 수 있을 뿐이다.

〈옥단춘요〉는 옥단춘의 죽음에 대한 남성 인물의 슬픔에 주목하면서 그의 시각에서 작품이 서술된다. 따라서 훼절 모해로 인한 여성의 고난은 드러나지 않고, 소설에 그려진 다양한 공간들은 '현실' 공간으로 일원화된다. 또한 이곳에서의 여성의 삶에 주목하기 보다는 남자 주인공의 '애(愛)와 애(哀)'를 그리는 데에 더 주력하는 경향을 보인다. 소설에서 선군이 열정적 사랑의 주체로 형상화되고, 낭자의 죽음을 보고 오열하는 그의 모습이 강조되어 있음을 상기할 때, 민요는 소설의 한 부분—죽음으로 인한 사랑의 좌절과 남성의 형상—을 확대하여 재

---

203) 조동일, 『서사민요연구』, 계명대출판부, 1979, 362쪽.(자료편)

구한 섯이라 할 수 있다.

　서사민요의 전승자는 평민 여성으로, 그것은 대체로 "평등한 삶, 자유로운 사랑, 구속됨이 없이 자기 욕구를 실현시키고자 하는 여성해방의 주장을 지니고 있다."[204] 이러한 선행 연구의 견해를 참조해 볼 때, 〈옥단춘요〉의 향유자들은 〈숙영낭자전〉에 나타난 낭만적이고 열정적인 사랑과 감정의 주체로서 남성 인물의 형상에 주목하면서, 여성의 죽음에 오열하고 깊이 애도하는 행위에 공감을 표했을 것으로 보인다. 물론 이러한 과정에서 〈숙영낭자전〉에 그려진 가부장제 이념과 결부된 다양한 삶의 국면들은 조명되지 못했지만, 상층여성들에 비해 비교적 성(性) 문제 혹은 신체적 규율과 구속으로부터 자유로웠던 평민 여성들에게 이것은 관심의 대상이 되지 않았을 것이다. 대신 이들은 사랑을 갈망하며 여성 인물의 죽음을 애도하는 남성 인물에게 초점을 맞추었고, '이상적 남성'과 '자유로운 사랑'에 욕망을 투영하며 그의 슬픔과 애도에 위로받고 위안을 느꼈던 것으로 보인다.

　이처럼 소설이 판소리와 민요로 전환되면서 많은 부분이 변모되었다. 그러나 앞서 언급했듯이 판소리와 민요 모두 낭자의 죽음이나 그로 인한 슬픔과 애도에 초점을 맞추고 있다는 점에서 동일하다. 이는 소설이나 판소리, 민요의 향유자들이 모두 낭자의 죽음에 대한 동정과 연민의 정서를 공유하였음을 의미한다. 〈숙영낭자전〉은 낭자의 죽음, 슬픔의 정서적 공감과 소통 속에서 판소리와 민요로 전환되며 지속적으로 향유될 수 있었던 것이다. 그리고 판소리와 민요의 향유자들은 이러한 정서적 소통과 공감 속에서 선군의 구약행위를 덧붙여 재생 서사를 확

---

204) 조동일, 「서사민요 장르론」, 『한국문학의 갈래 이론』, 집문당, 1992, 101쪽.

장하거나 혹은 선군의 슬픔을 집중적으로 포착해 전면화함으로써 위안의 결말을 구성했던 것으로 보인다. 여기서 〈숙영낭자전〉이 장르의 경계를 넘어 향유층들에게 폭넓게 수용되며 위안의 문학으로 인식되었음을 확인해 볼 수 있다.

〈숙영낭자전〉이 판소리, 민요 등으로 불리며 수용될 수 있었던 데에는 여러 요인이 있었을 것이다.[205] 그러나 무엇보다 이 작품이 다수의 여성 향유자들에게 읽히며 대중성을 확보하고 있었다는 점이 주요하게 작용했을 것으로 보인다. 조선 후기 여성 향유자들은 소설 향유 문화를 이끌어가는 주체로 자리매김하였을 뿐 아니라 문화의 수용층이자 주도층으로 부상하였기 때문이다. 여성들은 세책본 소설이나 장편가문소설의 주된 독자였으며, 이들의 소설 탐독이 사회적 문제로 이슈가 되기도 했다. 〈숙영낭자전〉의 향유자들 역시 작품을 필사하며 소설 향유 문화를 형성했고, 이들은 결말을 변이시키며 자신들의 목소리를 작품 속에 남겼다. 이들이 남겨 놓은 다양한 이본들을 통해 문화 향유 주체로 부상했던 여성 향유자의 위상을 되새겨 볼 수 있으며, 이러한 점에서 〈숙영낭자전〉은 당대의 소설 향유 문화를 엿볼 수 있는 문화적 가치를 지닌다.

그동안 〈숙영낭자전〉은 적강과 승천이라는 구조를 띠고 있다는 점에서 적강소설로 분류되기도 하였으나, 대체로 애정소설의 범주 속에

---

205) 선행 연구에서는 이 작품이 판소리로 불릴 수 있었던 요인을 양반사회를 배경으로 하고 있는 이 작품이 양반 청자들로부터 큰 호응을 얻을 수 있을 것이라는 광대들의 전망이나 중세적 가치관과 근대적 가치관의 대립적 공존, 혹은 비장미의 추구, 판소리 모형으로서 춘향전과의 유사성, 가짜신선타령과의 대치 시도 등에서 찾았다. 그리고 판소리가 지속되지 못한 것은 서민의식과 골계미의 결여로 인한 사회의식의 불균형, 미의식의 불균형 때문일 것으로 보았다. 김일렬(1999), 앞의 책, 197~222쪽.

서 논의되었다. 선군과 낭자가 옥연동에서 만나 사랑을 이루고, 선군
의 과거행과 낭자의 자결로 인해 긴 이별과 시련을 겪으며, 낭자가 재
생함으로써 다시 재회하는 일련의 과정은 '만남과 사랑−이별과 시련
−재회'라는 애정소설의 서사구조를 보여주고 있기 때문이다. 특히 작
품 전반부는 선군과 낭자의 애정 성취를 중심으로 서사가 진행되고 있
으며, 중심인물인 선군과 낭자가 제도와 질서에서 벗어나 애정과 욕망
의 논리에 따라 행동하고 있다는 점에서 이러한 분류는 타당하다. 다
만, 대부분의 애정 소설이 혼사장애를 핵심 사건으로 다루고 있는 것과
달리, 〈숙영낭자전〉에서는 부모의 개입이나 현실적 제약 없이 두 남녀
의 결연이 이루어지고 있다는 점에서 애정소설의 관습에서 다소간 이
탈되어 있다고 할 수 있다.

　일반적으로 애정 소설은 혼사장애를 통해 두 남녀의 결합을 방해하
는 현실적 질곡을 부각시키고, 그것을 극복하려는 인간의 의지를 그림
으로써 서사세계의 갈등을 부각시키는데 서술시각의 초점이 놓인
다.[206] 그런데 이와 달리, 〈숙영낭자전〉은 남녀의 결합보다는 결합 이
후 가정 내에서의 수난을 드러내는 데에 더 많은 관심을 두는 경향이
있다. 특히 이 작품의 중반부에서부터는 가정 내에서 벌어진 가족 간의
갈등을 중심으로 서사가 전개된다. 선군과 낭자의 결연으로 안정화되
었던 가정은 훼절 모해 사건으로 말미암아 혼란을 겪게 되고 낭자가
재생함으로써 다시 안정의 국면에 접어드는데, 이는 '가정의 안정−혼
란−안정 회복'이라는 가정소설의 순환적 서사 전개를 따른다.[207] 〈장

---

206) 박일용, 『조선시대의 애정소설』, 집문당, 1993, 14쪽.
207) 최시한(1993), 앞의 책, 26~27쪽.

화홍련전〉, 〈사씨남정기〉 등의 가정 소설에서 훼절 모해가 여성의 위기를 촉발하고 이로 인해 가정은 위기의 국면에 접어들지만, 이들의 결백이 증명된 후 다시 가정이 회복되는 가정소설의 일반적 서사 구성과 동일한 양상을 보이는 것이다. 다만, 〈숙영낭자전〉은 선군의 사랑을 갈구하며 낭자를 모해한 매월의 악행을 통해 처첩 갈등을 변주시키는 한편 시부와 며느리 간의 갈등을 소재로 삼아, 전실 자식과 계모 사이의 갈등이나 처첩 갈등 이외에 가정 내에 존재했던 또 다른 갈등 상황을 문제 삼고 있다는 점에서 여느 가정 소설과 차이를 보인다.

애정 소설은 두 남녀의 애정 실현이 현실 제도 및 이념에 의해 좌절되거나 어려움을 겪는 과정을 서사화함으로써 현실 세계가 안고 있는 한계와 질곡을 부각시킨다. 그리고 가정 소설은 가정을 배경으로 한 가족구성원 간의 갈등을 중심 사건으로 삼되 궁극에는 가정의 회복과 안정으로 결말지음으로써 유교적 가족주의로 수렴되는 경향을 보인다. 이렇게 볼 때, 〈숙영낭자전〉은 애정 소설적 면모와 아울러 가정 소설적 면모를 갖춤으로써 소설의 장르적 복합[208]과 전변 양상을 보여주는 작품이라고 할 수 있을 것이다. [209]

---

208) 포울러는 문학 형식(form)이 유기체처럼 "생성(life)"과 "변화", "발전", "소멸(death)"의 과정을 거친다고 보았다. 역사적 장르(historical genre)는 기존 장르의 특성을 복합하거나 수정하는 한편 전혀 다른 방법을 도입하게 되면서 발전하고, 이러한 방법을 통해 양식(mode)은 장르가 소멸하더라도 잔존하여 새로운 장르 형성에 기여하게 된다는 것이다. 고정된 구조적 구각(舊殼)으로 제한된 장르는 장르의 진화적 가능성을 고갈시킨다. 하지만 유연하고 변화 가능한 소설의 혼합은 새로운 포괄적 형식(generic form)을 만들 수 있다. 양식은 존재하고 있는 구체적인 역사적 장르로부터 추출(抽出)되기 때문이다. Alastair Fowler, *the life and death of literary forms: New direction in literary history*, Routledge & Kegan Paul, London, 1974, 92쪽.

209) 필사후기에서 언급되거나 합본된 작품 가운데 애정소설로 분류되는 〈채봉감별곡〉이나 가정소설로 분류되는 〈장화홍련전〉, 〈정을선전〉이 포함되어 있음을 상기할 필요가

사랑과 결혼은 여성들의 관심 분야였고, 애정소설과 가정소설은 이를 소설의 소재로 수용함으로써 당대 여성 독자들의 기대와 요구를 충족시켰다. 〈숙영낭자전〉은 두 장르의 소재 및 문학 관습을 수용함으로써 당대 여성 향유자들의 관심을 받을 수 있었고, 이들은 낭자 앞에 놓인 현실의 질곡, 그리고 꿈과 이상에 몰입하며 작품을 향유했던 것으로 보인다. 이 작품에 대한 기왕의 연구들은 주로 두 인물의 애정에 초점을 맞추었기 때문에 이러한 장르적 속성에 대해서는 주목하지 않았다. 그리고 가정 소설 측면에서의 접근 역시 거의 이루어지지 못했다.[210] 이제 이 작품이 애정소설과 가정소설의 장르 관습 속에서 파생된 작품이라는 점을 주지하며 그 가치와 의미가 재조명될 필요가 있다.

있다.

210) 우쾌재는 가정소설을 가정 내에서 가족구성원 간에 야기되는 희비적 사건을 다룬 것으로, 반드시 권선징악적 교훈성을 갖춘 내용이어야 한다고 하면서, 〈숙영낭자전〉을 가정소설로 다루었다. 그러나 이를 제외하면 대체로 〈숙영낭자전〉은 애정소설이라는 점에 초점을 맞추어 연구되었다. 우쾌재, 『한국가정소설연구』, 고려대민족문화연구소, 1988, 20쪽.

Ⅵ. 맺음말

〈숙영낭자전〉은 낭자와 선군의 사랑, 낭자의 죽음과 재생 과정 속에 조선시대 여성들의 삶과 이상을 담아낸 작품이다. 작품에 그려진 일련의 사건들은 낭자의 동선에 따라 배열되며, 각 사건이 벌어진 공간의 성격과 밀접한 관련을 맺고 있다. 낭만적 사랑에 대한 이상과 정절 이념으로 인한 현실적 질곡이 작품에 구축된 이상 공간과 현실 공간의 대립적 배치 속에 구성되며, 낭자의 재생과 승천을 그리고 있는 결말은 낭자가 삶의 공간을 선택하는 문제와 긴밀히 연관된다. 이러한 서사와 공간 구조 속에 정절과 효라는 이념적 굴레를 안고 살아가야 했던 여성들의 당면 문제가 노정되고, 당대 여성들은 낭자의 삶에 깊이 공감하고 연민하며 이 작품을 향유했다. 그리고 이 작품의 향유자들은 소설을 필사하면서 낭자가 삶의 공간을 선택하는 지점에 이르러 '지금 여기'의 현실에 그대로 머물 것인가, 아니면 여기에서 벗어나 또 다른 세계로 향할 것인가, 그리고 각 공간에서 어떻게 살아갈 것인가라는 질문을 스스로에게 던지면서 그 선택지를 결말에 남겨 놓았다. 그 선택은 가부장제 이념 속에서 살아야 했던 낭자의 선택이면서 동시에 당대 여성들의 선택이었던 것이다. 이러한 점에서 〈숙영낭자전〉은 이들의 삶과 공간에 대한 인식과 지향을 살펴볼 수 있는 작품이라 할 수 있으며, 이 논의에서는 이에 주목해 연구를 진행하었다.

먼저 Ⅱ장에서는 〈숙영낭자전〉의 이본을 개관하고 합본된 자료 및 필사후기를 검토함으로써 향유의 실상을 살폈다. 그리고 Ⅲ장에서는 전체 서사 구조를 파악하여 이본에 따른 서사적 변이 양상을 고찰하였다. 특히 각각의 이본이 결말 부분에 차이를 보이며 이것이 재생한 낭자가 삶의 공간을 선택하는 문제와 관련되어 있음에 주목하여 이본 유형을 나눠 그 양상을 살폈다. 이를 바탕으로 Ⅳ장에서는 이 작품에 나타난 여성 공간이 당대 여성들의 삶의 문제와 관련해 어떠한 함의를 가지고 있는지를 고찰하고, 이 작품에서 제기된 여성의 삶과 공간에 대한 문제가 소설 향유층들과 어떻게 소통되고 있는지를 파악하였다. 이러한 고찰을 통해 밝힌 내용을 정리하면 다음과 같다.

〈숙영낭자전〉의 이본은 필사본 150여 종, 경판본 3종, 활자본 4종으로 정리해볼 수 있다. 그러나 분실되거나 중복되는 등 여러 가능성을 고려해 본다면 필사 이본은 대략 140종 안팎일 것으로 짐작된다. 이본에 합본된 작품이나 서간문, 필사후기를 검토해본 결과, 이 작품의 필사 이본은 주로 여성들에 의해 마련되었고, 20세기 중반에 이르기까지 지속적으로 향유되었음을 확인할 수 있었다. 이 작품을 정성스레 필사하며 향유했던 이들은 대부분 여성들이었고, 이들은 작품에 그려진 낭자의 삶에 깊이 공감하며 개개인의 향유 의식 및 지향에 따라 결말을 변모시키며 개작에 적극적으로 참여했던 것이다. 이 연구에서는 이러한 점에 주목하며 당대 여성들의 시각에 입각해 작품을 살펴보고자 하였다. 그리고 그 결과 〈숙영낭자전〉이 가부장제 사회를 배경으로 하면서 세계의 질서와 규범에 예속된 채 살아가야 했던 "시집"살이 하는 여성의 삶을 문제 삼는 작품이면서 동시에 낭만적 사랑을 향한 여성들의 꿈과 이상이 반영되어 있는 작품이라는 것을 확인할 수 있었다.

〈숙영낭자전〉의 이본은 결말에서 차이를 보이는데, 이는 낭자의 삶의 공간 선택 문제와 깊은 관련을 보이고 있다. 인간에게 '삶의 공간을 어디로 정할 것인가?'라는 문제는 단순히 삶의 처소를 정하는 문제를 넘어 '어떻게 살아갈 것인가?'의 문제와도 긴밀히 연결되어 있다. 따라서 이본별로 제시된 각각의 선택을 통해 당대 소설 향유자들이 현실의 삶과 공간을 어떻게 인식하고 있는지를 확인할 수 있는 것이다. 이러한 점에 입각해 보면, 〈숙영낭자전〉의 이본에 제시된 여러 결말은 가부장제의 규제 속에 갇혀 살아야 했던 조선 시대 여성들이 삶의 공간을 어떻게 이해했는지를 보여준다고 할 수 있다. 이에 이 연구에서는 이러한 결말의 차이, 즉 재생한 낭자가 선택한 공간의 차이에 주목해 이본 연구를 진행하였다.

〈숙영낭자전〉은 적강한 두 남녀의 열정적 사랑과 훼절 누명으로 인한 낭자의 수난과 죽음, 재생과 승천의 서사를 담고 있다. 이 가운데 이본에 따라 큰 차이를 보이는 부분은 낭자의 죽음 이후 후반부에 해당하는 낭자의 재생과 승천 서사로, 재생한 낭자는 다시 현실 세계로 돌아와 갈등 해결의 주체로 자리매김하면서, 다양한 삶의 가능성들을 모색해나간다. 재생한 낭자에게 주어진 삶의 가능성들은 삶의 공간을 어디로 선택할 것인가의 문제로 귀결되며, 그 공간은 천상과 집, 죽림동, 시집으로 나타난다. 천상은 현실을 벗어날 수 있는 반현실의 이상공간으로 상정되고, 죽림동은 가부장제에서 벗어날 수 있는 여성적 이상세계로 그려진다. 그리고 집은 화목한 가정공간으로, 구가(舅家)는 가부장적 질서가 팽배한 이념 공간으로 나타난다. 이러한 점에 주목하며 이 논의에서는 〈숙영낭자전〉의 이본을 재생한 낭자가 선택한 공간을 기준으로 네 유형으로 나누고, 각각의 유형을 '천상공간지향형', '가정공간지향형', '이상공간지향형', '이념공간지향형'으로 명명하였다.

'천상공간지향형'에서는 옥연동에서 재생한 낭자가 곧바로 승천하거나 상공 부부에게 하직을 고한 직후 승천하는 결말을 이룬다. 그리고 재생 전후 낭자의 동선을 중심으로 볼 때, '옥연동－재생－천상'으로의 공간 이동이 나타난다. 이 유형에는 재생에서부터 천상계로 승천하기까지 재생 후의 후일담이 삽입되지 않기 때문에 서사가 소략한 편이다. 특히 천상공간지향형의 특징적인 부분은 선군과 낭자가 먼저 승천하기 때문에 부모 봉양이 제시되지 않고, 상공 부부의 최후를 비극적으로 그린 이본이 포함되어 있다는 점이다. 가부장제 사회에서 부모 봉양이 매우 중요한 책무였음을 감안해 볼 때, 이러한 결말은 가부장제의 현실에 대한 부정적이고 비극적인 인식이 반영된 결과라고 하겠다. 이 유형에서 천상 공간은 부정적 현실을 탈피하기 위한 반현실로서, 갑작스러운 낭자와 선군의 승천은 현실에 대한 거부이자 '탈'지상('脫'地上)하기 위한 선택으로 이해된다.

'가정공간지향형'에 속하는 이본들은 재생한 낭자가 귀가하여 지상계의 시집에 머물며 시부모와 함께 지내다가 일정 기한이 지난 후에 승천하는 결말을 취한다. 재생 전후 낭자의 동선을 중심으로 볼 때, '옥연동－재생－집－천상'으로의 공간 이동이 나타나며, 상공과 낭자의 화해가 제시되고 낭자의 극진한 부모 봉양 등이 언급된다. 여기서 낭자가 택한 "시집"의 공간에는 "시(媤)"라는 단어에 함의된 가부장제의 문화, 관습의 의미보다는 스위트홈으로서 "집", 즉 가정 공간에 대한 이상이 반영되어 있다. 재생 이후 낭자의 거취 공간 선택이 갈등 해결과 새로운 삶의 가능성을 모색하고자 했던 향유자들의 소망이 투영된 결과라고 할 때, 이러한 집의 형상과 선택에는 향유자들의 안온하고 화목한 공간으로서 집에 대한 이상과 기대가 반영되어 있는 것으로 보인다.

'이상공간지향형'에 속하는 이본들은 재생한 낭자가 죽림동에 홀로 머물다가 선군, 자녀와 함께 승천하고, 임소저가 홀로 남아 부모를 봉양하는 결말을 따른다. 재생 전후 낭자의 동선을 중심으로 볼 때 '옥연동–재생–죽림동–천상'으로의 공간 이동이 나타나고, '죽림동'이라는 선계를 중심으로 한 서사가 확장되어 있다. 죽림동은 탈속화된 열린 공간으로서 이념적 틀과 질서로부터 벗어나 있는 공간으로 형상화된다. 이곳은 가부장제 질서로 틀 지워진 채 닫힌 공간으로 그려지고 있는 안동과 상반된 곳으로, 낭자는 이곳에서 시부모 봉양을 거부한 채, 자신을 중심으로 가족을 구성한다. 이로 볼 때, 이 유형의 향유자들은 현실을 벗어날 수 있는 공간으로 죽림동이라는 여성적 이상 공간을 마련하고, 이를 통해 가부장제 현실의 질곡에서 벗어날 수 있는 상상적 출구를 모색했던 것으로 보인다.

'이념공간지향형'에 속하는 이본에서는 수장(水葬) 서사가 생략된 채 낭자가 동별당에서 재생한다. 이후 재생한 낭자는 부모를 극진히 모시다가 대연 배설 후 낭자와 선군, 임소저가 함께 승천하는 것으로 결말을 맺는다. 재생 전후 낭자의 동선을 중심으로 볼 때, '동별당–재생–(동별당)–천상'으로의 공간 이동이 나타나며, 이 유형에는 방각본과 활자본, 필사본이 모두 포함된다. 다른 유형에 비해 전반적으로 서술이 축약되거나 생략된 부분이 많은데, 그 과정에서 상공과 낭자의 갈등이 약화되고, 상공에 대한 비판적 인식이 축소되는 경향을 보인다. 모든 유형에 지상계의 안동은 유교적 질서가 압도하는 세계로 그려지지만, 특히 이 유형에서 낭자가 삶의 공간으로 택한 구가(舅家)는 이러한 질서가 더욱 강화된 경향을 보인다. 이 유형은 이러한 결말을 통해 가부장제 질서를 더욱 견고히 하고 그것을 내면화하도록 독자를 촉구하는데, 이는 대중 독자를 염두에 둔 방각본, 활자본 소설의 매체적 특징에 기인하는 것으로 파악된다.

이처럼 〈숙영낭자전〉의 이본에 따른 다양한 결말을 통해 당대 여성들의 삶의 방식, 세계에 대한 인식을 확인해 볼 수 있다. 이 작품에서 재생 이후 낭자의 선택과 관련해 '어디서 살 것인가'의 문제가 매우 중요하며 그것은 '어떻게 살 것인가'에 대한 문제로 이어지기 때문이다. 이 작품의 여러 이본 유형 가운데 천상공간지향형은 현실에 대한 거부로서 '탈'지상('脫'地上)을 그 방안으로 제안하고, 가정공간지향형은 현실 공간에서 화해하고 화목한 가족 공간을 마련할 것을 제안한다. 그리고 이상공간지향형은 제3의 공간을 통해 이념과 제약에서 벗어날 수 있는 상상적 출구를 마련하고, 현실을 극복할 방법을 적극적으로 모색한다. 반면 이념공간지향형은 가부장의 잘못을 포용하는 낭자의 미덕, 철저히 유교적 이념을 내면화한 낭자의 형상에 초점을 맞춤으로써 현실의 이념과 질서를 재현하는 동시에 가부장제적 현실 질서를 내면화하여 살 것을 제안하는 것이다.

〈숙영낭자전〉의 향유자들은 소설 속에 그려진 낭자와 선군의 낭만적 사랑, 그리고 결연 이후 겪게 되는 가부장제 속 현실적 질곡에 깊이 공감하며 작품을 향유했을 것으로 보인다. 이 과정에서 이들은 낭자의 사랑과 결혼 이후의 삶 속에 자신을 투영하고, 재생한 낭자가 삶의 공간을 선택하는 문제에 다양한 의견을 제안하며 자신의 목소리를 표출했던 것이다. 가부장제 사회에서 여성들은 현숙한 며느리, 정숙한 아내로 살아가길 강요받았고, 이러한 상황에서 〈숙영낭자전〉은 이들이 법적 규제 없이 현실에서 일탈할 수 있는 상상적 탈출구의 역할을 담당했다. 여성들은 작품에 그려진 천상 선녀와 선군의 낭만적 사랑 속에 욕망을 투영하고 감성을 공유하는 한편, 낭자의 비극적 죽음과 재생의 서사, 그녀의 슬픔을 표출하고 드러내는 서술을 읽어가며 그의 슬픔에 공감했다. 그리고 이들은 낭자의 죽음을 불행한 희생으로 판단하고 부당한 것이라고 인식하며 재생의 서사를 마련함으로써, 보상으로 인한 쾌감과 슬픔의 복합적 감정 속에서 스스로를 위로했던 것이다. 여기에서 절망적 상황에서 벗어나 희망에 접속하고자 했던 소설 향유자들의 삶에 대한 기대와 갈망을 확인해 볼 수 있다.

이상에서 살펴보았듯이, 〈숙영낭자전〉은 여성의 사랑과 결혼, "시집"살이를 중심으로 시대를 초월한 여성들의 공감 서사를 마련하였다. 그리고 '모해−죽음'이 원귀로 이어지는 전통 서사의 양식을 수용함으로써, 가부장제의 억압 속에서 목소리를 낼 수 없었던 여성들이 자기 목소리를 표출하고 드러내는 서사를 구축하였다. 이 작품은 이러한 점에서 여성들의 공감 속에 향유되었고, 소설뿐 아니라 판소리나 서사민요로 장르가 변모되면서 다면적으로 수용되었다. 또한 애정소설과 가정소설의 소재와 구조를 수용하면서 장르 복합을 시도하는 한편 이를 통해 여성들의 이상과 꿈, 현실을 한 자리에 담아내는 소설적 성취를 이루었다. 〈구운몽〉이나 〈옥루몽〉이 남성 중심적인 환상을 보여주는 작품이었다면, 〈숙영낭자전〉은 여성 중심적인, 여성의 현실에 착목한 공간적 환상과 현실 인식을 보여주는 작품이라 할 수 있는 것이다. 이 작품의 주된 향유층이었던 여성들−인생의 반은 며느리로, 나머지 반은 시어머니로 살았던 조선 시대 여성들−은 이 작품의 결말을 변이시키며 낭자의 선택에 자신의 목소리를 담았다. 때문에 이것이 담겨져 있는 〈숙영낭자전〉의 다양한 이본은 이 작품을 향유했던 여성들의 삶을 이해하고, 그들의 문화를 상상하며 목소리를 들을 수 있는 문화적 가치를 지닌다. 그리고 이에 주목할 때, 당대 여성들이 이 세계를 어떻게 해석했는지, 그들의 삶에 깊이 파고들었던 삶의 문제가 무엇이었는지를 확인할 수 있을 것이다.

이 연구는 산재해 있던 〈숙영낭자전〉의 이본들을 정리함으로써 그간 논의되지 못했던 이본들을 검토하고 그 존재 양상을 파악하였다. 그 결과 각각의 이본이 결말에서 변모를 보이고 있고, 특히 이것이 여성 인물의 공간 선택 문제를 중심으로 유형화되어 있다는 점을 확인할 수 있었다. 이에 이 연구에서는 선택된 공간을 중심으로 이본 유형을 분류하여 그 특징을 분석하였다. 그리고 고소설의 이본이 필사자의 지향이나 의식에 따라 다양한 이본으로 파생된다는 점에 주목하면서, 이본의 변모가 향유자들의 삶의 공간에 대한 인식과 어떠한 관련을 맺고 있고, 그것이 소설 속에 어떻게 형상화되어 있는지를 심도 있게 고찰하였다. 이를 통해 〈숙영낭자전〉을 향유자들의 관점에서 새롭게 조명하였고, 조선후기 여성들의 삶과 여성 문화의 일면을 살필 수 있는 자료로서 이 작품의 가치와 의의를 밝혔다. 다만 이본의 유형적 성격에 주목하다 보니 개별 이본의 특징 및 가치가 주목되지 못한 면이 있다. 이에 대해서는 후속 연구를 통해 보완하고자 한다.

판소리 〈숙영낭자전〉의 서사 변주 양상과 의미

1. 머리말

〈숙영낭자전〉은 소설뿐 아니라 판소리와 민요로 향유되었던 작품으로, 20세기 초반 영화와 창극으로 상연되기도 했다. 정노식의『조선창극사』에 따르면, 헌종에서 고종 연간에 활동했던 전해종 명창이 판소리 〈숙영낭자전〉을 잘 불렀다고 하며[1] 선행 연구에서는 이를 근거로 판소리 〈숙영낭자전〉이 19세기 중후반 무렵 판소리로 불렸을 것으로 추정하였다. 다만, 전해종의 창본이 전하지 않아 초기 모습을 확인할 수는 없다. 이후 20세기 초반에 정정렬은 모자 이별하는 대목과 약 구하는 대목을 유성기 음반으로 남겼고, 박녹주가 그를 계승하여 전체 사설을 남겼다. 이를 통해 20세기 초반에 불렸을 판소리 〈숙영낭자전〉의 일면을 확인해 볼 수 있다. 박녹주의 창을 채록한 정화영의 보고에 따르면, 정정렬은 〈숙영낭자가〉를 스승인 전해종에게 배운 것이 아니

---

* 이 글은 「20세기 초 판소리 〈숙영낭자전〉 연구」(고려대한국학연구소, 2016.)를 수정 보완한 것이다.

1) 정노식 저, 정병헌 교주, 『교주 조선창극사』, 태학사, 2015, 126쪽.

라 재편곡해 불렀고, 1933년 무렵, 박녹주 명창이 정정렬 명창에게 이
를 전수받았다고 한다.[2] 현재 정정렬의 창본이 온전히 전해지고 있지
않기 때문에 20세기 초반에 불렸을 판소리 〈숙영낭자전〉의 모습은 박
녹주 창본을 통해 살펴볼 수밖에 없다.

　소설 〈숙영낭자전〉은 140여 종의 이본이 남겨져 있을 뿐 아니라 20
세기 초반에 여러 차례 활자본으로 출간되는 등 판소리 텍스트로 선택
될 수 있는 기반이 어느 정도 형성되어 있었다. 그런데 소설이 판소리
화되는 과정에서 적지 않은 서사적 변모를 이루었다는 점에서 서사 변
화 양상과 그것이 당대 문화적 맥락과 어떠한 관련을 맺고 있는지 등이
섬세히 분석될 필요가 있다. 이에 여기에서는 박녹주 창본을 중심으로
20세기 초 판소리 〈숙영낭자전〉의 서사 변주 양상과 그 의미를 파악해
보고자 한다. 이를 위해 별도의 가감 없이 박녹주의 창을 그대로 채록
한 1971년의 정화영 채록본[3]을 저본으로 삼고, 소설본의 경우 1860년
에 판각된 것으로 추정되는 대영박물관28장본을 비교 대상으로 삼아
연구를 진행할 것이다.[4]

　소설 〈숙영낭자전〉은 적강한 두 남녀의 사랑과 결연, 정절 모해로

---

2) 문화재관리국편, 『무형문화재조사보고서』 12, 한국인문과학원, 1998, 423~430쪽.

3) 문화재관리국편, 〈제83호 판소리 숙영낭자전〉(1971), 『무형문화재조사보고서』 12, 한
　국인문과학원, 1998, 423~430쪽.

4) 판소리 〈숙영낭자전〉은 정정렬, 박녹주 외에도 박송희, 박동진의 창본이 있다. 박송희
　는 박녹주를 계승하였으나 소설본을 참고하여 전후반부의 내용을 보완하였고, 박동진
　역시 소설본을 참고하여 새롭게 창을 짜 넣었다. 무엇보다 박송희와 박동진의 창본은
　1950년대 이후에 나온 창본으로, 20세기 초 판소리 〈숙영낭자전〉을 연구하기 위해 여
　기서는 박녹주 창본을 대상으로 삼았다. 이 연구에서는 박녹주 창본을 포함해 숙영낭자
　전의 여러 이본이 활자화 되어 있는 『숙영낭자전의 작품세계』 1,2,3을 저본으로 삼아
　연구를 진행하였다. 이 책에 실린 작품을 인용할 때에는 작품명 뒤에 괄호를 넣어 출처
　(『숙』해당 권수:쪽수)를 밝힌다.

인한 낭자의 죽음과 재생과 승천의 서사를 담고 있는 작품으로, 그 서사를 '적강-결연', '모해-죽음', '재생-승천'이라는 세 개의 큰 단락으로 나누어볼 수 있다.[5] '적강-결연'에서는 천상 선녀이자 선관으로서 두 남녀의 존재성과 결연의 필연성을 보여주면서, 이들이 결연하기까지의 과정과 제도를 넘어선 열정적이고 낭만적인 사랑이 그려진다. 그리고 '모해-죽음'에서는 시비 매월의 정절 모해와 백공의 의심과 핍박, 결백에 대한 낭자의 항변과 죽음, 이로 인한 낭자의 비애와 자녀들의 슬픔이 그려진다. 마지막으로 '재생-승천'에서는 낭자가 옥제에게 재생시켜줄 것을 간곡히 요청한 끝에 낭자가 재생하고, 이후 선군은 낭자의 허락 하에 임소저와 정혼하여 선군과 낭자, 임소저 삼인이 승천하는 것으로 결말을 맺는다.

그런데 판소리 〈숙영낭자전〉의 경우, 소설본과 달리 '적강-결연'과 '재생-승천'의 서사를 축약하면서, 서사의 주체를 남성 인물로 변모시킨다. 이에 반해 '모해-죽음' 서사는 소설본의 서사를 거의 그대로 담고 있어 상대적으로 서사적 비중이 확장되고 있으며, 이로 인해 낭자의 죽음과 그로 인한 비장감이 증대된다. 또한 '재생-승천' 서사에서는 남성 인물이 낭자를 살리기 위한 구약 행위를 하는데, 이 역시 소설과는 다른 면모를 보인다. 이러한 서사적 변이는 결국 인물의 형상 및 가치, 인식의 변화를 수반한다.[6]

---

5) 김선현, 「숙영낭자전의 이본과 공간 의식 연구」, 숙명여자대학교 대학원 박사학위논문, 2015, 52~54쪽.

6) 이러한 서사적 변모 외에도 인물명에서 소설과 차이를 보이고 있다. 이를 테면, 남성 중심인물인 백선군이 백현진으로, 시부 백상공이 백진사로, 시모 정씨가 홍씨로, 자녀들의 이름이 춘양과 동춘에서 동춘과 동긴 등으로 차이를 보이고 있는 것이다. 이 역시 주목할 만한 점이지만 이러한 변화가 서사적 변화에 미치는 영향은 크지 않으며, 명명

2. 결연 서사의 축약과 낭만적 사랑의 탈각

소설 〈숙영낭자전〉에서는 어느 이본을 막론하고 옥연동에 적강한 낭자가 선군에게 현몽하여 천상인연을 밝히고, 이후 상사병에 걸린 선군이 옥연동으로 찾아와 결연하기까지의 서사가 작품의 전반부에 해당될 정도로 많은 부분을 차지하고 있다. 필사된 이본에 비해 내용을 축약하고 있는 방각본이나 활자본의 경우에도 옥연동에서의 두 남녀의 결연담이 매우 길게 서술된다. 그런데 창본에서는 낭자의 적강 내력과 낭자의 현몽담이 생략될 뿐 아니라 두 인물의 결연담이 '천태산에 이르러 선녀 숙영과 아는 바 되어 자주 상종타'라는 구절로 아주 짧게 요약된다.

> 이조 세종 년간 경상도 안동 땅에 백진사라는 양반이 있어 아들 하나를 두었으되 천품이 풍부하여 지혜와 도량이 활달하고 문필이 겸비하야 일찍이 명산 찾아 놀기를 좋아하더니 천태산에 이르러 선녀 숙영과 아는 바 되어 자주 상종타 정이 들어 부부가 되었으나 백진사는 낭자가 산에서 왔다하여 세상 인간이 아니오, 요귀라 하여 매양 그의 행동을 주시하니 낭자는 효부의 도를 다하니 시모 홍씨의 총애는 각별하였겠다.　　　　　　　－박녹주 창본(『숙』3 : 239)

위의 인용은 '적강−결연' 서사에 해당하는 부분으로, 대영박물관28

은 판소리 전승 과정에서의 변이 정도로 보아도 무방하리라 생각된다. 다만, 정정렬이 이 작품을 판소리로 불렀을 당시 이미 여러 출판사에서 활자본이 출판된 상태였기 때문에 충분히 교감할 수 있었을 것으로 추정되는데, 그럼에도 불구하고 이러한 차이가 나타난 까닭에 대해서는 좀 더 연구해 보아야 할 것이다. 이에 대해서는 후속 논문을 통해 보완하고자 한다.

장본을 기준으로 볼 때 대략 5장(10면) 정도의 분량을 차지하는 서사를
한 단락으로 소략하게 제시하고 있는 것이다. '적강−결연' 서사는 두
남녀의 자유로운 만남을 통해 낭만적 사랑을 희구하는 대목으로, 제도
를 넘어선 두 남녀의 애절한 사랑을 보여준다. 그러나 이 대목이 요약
제시되면서 그 의미와 가치 역시 축소되었다. 물론 선행 연구에서 언급
한 것처럼 〈적벽가〉가 〈삼국지연의〉를 판소리화하며 삼국이 정립하고
있는 상황을 개괄하는 것으로 작품 첫머리를 삼았듯, 이러한 서사의
축약 역시 "기본 갈등 상황에서 작품 내용을 선택적으로 재구성하기
위한 조치"[7]로 파악해도 무방할 것이다. 그러나 전체 서사에서 적지
않은 비중을 차지했던 두 인물의 결연 과정을 이렇게 축약하면서 놓치
게 된 것은 무엇인지를 좀 더 고구해볼 필요가 있다.

먼저 주목할 점은 인물 형상의 변화이다. 소설에서는 낭자가 이성적
판단을 가지고 삼생인연을 맺기 위해 적극적으로 행동하는 인물로 그
려지고, 선군은 수동적이고 나약하며, 성애적 열망에 사로잡혀 있는 충
동적이고 조급한 인물로 형상화된다.[8] 즉, 소설에서는 두 남녀의 결연
과정에서 낭자가 주도적으로 행동하며 선군과의 관계를 이끌어 가고,
선군은 낭자의 뜻에 따라 움직이는 나약한 존재로 그려진다. 그러나
창본에서는 이 부분이 축약되기 때문에 이러한 인물의 행위 및 정서가
부각되지 않는다. 그리고 소설에서 선군은 낭자와의 결연 과정에서 수
동적이면서도 충동적이고 조급한 면모를 보이는데, 창본에서는 '명산
찾아 놀기' 좋아하는 선군의 기질이 만남의 근본적 계기가 되어 선군의

---

7) 김종철, 「판소리 숙영낭자전 연구」, 『판소리의 정서와 미학』, 역사비평사, 1996, 297쪽.
8) 김선현(2015), 앞의 글, 131쪽.

상사지정이 주목되지 않음은 물론 남성 인물의 형상 역시 달라진다.

> 월명 공산의 잔나비 수파람ᄒ고 두견이 불여귀라 슬피울 졔 장부의
> 샹ᄉᄒᄂᆫ 간장 구븨구븨 다 스ᄂᆫ도다 니럿틋 달이 가고 날이 오미 쥬
> 야 ᄉ모ᄒᄂᆫ 병이 이항의 든지라 그 부뫼 션군의 병셰 졈졈 깁허 가믈
> 보고 우황 초조ᄒ여 빅 가지 문복과 쳔 가지의 약의 아니 밋츤 곳이
> 업스나 맛춤니 츤회 업스미 다만 눈물노 소일 ᄒ더라 츠시 낭지 싱각
> ᄒ미 낭군의 병이 빅약이 무효ᄒ니 아무리 젼싱 연분이 즁ᄒ나 속졀업
> 시 되리로다 ᄒ고 이의 션군의게 현몽ᄒ여 왈 우리 단취홀 긔약이 머
> 럿기로 아직 각쳐ᄒ엿더니 낭군이 즈럿틋 노심초ᄉᄒ미 쳡 심이 편치
> 못 ᄒ지라 낭군이 쳡을 졍히 보고져 ᄒ거든 옥년동으로 ᄎᄌᄋ소셔 ᄒ
> 고 가거눌 션군이 씨여 싱각ᄒ여 졍신이 황홀ᄒ여 향홀 ᄇ롤 아지 못
> ᄒ지라   — 대영박물관28장본(『숙』3 : 19〜20)

위의 인용은 대영박물관28장본에서 선군의 심리 상태를 서술한 부분이다. 낭자의 현몽 이후 상사병에 걸린 선군의 병이 악화되자 낭자가 선군에게 시비 매월을 첩으로 삼을 것을 제안하는데, 그 이후에도 차효가 없고 오히려 낭자에 대한 그리움이 더욱 깊어지는 상황을 서술한 것이다. 낭자를 그리워하는 그의 감정은 잔나비, 두견새에 투영되고, '잔나비 수파람소리'와 '두견의 울음소리' 등의 청각적 이미지를 통해 그의 내면 정서는 하나의 장면으로 형상화되는데,[9] 이를 통해 사랑에 빠진 남성 인물의 심리와 열정적 감성의 존재로서의 면모가 부각된다. 이와 달리 창본에서는 '천품이 풍부하여 지혜와 도량이 활달하고 문필이 겸비하야 일찍이 명산 찾아 놀기를 좋아'한다고 언급하며 선군을 호

---

9) 김선현(2015), 앞의 논문, 132쪽.

방한 기질을 지닌 인물로 형상화한다. 물론 대영박물관28장본에 역시 선군의 성품 및 기질을 '용뫼 쥰슈ᄒ고 셩되 온유ᄒ며 문필이 유여ᄒᄌ라'라고 서술하고 있으나, 위와 같은 심리 서술 및 낭자와의 사랑을 갈구하는 인물의 형상에서 확인되는 것은 사랑 앞에서 한없이 유약한 한 개인으로서의 면모이다.

또한 위에서 살펴볼 수 있듯이, 낭자는 거듭 선군에게 현몽하여 처신할 방법을 일러주면서 주체적으로 선군과의 만남을 이끌어가는데, 창본에서는 이러한 부분이 생략되다 보니 낭자의 행위가 주목되지 못한다. 게다가 뒤이어 낭자를 대하는 시부 백진사의 시각 즉, '낭자가 산에서 왔다 하여 세상 인간이 아니오, 요귀라 하여 매양 그의 행동을 주시'한다는 점이 부각되면서 낭자는 시부의 눈에 사로잡힌 타자로 자리매김 된다. 이와 같은 낭자에 대한 서술은 창본만의 특징으로, 현전하는 이본 가운데 이러한 서술이 나타나는 이본은 발견하지 못했다. 대체로 소설본에서는 '그 부뫼 깃거 ᄒ여 낭ᄌ를 삷펴본즉 화려ᄒ 용뫼와 아릿ᄯ온 직질이 다시 인간의는 업는 뵈라 겨유 공경ᄀᆡ디'[10]라는 언급에서 볼 수 있듯, 상공 부부가 낭자를 긍정적으로 평가한다. 이러한 점으로 보아, 창본에서는 처음부터 낭자에 대해 백진사가 부정적 시각을 가지고 있음을 언급함으로써 앞으로의 수난을 예견하는 동시에 이어지는 '모해-죽음'의 서사 및 낭자의 수난에 필연성을 확보하고자 한 것으로 보인다.

사실 소설에서 이 작품의 중심인물은 낭자이며, 그녀의 행동 변화 및 심리 변화가 서사 진행에 매우 중요한 요소로 작용한다. 그리고 '적

---

10) 박녹주 창본(『숙』3 : 22)

강-결연'의 시사에서는 천정지연을 맺고자 하는 낭자의 주체적인 행동과 사랑에 빠진 남성의 애절함과 간절함이 결국 제도를 넘어선 남녀 간의 사랑을 만들어내고 있다. 물론 창본에서 역시 자주 상종타 부부가 되었다는 서술로 이들의 자유로운 결연 과정을 짚어 내고 있지만, 그것의 의미가 조명되기 위해서는 이들이 어떻게 결연하게 되었는지 그 과정이 세심하게 제시될 필요가 있다. 이 작품이 판소리로 불리는 과정에서 이미 널리 애창되었던 〈춘향가〉가 모형으로 상정될 수 있다는 점[11] 그리고 기존의 판소리 사설이 부분적으로 차용되어 있다는 점을 상기해 본다면,[12] 이들의 결연 과정은 분명 춘향과 몽룡의 사랑에 비길 만큼 의미 있는 것이고, 그것은 〈춘향가〉의 사랑가 대목에 버금갈 만한 아름다운 사설로 재창작 될 수 있었을 것이다.

> 옥년동 닛는 곳을 인도ㅎ여 쥬소셔 ㅎ고 졈졈 나아가더니 한 곳의 다다라는 사양이 진산ㅎ고 셕죄투림이라 산은 쳡쳡 쳔봉이오 슈는 진진 빅곡이라 디당의 년홰 만발ㅎ고 심곡의 모란이 셩개라 화간졉무는 분분셜이오 뉴샹잉비는 편편금이라 충암졀벽간의 폭포슈는 은하슈롤 휘여딘 듯 명수 쳥계샹의 돌다리는 오작교와 방불ㅎ다 좌우고면ㅎ며 들어가니 별유텬지 비인간이라 션군이 이 갓튼 풍경을 보미 심신이 샹쾌ㅎ여 우화이등션 흔 듯 희긔 자연 산용슈출ㅎ여 횡심일경 드러가니 쥬란화각이 외의표 못ㅎ고 분벽ㅅ창은 환연 조요흔 곳의 금ㅈ로 현판의 쓰되 옥년동이라 ㅎ엿거늘   - 대영박물관28장본(『숙』3 : 20~21)

> 방ㅈ을 압셰우고 春香집을 ㅊㅈ갈 제 육가삼시 요요ㅎ고 쳔문만호

---

11) 김일렬(1996), 앞의 논문, 75~81쪽.
12) 김종철(1996), 앞의 책, 300~303쪽.; 성현경(1995), 앞의 논문, 42쪽 참조.

다닷수나 완월문 밧 썩 나션이 雲間月色明如素요 可憐今夜 죠흘씨고
흔 모통이 두 모통이 이 골목 져 골목 종용 완보 츳츳 전진 물 찻난
괴력이요 곳 찻난 나부로다 春香 門前 當到ㅎ니 성시(城市)가 머잔흔
디 산임(山林)物色 죠흘씨고 집뒤의 靑山이요 門압피 綠水로다 시니
까의 두른 버들 진치봉의 동닙넌가 장원을 덥푼 잉도 게셤월의 사던
된가 문안의 들러셔져 주셰이 살펴본이 첨이 압푸 늘근 반송 老龍이
셔렷난 듯 뜰까의 셧난 碧梧 鶴 두룸이 잠드럿다 半畝方塘 말근 물의
연 심우고 養魚ㅎ며 슈층퇴게의 各色 花草 괴석의로 산 만들고 포도
시렁 투츈 취병 푸른 디난 울이 되고 흰 쮜로 집 이엿다

– 신재효 남창 춘향가[13]

가령 대영박물관28장본에서는 상사병을 앓던 선군이 낭자를 찾아
옥연동으로 향하는 여정이 아름답게 그려지며, 그의 눈에 포착된 조화
로운 자연 경관 속에는 낭자와의 결연을 앞둔 선군의 기대감과 성애적
욕망이 투영되어 있다. 이는 춘향의 집을 찾아가는 이몽룡의 행위, 그
의 눈에 포착된 자연 경관과 유사하다. 따라서 기존에 존재했던 판소리
의 관습과 틀을 수용하며 판소리 〈숙영낭자전〉을 재구했다면 이와 같
은 공간 형상은 충분히 판소리로 살려낼 만한 부분이었다. 그러나 판소
리화 과정에서 두 남녀가 사랑을 성취하는 부분을 축약 제시하고, 장면
화 가능한 부분을 생략하게 되면서 그 의미와 가치 역시 축소, 생략되
었다.

옥연동에서 맺어진 두 남녀의 결연은 낭만적 사랑에 대한 꿈과 환상
을 담고 있는 부분으로, 이러한 이상은 남녀 관계에 대한 현실적 억압

---

13) 김진영 외, 『춘향전 전집 [1]』, 박이정, 1997, 7~8쪽.

과 규범, 제약에 대한 거부와 일탈의 욕망 속에서 마련된 것이다. 즉, 규범 밖에서 이루어진 두 남녀의 사랑은 자율성에 기반한 사랑이 불가능한 현실, 제도적 규범적 제약에서 배태된 것이라는 점에서 현실을 우회적으로 비판한다고 볼 수 있는 것이다.[14] 그러나 창본에서는 이러한 서사가 축약 제시되면서 낭만적 사랑의 성취자로서 낭자와 선군의 존재적 위상이 오히려 뒤로 밀려나고 제도를 넘어선 두 남녀의 사랑과 그 의미가 조명 되지 못했다.

3. 슬픔의 전경화와 수난자로서 여성

창본에서는 낭자가 훼절 모해를 입고 죽기까지의 과정을 담고 있는 '모해-죽음'의 서사를 비교적 충실히 담고 있다. 그러나 전반적으로 서사가 매우 빠르게 전개되는 가운데 현진이 과거 길에 올라 두 차례 귀가하게 된 사건이 한 문장 정도로 축약 진술되고, 시비의 모해 과정이 '시기하는 몸종이 있어 백진사에게 외간 남자 출입한다고 모함하니'로 짧게 서술된다. 소설에서는 적강-결연 과정에서 낭자를 그리워하는 선군에게 낭자가 시비 매월을 방수로 삼게 하는데, 이로써 시비가 낭자를 시기하게 되는 원인이 설명되고 그녀가 낭자를 모해하는 과정

---

14) 필자는 옥연동에서 이루어진 두 남녀의 사랑이 현실적으로 불가능한 남녀 관계 및 결혼에 대한 규제와 억압 속에서 상상된 것이고 이러한 서사가 나아가 당대의 결혼 제도에 대한 비판적 시각을 보여주는 것이라는 점에 대해 논의한 바 있다. 또한 이유경 역시 두 남녀의 사랑이 결국 가문과 공동체의 유지와 번영을 중시하는 결혼제도와 가부장주의에 대한 거부를 보여준다고 파악한 바 있다. 자세한 내용은 김선현(2015), 앞의 논문, 130~135쪽; 이유경, 「낭만적 사랑이야기」로서의 〈숙영낭자전〉 연구」, 『고전문학과 교육』 28, 한국고전문학교육학회, 2014, 184쪽 참조.

이 상세히 서술된다. 그러나 창본에서는 이를 생략하고 있기 때문에 시비가 단순히 시기하여 낭자를 모해한 것으로 설정되고, 그녀의 이름은 물론 그녀가 낭자를 모해하는 과정 역시 '모함'으로만 설명될 뿐 구체적으로 밝혀지지 않는다. 그리고 소설과 달리 시비의 징벌 역시 다뤄지지 않는다.

선군이 두 차례 귀가하는 사건은 낭자가 모해 받게 된 직접적 원인이면서 동시에 낭자를 향한 그의 마음을 엿볼 수 있는 부분이다. 그러나 앞서 낭자와 현진의 마음이 구체적으로 형상화되지 않았고 그것이 연창자의 관심 밖에 놓였다면 굳이 여기서 그의 마음을 부각시킬 필요는 없었을 것이다. 따라서 낭자가 모해를 입게 되는 서사의 얼개를 요약 진술하는 것으로 서사를 빠르게 전개시키고, 그 대신 낭자를 의심하는 백진사와 그에 대한 낭자의 감정적 반응에 서사를 집중시킨다.

또한 창본에서는 백진사가 순시 중 낭자의 방에서 외간 남자의 목소리를 듣는 사전 사건 제시 없이 시비의 말만 믿고 낭자를 의심하고 후원에서 외인의 침입을 목격하는 것으로 설정되는데, 이 부분은 서두에서 낭자를 요귀라 하여 매양 그의 행동을 주시했던 것과 연결되어 서사적 정합성을 획득하게 된다. 그러나 진사의 의심과 질책에서부터 낭자의 자결까지의 서사가 짧게 서술되어 두 인물 간의 갈등이 부각되지 않는다. 물론 이러한 전개만으로도 서사 흐름을 이해하는 데에 큰 무리가 없어 소설의 내용을 잘 반영하고 있다고 할 수 있지만, 시부가 낭자에게 행하는 강압적 면모와 태도, 그에 대한 낭자의 항변이 소략 제시되면서 이 작품이 보여주고 있는 시부와 며느리간의 갈등 나아가 '정절'로 표상되는 가부장제의 억압과 횡포에 대한 비판적 시각과 문제의식 역시 주목받지 못하는 것이다.

급히 샹공 압히 느아가 복디ᄒ여 엿자오디 무슴 죄 닛습건디 이 지경의 니ᄅ나잇가 빅공이 디로 왈 슈일 젼의 여ᄎ여ᄎ 슈샹ᄒ 일이 닛기로 너더러 무론즉 네 말이 낭군이 ᄯ나난 후 젹막ᄒ기로 미월노 더브러 담화ᄒ엿다 ᄒ미 내 반신반의ᄒ여 미월롤 불너 치문ᄒ즉 졔 디답이 요ᄉ이 일졀 네 방의 가지 아니ᄒ여다 ᄒ니 필연 곡졀이 닛는 일이기로 여러놀 긔찰ᄒᆫ즉 엇던 놈이 여ᄎ여ᄎ할시 분명ᄒ거놀 네 무슴 낫츨 들고 발명코져 ᄒ는다 낭지 울며 발명ᄒ니 빅공이 디즐 왈 내 귀로 친히 듯고 눈으로 본 일 종시 긔망ᄒ니 엇지 통히치 아니ᄒ리요 냥반의 집의 니런 일 닛기는 드믄 비니 너와 상통ᄒ던 놈의 셩명을 쓸니 고ᄒ라 ᄒ며 호령이 셔리 갓튼지라 낭지 안식이 씩씩ᄒ여 왈 아무리 뉵녜 빅냥을 갓초지 못ᄒ온 ᄌ뷔온들 니런 말슴을 ᄒ시ᄂᆞ잇가 발명 무로ᄒ오나 셰셰 통쵹ᄒ옵소셔 이 몸이 비록 인간의 잇ᄉ온들 빙옥 갓튼 졍결노 더러온 말슴을 듯ᄉ오리잇가 영쳔슈가 머러 귀롤 씻지 못ᄒ오미 한이 되옵나니 다만 죽어 모로고졔 ᄒᄂᆞ이다 빅공이 분노ᄒ여 노ᄌ를 호령ᄒ여 낭ᄌ롤 결박ᄒ라 ᄒ니 노지 일시의 다라드러 낭ᄌ의 머리롤 산발ᄒ여 계하의 안치니 그 경샹이 가장 가련ᄒ더라 빅공이 디로질왈 네 죄샹은 만ᄉ무셕이니 ᄉ통ᄒ 놈을 밧비 닐ᄋ라 ᄒ고 미로 치니 비옥 갓튼 귀밋히 흐르나니 눈물이오 옥 갓ᄒ 일신의 소ᄉ나니 뉴혈이라

－ 대영박물관28장본(『숙』3 : 29~30)

특히 창본에서는 낭자가 상공의 의심에 적극적으로 항변하지 못하고 '두 눈이 캄캄하고 정신이 삭망하여 아무런 줄 모르고 우두머니 서' 있다가 자결코자 한다는 점을 주목해볼 필요가 있다. 소설에서 상공은 낭자에게 호령하며 질책하고, 낭자는 자신이 결백함을 거듭 주장한다. 그리고 상공은 노비를 시켜 낭자를 모질게 매질하는데, 눈물과 유혈이 낭자한 상황에 대한 서술이 덧붙여지면서 낭자에게 닥친 현실의 문제가 핍진하게 재현된다. 이후 상공의 사과와 낭자가 억울해 하는 장면이

반복적으로 서술되고 그 뒤에 낭자가 자결을 결심한다. 그러나 창본에
는 전반적으로 사설이 소략하여 백진사의 의심과 핍박이 상세히 제시
되지 않고, '구박이 자심하니'라는 한 구절로 상황이 설명된다. 또한 백
진사의 호통에 항변하며 결백을 주장하는 낭자의 억울함이 소설에 비
해 소극적으로 제시된다.

　적극적 항변 없이 '애매한 음간사 듣고 살 길 바이 없어 죽기로 작정
을 하는' 낭자의 모습은 낭자를 수난에 적극적으로 대항하지 못하는 나
약하고 소극적인 여성으로 인식하게 한다. 소설에서 낭자가 결백함을
주장하며 육례를 갖추지 못한 며느리라 의심을 하는 것이 아니냐며,
더러운 말을 들었다고 분개하는 것은 자신의 결백을 드러내고자 하는
적극적 변호 행위라고 할 수 있다. 그러나 그것이 기만으로 오인되고,
낭자는 하늘을 향해 옥잠을 빼어 진실을 증명해 줄 것을 호소하는데,
이는 여성에게 '훼절' 혐의가 드리워졌을 때 그것을 해명하는 것이 불
가능한 현실적 한계를 역설적으로 드러낸다. 그러나 창본에서는 이러
한 과정이 생략된 채 낭자를 소극적이고 나약한 희생자로서만 조명하
고 있는 것이다.

　또한 창본에서는 이 장면에 뒤이어 자결에 앞서 토로하는 낭자의 슬
픔과 탄식이 이어지는데, 여기에서 낭자의 탄식과 슬픔이 전경화되며
자녀의 슬픔, 시모의 탄식으로 이어지는 슬픔과 비애의 점층적 확산
과정이 소설본과 거의 비슷한 분량으로 서술된다. 소설본과 마찬가지
로 창본에서 낭자는 자녀들을 끌어안고 자신의 억울함과 안타까움을
토로하고, 자식들이 슬픔 속에서 어머니의 죽음을 만류한다. 그러나
낭자는 곧 자결하고, 그녀의 주검을 마주한 어린 자식의 오열과 시모의
한탄이 거듭 서술되면서 전체적인 장면이 슬픔으로 채워진다. 그리고

여기에 '원통한 이 죽음을 어느 뉘가 만류를 하리.'[15]나 '내리 둥굴 치딩굴며 매목지버질을 죽기로만 드는구나.'[16]와 같은 서술이 더해지며 장면의 핍진성과 비장감이 더욱 증폭된다.

특히 자결에 임하는 낭자의 한탄과 어린 자식들이 그녀의 죽음을 만류하며 혹은 그녀의 주검 앞에서 슬픔을 되뇌는 장면은 소설본과 유사하다. 이처럼 모해−죽음의 서사는 다른 서사 단락에 비해 상대적으로 확장된 양상을 보일 뿐 아니라 창본의 전체 서사 구성으로 볼 때도 이 부분이 상당히 큰 비중을 차지하고 있다. 이로 볼 때, 소설을 판소리화하는 과정에서 다른 장면에 비해 주목했던 것이 바로 죽음 앞에 놓인 낭자의 슬픔과 이를 목도한 자식들의 비애, 모자(녀)를 감돌고 있는 비극적 정서였던 것으로 보인다. 그리고 그 과정에서 훼절 의심과 지탄 속에서 무력하게 눈물지을 수밖에 없었던 한 가련한 여인의 형상이 주된 이미지로 자리 잡게 된다.

> 적적한 심야 간에 동춘 동근을 끌어안고 「아이고 불쌍한 내 새끼들아 너의 남매 죽지를 말고 부디부디 잘 자라라 전생에 무삼 죄로 이생와 모 되어 영이별이 웬일이냐 내 딸 동춘아 나 죽은 후에라도 어린 동생 동근이 울거던 밥을 주고 젖 찾거든 물을 먹이고 나를 찾아 나오거든 하마하마 오마더라 안고 업고 달래여라. 동기는 일심이니 어미 잃은 생각을 말고 각별히 우애를 하여 치지 말고 잘 키워라. 너의 부친 날 사랑을 유달리 하시는데 가면 다시 못 오는 길, 원통이 죽어가니 죽는 나도 원이 되고 너의 부친 눈물지니 생사 간에 유원이로구나. 언

15) 박녹주 창본(『숙』3 : 241)
16) 박녹주 창본(『숙』3 : 242)

제 다시 맞나 볼고 볼 날이 막연허구나.」 이렇듯이 앉아 훌적훌적 울음
을 우니   - 박녹주 창본(『숙』3 : 240)

　낭자는 죽음 앞에서 남겨질 자식들을 향해 유언을 남기며 안타까움
을 토로한다. 그녀가 왜 죽고자 하는지, 죽음을 통해 밝히고자 하는 것
이 무엇인지에 대한 언급이 없이, 남겨질 가족에 대한 안타까움과 한탄
만을 남길 뿐이다. 소설에서 보이는 '나의 팔직 긔험ᄒ여 쳔만몽미 밧
누명을 씻고 너의 부친을 다시 못 보고 황쳔긱이 되니 엇지 눈을 감으
리오'[17]라든가 '낭직 지원 극통ᄒ믈 니긔지 못ᄒ여 분긔 흉즁의 가득ᄒ
미 아모리 싱각ᄒ여도 죽어 구쳔지하의 도라가 누명을 씻는 거스 올
타'[18] 등의 언급이 생략되어 있다. 대다수의 필사 이본에서는 낭자가
죽기 전 혈서로 유서를 남겨 억울함과 더불어 자신의 결백을 표명하고
있고 그 전문이 모두 소개된다.[19] 이를 통해 자신의 결백을 주장하며
항거하는 낭자의 형상이 거듭 반복되고, 여기에는 훼절 모해로 인해
무고하게 희생될 수밖에 없는 여성 처지, 나아가 여성의 신체를 향한
가부장제의 억압과 폭력성에 대한 문제의식이 투영된다. 이러한 점을
상기해 볼 때, 죽음의 원인이 생략된 채 남겨진 존재들을 향한 슬픔과
안타까움만 토로하는 낭자의 언술은 그녀의 죽음을 둘러싼 근본적 문
제 즉 가부장제가 안고 있는 문제점에 대한 비판의식을 소거하면서 작
품의 분위기를 비극의 정서로 몰아가는 측면이 있다. 작품 초반에서부

---

17) 대영박물관28장본(『숙』3 : 32)
18) 대영박물관28장본(『숙』3 : 32)
19) 창본에 역시 낭자가 유서를 남긴 것으로 설정하고 있지만, 현진이 약을 구하는 과정에
　서 노승에게 보일 뿐 그 내용이 소개되지는 않는다.

터 줄곧 감추어졌던 그녀의 목소리가 이 장면에 이르러 폭발적으로 표출됨에도 불구하고, 그것은 적극적이고 주체적이기 보다 단순히 수난 받는 여성의 나약한 처지와 슬픔에 젖은 목소리로만 메아리칠 뿐이다.

4. 구약 서사로의 변주와 구원자로서 남성

창본은 또한 남성 인물인 현진이 과거 급제하는 장면을 소설과 거의 유사한 분량으로 싣고, 집에 돌아온 현진이 낭자의 죽음을 본 이후 한 꿈을 얻은 후 구약여행을 하는 것으로 서사를 변주한다. 그런데 여기서 주목할 점은 현진이 과거에 급제하는 장면이 창본의 전체 분량으로 볼 때 그 비율이 적절하지 않을 정도로 확장되어 있을 뿐 아니라 앞뒤 서사와의 연결고리가 미약하다는 점이다. 물론 소설에 역시 낭자의 죽음에 뒤이어 선군이 과거에 급제하는 서사가 이어지기는 하지만, 전반적으로 서사가 축약된 창본에서 굳이 선군의 과거 급제 장면을 온전히 실을 만한 이유를 찾기 어렵다. 앞부분에서 그가 과거를 보러갔기 때문에 그가 과거 급제를 했는지 여부를 제시할 필요는 있으나, 전체 분량으로 볼 때 요약 제시해도 무방한 부분이라고 할 수 있는 것이다. 이에 선행 연구자는 이 부분을 기존 판소리 사설을 차용하는 과정에서 빚어진 결과로 분석하였는데,[20] 이것이 소설을 바탕으로 재구된 판소리 사

---

20) 현진의 과거 급제 장면의 분량이 확장되어 있다는 점에 대해서는 김종철 교수 역시 지적하고 있다. 그는 과거장의 모습을 자세히 묘사하는 것은 창본의 전체 분량 상 걸맞지 않다고 하면서 원작 소설에서 역시 남성인물의 과거급제가 별의미를 갖고 있지 않다는 점, 그가 과거에 급제 후 특별한 권능을 획득하는 것이 아니라는 점을 근거로 제시하였다. 그리고 현진의 과거 급제 장면은 〈춘향가〉의 과거 장면에서 차용한 사설로, 기존

설이라는 점, 현존하는 〈춘향가〉 창본과 유사한 대목이 발견된다는 점
에서 충분히 타당한 추론이라고 생각된다.

그러나 이 장면의 서사 내적 의미 역시 파악될 필요가 있다. 이미
〈숙영낭자전〉이 판소리로 불릴 당시 소설로 향유되었고 영화로도 상영
된 바 있기 때문에 개연성 없이 무턱대고 변용하기는 어렵다고 판단되
기 때문이다. 이러한 관점에서 현진의 과거 급제, 그리고 뒤이어 제시
되는 그의 구약 행위를 살펴보면, 낭자의 목숨을 살릴 구원자로서 현진
의 모습을 부각시키기 위해 위풍당당한 현진의 과거 급제 장면이 필요
했으리라 생각된다. 지금까지 현진의 기질 및 성격에 대해서는 서두에
서 '천품이 풍부하여 지혜와 도량이 활달하고 문필이 겸비[21]'했다는 설
명 외에 특별한 내용이 제시되지 않았다. 그리고 그와 낭자가 사랑을
성취하는 과정에 대한 서술도 매우 소략하여 그의 기질에 대해 파악할
근거가 미약하다. 이러한 상황에서 현진이 낭자의 목숨을 살리기 위해
구약 여정을 떠나는 구원자로서의 위상을 갖추기 위해서는 그의 영웅
적인 면모가 부각될 필요가 있었을 것이고, 현진의 과거 급제 장면은
이러한 형상을 드러내기에 충분해 보인다. 이로 인해 이후의 서사가
자연스럽게 남성 인물의 구약 행위로 이어질 수 있는 것이다.

소설에서는 과거 급제 후 귀가한 남성 인물이 낭자의 죽음을 마주하
기까지 여러 서사 단락이 더해지며 낭자의 죽음에서 비롯된 슬픔의 잔
영(殘影)들이 거듭 제시되는데, 창본에서는 이 모두를 생략한 채 남성
인물이 구약 여행하는 것으로 서사가 비약적으로 전개된다. 이를 테면

판소리 사설을 차용하는 과정에서 부분이 확장된 것으로 파악하였다. 김종철(1996),
앞의 책, 301쪽.
21) 박녹주 창본(『숙』3 : 239)

소설에서는 남성 인물의 과거 급세에 뒤이어 낭자와 부모에게 보낸 그의 편지 사연을 제시하고 이를 통해 낭자를 향한 그리움과 염려가 그대로 전해지는데 창본에서는 이것이 생략된다. 이와 더불어 소설에서는 선군의 편지에 반응하지 못하는 낭자를 보며 울부짖는 자식과 시모의 모습, 선군이 낭자를 따라 죽을까 염려하며 임소저와의 정혼을 서두르는 시부, 낭자가 유혈이 낭자한 채로 현몽하여 억울함을 호소하는 장면 등이 더해짐으로써 슬픔을 배가시키는 한편, 시부의 우활함, 낭자의 억울함 등을 재확인시킨다. 그리고 귀가하여 낭자의 주검을 마주한 선군이 모해자를 색출하여 징벌하고, 통곡하며 잠든 선군의 꿈에 낭자가 나타나 자신이 죽게 된 까닭과 재생하게 된 내력 등을 알려준다.

그러나 창본에서는 귀가 후 낭자의 죽음을 마주한 현진이 통곡하며 잠이 들어 꿈을 얻은 후 곧바로 구약 여행을 떠난다. 소설과 비교해 볼 때, 이러한 서사 진행은 낭자의 죽음에서 환기되는 다양한 문제의식과 비애감을 일축시키면서 서사의 초점을 남성 인물 중심으로 맞추게 한다. 그렇기에 그가 과거 급제 후 돌아와 낭자의 죽음을 보자마자 그녀를 소생시키기 위해 구약 여행을 떠나는 것이 어색함 없이 받아들여질 수 있는 것이다. 이러한 점에서 현진의 과거 급제 대목을 전체 서사 분량에 비해 확장시킨 까닭과 의미를 되새겨 볼 수 있다. 그리고 이러한 맥락에서 남성 인물의 감정 서술이 전면에 배치되어 있지 않다는 점을 주목할 수 있다. 낭자의 죽음에 대한 남성 인물의 감정적 반응을 서술하지 않음으로써 소설에 비해 상대적으로 그의 남성적인 면모가 부각되고, 이를 통해 그가 구약 여행을 떠나는 장면이 서사적 정합성을 획득할 수 있기 때문이다.[22]

구약 여행 사설은 〈심청가〉의 범피중류 대목과 〈바리데기〉 등의 서사 무가에서 차용한 것으로, 창자의 독창적인 변용이 돋보이는 부분이라고 평가받은 바 있다.[23] 인물의 여정을 장면화하기 위해 기존 사설을 수용하는 것은 유용한 방법이었을 것이다. 〈심청가〉의 범피중류 대목역시 여러 잡가 및 시조 등을 창작 원천으로 삼아 뱃길의 장면화를 꾀하고 있을 뿐 아니라 이 대목이 다시 〈수궁가〉의 소상 팔경 대목 및다른 갈래의 작품에 수용되었기 때문이다.[24] 또한 심청이 망망한 창해의 죽음의 길로 떠나는 여정이 심봉사를 개안시키는 구원의 길이라는점, 바리데기의 여정이 부모의 목숨을 살리기 위한 길이라는 점에서현진이 낭자의 목숨을 살리기 위해 떠나는 여정과 부합될 수 있었고이러한 맥락 속에서 사설이 수용 및 창작되었을 것으로 보인다.[25]

백 한림 현진이는 숙영낭자 살리려고 낭자의 유서와 부작이며 글 지은 것 가지고 천태산을 찾아갈 제 옥류동을 지내여 옥대관을 들어가니옛집은 있다마는 주인은 어데 간고, 그 산을 넘어가니 망망한 창해 간두에 빈 배 하나 매였거늘 그 배 위에 올라앉아 부작 내어 뱃머리에부치노니 빠르기가 풍운 같다. 가는 대로 노아 가니 망망한 창해이며탕탕한 물결이라. 백빈주 갈매기는 홍요로 날아들고 삼상에 기러기는한수로 돌아든다. 양양연을 들어가니 어떠한 고은 처자 삼삼오오 배를

22) 현진은 과거 급제 후 귀가하여 낭자의 주검을 마주한 후 통곡하는데, 박녹주 테이프에 통곡 사설이 추가되어 있는 것과 달리 정화영 채록본에는 없다. 박송희 명창의 증언에 따르면 이 부분은 박녹주 명창이 이후 새로 짜 넣은 부분이라고 한다. 성현경, 「숙영낭자전과 숙영낭자가의 비교」, 『판소리연구』 6, 판소리학회, 1995, 35쪽.
23) 김종철(1996), 앞의 책, 304~307쪽.; 성현경(1995), 앞의 논문, 42쪽.
24) 김상훈, 「〈심청가〉 '범피중류' 대목의 형성과 갈래 간 교섭 및 작품변모사적 의미」, 『판소리연구』 36, 판소리학회, 2013, 278~279쪽.
25) 김종철(1996), 앞의 책, 303쪽.

매고 채련곡을 노래한다. 동남으로 비리보니 창오산 높은 봉은 악양루 그 아니며 눈앞에 보이는 수풀은 소상반죽 이 아니냐

— 박녹주 창본(『숙』3 : 243)

그러나 현진의 여정에 수용된 범피중류 대목이 〈심청가〉에서 전·후반부를 연결하며 죽음의 문턱을 넘어가는 경계 즉 "현실의 세계와 피안의 세계를 이어주는 차원문 역할"[26]을 하고, 나아가 심청이 '효녀'로서의 위상이 확정되는 지점이라는 사실을 유념해 볼 필요가 있다. 이러한 사설에 대한 이해를 바탕으로 현진의 여정을 살펴보면, 범피중류 대목의 부분적 차용으로 인해 생사의 경계를 넘는 현진의 발걸음이 비탄에 젖은 발걸음이 아니라 당당한 발걸음으로 형상화되고 있음을 확인해 볼 수 있다. 또한 이미 과거에 급제한 남성 인물의 영화로움이 부각되었다는 점을 상기해 볼 때, 이 대목이 남성 인물을 구원자로 형상하는 데 기여하고 있다는 사실을 이해하게 된다. 구약 여행에 올라 그의 눈앞에 펼쳐지는 소상강의 정경은 남성 인물의 시선에 포착된 것으로, 그것은 호방한 남성의 시선을 보여주고 있기 때문이다.

이러한 남성 인물의 시선은 소설에 그려진 남성 인물의 시선과 사뭇 다르다. 소설 〈숙영낭자전〉의 여러 이본 가운데 낭자가 '죽림동'이라는 선경에서 재생하고 승천하는 이본 유형에서 선군은 낭자의 뜻에 따라 재생한 낭자를 찾아 죽림동으로 찾아가는데,[27] 그 여정이 이와 유사하게 그려져 있다. 그러나 그것이 선군 본인의 의지에 따른 것이 아니라 낭자의 의지에 따른 것이라는 점, 그리고 여정의 목적이 낭자의 생명을

---

26) 김상훈(2013), 앞의 논문, 290쪽.
27) 필자가 이상공간지향형으로 분류한 유형이 이에 해당된다.

구할 약을 찾는 것이 아니라 단순히 낭자의 현몽 지시에 따라 그녀를 만나기 위한 여정이었다는 점에서 차이가 있다. 그럼에도 불구하고 낭자 사후 남성 인물의 여정을 동일하게 담고 있기에 해당 부분을 살펴보면 아래와 같다.

> 부모 젼의 ᄒ즉ᄒ되 슈회을 미포ᄒ니 산슈 귀경이나 ᄒ고 도라오리ᄃ ᄒ즉ᄒ고 금안쥰마로 셰승강을 차ᄌ갈 졔 한 곳을 다다르니 일낙셔 산ᄒ고 월츌동졍ᄒ□ 슈광은 졉쳔ᄒ고 월식은 만산ᄒᄃ 무심훈 잔니 비와 부려귀 두견셩은 나무 셕난 간장 다 녹은다 슬푸ᄃ 져 식소리 날과 갓치 우한이라 인졍은 고요ᄒ고 심회를 이길소야 아득한 강가의 발질니 망연ᄒ다 처량한 심회 비회ᄒ더니 홀련니 ᄇ리보니 엇더한 옥동ᄌ 일렵션의 등촉을 밝커 달고 포연이 지니거날
>
> — 조동일47장본(『숙』1 : 292)

위의 인용에서 볼 수 있듯이 남성 인물의 눈에 포착된 주변 경관은 슬픔에 젖어 있고, 새의 울음 소리와 고요한 분위기 속에는 인물의 슬픔이 투영된다. 이러한 공간의 형상화 방식은 창본에서 주변 경관이 '망망한 창해'와 '탕탕한 물결', '높은 봉'으로 조망된 것과 대조를 이룬다. 이러한 차이는 소설과 창본에서 각각 남성 인물을 어떻게 그리고자 했는지, 그 형상화 방식의 차이에 기인한다. 소설이 사랑과 슬픔 등 감정이 풍부한 감성적 존재로서 남성 인물을 형상화하고자 한 것과 달리 창본에서는 남성 인물을 호방한 기질을 가진 구원자로 그리고자 한 것이다. 이후 이어지는 장면에서 현진이 구척 장신의 소상강 눈매를 가진 노승을 만나 불사약을 얻고, 그에게 공경히 사례하며 합장배례하는 현인으로서의 면모를 보여주는 것 역시 이와 같은 맥락에서 이해해 볼

수 있다.[28]

이처럼 창본에서는 '적강-결연', '모해-죽음', '재생-승천'의 일련
의 서사 단계에 '모해-죽음'과 '재생-승천'을 잇는 '과거급제'와 '구약
여행' 단락을 삽입해 넣음으로써 낭자 중심의 서사적 흐름을 선군 중심
의 서사로 변이시킨다. 그리고 이러한 서사의 삽입으로 인해 남성 인물
인 현진의 기질과 성격이 소설과 매우 다른 모습으로 형상화된다. 천명
에 의한 혹은 낭자 스스로의 의지에 의한 재생을 선군의 구약 행위에
의한 재생으로 변모시킴으로써 구원자로서 남성 인물의 형상을 꾀하고
있는 것이다. 이는 앞서 살펴본 여성 인물의 형상, 즉 수난에 항거하지
못하고 눈물짓는 가녀린 여성으로서의 형상과 분명한 차이를 보인다.
이러한 형상의 배치 속에 낭자는 주체로 서지 못하고 남성 인물의 구원
을 받는 수동적 존재로 각인될 뿐이다.[29]

5. 판소리 〈숙영낭자전〉의 위상과 의미

판소리 〈숙영낭자전〉은 서사적 측면에서 소설본과 여러모로 차이를
보이고 있다. 애정 기반의 수난담이 여성의 수난과 남성의 구원으로

---

28) 창본에서 노승은 '신장은 구 척이요 눈은 소상강 물결 같고 서리 같은 두 눈썹은 왼
얼굴을 덮어 있고 크다란 두 귀밥은 양 어깨에 청처져 학의 골격이오 봉의 정신이라(박
녹주 창본((『숙』3 : 244)'로 묘사된다. 신장은 구척이요, 눈은 소상강 물결 같다는 형상
은 〈적벽가〉에서 장비와 관우를 묘사할 때 사용된 표현으로, 노승의 비범성을 잘 보여
준다. 이처럼 비범한 존재와 대면하며 공손히 사례하는 남성 인물의 면모는 분명 그를
비범한 존재로 인식하게 한다.

29) 소설에서 낭자가 직접 옥황상제를 만나 재생을 요청함으로써 스스로 운명을 개척하고
있다는 점에서 창본과 더욱 분명한 차이를 보인다.

변모되었고, 그 과정에서 인물의 형상 역시 달라졌다. 소설에서 주체
적으로 행동했던 여성 인물이 수동적인 수난자의 형상으로 변모된 반
면, 다소 소극적인 면모를 보였던 남성 인물은 주체적인 구원자의 형상
으로 그려지게 된 것이다. 이러한 인물의 형상은 신파극이나 신소설
등 당시의 문예물에 그려진 인물의 형상과 유사한 측면이 있다. 특히
신파극에서 여성 주인공들은 극 초반부에 외부적 환경이나 악인의 음
모로 인해 한 순간에 전락한 후 극도의 시련을 겪으며, 이들은 수동적
인 태도로 일관하면서 자신의 처지를 체념하고 슬픔을 과도하게 표출
하는 경향을 보인다.[30] 이 작품에 그려진 여성 인물의 수동적 태도와
감상성은 이와 같은 시대의 분위기 및 문화적 조응 속에서 마련된 것으
로 파악된다.

　20세기에 들어서면서 판소리 연창자들은 영화, 신파극 등의 새로운
문화의 유입과 연행 환경의 변화 속에서 판소리 문화가 전승, 향유될
수 있는 길을 모색해야 했다. 이에 이들은 소리에 연극적 요소를 더하
여 창극이라는 새로운 연행 방식을 활로로 삼았다.[31] 이 무렵 〈숙영낭
자전〉은 대중의 요구에 부응하거나 다양한 레퍼토리를 구축하고자 하
는 판소리 연창자 혹은 창극 연출자의 의도 아래 판소리화의 대상으로
선택되었다.[32] 당시 판소리 〈숙영낭자전〉을 부르고 창극의 연출을 맡
았던 이는 정정렬 명창이었고, 그에게 소리를 전수받은 박녹주 명창이
창극 〈숙영낭자전〉에서 숙영낭자 역을 맡았다. 이로 보아 앞서 살펴본

---

30) 우수진, 「초기 가정비극 신파극의 여주인공과 센티멘털리티의 근대성」, 『한국근대문
　　학연구』 13, 한국근대문학회, 2006, 9쪽.
31) 정병헌, 『판소리문학론』, 새문사, 1993, 44~53쪽.
32) 김선현(2015), 앞의 논문, 3쪽.

창본의 서사적 얼개는 1937년 동양극장에서 상연되었던 창극 〈숙영낭
자전〉에 반영되었을 것으로 보인다.

정정렬과 박녹주가 소속되었던 조선성악연구회는 중앙무대 유일의
판소리 단체로서[33] 명창대회를 열어 판소리가 향유될 수 있는 공식적
인 장을 마련함과 동시에 판소리를 창극으로 상연하여 새로운 장을 마
련하는 등 조직적인 활동력을 보여주었다. 새로운 양식으로서 창극이
지속적으로 향유되기 위해서는 판소리의 전통을 계승하면서도 새로운
레퍼토리로 청중의 관심을 유도할 필요가 있었던 것이다. 따라서 조선
성악연구회는 〈춘향가〉와 〈심청가〉 등의 판소리를 계속 무대에 올리
는 한편 〈유충렬전〉이나 〈배비장전〉, 〈숙영낭자전〉, 〈편시춘〉 등의 새
로운 레퍼토리를 선보였다. 그러나 이러한 노력에도 불구하고 새로운
레퍼토리에 대한 관객의 호응이 높지는 않았던 것으로 보인다. 〈춘향
전〉과 〈심청전〉이 여러 차례 상연되었던 것과 달리 새로운 창극의 경
우 한 차례 상연으로 그친 경우가 대부분이기 때문이다. 또한 조선일보
는 창극을 적극적으로 홍보하며 각 작품에 대한 관객의 호응 및 감상평
을 기사화하고 있는데, 〈춘향전〉에 대해서는 관객의 호응이 대단했음
을 보도하는 반면, 새로 각색된 창극의 경우에는 이에 대한 관객의 반
응 및 상연 결과에 대한 내용을 보도하지 않는다. 그것은 창극 〈숙영낭
자전〉 역시 마찬가지였다.

그렇다면 새로운 레퍼토리가 관객의 호응을 얻지 못했던 까닭은 무
엇일까? 여기에는 각 작품의 서사 내적인 문제와 더불어 무대화 및 연
창 방식의 문제 등 서사 안팎의 다양한 원인이 작용했을 것이나 〈숙영

---

33) 성기련, 「1930년대 판소리 음악 문화 연구」, 서울대학교 박사학위논문, 2003, 77쪽.

낭자전〉의 서사 변모 양상으로 볼 때, 서사적인 문제가 적지 않은 영향
을 미쳤을 것으로 추정된다. 소설 〈숙영낭자전〉은 다수의 필사 이본이
남겨져 있으며, 1860년 경 방각된 경판본을 바탕으로 1915년 이후부터
활자본으로 간행되었는데, 몇몇 출판사에서 6판까지 간행될 정도로 독
자층을 어느 정도 확보한 상태였다. 뿐만 아니라 1928년 이경손 프로
덕션에서 처음으로 영화로 상영한 작품이 바로 〈숙영낭자전〉이었으
며, 당시 주요 배우 섭외를 기사화하거나[34] 탈을 활용해 영화를 만들어
이슈가 되기도 했다.[35]

따라서 창극 〈숙영낭자전〉은 1937년 〈숙영낭자전〉이 창극으로 각색
될 당시 존재했던 여타의 작품들과 영향을 주고받으며 공연되고 향유
되었을 가능성이 매우 높다. 적어도 창극 〈숙영낭자전〉의 관객은 소설
혹은 영화 〈숙영낭자전〉에 대한 이해를 바탕으로 창극을 관람했을 가
능성이 매우 높은 것이다. 1937년 2월 18일, 《조선일보》에는 창극
〈숙영낭자전〉의 상연 일정을 알리는 기사가 실려 있는데, 내용이나 새

---

34) 《중외일보》, 중외일보사, 1928.4.11. 3면.
35) 《매일신보》, 매일신보사, 1928.04.24. 3면.

로운 창극으로서의 의의에 대한 언급 없이 각색, 연출, 출연진만을 소개할 뿐이다.[36] 앞서 상연되었던 가극 〈유충렬전〉이나 〈배비장전〉 혹은 이후에 상연된 〈편시춘〉을 소개하며 새롭게 창작하거나 연구한 레퍼토리라는 사실을 부각시키고 있는 것과 차이가 있다. 이로 볼 때, 당대 창극의 관객 및 독자들이 〈숙영낭자전〉의 서사와 소리에 익숙했을 것으로 보인다.

당시 관객들이 창극 〈숙영낭자전〉을 관람 후 어떠한 반응을 보였는지, 특히 사건 전개 및 인물 형상의 변화에 대해 어떻게 반응했는지 알 길은 없다. 박녹주의 증언에 따라 "나중에 『에이!』하고 실망하지만 창극의 아기자기한 맛에 관객들은 만족해하며 자리를 떴다."[37]는 정도로 관객들의 반응을 어림잡아 볼 수 있을 뿐이다. 다만, 1942년에 열렸던 조선음악무용대전에 창극으로 〈춘향전〉과 더불어 〈숙영낭자전〉이 공연되었고, 이 공연을 '이동백 등 백명출연 창극 춘향전, 숙영낭자전에 인기 집중(李東伯等 百名出演 唱劇 春香傳, 淑英娘子傳에 人氣集中)'으로 기사 제목을 달고 있는 것으로 보아,[38] 창극 〈숙영낭자전〉에 대한 기대가 어느 정도 있었을 것으로 짐작된다.

그렇다면 당시의 관객들은 창극 〈숙영낭자전〉에 어떤 기대감을 품었고, 무엇에 실망했을까. 아마도 당대 관객들은 고전을 기반으로 한 창

---

36) 김성혜, 「조선일보의 국악기사(2)-1920~1940년」, 『한국음악사학보』 13, 한국음악사학회, 1994, 221쪽.

37) 명창박록주기념사업회 편, 『명창 박녹주 Life story』, 명창박록주기념사업회, 34쪽. (여기에 실린 내용은 1974년 1월 5일부터 2월 28일까지 ≪한국일보≫에 연재되었던 박녹주의 〈나의 이력서〉를 모아 편집한 것으로, 명창박록주기념사업회의 홈페이지 (http://www.parkrokju.org)에 자료가 업로드 되어 있다.)

38) ≪매일신보≫, 매일신보사, 1942.07.10. 3면.

극을 관람하며 사건의 전개, 원전의 각색 방식 등에 관심을 두고 있었을 것으로 추정되며, 창극 〈숙영낭자전〉에 대한 관심 역시 이와 관련이 있을 것으로 사료된다. 〈숙영낭자전〉에 대한 비평은 아니지만, ≪조선일보≫ 1936년 10월 8일에 실린 홍종인의 '고전 가족의 재출발 창극 춘향전 평'을 통해 이런 사실을 확인해 볼 수 있다.

> 문학 춘향전을 창극으로서 상연함에 설화상 향토적 전통성(일종의 동정이나 호의)을 떠나 극적 요건을 살펴야 하고 다시 한걸음 나아가서는 창극으로서 서양의 가극적 규범과 어느 정도의 거리에서 관중에게 흥행적 효과를 얻을 수 있는가 하는 점을 비교적 엄격히 살펴야 할 것이다. 그런데 그 첫 요건에 대해서는 각색과 출연자가 있으나 그 역량이 극의 각색과 연출에 어느 정도인 것이지 새로운 문학적 내용을 추구하기에는 힘들지 않은가 쉽고 또 상연의 실제로 보아서도 문학적 내용의 해석적 또 비평적 태도는 찾기 힘들었다. 단순히 가곡의 상연을 중심으로 고담 춘향전의 통속적 소박한 일변만이 아니었던가 한다. …<중략>… 또 극의 연출은 원본 낭독을 완전히 떠난 극의 독단장이므로 사건의 주요 내용과 정신을 그릇하지 않는 이상 원본 낭독적 태도를 완전히 버리고 극의 효과를 위하여 사건을 규합시키어 사건의 진행에 있어서 기개의 복선화를 기도함이 필요한 것이다. 이점에 있어서 생략 개작의 여지가 많다. 즉 개막 첫 장면의 책방, 제2막의 춘향가는 전혀 불필요한 것이고, 이별의 장면은 2장의 필요가 없고 기타 개작의 여지가 있음은 쉽게 발견할 수 있다.[39]

홍종인은 창극 〈춘향전〉에 대해 비평하면서 문학적인 면에서 새로

---

39) 김성혜, 앞의 논문, 210쪽.

운 내용으로 각색되지 못했다는 점, 내용의 해석적 비평적 태도가 부족하다는 점, 고담 춘향전의 통속적이고 소박한 일변에 그쳤다는 점 등을 문제점으로 지적한다. 이와 더불어 사건 진행이 복선을 활용하며 매끄럽게 진행되지 못했고, 불필요한 장면 등이 포함됐다는 점도 단점으로 제시한다. 이는 서사적 측면에서의 문제점을 포착한 것으로, 창극 〈숙영낭자전〉을 비평할 때도 지적될 만한 사항들이라고 할 수 있다. 먼저 소설에 그려졌던 규범을 넘어선 두 남녀의 사랑이 판소리로 불리면서 그 의미와 인물들의 주체적인 행동이 조명 받지 못했고, 인물들의 심리가 섬세하게 그려지지 않았다. 그리고 사건의 축약 과정에서 사건을 통해 표출되는 사회적 문제와 갈등이 축소되는 한편 구약 여행이라는 새로운 서사가 삽입되었지만 이것이 매끄럽게 전개되기보다는 인물 형상을 수난 받는 가녀린 여성과 그녀를 구원하는 남성으로 이원화시키는 결과를 낳았다. 즉 여성 수난과 남성 구원이라는 신파극류의 통속적인 인물 형상과 틀로 변모된 것이다.[40]

물론 이러한 서사와 인물 형상의 변화는 사실 판소리로 차용하거나 변용하기 용이한 부분을 중심으로 서사를 구성하는 과정에서 빚어진 결과로 이해해 볼 수 있다. 이 작품이 판소리로 연행되기 위해서는 연행방식을 고려한 서사의 배치가 요청되기 때문이다. 가령 낭자가 자신의 억울함을 호소하며 시부와 갈등하는 장면을 사설로 길게 풀어내거

---

40) 유민영은 창극이 동양극장이 문을 연 이후 무대극의 한 장르로 면모를 갖추게 되었다고 설명하면서, 당시 동양극장에서 상연된 창극들은 관객 확보를 위해 유실된 12바탕을 복원하고, 연쇄 창극, 창작 창극을 시도함으로써 레퍼토리 한계를 극복하고자 했다고 언급한다. 그러나 동양극장에서 만들어진 창극이 인기를 끌기는 했지만 오히려 창극이 신파극화라는 왜곡의 방향으로 흐르는 문제점도 안고 있었다고 진단한다. 유민영, 『한국근대연극사』, 단국대학교출판부, 2000, 208~209쪽.

나 유혈이 낭자한 채 현진에게 현몽하는 장면 등은 판소리의 연행 방식
을 고려해 볼 때, 쉽게 풀어내기 어려운 부분이라고 할 수 있다. 반면
낭자의 죽음으로 인한 비극과 현진의 과거급제에서 유발된 희극의 교
차, 남성 인물인 현진의 과거 급제 대목이나 구약 여행 대목은 기존의
판소리 사설을 수용하면서 판소리 연행의 자장 속에서 향유될 수 있었
던 것이다. 이처럼 판소리로 연행하기에 어려운 부분은 축약하고 기존
판소리 사설을 차용하여 비교적 수월하게 판을 짜 넣을 수 있는 부분을
확장 및 첨가하는 과정에서 서사적 변모가 이루어졌을 것으로 추정된
다. 그리고 이러한 변모에는 시간적 제약 또한 작용했을 것으로 추정된
다. 정정렬이 남겨 놓은 소리가 유성기 음반에 녹음된 것이고 유성기판
에 담을 수 있는 소리의 분량이 6분 안팎이라는 사실을 고려해 볼 때,
주어진 시간 동안 한 대목을 충분히 서사화하거나 묘사하기 어렵기 때
문이다. 이에 전반적으로 소설의 서사를 축약하는 한편 기존 사설을
차용하여 비교적 판을 수월하게 짜 넣을 수 있는 부분을 확장한 것으로
보인다.

한편 이러한 서사의 변개에는 당대 향유층들의 취향이 반영된 것으
로 보인다.[41] 당시 판소리는 대중의 취향을 따르기 시작하면서 급격히

---

41) 인물의 형상 및 서사의 변주가 신파극과 유사한 형태로 이루어졌고 그것이 향유층들의
취향이 반영된 것이라는 가정이 성립되기 위해서는 〈숙영낭자전〉이 판소리로 불렸던
1900년대 초반 무렵, 창극 및 판소리의 주된 향유 집단의 미적 취향이 신파극조였는지,
그리고 그러한 향유층의 취향이 판소리 서사 변개에 적극적으로 반영되었는지에 대한
구체적인 논의가 보완되어야 할 것이다. 이를 위해서는 판소리 향유층에 대한 추가적인
논의가 이루어질 필요가 있으므로, 지면을 달리하여 보완하고자 한다. 다만 여기서는
〈숙영낭자전〉 판소리화를 적극적으로 주도했던 정정렬의 판소리화 방식에 주목하였
다. 그리고 초기 창극 및 판소리 공연이 신파극과 경쟁 구도에 놓였다는 점, 창극은
당시에 유행했던 다양한 신극들과 동양극장을 중심으로 공연 기반을 공유했고, 신극계

세속화되어있고, 주된 특징은 선율의 계면화로 나타났다.[42] 특히 정정렬은 "청중들의 요구를 잘 받아들여 새로운 소리를 만들어 인기를 얻은 소리꾼"으로서,[43] 고제 더늠을 생략하거나 변모하는 한편 다양한 시김새를 구사할 수 있는 계면조를 많이 사용했고, 사설 내용에 따라 전조나 엇붙임, 음화 기법을 사용해 극적 표출력을 높이고, 인물 간의 대화를 많이 넣거나 연극의 대사 방식으로 사설을 처리하였다고 한다.[44] 이러한 사실을 상기해 본다면, 판소리 〈숙영낭자전〉이 남녀의 결연담을 축약 제시하고 바로 정절 모해로 수난받는 낭자의 슬픔과 모자간의 이별에 주목하는 경향을 보이며, 이로 인해 슬픔과 비장감이 확장되었던 것은 향유층의 취향을 고려한 결과로 추정된다. 그리고 남성 인물인 현진을 구원자로 전환시키며 이상적 남성으로 형상화한 것 역시 같은 맥락에서 이해해 볼 수 있다.[45]

　20세기 초 일제강점기에 판소리 문화는 침체·고착화되었고[46] 연창자들은 판소리의 소멸 위기를 극복하기 위해 활로를 찾고자 노력했다.

중심적인 시각에서 비판받기도 했다는 점 등으로 볼 때, 판소리의 변주가 신파극을 염두에 두며 이루어졌을 것임을 짐작하는 데 그치고자 한다.

42) 최동현, 「20세기 전반기 판소리 향유층의 변동과 음악의 변화」, 『판소리연구』 12, 판소리학회, 2001, 78쪽.

43) 최동현(2001), 앞의 논문, 79쪽.

44) 성기련, 「일제 강점기 판소리 연행문화의 변동 : 조선성악연구회를 중심으로」, 『서울대학교 동양음악』 23, 서울대학교 동양음악연구소, 2001, 206~207쪽.

45) 김남석은 당시 창극의 공연장이었던 동양극장의 관객층 중에서 가장 중요한 비중을 차지하는 이들은 여성이었고, 그중에서도 기생은 더욱 주목되는 관객이었다고 하였다. 그리고 이상적인 남성 인물의 형상을 여성 관객의 관심과 관련지어 설명하였다. 김남석 앞의 논문, 220~221쪽.

46) 이태화, 「일제강점기의 판소리 문화 연구」, 고려대학교 대학원 박사학위논문, 2012, 186쪽.

판소리 〈숙영낭자전〉은 그러한 노력 속에서 산출된 작품으로, 분명 20세기 판소리가 가야 할 바를 모색하는 과정 중 마련된 작품이라는 점에서 그 가치가 인정된다. 소설을 판소리 사설로 변모시키는 과정에서 인물과 사건을 어떻게 변모시킬지, 어떻게 연행의 문법에 맞게 사설을 구성할 수 있을지 등의 고민의 흔적이 배어 있기 때문이다. 물론 그 과정에서 소설에 비해 인물의 심리를 섬세하게 포착하지 못하고, 남녀 인물의 형상 및 갈등 구조를 신파극류의 통속적인 인물 형상과 틀로 변모시켰다는 점에서 비판을 면할 수는 없을 듯하다. 그러나 이미 소설이 대중적 인기를 끌었고, 이를 바탕으로 한 영화가 제작되었던 상황에서 동일한 서사를 그대로 사설로 수용하기는 어려웠을 것으로 보인다. 이러한 분위기 속에서 당대 문화적 흐름 및 향유층의 취향을 고려한 차별화된 서사를 마련하고자 하는 의지가 작용하였고, 판소리 〈숙영낭자전〉은 이러한 노력과 고민이 담긴 결과물이라고 하겠다.

〈숙영낭자전〉 이본 목록

일러두기

- 현전하고 있는 이본 목록 가운데 중복으로 확인된 경우, 다른 작품인 경우, 소재불명인 경우를 정리하고 필자가 발굴한 자료를 추가하여 목록화하였다.

- 개인소장 및 기관 소장본은 소장자(처) 이름을 밝히고, 소장처는 괄호 안에 청구번호를 제시하였다.

- 영인본은 해당 자료가 포함된 영인본의 편집 및 소장자의 이름을 밝히고, 괄호 안에 (권: 수록 면수)를 표기하였다. 소장자(처)가 달리 표기된 경우에는 [ ] 괄호 안에 제시하였다. 〈숙영낭자전〉 영인본이 실린 자료집의 약호는 다음과 같다.
  - 고려서림 : 고려서림, 『(고전소설 제5집) 숙영낭자전』, 고려서림, 1986.
  - 김광순　: 김광순 편, 『(필사본)한국고소설전집』, 경인문화사, 1993.
  - 김동욱판 : 김동욱 편, 『영인 고소설 판각본 전집』, 나손서실, 1975.
  - 김동욱　: 박종수 편, 『(나손본)필사본고소설자료총서』, 보경문화사, 1991.
  - 박순호　: 월촌문헌연구소 편, 『한글필사본고소설자료총서』, 오성사, 1986.
  - 조동일　: 조동일 편, 『조동일소장 국문학 연구자료』, 박이정, 1999.

- 표제와 내제가 다를 경우, 내제(표제) 순으로 밝혔다. 이 목록에는 필자가 연구 대상으로 삼은 이본도 포함되어 있으며, 이 경우 약칭을 밝혔다.

– 비고란에 특이사항을 다음과 같이 기호로 표시하였다.

　△ : 목록만 남겨져 있는 경우

　× : 소재불명

　* : 새로 발굴한 자료

　● : 미확인 자료

　○ : 확인 가능 자료

[필사본]

순번	작품명	약칭	수록 문헌 및 소장처(청구기호)	비고
1	슉영낭자전	·	『古書通信』 15	△
2	수경낭자전	·	『古書通信』 15	△
3	숙영낭자전	·	『古書通信』 15	△
4	슈졍낭즈전	·	『古書通信』 15	△
5	옥유동긔	·	국중(한-48-147)	×
6	숙영낭자전	·	『(增補)東洋文庫朝鮮本分類目錄 Ⅶ-4-377』(1979)	△
7	숙영낭자전	·	『이희승선생 환갑기념 도서전시회 출품서목』(1979)	△
8	수경전	·	『이능우교수기증도서목록』(1992)	△
9	수경낭자전이라	·	『생활사도록』(미도민속관, 22)	△
10	수경낭즈전	·	성암고서박물관(4-1349)	×
11	슈경낭즈전	·	성암고서박물관(4-1350)	×
12	숙영낭자전	·	괴팅켄대학 소장	×
13	수영낭즈전	·	권영철 소장	●
14	숙경낭자전	·	김일렬 소장	●
15	숙영낭자전	·	김일렬 소장	●

16	슈경낭사선이라	·	김종철 소장	●
17	옥낭자전권지단	·	김종철 소장	●
18	수경낭자전	·	김종철 소장	●
19	옥낭자전	·	박순호 소장	●
20	옥낭자전 권지상이라	·	박순호 소장	●
21	우낭자전	·	박순호 소장	●
22	빅션군젼이라 낭ᄌ젼이라	·	박순호 소장	●
23	수경낭자전	·	박순호 소장	●
24	수경낭자전	·	박순호 소장	●
25	수경낭자전이라	·	박순호 소장	●
26	수경낭자전이라	·	박순호 소장	●
27	淑英娘子傳	·	박순호 소장	●
28	숙영낭젼 淑英娘子傳	·	박순호 소장	●
29	쉬경낭자젼 권지상이라	·	박순호 소장	●
30	수경낭자전 권지단	·	사재동 소장	●
31	슈경낭자전	·	여태명 소장	●
32	슈경낭자전	·	여태명 소장	●
33	슈경낭자전	·	유탁일 소장	●
34	슉경낭자전	·	이수봉 소장	●
35	숙영낭자전	·	이원주 소장	●
36	슈경옥낭자전이라 슉영낭자전	·	임형택 소장	●
37	낭자전	·	정명기 소장	●
38	낭자젼	·	정명기 소장	●
39	낭자젼 슈경낭자전	·	정명기 소장	●
40	수경낭자전	·	정명기 소장	●

41	淑英娘子傳	·	정명기 소장	●
42	숙영낭자전	·	정명기 소장	●
43	숙영낭자전	·	정명기 소장	●
44	淑英娘子傳	·	하동호 소장	●
45	빅션군젼	·	홍윤표 소장	●
46	슈경낭즈젼	·	홍윤표 소장	●
47	슈향낭즈젼	·	홍윤표 소장	●
48	수겡옥낭좌전	경남대48장본	『가라문화』 9 경남대(081.2 수13)	○
49	수경낭자전 (수경낭자라 수경낭즈전)	경북대25장본	경북대(古北 811.31 수14)	
50	수경낭자전이라	고려대33장본	고려서림(1: 341~406) 고려대(경화당 C15 A114)	○
51	슈경낭즈젼 (水京娘子傳)	고려대37장본	고려서림(1: 265~338) 고려대(대학원 C15-A114A)	○
52	수경낭자전니라	국중61장본	국중(의산古3636-59) 한중연(576: R35N-002979-11) 고려서림(1: 623~684)]	○
53	슉형전	김광순14장본	김광순(33: 299~326)	○
54	슈경낭즈젼	김광순24장본	김광순(19: 384~432) 고려서림(1: 61~109)	○
55	수경낭즈젼	김광순25장본	김광순(32: 255~305)	○
56	슈경낭즈젼	김광순26장본	김광순(69: 483~536)	○
57	슈경낭젼이라	김광순28장본	김광순(19: 154~210) 고려서림(1: 5~61)	○
58	낭즈젼이라	김광순33장a본	김광순(52: 403~467)	○
59	슈경낭즈젼이라	김광순33장b본	김광순(44: 1~70)	○
60	슉영낭즈젼	김광순33장c본	김광순(19:1~66)	○
61	슉영낭즈젼	김광순44장본	김광순(19: 66~153)	○

62	슈경낭ᄌ전	김광순46장본	김광순(48: 161~251) 경북대(古北 811.3 슈14)	○
63	슈경낭ᄌ전	김광순59장본	김광순(19: 211~328)	○
64	淑英娘子傳 슈경낭자전	김동욱22장본	김동욱(27: 201~243) 고려대(AMR 897.3308 1986z1 29)	○
65	슈경낭자전	김동욱34장본	김동욱(26: 569~635)	○
66	낭자전이라	김동욱48장본	김동욱(26: 471~566)]	○
67	낭ᄌ전 단 (淑英娘子傳)	김동욱58장본	김동욱(26: 216~334) 단국대(古853.5/숙2478) 고려대(AMR 897.3308 1986z1 14) 한중연(225: R35P-000014-8)]	○
68	수경낭자전	김동욱66장본	김동욱(26:337~468) 단국대(古853.5/숙2477고) 한중연(581:R35P-000015-3)	○
69	낭자전	단국대19장본	단국대(古853.5/숙2477가) 한중연(226:R35P-000014-11) 고려대(AMR 897.3308 1986z1 14) 김동욱(27: 51~103)	○
70	슈경낭ᄌ전 단	단국대20장본	단국대(古853.5/숙2477겨) 한중연(585:R35P-000015-2) 김동욱(27: 3~48)	○
71	낭자전 중 초긔	단국대23장본	단국대(고 853.5 숙2478ㄱ 중, 하 중, 하)	○
72	슈경낭자전니라	단국대24장본	단국대(古853.5/숙2477) 한중연(584:R35P-000015-1) 김동욱(27: 51~103)	○
73	슈경낭ᄌ전이라	단국대26장본	단국대(古853.5/숙2477그)	○
74	옥낭ᄌ젼이라	단국대31장본	단국대(고853.5 옥953)	○/*
75	슉영낭자전이라	단국대34장a본	단국대(古853.5/숙2477교)	○
76	슈경옥낭자젼이라 (玉娘子傳)	단국대34장b본	단국대(고 853.5 유247)	○/*

77	숙향낭자젼 권지일이라 (숙힝낭쟈젼이라)	단국대40장본	단국대(古853.5/숙2477거) 김동욱(27: 250~345) 고려대(AMR 897.3308 1986z1 14) 한중연(585:R35P-000014-9)	○
78	낭자젼	단국대41장본	단국대(古853.5/숙2477갸) 한중연(227: R35P-000014-11)	○
79	낭자젼이라	단국대42장본	단국대(古853.5 / 숙2478ㄱ)	○/*
80	슈경낭ㅈ젼권지단 (슈경낭ㅈ젼)	단국대44장본	단국대(古853.5/숙2478갸) 한중연(580:R35P-000014-12) 김동욱(26:639~726)	○
81	슈경낭자젼이라	단국대49장본	단국대(古853.5/숙247셔)	○
82	수경낭자젼	단국대53장본	단국대(古853.5/숙2478ㄱ) 김동욱(27:105~200) 한중연(577:R35P-000014-10) 고려대(AMR 897.3308 1986z1 14)	○
83	슈경옥낭자젼 (슈경낭자젼니라)	단국대55장본	단국대(古853.5/숙2477구)	○
84	슈경낭자젼	단국대57장본	단국대(古853.5/숙247사)	○
85	수경낭자젼	박순호27장본	박순호(70: 527~580)	○
86	수경낭ㅈ젼이라	박순호30장본	박순호(70: 73~131) 고려서림(2: 393~451)	○
87	옥낭ㅈ젼이르	박순호31장본	박순호(76: 1~62)	○/*
88	옥낭자젼이라	박순호32장본	박순호(75: 732~793)	○/*
89	수경낭자젼	박순호33장a본	박순호(69: 349~414) 고려서림(2: 5~70)	○
90	수경낭자젼이라	박순호33장b본	박순호(69: 734~798) 고려서림(2: 317~381)	○
91	수경낭자젼이라	박순호34장a본	박순호(69: 587~654) 고려서림(2:165~232)	○
92	수경낭자젼 권지라	박순호34장b본	박순호(26: 151~218)	○
93	낭자젼이라 (옥낭자젼라)	박순호35장a본	박순호(76: 63~132) 고려서림(2:647~716)	○

94	수경낭자 빅션군이라	박순호35장b본	박순호(70: 413~482) 고려서림(2:455~524)	○
95	낭자전이라	박순호36장a본	박순호(6: 180~251)	○
96	수경낭자전이라	박순호36장b본	박순호(70: 1~72)	○
97	슈경낭자전	박순호37장본	박순호(70: 597~670) 고려서림(2: 571~644)	○
98	수경낭자전	박순호39장본	박순호(69: 657~733) 고려서림(2: 237~313)	○
99	수경낭자전	박순호40장a본	박순호(69: 415~494)	○
100	옥낭자전	박순호40장b본	박순호(75: 652~731)	○/*
101	슈경낭자전이라	박순호43장본	박순호(70:671~757)	○
102	옹낭ᄌ전 상이라	박순호46장a본	박순호(79: 132~223)	○
103	수경낭자전단 (玉娘子傳 옥낭ᄌ전)	박순호46장b본	박순호(69: 495~ 586) 고려서림(2: 71~162)	○
104	슉향ᄂᆼᄌ전니라	박순호50장본	박순호(71: 345~444)	○
105	옥낭ᄌ젼	사재동24장본	충남대(고서경산 集.小說類 3023)	○
106	수경낭ᄌ전	사재동27장본	충남대(고서경산 集.小說類 3021) 고려서림(1: 497~553)	○
107	수경낭ᄌ전	사재동33장본	충남대(고서경산 集.小說類 3020) 고려서림(1: 557~622)	○
108	수경낭자전 권지초라	사재동43장본	충남대(고서경산 集.小說類 3018) 고려서림(1: 409~493)	○
109	슈경낭ᄌ젼 (슈경낭ᄌ젼 단)	서울대27장본	서울대(일사 813.5 Su 35)	○/*
110	수경낭자전 (슈경낭자젼)	연세대29장본	연세대(고서 (Ⅱ)811.93 42)	○
111	슈경낭자전	연세대35장본	연세대(811.36 숙영낭)	○
112	옥낭자전	연세대49장본	연세대(고서 (Ⅱ) 811.93 47)	○/*
113	수경낭자젼 (증슈경낭자전 鄭淑瓊娘子傳)	연용호42장본	연용호 소장	○/*

114	슈경낭자젼	영남대28장본	영남대(古南 813.5 숙영낭)	○/*
115	슈경낭자젼	영남대46장본	영남대(古 813.5 수경낭) 영남대(古南 813.5 수경낭)	○
116	수경낭ᄌ젼이라	조동일28장본	조동일(10:103~158 한중연(578:R16N-000501-17) 고려서림(1:205~260)	○
117	수경옥낭ᄌ젼니라 (수경옥낭자젼)	조동일47장본	조동일(10:3~96) 한중연(578:R16N-000501-18) 고려서림(1:109~202)	○
118	슈경웅낭자젼이라	전남대53장본	전남대(OC3Q2슈14 v.1)	○
119	슈경웅낭ᄌ젼이라	전남대35장본	전남대(OC3Q2슈14 v.2)]	○
120	슈경낭자젼	최래옥66장본	최래옥 소장	○
121	특별숙영낭ᄌ젼 감응편	충남대16장본	충남대(고서학산 集.小說類 1988)	○
122	수경낭ᄌ젼 (슈경낭자젼이라 이근이라 화쵸가라)	충남대25장본	충남대(고서월촌 集.小說類 3427)	○/*
123	수경낭자젼	충남대34장	충남대(고서경산 集.小說類 3019)	○
124	랑자젼抄	충남대45장a본	충남대(고서集.小說類 1989)	○
125	슈경낭자젼	충남대45장b본	충남대(고서集.小說類 1990)	○
126	수경낭ᄌ젼	충남대25장본	충남대(고서월촌 集.小說類 3427)	○
127	수경낭자젼	충남대34장	충남대(고서경산 集.小說類 3019)	○
128	랑자젼抄	충남대45장a본	충남대(고서集.小說類 1989)	○
129	슈경낭자젼	충남대45장b본	충남대(고서集.小說類 1990)	○
130	슈경낭ᄌ젼이라 (슈경낭ᄌ젼)	한중연31장본	한중연(D7B-9B) 한중연(579:R16N-001146-9)	○
131	슈경낭ᄌ젼이라	한중연34장a본	한중연(D7B-9A)	○
132	슈경옥낭자젼이라 (숙영랑자젼)	한중연34장b본	한중연(D7B-165) 한중연(579:R16N-001146-7)	○
133	슈경옥낭자젼 (숙영랑자젼)	한중연36장본	한중연(D7B-165A) 한중연(579:R16N-001136-19)	○

134	슈경낭자젼	·	고려대(경화당 C15 A114A)	●/*
135	슈경낭자젼	·	고려대(897.33 숙영낭 슈)	●/*
136	슈경낭자젼	·	단국대(고 853.5 숙246ㅅ)	●/*
137	슈경낭자젼	·	고 853.5 숙246사	●
138	목염젼	·	단국대(고 853.5 목384)	●/*
139	숙영낭자젼	·	단국대(고853.5 숙246숙)	●/*
140	슈경낭즈젼	·	단국대(고 853.5 숙2477규 卷2 卷2)	●
141	낭자젼	·	단국대(고853.5 낭545)	●/*
142	슈경낭자젼이라	·	단국대(고853.5 숙246슈	●/*
143	슈경낭자젼	·	단국대(고853.5 숙247슈)	●/*
144	淑英娘子傳	·	단국대(준고서 853.5 숙246ㄱ)	●/*
145	숙향낭자젼	·	단국대(서민 고853.5 숙247가 권3)	●/*
146	슈경낭자젼	·	연세대(고서 (Ⅰ)811.36숙영낭 필)	●
147	슈경낭자젼	·	연세대(고서 (Ⅰ)811.36숙영낭 필-가)	●
148	숙영낭자젼	·	한중연(1038)	●
149	숙영낭자젼	·	한중연(D7B-25D)	●
150	슈경낭즈젼	·	한중연(D7B-9C) 한중연(579:R16N-001146-8)	●
151	슈경낭자젼	·	한중연(MF R35P 15)	●/*
152	슈경낭자젼	·	한중연(MF R35P 15)	●/*

[방각본]

순번	제목	약칭	수록 문헌 및 소장처(청구기호)	비고
1	슉영낭ᄌ전단	대영28장본	김동욱판(4:445~458) 고려서림(2: 717) 기메박물관(파리)	○
2	슉영낭ᄌ전단	연세대20장본	연세대(고(Ⅰ) 811.36. 숙영낭-판) 김동욱판(2:9~18) 고려서림(2:775) 영남대(도남 古813.5 숙영낭)	○
3	슉영낭ᄌ전단	국중16장본	국중(古朝 48-59) 김동욱판(2:1~8) 고려대(대학원 C15 A57) 단국대(古853.5/숙2478갸) 서울대(일석 813.5 Su 35) 서울대(일사 813.5 Su 35b) 서울대(가람 813.5 Su35) 성균관대(D07B-0055) 이화여대(811.31숙74A) 한중연(D7B-9) 한중연(588:R16N-001136-18) 한중연(586:R35N-002952-2)]	○

[활자본]

순번	제목	약칭	수록 문헌 및 소장처(청구기호)	비고
1	(特別)淑英娘子傳 (특별)숙영낭ᄌ뎐	신구서림22장본	국중(3634-2-82(1)) 박건회 편, 신구서림, 1915. 5.31.	○
2	(特別)淑英娘子傳 (특별)숙영낭ᄌ전	.	국중(3634-2-82(2)) 박건회 편, 신구서림, 1916.1.19	○
3	(特別)淑英娘子傳 (특별)숙영낭ᄌ전	.	국중(3634-2-82(11)) 박건회 편, 신구서림, 1916.11.28.	○

4	古代小說 淑英娘子傳 (고대소설)슉영낭ㅈ 젼 권단	한성서관32장본	국중(3634-2-82(7)) 남궁설 편, 한성서관, 1916.12.25.(2판)	○
5	(特別)淑英娘子傳 (특별)숙영낭ㅈ젼	대동서원19장본	국중(3634-2-82(6)) 박건회 편, 대동서원 · 광동서국 · 태학서관, 1917.11.13.(5판)	○
6	(特別)淑英娘子傳 (특별)숙영낭ㅈ젼	대동서원15장본	국중(3634-2-82(10)) 박건회 편, 대동서원 · 광동서국, 1918.11.7.(6판)	○
7	(特別)淑英娘子傳 (특별)슉영낭ㅈ젼	·	국중(3634-2-82(4)) 승목량길 편, 대창서원, 1920.1.30.	○
8	(特別)淑英娘子傳 (특별)숙영낭ㅈ젼	·	국중(3634-2-82(5)) 박건회 편, 경성서적, 1923.1.15.(4판)	○
9	(특별)숙영낭ㅈ젼 (特別)淑英娘子傳	·	국중(3634-2-82(3)) 홍순필 편, 조선도서 · 박문서관 · 광동서국·조선도서주식회사, 1924.1.19.(4판)	○
10	(특별)숙영낭ㅈ젼 (特別)淑英娘子傳	·	서울대 고유상 편,신문관,1925.12.25.	○/*
11	古代小說 淑英娘子傳 특별숙영낭ㅈ젼	·	서울대(MFF 951.06 C718ik v.42) 강은형 편, 대성서림, 1928.2.15.(2판)	○
12	淑英娘子傳	·	박순호 소장 강봉회 편, 백합사, 1937.12.30.	●
13	淑英娘子傳 특별숙영낭자전	·	서울대(MFF 951.06 C718ik v.10) 민명선 편, 중앙출판사, 1945.12.31	○
14	숙영낭자전 淑英娘子傳	·	국회(811.31 ㅅ585ㅅ) 고려대(희귀 897.33 숙영낭 숙) 연세대(열운(O) 811.93 숙영낭 52가) 신태삼 편, 세창서관, 1952.	○
15	숙영낭자전 淑英娘子傳	·	박순호 소장 강근형 편, 영화출판사, 1961.10.10.	●

슈경옥낭자전니라

슈경옥낭자전니라

　　이 작품은 단국대학교 율곡기념도서관에 소장되어 있는 〈수경옥낭자전니라〉(단국대55장본)이다. 이본 유형 가운데 이상공간지향형에 속하는 작품으로, 재생한 낭자가 죽림동에 홀로 머물다 선군과 양춘, 동춘과 재회한 후 90세 무렵의 나이에 승천하는 결말을 보인다. 표제와 내제가 각각 '슈경낭자전니라'와 '수경옥낭자전니라'로 달리 표기되어 있으나 여기에서는 내제를 제목으로 삼았다. 작품의 시대적 배경은 고려 시절이다. 상공의 이름은 백성수로 제시되며, 그에 대한 소개가 이어지는 가운데 소인 참소로 삭탈관직 후 고향에 돌아와 농업에 힘써 집안을 부유하게 했다는 설명이 더해진다.

　　전반부의 서사는 필사 이본의 서사와 대동소이하나, 옥연동에서 이뤄지는 선군과 낭자의 결연 과정이 상세한 편이다. 〈숙영낭자전〉의 이본에는 선군과 낭자의 자녀이름, 낭자를 음해하는 여종이나 남종의 이름이 상이하게 나타나는데, 이 이본에서는 낭자와 선군이 낳은 남매의 이름이 양춘과 동춘으로 제시되며, 낭자를 음해하는 여종의 이름은 매월로 대다수의 이본과 동일하지만 남종의 이름은 악돌, 돌수이다. 또한 이 이본은 다른 이본과 달리 낭자가 하늘을 향해 옥잠을 던져 자신의 무죄를 밝히는 부분이 생략되고, 그 대신 하늘을 향한 낭자의 하소연과 낭자가 쓰러지자 양춘이 조부를 질타하는 화소가 더해진다. 낭자 죽음 이후의 사건을 담고 있는 후반부의 서사는 이상공간지향형의 이본들과 유사하다. 즉, 옥연동 못 가에 묻혔던 낭자가 재생해 죽림동에 머물고, 후에 이곳에서 선군, 자녀들과 결연해 지내다 승천하는 결말을 보이는 것이다. 다만, 상공 부부의 최후가 소략 제시되는 가운데 부모 봉양에서부터 상공 부부가 세상을 떠난 이후에 이르기까지 이승의 집안일이 온전히 임소저와 그 자녀들에게 맡겨진다는 점이 특징적이며, 낭자와 선군, 자녀가 함께 승천한 이후 옥제를 만나 대화를 나누는 장면이 삽입되어 있다.

　이 이본에는 필사 과정에서 몇 문장이 누락되며 문맥이 어색해진 부분이 있다. '누지에 와 계시니이까 ~ 자식 선군이'와 '하면목 하면목' ~ 또한 마리는 양춘의 어깨 앉아 울되' 두 부분으로, 해당 부분은 본문에 [ ]로 표시하고 이 이본과 같은 유형에 속하며 유사한 서사 전개를 보이는 〈박순호 43장본〉의 내용을 반영해 추가하였다.

일러두기

- 현대어로 바꾸되 옛 표현은 가급적 손상시키지 않는 것을 원칙으로 하였다.
- 띄어쓰기는 현대 맞춤법을 기준으로 하여 의미 파악이 가능한 정도로 다시 정리했다.
- 어려운 단어는 본문의 해당 낱말에 표시하고 한자를 병기해 주를 달았다.

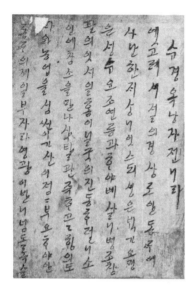

옛 고려 시절에 경상도 안동 땅에 사는 한 재상이 있으니 성은 백가요 명은 성수라. 소년등과[1]하여 벼슬이 병조참판에 있어 이름이 일국에 진동하더니 소인의 참소를 만나 삭탈관직[2]하고 고향에 돌아와 농업에 힘쓰니 가산[3]이 점점 부요하여 안동 땅의 제일 부자라. 연광[4]이 반이 넘도록 슬하에 일점혈육[5]이 없으니 부인 정씨로 더불어 매일 슬허하더니, 일일은 부인이 탄왈,

"불효삼천에 무자식하온 죄 크다 하오니 우리 죽어 지하에 돌아가온

---

1) 소년등과(少年登科): 젊은 나이에 과거에 급제하던 일.
2) 삭탈관직(削奪官職): 죄를 지은 자의 벼슬과 품계를 빼앗고 벼슬아치의 명부에서 그 이름을 지우는 것.
3) 가산(家産): 한 집안의 재산.
4) 연광(年光): 젊은 나이.
5) 일점혈육(一點血肉): 자기가 낳은 단 하나의 자녀.

들 무슨 면목으로 선영[6]을 뵈오며 누구로 선영향화[7]를 받들까 하오니
라. 첩을 내침 즉 하오되 군자의 어진 덕으로 지금까지 보존하였사오니
소백산 하에 들어가 삼 삭[8] 기도를 하오면 혹 자식을 본다 하오니 그리
하사이다."

하거늘 상공이 답왈,

"그러할진대 천하에 무자식하올 사람이 어디 있사오리까. 그러하오
나 부인의 원대로 하옵소서."

부부 삼일재계[9]하고 전조단발[10]하고 소백산에 들어가 지성으로 발
원[11]하였더니 과연 그 달부터 태기[12]있어 십 삭이 당하매 하루는 운무
자욱하며 집안에 향내 진동하더니 이윽하여 남자를 탄생하니 하늘로서
한 선녀 구름을 타고 내려와 옥병에 향탕수[13]를 기울여 애기를 씻겨
뉘이고 부인더러 일러 왈,

"이 아이는 천상선관으로 요지연[14]에 갔다가 선녀 슈경낭자로 더불
어 희롱한 죄로 상제 노하사 인간에 적거하야 삼생연분[15] 맺게 하였사

---

6) 선영(先塋): 조상의 무덤. 또는 그 근처의 땅.
7) 선영향화(先塋香火): 조상의 묘에 피우는 향불이라는 뜻으로, 조상에게 제사를 지냄을
   이르는 말.
8) 삭(朔): 달을 세는 단위.
9) 삼일재계(三日齋戒): 삼일 간 부정(不淨)을 타지 않도록 깨끗이 목욕하고 몸가짐을
   가다듬는 일.
10) 전조단발(剪爪斷髮): 손톱을 자르고 머리를 깎음.
11) 발원(發願): 신이나 부처에게 소원을 빎. 또는 그 소원.
12) 태기(胎氣): 아이를 밴 기미.
13) 향탕수(香湯水): 향을 달인 물.
14) 요지연(遙池宴): 옛날 주(周) 목왕(穆王)과 서왕모(西往母)와 곤륜산 요지(遙池)에서
    벌인 잔치.
15) 삼생연분(三生緣分): 삼생을 두고 끊어지지 않을 깊은 인연. 부부간의 인연.

오니 부인은 귀히 기르소서."

하고 간 데 없거늘, 부인이 정신을 진정하고 상공을 청하니 상공이 급히 들어왔거늘 부인이 선녀 하던 말을 자세히 고한데 상공 대희하야 아이 상을 보니 얼굴이 관옥[16]같고 성음이 웅장하야 완연한 선동이라. 부부 상의하야 이름을 선군이라 하다. 선군이 점점 자라나매 배우지 아니하여도 시서백가어[17]을 무불통지[18]하니 뉘 아니 칭찬하리오. 선군의 나이 십오 세라 풍도[19] 거룩한지라. 부모 매일 사랑하여 광대한 천지간에 저와 같은 배필을 구하랴 하고 사방으로 구혼하더라.

이때에 슈경낭자 천상에 득죄하고 옥연동에 적거하였으나 선군과 연분이 있는 고로 선군을 인간에 보내어 환생하였기로 천상의 일을 알지 못하고 다른 곳에 구혼하는지라.

낭자 생각하되,

'우리 두 사람이 적거[20]하야 백년가약 맺었더니 이제 낭군이 다른 데 구혼하니 삼생연분이 속절없이 허사로다.'

하고 이날 밤에 선군 꿈으로 가

"낭군은 첩을 모르시나이까. 첩은 천상선녀로 요지연에 갔다가 낭군과 함께 희롱한 죄로 옥황상제께 득죄하고 인간에 나려와 낭군과 인연 맺으려 하였더니 낭군은 어이하야 다른 데 구혼하리이까? 이제 삼 년을 기다리오면 연분을 맺을 것이오니 그때 부부 되오리다."

---

16) 관옥(冠玉): 남자의 아름다운 얼굴을 비유한 말.
17) 시서백가어(詩書百家語): 『시경(詩經)』과 『서경(書經)』과 제자백가(諸子百家)의 책을 아울러 이르는 말.
18) 무불통지(無不通知): 무슨 일이든지 환히 통하여 모르는 것이 없음.
19) 풍도(風度): 풍채와 태도를 아울러 이르는 말.
20) 적거(謫居): 귀양살이를 함.

정연히[21] 이르고 간 데 없거늘 깨달으니 한 꿈이라. 정신을 진정하야 낭자를 생각하니 꽃다운 얼굴이 침방에 앉아있는 듯 옥안운빈[22]이며 단순호치[23] 반개하야 다정한 말소리 귀에 쟁쟁, 눈에 암암, 자연히 병이 되야 일각이여삼추[24]라. 부모 보시고 민망하여 왈,

"네 병세를 보니 가장 괴이하다. 네 말하라."

하신대 선군이 대왈,

"아무날 밤에 월궁선녀 놀랴 하고 와서 여차여차하고 가더니 그날부터 병이 나되 일각이여삼추오니 어찌 삼 년을 기다리오며, 병이 되지 아니하리요?"

부인이 왈,

"너를 낳을 제 하늘로서 한 선녀 나려와 이러이러하고 가더니, 과연 그 낭자로다. 그러나 꿈은 다 허사라. 생각지 말고 음식이나 먹으라."

하신대 선군이 왈,

"아무리 헤아리되 정연히 한 언약을 두고 갔사오니 어찌 허사라 하오리까."

음식을 전폐[25]하고 누어 기동[26] 아니하니 부모 민망하야 백약으로 치료하되 차효가 없는지라.

각설이라. 낭자 비록 옥연동에 있으나 낭군의 병세 위중하심을 짐작

---

21) 정연(井然): 짜임새와 조리가 있게.
22) 옥안운빈(玉顔雲鬢): 머리털이 탐스럽고 얼굴이 아름다운 여자의 모습을 이르는 말.
23) 단순호치(丹脣皓齒): 붉은 입술과 하얀 치아라는 뜻으로, 아름다운 여자를 이르는 말.
24) 일각이여삼추(一刻如三秋): 일각이 삼 년의 세월같이 여겨진다는 뜻. 기다리는 마음이 매우 간절함.
25) 전폐(全廢): 아주 그만둠. 또는 모두 없앰.
26) 기동(起動): 몸을 일으켜 움직임.

하고 날마다 몽중에 왕래하더니 하루난 선군다려 일러 왈,

"낭군은 어찌 아녀자를 잊지 못하고 병이 일신에 가득하니 환약 잡수오면 또한 유익할 것이니이다."

옥병 셋을 놓고 일러 왈,

"한 병은 불로초요, 한 병은 회생초요, 또 한 병은 철연초니, 삼 년만 참으소서."

하고 간 데 없거늘 선군의 병세 더욱 위중하여 실성한 사람 같더라. 또 꿈에 일러 왈,

"낭군의 병세 점점 위중하기로 금동자 한 쌍을 가져왔으니 낭군의 자시난 방에 두오면 자연 부귀하오리다."

또 화상을 주오며 왈,

"이 화상은 첩의 용모니 밤이면 안고 자고 낮이면 병풍에 걸어두고 대강 심회를 푸소서."

깨달아보니 금동자, 화상이 있거늘 금동자는 벽상에 걸고 화상은 병풍에 걸고 시시로 낭자같이 보는지라. 각도 각읍 사람들도 서로 이르기를,

"백선군 집에 기이한 것이 있다."

하고 사람마다 구경하고 대경하더라.

이렁저렁 매일 생각한지라. 낭자의 고은 태도 눈에 삼삼, 말소리 귀에 쟁쟁 뿐이로다.

'가련타 내 병세 골수에 깊었으니 뉘라서 살려낼꼬.'

주야로 서러워하는지라.

이적에 낭자 생각다가 못하야 선군 병중에 현몽하여 왈,

"낭군은 첩을 잊지 못하야 병세 이렇다 하오니 어찌 염려되지 아니하

오리요. 낭군은 즉시 매월로 잠깐 방수를 정하옵소서."

　적막하온 심회를 이기지 못하고 깨달으니 꿈이라.

　이튿날 매월을 불러 방수를 정하니, 적막한 심회를 제거하려하나 시시로 낭자를 생각하니 그리운 심회 무궁하더라.

　낭자 생각하되,

　'낭군의 병세 백약이 무효하니 아무리 천상연분이 지중하여도 무가내하[27]라.'

하고 현몽하여 왈,

　"낭군이 첩을 보려하거든 옥연동을 찾아옵소서."

하거늘, 일어나 앉아 생각하니 정신이 황홀하여 부모님께 여쭈오되,

　"간밤에 꿈을 얻으니 낭자가 이러이러하고 가오니 아무리 생각하여도 찾아가고자 하난지라."

한대 상공이 웃어 왈,

　"네 실성한 사람이로다."

하고 붙들어 앉히거늘, 선군이 소매를 떨치고 가는지라.

　선군이 옥연동을 찾아가되 종일토록 찾지 못하매, 울적한 심회를 이기지 못하여 하늘에 빌어 왈,

　"백선군 애타는 간장을 세세 통촉[28] 살펴주옵소서. 옥연동을 쉬이 지시하옵소서. 점점 들어가니 만학천봉[29]은 구름같이 둘러있고, 석상의 백구들은 오락가락하고, 수양 천만산에 황조 날아들고, 향기를 탐한 봉접[30]은 꽃을 보고 날아들고, 명사십리 해당화는 춘흥을 자랑하고, 충

---

27) 무가내하(無可奈何): 어찌할 수가 없음.
28) 통촉(洞燭): 윗사람이 아랫사람의 사정이나 형편 따위를 깊이 헤아려 살핌.
29) 만학천봉(萬壑千峰): 첩첩이 겹쳐진 깊고 큰 골짜기와 수많은 산봉우리.

암절벽의 쏙포수는 벽계로 흘러간다. 별유천지비인간을 점점 들어가니 선판[31]에 대자로 쓰였으되 '옥연동'이라 하였더라.

선군이 몸을 굽혀 당상에 올라가니, 낭자 피석[32] 대왈,

"낭군은 어떠하신 속객이건대 감히 선경을 들어왔나이까?"

선군이 대왈,

"나는 유산하는 사람이오니, 살기를 바라오니 사람을 용서하옵소서."

낭자 대왈,

"그대 목숨을 아끼거든 속히 나가라."

한대 선군의 심사 불안하여 아무리 생각하여도 '이때를 어기오면 다시 만나기 어려울지라' 하고 점점 나아가 앉으며 가로되,

"낭자는 나를 모르나이까?"

하며 애걸하니 낭자 종시 모르는 채하고 묵묵부답하거늘 선군이 하릴없어 하직하고 당에 내려가거늘, 낭자 그제야 고은 태도 녹의홍상[33] 떨쳐입고 가는 허리 고은 맵시 병풍에 빗겨 서서 단순호치 반개하여 조용히 묻는 말씀 잠깐 들어보오.

"그대 종시 듣지 아니하고 아무리 차리 모른들 첫 말에 허락할까?"

하고 이끌어 들이거늘 선군이 그제야 완연히 올라가니 낭자 연접[34]하여 좌정한 후에 염슬단좌[35]하고 공순하는 양은 산원같이 완전하고, 춘삼월 반개도화 옥면에 어려 있고, 서산의 지는 달은 아미 간에 비추었다.

---

30) 봉접(蜂蝶): 벌과 나비. 탐화봉접(探花蜂蝶).

31) 선판(璿板): 현판(懸板).

32) 피석(避席): 자리를 피하여 물러남.

33) 녹의홍상(綠衣紅裳): 곱게 차려입은 젊은 여자의 옷차림을 이르는 말.

34) 연접(延接): 영접(迎接). 손님을 맞아서 대접하는 일.

35) 염슬단좌(斂膝端坐): 무릎을 거두고 옷자락을 바로 하여 단정히 앉음.

앵두같이 고은 입술 주홍필로 꼭 찍은 듯 사람의 심간[36]을 산란케 하는 지라. 가까이 앉아 옥수를 부여잡고 이제는 그리던 정회를 설화하니

낭자 왈,

"첩 같은 아녀자를 생각하와 병이 되었으니 어찌 장부라 하리요. 두 사람이 하날님께 득죄하고 인간에 내려오매 만날 때를 삼 년 후로 정하시니 청조로 매표 삼고 상봉으로 육례 삼아 백년동락하려니와 만일 그렇지 아니하면 천리를 거스르면 그 아니 무례한가. 몸을 잠깐 진정하와 삼 년을 기다리오면 백년해로하오리다."

선군이 왈,

"낭자 말씀 그러하오나 이제 난 꽃 본 나무요, 물 본 기러기라. 일각이 여삼추와 같거늘 어찌 삼 년을 기다리오며 살기를 바라리까. 복망[37] 낭자는 잠깐 접어 생각하와 물에 빠진 이내 몸을 속히 구원하옵소서." 하며 사생을 결단하니, 낭자 아무리 생각하되 무가내하라 하고

이적의 야월은 만정하고 야색은 삼경이라. 천지로 본중 삼고 일월로 매표 삼고 월명창[38]하여 청조로 술을 부으라 하고 백학은 춤을 추게 하고, 말 잘하는 앵무 서로 권주가 한 곡조여 일배일배부일배 피칙례를 파하고 동석(同席)에 올라 촛불을 밝히고 원앙금침[39] 하나에 둘이 서로 동침할 제 그 아니 좋을쏜가. 낭자의 고은 태도 볼수록 아름답고 볼수록 사랑스럽다. 목단화, 해당화가 아침을 깨우는 듯 백화만발[40]한 중에

---

36) 심간(心肝): 깊은 마음 속.
37) 복망(伏望): 엎드려 바라옵건대.
38) 월명창(月明暢): 달이 밝고 화창하다.
39) 원앙금침(鴛鴦衾枕): 원앙을 수놓은 이불과 베개.
40) 백화만발(百花滿發): 온갖 꽃이 흐드러지게 활짝 핌.

봉접이 날아든 듯 춘소식을 자아낸다.

선군의 거동 보소. 만단으로 사랑한 정을 어찌 다 기록할꼬.

이러할 제 원촌의 계명성이 나고 동구 밖에 청삽살이 짖으며 동정의 해 비쳐 밝아오매 낭자 금침을 물리치고 일어나 주효[41]를 전한 후에 피차 권권하는 정이야 비할 데 없더라.

선군이 춘흥을 이기지 못하되 낭자 아미를 숙이고 단순호치 반개하여 왈,

"우리 서로 백년인연 맺었으나 아지 못게라. 낭군은 나 같은 아녀자를 이곳에 두고 돌아가 공부나 착실히 하여 그 사이에 과거나 힘써 보고 삼 년을 기다리오면 첩도 이곳에 있어 선도[42]를 닦아 삼 년 후에 낭군을 따라가오리다. 만일 옥황상제의 명을 어기오면 필경 백년동거 못하오리다. 아무리 섭섭하여도 어찌 장부 되고서 마음을 진정치 못하오리까."

어서 가기를 재촉하니 선군이 하는 말이,

"낭자야 어찌 이내 정을 생각지 아니하나요. 삼 년 후에 만나서는 백년동거하면 좋을 듯하나니다. 이제 동거하면 삼 년 전에 죽어도 내사 그리 못하겠다. 공부도 내사 싫고 청운 낙수교에 과거 보기도 내사 싫고 생각하는바 낭자로다. 이제는 죽어도 같이 하고 살아도 같이 사세. 낭자는 내 정을 점점 버리지 마소서. 나다려 삼 년 기다리라 하는 말이 내 간장 다 썩는 듯하오니 다시는 그런 말 말고 우리 서로 함께 가자." 하니 낭자 아무리 생각하여도 '천리를 거스리는 듯하여도 낭군이 저렇

---

41) 주효(酒肴): 술과 안주.
42) 선도(仙道): 신선이 되기 위하여 닦는 도.

듯 하시니 무가내하라 하고 '낭군과 같이 가자' 하고 청조로 전배를 세우고 백학으로 옥연고를 돌리고 봉황새로 좌우에 세우고 공작새로 길을 인도하여 이렇듯이 나려와서 부모님께 뵈온대 상공 부부 서로 공경 대접하고 낭자의 얼굴을 자세히 살펴보니 설부화용[43]은 천하의 절색이라. 낭자의 처소는 동별당으로 정하고 원앙침낙을 이루게 하면 양인의 정을 비할 데 없더라.

선군이 낭자로 더불어 떠날 줄을 모르고 과업을 전폐하니 상공 부부 미안하되 다만 선군뿐이로다. 세월이 여류하여 이미 팔 년이라 자식 남매를 낳되 딸 이름은 양춘이요, 아들 이름은 동춘이라.

동석에 서로 앉아 오현금을 비겨 앉고 줄줄이 희롱할 제 낭자 화답하니 그 곡조에 하였으되 일배일배부일배라 하고 이러할 제 봉황새는 날아들고 백학은 춤을 춘다. 서로 춤을 출 제 벗 부르는 꾀꼬리는 황금같이 왕래하고 향기를 찾는 봉접들은 춘흥을 자아낸다.

부모 보시고 가로되,

"너의 두 사람은 천하연분 적실하도다."

하시고 선군을 불러 왈,

"금방 과거를 뵈인다 하니 너도 가서 입신양명하여 부모 말년의 영화를 보이며, 조선을 빛내면 그 아니 상쾌하랴."

하고 가기를 청하거늘 선군 왈,

"우리 성세 천하의 제일이요, 국록[44]과 속록이 이목지소욕을 마음대로 하거늘 무슨 부족으로 과거 보기를 힘쓰리이까. 만일 경성에 올라가

---

43) 설부화용(雪膚花容): 눈처럼 흰 살갗과 꽃처럼 고운 얼굴이라는 뜻으로, 미인의 용모를 이르는 말.
44) 국록(國祿): 나라에서 주는 녹봉.

오면 낭자로 디불어 누어 달 이별될 것이니 실로 사정이 난처하여이다."

바로 낭자 방에 들어가 부모 하던 말씀 하여 과거보라던 말을 하니,

낭자 염용[45] 대왈,

"장부 세상에 처하여 꽃다운 이름을 용문에 올려 영화를 조선에 빛냄이 옳거늘 어찌 아녀자를 잊지 못하여 공명에 뜻이 없으니 남의 시비를 면치 못할 것이니 일정 낭군은 그러할진댄 첩이 목전에서 죽을 수밖에 없느니라."

선군이 크게 놀라 왈,

"낭자의 말씀 저다지 놀라게 하나이까."

하고 즉일 발행[46]할 제 부모님께 하직하고 낭자에게 하직하되,

"부디부디 잘 있으소서."

애연한 마음을 어찌 다 측량하리요. 마지못하여 발행할 제 한 걸음에 주저하고, 두 걸음에 돌아보며 가는지라. 낭자도 아미에 손을 얹고 공문에 비껴서서 전송하는 말이,

"천 리 원경에 편안히 다녀옵소서."

비회를 금치 못하거늘 장부의 일천간장이 아니 썩고 어이하리.

종일토록 겨우 삼십 리를 가는지라. 숙소를 정하고 석반을 받으나 낭자의 말소리와 아름다운 얼굴이 안전[47]에 삼삼하매 한숨지어 탄식하니, 하인들이 여쭈오되,

"저러 하시고 천 리 원경에 어찌 왕래하오리까?"

한대 선군이 대왈,

---

45) 염용(斂容): 자숙하여 몸가짐을 조심하고 용모를 단정히 함.
46) 발행(發行): 길을 떠남.
47) 안전(眼前): 눈 앞에.

"자연히 그러하다."

하고 적막한 객창에 홀로 앉아 생각하니, 낭자의 고은 태도 눈에 삼삼, 말소리 귀에 쟁쟁 마음을 진정치 못하여 이경 말 삼경 초에 신발하고[48] 집으로 돌아와 단장을 넘어 들어가 낭자의 방에 들어가니

낭자 놀래어 왈,

"이 깊은 밤에 어찌 오나이까?"

선군이 왈,

"오늘 겨우 삼십 리를 올라가 숙소를 정하고 낭자의 생각이 무궁하매 울적한 심회를 이기지 못하여 음식이 맛이 없고 객지에서 병이 될 듯하여 한자 자라하고 왔나이다. 낭자는 심회를 풀게 하여 주옵소서."

하고 침금으로 들어가 밤이 늦도록 정회를 푸는지라.

이적의 상공이 선군을 경성에 보내고 집안의 도적을 살피려 하고 단장 안으로 돌아 들어 동별당으로 들어가니 낭자의 방에서 남정 소리 들리거늘

상공이 생각하되,

'낭자의 백옥 같은 절개를 가지고 어찌 외인을 대하여 말하리요. 그러나 생사를 알지 못할 것이로다.'

하고 창밖에 귀를 기울여 들으니 낭자 그윽이 말하다가 왈,

"부모님이 와 계신가 싶으니 낭군은 몸을 잠깐 감추소서."

하며 낭자는 아이를 달래는 체하고 동춘의 등을 어루만지며 왈,

"너의 아버님이 장원급제하여 가지고 올 것이니 어서 잠을 자라."

하니 상공이 살피다가 처소로 돌아오니 낭자 낭군을 깨워 이르시되,

---

48) 신발하다: 짚신을 신고 발감개로 발을 감다.

"부친님이 문진에 엿보다가 가셨으니 낭군은 아무리 첩을 잊지 못하여도 경성에 올라가서 장원급제하여 영화를 부모 전에 보이면 그 아니 빛나오리까. 부모님 아옵시면 첩이 죄를 당할 듯 하오니이다. 속히 떠나소서."

하고 길을 재촉하니 선군이 옳게 여겨 급히 주점에 돌아가니 하인이 잠을 깨지 아니하였거늘, 또 이튿날 겨우 이십 리를 가 숙소를 정하고 공방에 홀로 앉아 있으니 낭자의 고은 태도 눈에 삼삼 잠을 이루지 못하는지라. 백리사지 돌아와 낭자 방에 들어가니

낭자 놀래어 왈,

"낭군 어찌 깊은 밤마다 왕래하시나이까. 천금귀체⁴⁹⁾를 생각지 아니하시나이까. 밤마다 왕래하시는 일은 무슨 일이오니까. 낭군이 첩을 잊지 못하시면 첩이 낭군을 찾아 가오리다."

하거늘 선군이 대왈,

"낭자는 규중부녀라 어찌 행조를 임의로 하리요?"

낭자 하릴없어 대왈,

"이 화상은 첩의 용모이오니 행장에 넣었다가 빛이 변하거든 첩이 편치 못하신 줄 아옵소서."

하고 서로 이별하니, 슬프다. 홍진비래⁵⁰⁾는 인지상사⁵¹⁾라. 선군과 낭자 저다지 좋아하니 어찌 조물이 시기하지 아니하리오. 이날 밤에 상공이 또한 마음이 괴이하여 동별당에 가 귀를 기울이고 들으니 또 한 남정 소리 나거늘

---

49) 천금귀체(千金貴體): 사람의 몸을 높여 이르는 말.
50) 홍진비래(興盡悲來): 즐거운 일이 다하면 슬픈 일이 닥쳐온다는 뜻.
51) 인지상사(人之常事): 사람이 겪는 일상적인 일.

상공이 생각하되,

'괴이하다. 내 집은 단장이 높고 노비 수다하거늘'

수일 밤을 들으니 낭자 방에서 남정 소리 나니 이는 필장 통간하는 줄 알고 처소로 돌아와 만단수심[52]하더니

이적에 낭자 부친 다녀간 줄 알고 동춘을 달래어 재우는 체하고 선군은 숙소로 돌아가니라.

이적에 상공 부처 낭자를 불러 문왈,

"요새 집안이 비었기로 도적을 살피려 하고 두루 다녀 낭자 처소로 가니, 방에서 남정 소리 나거늘 괴이하여 왔더니 네 이 아니 괴이한가. 종실직고[53]하라."

하니 낭자 염용 대왈,

"밤마다 양춘과 동춘과 매월 데리고 말하였나이다. 어찌 외인을 대하리요?"

상공이 대로하여 왈,

"괴이하고 의심이 난다."

매월을 불러 문왈,

"요새 네 낭자 방 가서 자느냐?"

매월이 여쭈오되,

"요새 몸이 곤하기로 낭자 방에 못 갔나이다."

한대 엄중히 꾸짖어 왈,

"요새 낭자 방에서 외인 말소리 들리거늘 괴이하여 낭자더러 물으니

제 말하기를, '심심하여 너를 다리고 수작[54]하였노라' 하더니 너 말이 '그렇지 않다' 하니 분명 어떤 놈이 다니는가 싶으니 너 착실히 살펴 보고하라."

한대 매월이 청명[55]하고 주야로 수직[56]하되 종시 보지 못하는지라.

매월이 생각하되,

'낭군이 낭자와 작배한 후로 지금까지 나를 돌아보지 아니하니 어찌 이때를 당하여 낭자를 해하면 그 아니 상쾌하리요.'

하고 흉악한 객기를 내어 수천 양 금은을 도적하여 가지고 저의 당수 중에 의논하여 왈,

"금은 수천 양을 줄 것이니 누가 낭자를 해할꼬?"

하니 그 중에 한 놈이 있으되, 이름은 악돌이라 하는 놈이 있으되 성정 이 고약한 놈이 자원하거날 매월이 악돌다려 이르되,

"내 사정 말을 하니라. 우리 서방님이 나로 방수 정하였더니 낭자와 작배한 후로 어연간 팔 년이로되, 돌아본 체 아니 하니 내 심사 어찌 온전하리요. 그러함으로 낭자를 해코저 하니라. 내 말을 자세히 듣고 성사[57]하라."

하고 이날 밤 삼경에 악돌을 데리고 낭자 방문 밖에 세우고,

"그대는 여기 앉아 있으면 내 상공 처소로 들어가 고하면 응당 분노하 여 그대를 잡으려 할 것이니 그대는 낭자 방문에 섰다가 그냥 도망하라."

하였더라.

---

54) 수작(酬酌): 서로 말을 주고받다.
55) 청명(聽命): 명령을 듣다.
56) 수직(守直): 건물이나 물건 따위를 맡아서 지키다.
57) 성사(成事): 일을 시행하다.

　매월이 급히 상공 처소로 가 여쭈오되,

　"소녀가 동별당을 수직하옵더니 오늘 밤에 본 즉 어떠한 놈이 낭자 방문 밖에 섰다가 급히 단장을 넘어가거늘 아뢰옵나이다."

　상공이 대로하여 분을 이기지 못하니 밤을 기다려 원촌에 계명성이 나거늘 노복을 불러 좌우로 세우고 차례로 엄치[58] 궁문[59]하여 왈,

　"내 집 단장이 높고 외인이 임의로 출납지 못하거늘 너희 중에 어떤 놈이 낭자 방에 다녀 통간하느냐? 바로 아뢰라."

하며 낭자를 잡아 올리라 하신대 매월이 먼저 내달아 동별당에 가 문을 두드리며 소리를 크게 하여 가로되,

　"낭자는 무슨 잠을 그다지 깊이 자나니까. 지금 대감님 전의옵서 낭자를 잡아오라 하시나이다."

한대 낭자 놀래어 문왈,

　"뭔 말인고?"

　문을 열고 보니 수다한 남종들이 무수히 문 밖에 옹위하였거늘

　낭자 문왈,

　"무슨 말이 있느냐?"

　노비 등이 대왈,

　"낭자는 어떠한 놈을 통간하다가 애매한 우리 등을 다 맞추나이까. 무죄한 우리 등을 살려주옵소서."

하고 구박이 자심하거늘, 낭자 이 말을 들으니 간담[60]이 서늘하여 아무리 할 줄을 모르고 내달으니 재촉이 성화같거늘 즉시 나와 부모님 전에

---

58) 엄치(嚴治): 엄중히 다스림.

59) 궁문(窮問): 엄중히 따져 물다.

60) 간담(肝膽): 속마음을 비유적으로 이르는 말.

여쭈오되,

"무슨 죄가 있관대 깊은 밤에 노복을 명하여 잡아오라 하시나이까?"

상공이 분노하여 왈,

"거순 더러 물은 즉 네 양춘 동춘과 매월로 더불어 말하였다 하매 매월을 불러 물은 즉 매월이 왈, '낭자 방에 간 일이 없다.' 하매 필연 괴이하였더니, 또 오늘 밤에 수직하니 네 방에 간간 출입함이 분명하거늘 네 무슨 발명[61]하리요?"

하고 분기를 이기지 못하거늘 낭자 울며 발명하되 상공이 더욱 대로하여,

"내 목전을 종시 기망하니 어찌 절통치 아니 하리요? 오늘밤에 네 방으로 나온 놈은 어떠한 놈인지 아뢰라."

하며 꾸짖거늘,

"종시 기망하니 네 어찌 살기를 바라리요? 그 놈의 성명을 바로 아뢰라."

하는 호령이 추상[62]같은지라.

낭자 대경실색[63] 왈,

"아무리 육례를 갖추지 못한 며느리인들 저러한 말씀을 하시나이까. 발명 못 하나이다마는 세세 통촉하옵소서. 이 몸이 아무리 인간에 있사온들 빙설 같은 이내 정절이 이렇듯이 더러온들 후생인들 어찌 말하리오. 죽어도 내사 그렇지 아니하였나이다."

상공이 더욱 분노하여 즉시 낭자를 호령하여 낭자를 결박하라 한대

---

61) 발명(發明): 죄나 잘못이 없음을 말하여 밝힘. 또는 그런 말.
62) 추상(秋霜): 호령 따위가 위엄이 있고 서슬이 푸르다.
63) 대경실색(大驚失色): 몹시 놀라 얼굴빛이 하얗게 질림.

수다한 남종들이 일시에 고함하고 달려들어 머리털을 삭발하며 대뜰 아래 앉혀 놓고 상공이 꾸짖어 왈,

"네 죄상이 만사무익이라. 통간한 놈을 바로 이르라."

하며 매로 무수히 치니 낭자의 옥 같은 귀 밑에 흐르느니 눈물이요 몸에 유혈이 낭자하니 낭자 정신을 진정치 못하여 여쭈오되,

"낭군이 첩을 잊지 못하옵고 과거 시 발행하옵더니 겨우 삼십 리를 가 숙소를 정하고 이날 밤에 돌아와 다녀가옵고 또 이튿날 밤에 왔삽기로 첩이 죽기로써 권하여 보내고 어린 소견으로 부모님께 꾸중이 있을까 하여 여쭙지 못하였삽더니 귀신이 저해하고 인간이 시기한지라 이렇듯이 누명을 입어 사경에 당하였사오니 무슨 발명을 하올까. 유죄무죄 간에 소소한 명천이 아옵시나이다."

하거늘 상공이 더욱 분노하여 짐작하여 하인 놈을 낱낱이 고찰하며,

"종시 기망할까"

하니 낭자 하릴없어 하늘께 탄식 왈,

"소소한 명천은 백옥같이 무죄한 목숨을 보존하여 주옵소서."

하고 방성통곡하거늘, 시모 정씨 그 참혹함을 보고 울며 상공께 빌어 왈,

"옛말에 하였으되, 무슨 일을 짐작 없이 하면 후회막급[64]이라 하였사오니 마귀가 저해한가 인간 시기한지 상공은 자상히 아옵지 못하옵고 송백같이 곧은 절개 음행으로 치죄하나이까."

첩의 소견은 선군이 내려온 후에 옥석을 분별하면 좋을 듯하되, 종시 듣지 아니하는지라.

---

64) 후회막급(後悔莫及): 이미 잘못된 뒤에 아무리 후회하여도 다시 어찌할 수가 없음.

이때 낭자 정신 진정치 못하고 죽기로써 말하더니 낭자 독한 매를 견디지 못하여 울며 하는 말이,

"소소 명천은 슈경낭자를 살려주옵소서. 낭군과 천상에 있을 때에 요지연에 희롱한 죄로 인간에 내려올 제 백년 연분 있건마는 낭군이 나를 잊지 못하고 병이 되었기로 삼 년 후 기다리지 못하여 울역같이 인연 맺었더니 과거길 떠난 후로 밤마다 오지 말 것이요, 또한 매월도 믿지 아니하였더니 조물이 시기하고 인간이 작희하여 빙설 같은 이내 정절이 일시에 누명을 면치 못하게 되니 애고애고 설움이야 급살악령 이별이란 말이 우리 부부 이른 말이라. 종시 낭군이 첩을 너무 과도히 사랑하더니 이런 액명을 당하였도다. 원통코 슬프도다. 낭군이 천 리 원경에 가 계셔 병환이나 아니 나시고 장원급제나 하여 무사히 돌아오신 후에 이내 원통 서러운 원정[65]을 다 설화하고 죽을 것이로되, 철천지원[66]을 어찌 다 하리요. 애달프고 설워 우니 낭군이 나를 잠깐만 못 보아도 병이 되더니 내 몸이 쓸데없이 죽게 되었으니 가련타 이내 소식 천 리 밖에 오는 낭군이 어이 알며, 낭군의 심회인들 어찌 편안하리오. 그러나 우리 부부 연분이 그만인지 인간에 은혜를 입어 그러한지 이제는 죽을 밖에 없다. 애휼하사 양춘이 동춘을 어이 하리"

하고 기절하거늘 양춘이 조부 전에 여쭈오되,

"조부님은 어찌 그다지 망령되시나이까. 전후사를 살피지 아니하시고 이렇듯이 하나이까. 빙설 같은 어머님 정절을 그다지 그르치며 독한 매로 저다지 치나이까. 우리 남매도 어미와 같이 죽여주옵소서."

---

65) 원정(原情): 사정을 하소연하다.

66) 철천지원(徹天之冤): 하늘에 사무치도록 크나큰 원한(怨恨).

하고 어미를 붙들고 통곡하니 정씨 또한 슬퍼하여 같이 붙들고 통곡하며

"양춘아"

이렇듯이 애통하니, 상공의 마음이 도리어 비감한지라.

이때 낭자 정신을 진정치 못하니 양춘 발을 구르며 통곡 왈,

"어머님은 죽지 말고 정신을 진정하소서. 아버님 돌아오시거든 이런 원통코 설운 원정이나 하옵고 죽든지 살든지 처분대로 하옵소서. 어머님 죽으시면 어린 동생 동춘을 어이하며 또 뉘를 믿고 잔명을 보존하오리까."

하고 손을 잡으며 방으로 들어갈 새, 낭자 정신을 겨우 차려 마지못하여 방으로 들어가 양춘을 곁에 앉히고 동춘을 안고 젖을 먹이며 눈물을 흘리고 차복을 내어 놓고 양춘의 머리를 어루만지며,

"슬프다. 나는 오늘 죽으려 하노라. 무상하다 너의 부친 천 리 원경에 갔다가 나의 몸 죽는 줄도 모르시니 뉘를 향하여 원정하리요. 양춘아 이 백학선은 천하 보배라. 추우면 더운 바람이 나고 더우면 찬바람이 나거늘 부디 잘 간수하였다가 네 동생 동춘이 자라나거든 주라."

하고,

"슬프다. 홍진비래와 고진감래는 인간의 상사라. 양춘아 나 죽은 후에 어린 동생을 어이 하려느냐 부디부디 울리지 말고 너의 부친 오시거든 원통한 사정이나 자세히 고달하라."

하고,

"가련타 너희를 버리고 이내 몸이 어디로 가리요. 슬프다. 양춘아 날 그리워 어이 살랴."

양춘이 어머니 정상을 보고 대성통곡 왈,

"어머님은 우지 마소. 설영이 그러히시나이까?"

모여 서로 붙들고 방성통곡하다가 양춘이 기진하여 잠이 들었거늘, 낭자 울울한 마음과 원통한 마음이 심중에 가득하여

'아무리 생각하여도 내 마음이 죽어 구천에 돌아가 누명을 씻는 것이 옳다'

하고 또한

'양춘이 잠을 깨우면 죽지 못하게 하리라.'

하고 가만히 양춘, 동춘을 어루만지며 왈,

"불쌍타 날 그리워 어이하리."

하고

"가련타 양춘, 동춘아 너를 두고 어디로 가리오."

눈물이 옥면에 비 오듯 하는지라. 비회를 그치고 금의를 내어 입고 원앙금침을 돋아 베고 은장도 드는 칼로 섬섬옥수로 부여잡고 가슴 찌르니 일월이 무왕하고 초목금수 다 슬허하는 듯하며 천지가 진동하고 뇌성벽력하는 소리 사면에 요동하거늘 양춘이 놀래어 어머님 가슴의 칼이 박혀 피가 살 쏜 듯이 함을 보고 대경하여 칼을 빼려 하니 칼이 빠지지 아니하는지라. 양춘이 동춘을 안고 모친 신체를 한데다 대고 방성통곡 우는 말이,

"어머님 어머님은 이러나소서. 가련한 우리 몸은 뉘를 믿고 사오리까."

동춘은 젖 달라고 울며 망극고 애통하다. 일월이 무광하고 초목인들 어찌 아니 슬허하리요. 상공 부처와 노복 등이 다 들어와 보니 낭자 가슴에 칼을 꽂고 죽어 있는지라. 창황망극하여 칼을 잡아 빼려 하니 칼이 빠지지 아니하더라.

아무리 할 줄 모르고 동춘이는 젖을 먹으려 하고 우니 양춘이 달래어

밥을 주어도 아니 먹고 물을 주어도 아니 먹고 젖만 달라 하고 가슴을 만지며 우니 양춘이 동춘을 안고 울며 왈,

"어머님과 함께 죽어 지하로 돌아가자."

하고, 궁굴며 울다가 낯을 어머님 낯에 대고 우는 말이,

"세상사람 병들어 원명으로 죽어도 원통함이 있거든 하물며 누명도 누명이거니와 가슴의 칼이 무슨 일인고. 이런 원통코 답답한 일이 천고에 있으리요."

하고 통곡하니 그 정상을 차마 보지 못할네라. 철석간장인들 뉘 아니 슬허하리요.

사오 일 지낸 후에 상공 부처 생각하되,

'낭자 죽었으니 선군이 돌아와 낭자 가슴의 칼을 보면 분명하여 우리가 모해를 하여 원통이 죽은 줄 알고 저도 함께 죽으려 할 것이니 선군이 아니 와서 낭자 신체를 감장[67]함이 옳다.'

하고 상공이 방으로 들어가서 소렴[68]하려 하니, 아직 시체가 요동치 아니하거늘 상공 부처와 노복 등 아무리 할 줄 모르더라.

이적에 선군이 경성에 올라가니 일국 선비 구름 모으듯 하였더라. 수일 유하여 과것날이 당하매 선군 들어가 현제판을 바라보니 그 글제를 걸었거늘 일필로 휘하여 선장에 받쳤더니 이때 황상이 선군의 글을 보시고 칭찬 왈,

"이 글씨는 사람에게 초월한 기재로다."

하시고 근봉[69]을 개탁하여 보니,

---

67) 감장(監葬): 장사(葬事) 지내는 일을 돌봄.
68) 소렴(小殮): 운명한 다음 날, 시신에 수의를 갈아입히고 이불로 쌈.
69) 근봉(謹封): 삼가 봉한다는 뜻으로, 편지 겉봉의 봉한 자리에 쓰는 말.

「경상도 안동 땅 소백 하에 사는 백선군이라」

하였거늘, 황상이 즉시 실내를 부르시고 한림학사를 제수하신대 선군이 천은을 축사하시고 한림 입시[70]한 후에 하인 노비를 불러 부모님과 낭자에게 편지를 하니라.

노비 주야로 내려와 상공 전에 편지를 드리거늘 급히 개탁[71]하여 보니 하였으되,

「장원급제하여 한림학사로 입시하였사오니 제 도임 일자는 금월 아무 날이요. 그리 아옵소서.」

또 낭자에게 부친 편지는 정씨 보시고 울며 양춘 동춘을 불러 주며 왈,

"이 편지는 네 모에게 하는 편지라. 갖다가 간수하여라."

하고 대성통곡하니 양춘이 편지를 가지고 모친 방에 들어가 동춘을 곁에 앉히고 어머님 신체를 붙들고 아버님 하신 편지를 괴여 들고 울며 왈,

"어머님은 일어나소. 아버님 편지 왔네. 부친님 소식이나 듣고져 하시더니 어찌 반기지 안 하시니까. 저는 글 못하여 어머님 영혼 전에 편지를 올리지 못하나이다. 답답하옵니다."

하고 양춘이 조모 전에 나아가 빌어 왈,

"어머님 영혼 전에 가셔서 좀 읽으시면 어머님 혼백이라도 기동할 듯하옵나이다."

정씨 마지못하여 낭자 방에 들어가 편지 사연을 읽으니 편지에 하였으되,

---

70) 입시:(入侍): 대궐에 들어가서 임금을 뵙던 일.
71) 개탁(開坼): 봉한 편지나 서류 따위를 뜯는 것.

「한 서찰을 낭자에게 부치나니 그 사이에 부모님 모시고 기거 평안하신지 몰라 알고져 하옵나이다. 선군은 낭자와 작별한 후로 천 리 밖에 가고 없사오니 심회 어떠하오니까. 천은이 망극하여 용문에 올라 이름이 한림학사로 임직하였사오나 낭자의 고은 태도 학상에 앉는 듯하여 있고, 월색은 만정하고 두견이 제혈제하고 출문을 바라보니 운산은 첩첩하고 녹수는 무적거하니, 새벽달 찬바람에 기러기 슬피 울 제 반가운 임에게 소식이나 풍편에 행여 오는가 고대 고대하고 앉았더니 창망한 구름 밖에 지나가고 동방의 실솔성[72]뿐이로다. 객창한등[73]에 독수공방이 아니 민망한가. 내 심회 썩는 이 내 간장이라. 슬프다. 낭자의 화상이 수시로 변하니 무슨 연고 있삽는지 자나 깨나 병이 되어 한심하니 이 아니 가련한가. 짐작건대 우리 낭자 공방 동침 설워말고 안심하여 지내시면 속속키 내려가서 기리던 정화를 이루려 하고 반가운 말씀이나 아니 할까. 녹약춘풍에 해는 어이 그리 길고 길고 일각이 여삼추라 할 말씀 무궁하되 일필로난기[74]로다. 그만 그치노라.」

하였거늘, 읽기를 다하매 양춘이 통곡하여 왈,

"어머님은 아버님 편지 왔으니 어찌 반기지 아니하시니이까."

하며 동춘이를 붙들고 방성통곡하는지라. 상공 부처 왈,

"선군이 내려오면 정연히 죽기로 할 것이니 어찌 하여야 할꼬."

하며 노복을 불러 의논하되 한 종이 여쭈오되,

"거순에 서방님을 모시고 한 곳에 가오니 사람들이 이르되, 임진사

---

72) 실솔성(蟋蟀聲): 귀뚜라미 울음소리.

73) 객창한등(客窓寒燈): 객창에 비치는 쓸쓸한 불빛.

74) 일필난기(一筆難記): 한 붓으로 이루 적을 수 없다는 뜻으로, 내용이 길거나 복잡하여 간단히 기록하기 어려움을 이르는 말.

댁 규슈가 천하절색이라 하니 혼사하면 그 낭자가 어떠하올지 모르거
니와 응당 낭자 잊고 임진사 댁 처자에게 혹하리다."

하고

"미리 청혼함이 옳다"

하고 고한대 상공 대왈,

"네 말이 가장 옳다."

하고 즉시 임진사 댁에 가니, 진사 반기여 연접 왈,

"어찌 귀객이 [누지에 와 계시니이까."

상공이 딕왈

"자식 선군이] 슈경낭자로 연분을 맺어 자식 남매를 낳아 두고 불행
하여 낭자가 죽었은즉 선군이 내려오면 분명 병이 날 듯하기로 불고염
치하고 청혼코저 왔나이다."

하거늘 진사 왈,

"거순 칠월 망일에 한림과 부인을 보니 천상 선관 선녀와 상대한 듯
하거늘 말을 허락하였삽다가 한림의 마음에 합당치 못하면 그 아니 가
련하오리까."

재삼 당부하다가 허락하거늘 상공이 대왈,

"한림이 금월 망일에 진사 댁 문전에 지날 것이니 그날로 행례하사
이다."

하고 집으로 돌아와 납채75)를 보내고 선군 오기를 기다리더라.

이때, 한림이 청사관대 백옥홀을 잡고 금안준마 상에 천기를 받치고
주막 앞에 내려오니 남녀노소 없이 길을 덮어 구경하더라. 슬프다. 선

---

75) 납채(納采): 신랑 집에서 신부 집에 혼인을 구함. 또는 그 의례.

군이 아무리 영화로 내려온들 어찌 즐거운 마음이 있으리요 하더라.

선군의 마음이 자연 곤하여 잠을 잠깐 졸더니 비몽 간에 낭자 와서 일러 왈,

"첩의 몸이 유명은 다르나 낭군의 장원급제하여 내려온 편지를 듣삽고 마중을 나와 반가운 마음이 측량없사오나 유명이 다른지라 영화를 한가지로 보지 못하오니 어찌 가련치 아니하오리까. 가는 길에 양춘, 동춘 남매를 부탁하오니 애휼이 여기소서."

울며 가거늘, 한림이 잠을 깨어 마음이 비창하여 길을 재촉하여 내려오는지라.

이때에 상공이 주육을 갖추어 진사 댁에 고대하더니 한림이 청홍개[76]를 띄우고 화동을 앞세우고 주막 앞에 내려오거늘 상공이 한림의 손을 잡고 반기여 왈,

"네 급제하여 한림학사로 금일 환향하니 반가운 마음이 측냥 없도다. 그러나 내 생각하니 네 벼슬이 한림학사에 있고 또한 가세가 요족하니 두 부인을 둠이 마땅하다."

하고 말씀하되,

"진사 댁 규슈는 재덕이 천하제일일 뿐 아니라 시서백가를 무불통지하는지라. 저리로 청혼하였기로 지금 왔노라"

하고 만단으로 개유[77]하니 선군이 고왈,

"간밤에 꿈을 얻었사오니 낭자 몸에 피를 흘리고 소자 곁에 앉아 뵈오니 무슨 연고 있삽는지 알 수 없사오니 낭자의 말씀을 듣고 결정하

---

76) 청홍개(靑紅蓋): 임금이나 중국 사신의 행렬에 쓰던 의장(儀仗)으로 수레 위에 받쳐 햇빛을 막는 양산.
77) 만단개유(萬端改諭): 여러 가지로 타이름.

리다."

하고 길을 재촉하여 가려 하거늘 상공이 왈,

"혼인은 인간대사라 부모가 육례를 갖추었으니 네 영화를 내 안전에
뵈이는 것이 자식의 도리라 한대 고집하여 임소저 종신대사를 그르치
게 하니 부자간의 뜻이 다르도다."

한림이 부답하고 가기만 재촉하니 하인들이 여쭈오되,

"한림 깊이 생각하옵소서."

하거늘, 한림이 하인을 물리치고 말을 달려가거늘 상공이 하릴없어 말
을 타고 급히 달려오거늘 집 앞에 다달아 선군을 보고 일러 왈,

"네 과거길 떠난 후로 수일 밤 낭자 방으로서 남정 소리 들리거늘
괴이하여 낭자더러 물은 즉 '매월로 수작하였노라.' 하매 즉시 매월을
불러 물은 즉, '낭자 방에 간 일이 없다.' 하기로 부모 소견에 의심하여
약간 경계하였더니 낭자 인하여 자결하였으니 이런 망극한 일이 어디
있으리요."

하니 선군이 이 말을 듣고 대경질색하여 왈,

"아버님이 임진사 댁의 혼사를 하려 하시고 속이리이까."

하고 급히 중문에 다다르니 애연한 울음소리 들리거늘 급히 들어오니
양춘이 동춘을 안고 어머님 신체 엎드러져 울거날 한림 그 거동을 보시
고 천지가 아득하여 기절하였다가 겨우 진정하고 옥 같은 가슴에 칼을
꽂고 누웠거늘 한림이 울며 왈,

"아무리 그런들 어찌 그저 칼도 아니 빼었나이까."

하고 칼을 잡아 빼니 칼 뺀 구멍으로 파랑새 세 마리가 날아가되 하나
는 한림 어깨 앉아 울되, ['하면목 하면목' 하고, 또 한 마리는 양춘의
어깨 앉아 울되] '유자심 유자심' 하고, 하나는 동춘이 머리에 앉아 울

되, '소애자 소애자' 하니, '하면목 하면목'은 무슨 면목으로 한림을 보리오 하는 소리요. '유자심 유자심'은 양춘아, 양춘아 동춘을 부대 울리지 말고 잘 달래라 하는 소리요, '소애자 소애자' 하는 말은 너를 두고 가니 눈을 감지 못하겠다 하는 소리로다. 파랑새 셋은 낭자 삼혼이라. 낭자를 망종하고 가는 새라. 그날부터 낭자 신체가 점점 썩는지라. 한림이 낭자의 신체를 안고 슬피 울며 왈,

"가련타 동춘아 양춘을 울리지 말라. 불쌍코 절통하다. 저 낭자야 이제 가면 언제 다시 올꼬. 백년언약도 허사로다."

복통[78]하더니

"우리 낭자 날 버리고 어디 가나이까."

하고

"원통한 산정 낭자야 꿈에나 보일런가. 무상하다 우리 낭자. 날 데려가소서. 제발 덕덕 날 데려가소. 원수, 원수로다 과거길이 원수로다. 급제도 내가 싫고 금의옥식[79]도 내사 싫고 우리 낭자 일시를 못 보아도 삼추같이 여겼더니 애고애고 우리 낭자 완연히 이별이 되었으니 어느 날에 다시 오며 어느 날에 다시 볼꼬. 황천이나 가면 만나 볼까. 죽기 전에 다시 보기 어렵도다. 처량한 양춘아 너의 동춘을 어이할꼬."

미친 듯 취한 듯 다니거늘 양춘이 여쭈오되,

"어머님 생시에 날더러 하옵기를, '천만 번 애매한 죄로 황천에 돌아가니 어찌 눈을 감고 가리요. 너의 아버님 급제하여 내려와 도임할 제 입힐 관대 없다' 하고 관대를 짓다가 한 편에는 날개를 수놓고 또 한

---

78) 복통(腹痛): 몹시 원통하고 답답하게 여김. 또는 그런 마음.
79) 금의옥식(錦衣玉食): 비단옷과 흰쌀밥이라는 뜻으로, 호화스럽고 사치스러운 생활을 이르는 말.

편에는 범의 모양 수놓고 이런 변을 당하여 황천에 돌아간다 하더이다."
하고 방성통곡하니 한림이 관대를 내어보니 기가 막혀 가슴이 답답하
니 한림이 생각하되,

'당초에 매월로 수청하였더니 낭자를 만난 후로 저를 아주 버렸더니
흉악한 년이 낭자를 음해함이로다.'
하고 즉시 비복을 호령하여 매월을 잡아오라 하니 비복 등이 청명하고
매월을 호령하여 잡아 앉히고 국문하여 왈,

"죽기 전에 너의 죄를 아뢰라."

매월이 울면서 아뢰되,

"소녀는 후회할 일 없나이다."

한림이 더욱 분노하여 왈,

"결박하라."

하니 매월이 고하되, 한림이 더욱 분을 이기지 못하여 칼을 잡아 빼어
이를 갈며 달려들어 매월을 죽이고 간을 내어 씹으며 매월과 함께 낭자
를 해하던 돌수를 잡아 죽이고 왈,

"원통하다. 이런 일 또 어디 있으리오."

하니 상공 부처도 눈물만 흘리더라.

이적에 한림이 낭자를 장사하려 하고 범백[80]을 차리더니 그날 밤 꿈
에 낭자 머리를 삭발하고 옥 같은 몸에 피를 흘리고 완연히 들어와 낭
군 곁에 앉아 왈,

"슬프다. 낭군이 옥석을 분별하여 첩의 애매한 일을 살펴주옵시니
이제는 죽은 혼백이라도 원이 없사니이다. 다만 자녀를 두고 낭군을

---

80) 범백(凡百): 갖가지의 모든 것.

다시 보지 못하고 고혼이 되었으니 원통함이 구천에 사무쳤도다. 첩의
영장을 신산에도 묻지 말고 구산에도 묻지 말고 옥연동 못 가운데 넣어
주옵소서. 만일 그렇지 아니하면 첩의 소원을 이루지 못할 뿐 아니라
선군의 신세와 자녀 등이 말이 못 될 듯하오니 부디 첩의 소원대로 하
여 주옵소서."
하고 간 데 없거늘 깨달으니 한 꿈이라. 몽사를 부모께 설화하고 가기
를 정하여 장례를 갖추어 행상을 하니 땅에 붙고 요동치 아니하거늘,
한림이 양춘, 동춘을 상복 입혀 앞세우고 한림도 말을 타고 앞서니 그
제야 행상이 순히 가더라.

　이윽하여 옥년동 못가에 다다르니 못물이 창일[81]하고 수광은 첩첩하
더라. 한림이 무수히 탄식하더니 이윽하여 천지가 아득하며 일월이 희
미하더니 창일한 물이 간 데 없거늘, 그리 여겨 영위[82]를 넣었더니 이때
뇌성벽력이 천지진동하며 오운이 영롱하더니 경각에 태백산이 창일하
거늘 한림 망극하여 탄식하여 제문 지어 절할 새 그 축문에 하였으되,
　「백선군은 감소고우 옥낭자 영위지하에 슬프다.」
하고,
　「삼생연분이 그대를 만나 원앙비취지락을 백년이나 바랐더니 조물
이 시기하고 귀신이 작개하니 낭자의 운빈옥태 일조에 고혼이 되어 황
천에 돌아가시니 어찌 가련치 아니하리오. 낭자는 세상만사 다 버리고
구천에 돌아가거니와 선군은 어린 자식을 데리고 뉘를 믿고 사오리까.
슬프다. 낭자의 신체나 동산에 묻어두고 무덤이나 보자 하였더니 신체

81) 창일(漲溢): 물이 불어 넘침.
82) 영위(靈位): 혼백(魂帛)이나 신위(神位)의 통틀어 일컬음.

를 물 가운데 넣으니 어찌 원통치 아니하리오. 유명이 현수하니 우리 정이야 범연[83]하리오. 답답하고 애달프다 원한이 골수에 맺혔으니 낭자의 옥태화용[84]을 어느 때 다시 볼꼬. 가련타 일배주로 고혼을 위로하고 운감하옵소서.」

하며, 엎드려 통곡하니 초목금수 다 슬허하는 듯하더라. 제를 파하고 집으로 돌아와 사창한등[85]에 묵묵히 앉았으니 그 한숨 회포를 뉘가 다 측량하오. 자녀 등을 데리고 밤을 지냈더니 비몽 간에 낭자 곁에 앉아 양춘, 동춘의 머리를 만지며 왈,

"낭군은 유정한 세월을 어찌 허사로 보내시나이까. 첩의 연분이 영결종천되었으니 인연 그친 첩을 생각지 말고 부모님 정하신 임소저를 취하여 백년해로하옵소서. 양춘, 동춘아 날 그리워 어이 살리."

하고 울며 가거늘, 한림이 반겨 깨달으니 한 꿈이라. 낭자의 말소리 귀에 쟁쟁, 꽃다운 얼굴이 눈에 삼삼하여 주야로 애통하더라.

각설이라. 이때 임소저 한림 댁 소식을 듣고 주야로 죽고저 하되, 부모 만류하는 고로 차마 죽지 못하고 세월을 보냈더니 임소저의 정상이 가긍하단 말이 원근에 진동한지라. 상공 부처 이 말을 듣고 한림을 불러 혼사를 권하여 왈,

"우리 연광이 반이 넘었으되, 슬하의 믿는 바 다만 너뿐이로 사람의 팔자 무상하여 낭자를 죽였으니 그 아니 원통하랴마는 그러나 죽은 사람 생각지 말고 우리 마음을 위로하여 혼연 날을 가려 임소저를 취하여 종신대사를 생각하라."

---

83) 범연(泛然): 보기에 차근차근한 맛이 없이 데면데면한 데가 있음.
84) 옥태화용(玉態花容): 옥 같은 태도와 꽃 같은 얼굴.
85) 사창한등(紗窓寒燈): 창가에 쓸쓸히 비치는 등불.

하거늘 한림이 고왈,

 "소자 이제 자식 남매를 두었으니 취처 아니 한들 관계하리까."

 상공이 하릴없어 할 말도 못하더라 한림이 자녀 등을 데리고 세월을 보냈더니 일일은 한림이 한 꿈을 얻으니 낭자 와서 가로되,

 "낭군이 어찌 첩을 생각하고 좋은 인연을 버리려 하시나이까?"

한대 한림 왈,

 "그대를 좇고자 하나이다."

한대 낭자 왈,

 "첩을 보려 하거든 세심강 죽임도를 찾아옵소서."

 한림이 깨다르니 한 꿈이라. 양춘다려 일너 왈,

 "잠깐 가 보고 오려하니 동춘을 울리지 말고 잘 달래면 수이 다녀오마."

 할 제 양춘이 울며 왈,

 "어머님을 보시거든 데려옵소서."

 당부하더라.

 한림이 부친께 여쭈오되,

 "소자 집을 떠나 두루 돌아 산수를 구경하고 돌아오리다."

하며 하직하고 세심강을 찾아갈 제, 수십 리를 가 한 곳에 다다르니 일락서산[86]하고 월출동명[87]이라. 수광은 첩첩하고 월색은 만정한데 무심한 기러기는 월하에 슬피 울며 속객의 수심을 자아내고, 유이한 두견성을 불여귀를 일삼을 제 시냇가에 수양 천만산은 춘흥을 자랑하는 듯 만산백화 중에 향기 찾는 봉접들은 유정한 임의 정을 다 찾는 듯, 황금

---

86) 일락서산(日落西山): 해가 서산으로 떨어지다.
87) 월출동명(月出東明): 달이 뜨니 동쪽이 밝아진다.

같은 꾀꼬리는 비거비래[88] 벗을 찾아 날았나니 이내 간장 썩는 바니 간담이요 생각하니 수심이라. 보고지고 보고지고 우리 낭자 보고지고. 막막한 청강 상의 갈 바를 모르더니 홀연히 바라보니 분명한 선동이라. 표주선을 타고 이리저리 강상의 오거늘 반가이 불러 문왈,

"저 선동은 어디로 오시나이까. 이내 정상 살펴 세심강 죽임도로 인도하여 쥬옵소서."

동자 대왈,

"귀댁은 경상도 안동 땅 소백산 하에 사는 백한림이시니까? 나는 동정 황용의 명을 받아 한림 가는 길을 인도 왔나이다."

깊이 배를 태우고 가기를 청하거늘 한림이 그 배에 오르니 선동이 뱃머리에 앉아 퉁소만 불되 살같이 가며 경각에 수천 리 바다를 건너더라. 강가에 배를 매고 선동이 왈,

"이리 수십 리를 가면 죽임도 있삽고 이 강 이름은 세심강이라 하나이다."

하거늘 한림이 선동을 하직하고 죽임도를 찾아가니 송죽은 탕천하고 황앵 십이로다. 난봉은 날아들고 공작은 우지진다. 낙낙장송은 군자의 절개로다. 녹죽은 열녀로다. 층암절벽은 병풍같이 둘러있고 백화만발하여 빛을 다투는 듯 청충은 향내를 부려내고 객의 마음을 반갑게 하고 청강녹수 중에 벗 부르는 꾀꼬리는 편편이 왕래하고 산수도 그리하다. 별유천지 그 아랜가. 무심한 새 짐승도 속객을 보고 반기는 듯, 경물을 구경하더니 이때에 시절은 춘삼월이오 해는 석양이라.

울적한 심회를 금치 못하여 낭자 보고 싶은 마음을 겉잡지 못하여

---

88) 비거비래(飛去飛來): 날아가고 날아옴.

춘색도 구경하며 행심 일경 들어가니 연당이 있으되 사면에 녹양이오 천만사 드리웠으되 봄빛을 자랑하고 연당 속으로 수각을 지었으되 정쇄[89]하여 반공에 솟아 있고 풍편에 풍경 소리 들리거늘 이 아니 선경인가. 사면으로 동정을 살펴보니 한 여동자 나와 문왈,

"어떠한 속객이건대 선경을 임의로 들어왔나이까."

하거늘 한림이 대왈,

"나는 경상도 안동 땅 소백산 하에 사는 백선군일러니 천상연분으로 수경낭자를 보러 왔노라."

하니 여동자 대왈,

"옳소이다. 우리 낭자께서 한림이 오시리라하고 옥황상제께 수명하옵고 주야로 기다리온지 이미 오래라. 한림이 오지 아니한 고로 기다리지 못하여 오늘 도로 천상으로 올라갔사오니 오시거든 애연한 정이나 고하라 하시더이다."

한대 한림이 이 말을 들으매 간담이 떨리는 듯 하는지라. 다시 빌어 왈,

"저 여동자는 가련한 속객을 불쌍히 여겨 아무쪼록 낭자를 보게 하여 주옵소서."

한대 선녀 대왈,

"한림은 낭자 없다 한 말 말고 잠깐 들어와 요기나 시켜주옵소서."

하고 가기를 인도하거늘 한림이 들어가니 낭자 생각하되 내 낭군을 이렇듯이 희롱하면 분명 병이 될 것이니 하릴없어 문을 열고 내달아 한림의 손을 잡고 울며 왈,

"양춘, 동춘을 뉘게 맡기고 이곳에 왔나이까?"

---

89) 정쇄(精灑): 매우 맑고 깨끗함.

한림이 낭자를 보매 정신이 아득하여

"꿈인가 생신가 꿈이면 깰까 염려로다."

하며 붙들고 통곡하며 왈,

"아무리 원통하다고 날 버리고 이곳에 있나이까?"

낭자와 선군이 원통한 말을 설화하고 못내 반기더라.

낭자 왈,

"낭군이 나를 찾아왔으나 자연 고단함을 생각하니 어찌 한심치 아니하리오. 첩이 생각하여 옥황상제께 원정지어 올린즉, 불쌍히 여기사 나의 연분을 다시 허락하였사오나 첩의 소견은 인간에 다시 나가 삽지 못하기로 이곳에 정하였사오니 낭군은 마음이 어떠하오니까?"

한림이 왈,

"낭자의 마음이 그러하오면 부모와 자식을 이곳으로 데려오사이다."

낭자 왈,

"첩이 부모에게 정이 부족함이 아니라 지금 내 몸이 달라 인간 사람과 함께 살지 못할 사정이오니 난처하여이다."

한림이 왈,

"부모님께서 다른 자식 없고 믿는 바 나뿐이라 우리 여기 있고 가지 아니 하오면 부모님이 의탁할 곳이 없사오니 낭자는 다시 생각하옵소서."

낭자 묵연양구[90] 왈,

"사세 그러하올 듯하니 또한 생각건대 임소저 정상이 가긍하며 제 팔자도 그르칠 것이니 낭군이 이제 임소저를 취하여 부모님을 모시게

---

90) 묵연양구(默然良久): 한참을 묵묵히 있다가.

하옵소서."

한림이 왈,

"낭자를 생각건대 임소저에게 뜻이 없는지라."

낭자 왈,

"장부의 말이 아니라. 한림이 어지 두 아내를 못 두오리까. 사람의 마음은 다 일반이라. 임소제인들 마음이 다르리이까. 그때에 낭군 첩을 생각하여 임소저의 혼사 파하였사오니 임소저의 정상이 가련하오며 또 부모님 슬하에 다른 자부 없사오니 임소저를 행하여 부모님을 모시게 하옵고, 양춘, 동춘은 데려옵소서."

한대 한림이 옳히 여기고 돌아와 부모님께 낭자 만난 말과 낭자 하던 말을 낱낱이 아뢰오니 부모님이 들으시고 애연히 여기니 다시 못 보심을 하릴없이 한탄하더라. 한림이 별당에 가니 양춘, 동춘이 내달아,

"어머님은 아니 오시나이까?"

한림이 왈,

"수이 보내리라."

하고 상공께 여쭈오되 기일을 다시 가려 임진사 댁에 보내니 진사 보고 대희하더라.

기일이 당하매 상공과 한림이 길을 차려 임진사 댁에 당도하여 초배석에 내려가 예할 새, 한림과 낭자 거동은 선관 선녀같이 광채 찬란하더라. 예필[91] 후에 한림이 샛방에 들어가 임소저와 작배하니 그 거동은 원앙이 넘노는 듯하더라. 그간 좋은 일 어찌 다 기록하리요.

이튿날 소저는 상공께 뵈옵고 한림은 진사 부부께 뵈올 제 운빈옥태

---

91) 예필(禮畢): 예식이나 인사를 끝마침.

는 월궁선녀라도 당치 못할러라. 제 삼일로 신행을 차려 임소저를 권귀하고 한림이 낭자를 잊지 못하여 즉일로 세심강 죽임도를 행하니라.

낭자 웃어 왈,

"신부를 얻으니 그 재미가 어떠하시니까?"

한림이 웃어 왈,

"내 또 취처하기는 낭자의 이르던 바라."

하고 못내 즐기더라.

후일에 낭자 왈,

"한림은 급히 가서 자녀 등을 데려옵소서."

한림이 즉시 나와 부모께 뵈옵고 임낭자께 가 밤을 지내고 양춘, 동춘을 데려다가 낭자에게 보이니 낭자 내달아 양춘을 붙들고 문왈,

"그사이 날 그리워 어찌했나, 동춘을 울리지 아니하였나"

낯을 한데 대고 동춘을 젖 먹이며 서로 붙들고 우니 일월이 무광하고 초목금수 다 슬허하는 듯하니 한림도 또 슬피 울 제 양춘 왈,

"모친은 그 사이에 어디를 가 계시다가 이곳에 와 우리를 서로 만나 그리던 정회를 설화하니 상제가 지시함이로소이다."

하며 못내 반기더라.

이때 한림은 이리저리 래왕하다가 세월이 여류하여 상공 부부 연만하여 병환이 나매 백약이 무효하여 하루는 한림을 불러 말씀하다가 상공 부부 함께 구몰하니 한림 부부 애통망극하여 초종례를 극진히 하여 선산에 안장하고 삼 년 초례를 극진히 지냈더니 임부인께 아들 형제와 딸 하나를 두었으니 장자 이름은 만춘이요, 차자 이름은 [경춘이요, 딸의 이름은] 계춘이라. 그 자녀 등이 다 장성하매 소년등과하여 이름이 조정에 진동하더라.

각설이라. 한림과 낭자 나이 연장 구십에 지낸지라.

"우리는 천상 사람이오니 머물지 못할 사람이요 또한 상제께서 응당 기다릴 듯하오니 선영향화는 임부인과 자녀 등에게 맡기고 우리 부부 는 자녀 등을 데리고 천상으로 가사이다."

한림이 옳히 여겨 임부인과 자녀 등을 불러 서로 영이별할 때 일월이 무광하고 초목금수 다 슬허하는 듯하더라.

"이제 한림이 천상으로 올라가시면 첩은 소식도 못 들을 듯하니 그 아니 가긍하오리까"

한림 왈,

"그는 염려마옵소서 일 년 일차의 소식이 아니 있을까."

임부인이 슬픔을 머금고 서로 영이별하니라.

한림과 낭자와 양춘, 동춘을 데리고 천상으로 올라갈 때 오운이 자욱 하고 서기 세심강에 어리었더라. 한림 부부 자녀 등이 다 학을 타고 구름 속에 싸여 승천하니라.

각설이라 이때 한림과 낭자 승천하여 상제께 뵈오니 상제 웃어 왈,

"그대 등이 인간에 가 재미 어떠하더냐?"

하시더니 한림 부부 그 수고함을 이기지 못하더라. 상제 분부하여 처소 로 가니라.

이때 임부인과 자녀 등이 주야로 한림을 생각하는지라. 한림이 비록 천상에 있으나 짐작하고 달리 구름을 타고 공중에서 일봉 서찰을 임부 인 전 내려보내니 일로 더욱 애통하더라. 자녀들도 슬허하더라. 그 자 녀 등이 경성에 올라 조년등과하여 뉘 아니 칭찬 아니 할 이 없더라. 임부인의 나이 팔십오 세라 우연 득병하여 세상을 영이별하여 자녀 등 과 노복이 다 선산에 안장하더라. 임부인의 혼이 천상으로 올라가서

한림을 만나 서로 고생한 말을 설화하더라. 그 후로 한림 댁 집안이 무진흥성함으로 사람마다 한림의 집안을 못내 칭찬하더라.

참고문헌

1. 기본 자료

이 책에서 살핀 개별 이본은 [부록]에 실린 이본 목록으로 대신함.

≪매일신보≫, ≪중외일보≫, ≪조선일보≫

가라문화연구소 편, 〈수겡옥낭좌전〉, 『加羅文化』 9, 경남대 가라문화연구소, 1991.

고려서림, 『(고전소설 제5집) 숙영낭자전』 1-2, 고려서림, 1986.

김광순 편, 『(필사본)한국고소설전집』 19·32·33·44·48·52·69, 경인문화사, 1993.

김동욱, W.E.Skillend, D.Bouchez 공편, 『영인 고소설 판각본 전집』 4, 나손서실, 1975.

김동욱, 박노춘, 『영인 고소설 판각본 전집』 2, 연세대학교인문과학연구소, 1973.

김선현·최혜진·이문성·이유경·서유석, 『숙영낭자전의 작품세계』 1~3, 보고사, 2014.

김진영 외, 『춘향전 전집 ①』, 박이정, 1997.

문화재관리국편, 『무형문화재조사보고서』 12, 한국인문과학원, 1998.

박송희 편, 『박녹주 창본』, 집문당, 1988.

박종수 편, 『(나손본)필사본고소설자료총서』 26~27, 보경문화사, 1991.

월촌문헌연구소 편, 『한글필사본고소설자료총서』 6·69·70·71·75·76·79, 오성사, 1986.

조동일 편, 『조동일소장 국문학 연구자료』 10, 박이정, 1999.

2. 논문

강윤정, 「박동진 창본 숙영낭자전 연구」, 『구비문학연구』 20, 한국구비문학회, 2005.

강진옥, 「욕구형 원혼설화의 형성과정과 변모양상」, 『한국문화연구』 4, 이화여자
　　　대학교 한국문화연구원, 2003.

경일남, 「고전소설에 삽입된 제문의 양상과 의미」, 『어문연구』 38, 어문연구학회,
　　　2002.

김경미, 「동아시아 고대의 여성 사상」, 『한국여성학』 21-1, 한국여성학회.

김균태, 「〈우렁이 색시〉 각편의 유형과 의미」, 『문학치료연구』 14, 한국문학치료학
　　　회, 2010.

＿＿＿, 「16세기 사림파의 문학관과 강호시」, 『한남어문학』 14, 한남대학교 한남어
　　　문학회, 1988.

김남석, 「1930년대 〈숙영낭자전〉의 창극화 도정 연구 - 1937년 2월 조선성악연구
　　　회의 공연 사례를 중심으로」, 『열상고전연구』 59, 열상고전연구회, 2017.

김동국, 「회심곡 연구」, 고려대학교 박사학위논문, 2004.

김미령, 「숙영낭자전 서사에 나타나는 대중성」, 『남도문화연구』 25, 순천대학교남
　　　도문화연구소, 2013.

김상봉, 「감성의 홀로주체성」, 『기호학연구』 14, 한국기호학회, 2003.

김상훈, 「〈심청가〉 '범피중류' 대목의 형성과 갈래 간 교섭 및 작품변모사적 의미」,
　　　『판소리연구』 36, 판소리학회, 2013.

김선경, 「조선후기 여성의 성, 감시와 처벌」, 『역사연구』 8, 역사학연구소, 2000.

김선현, 「고전소설에 나타난 자살 모티프 양상 연구」, 숙명여자대학교 석사학위논
　　　문, 2008.

＿＿＿, 「숙영낭자전에 나타난 여성 해방 공간, 옥연동」, 『고전문학과 교육』 21,
　　　한국고전문학교육학회, 2011.

＿＿＿, 「숙영낭자전 이본 현황과 변모 양상 연구」, 『어문연구』 162, 한국어문교육
　　　연구회, 2014.

＿＿＿, 「숙영낭자전의 이본과 공간 의식 연구」, 숙명여자대학교 대학원 박사학위
　　　논문, 2015.

김성혜, 「조선일보의 국악기사(2)-1920~1940년」, 『한국음악사학보』 13, 한국음악
　　　사학회, 1994.

김일렬, 「고전소설에 나타난 가족의식」, 『동양문화연구』 1, 경북대학교 동양문화연
　　　구소, 1974.

김일렬, 「비극적 결말본 숙영낭자전의 성격과 가치」, 『어문학』 66, 한국어문학회, 1999.

———, 「소설의 민요화 – 숙영낭자전과 옥단춘요를 대상으로」, 『어문론총』 16, 경북대학교 국어국문학과, 1982.

———, 「조선조 소설에 나타난 효와 애정의 대립 – 숙영낭자전을 중심으로」, 서울대학교 박사학위논문, 1984.

김일렬, 「판소리 숙영낭자전의 등장과 탈락의 이유」, 『어문론총』 30, 한국문학언어학회, 1996.

김충실, 「숙영낭자전에 나타난 시련에 대한 연구」, 『이화어문논집』 7, 이화여자대학교 한국어문학연구소, 1984.

김한식, 「소설의 결말을 위한 시론」, 『프랑스어문교육』 7, 프랑스어문교육학회, 1999.

노재명, 「판소리 장시간 음반(LP)에 관한 연구」, 『한국음반학』 2, 한국고음반연구회, 1992.

류호열, 「숙영낭자전 서사 연구 – 설화·소설·판소리·서사민요의 장르적 변모를 중심으로」, 건국대학교 박사학위논문, 2012.

문복희, 「판소리 숙영낭자전 연구」, 『어문연구』 102, 어문연구학회, 1999.

박일용, 「가문소설과 영웅소설의 소설사적 관련 양상」, 『고전문학연구』 20, 한국고전문학연구회, 2001.

서유석, 「고소설에 나타나는 여성적 공간과 장소의 의미 연구: 〈숙영낭자전〉의 '옥련동'을 중심으로」, 『어문논집』 58, 중앙어문학회, 2014.

서혜은, 「영남의 서사 〈숙영낭자전〉의 대중화 양상과 그 의미」, 『인문연구』 74, 영남대학교 인문과학연구소, 2015.

성기련, 「일제 강점기 판소리 연행문화의 변동 : 조선성악연구회를 중심으로」, 『서울대학교 동양음악』 23, 서울대학교 동양음악연구소, 2001.

성기련, 「1930년대 판소리 음악 문화 연구」, 서울대학교 대학원 박사학위논문, 2003.

성현경, 「숙영낭자전과 숙영낭자가의 비교」, 『판소리연구』 6, 판소리학회, 1995.

손경희, 「숙영낭자전 연구」, 연세대학교 대학원 석사학위논문, 1986.

손유경, 「1920년대 문학과 동정(sympathy) – 김동인의 단편을 중심으로」, 『한국현대문학연구』 16, 한국현대문학회, 2004.

신헌재, 「감성 소통을 위한 문학교육의 방법」, 『학습자중심교과교육학회지』 8-2, 학습자중심교과교육학회, 2008.

심경호, 「조선시대 한문학에 나타난 인간과 자연의 관계 방식에 대하여」, 『한국학논집』 41, 계명대학교 한국학연구원, 2010.

양민정, 「디지털 콘텐츠 개발을 위한 고전소설의 활용 방안 시론」, 『외국문학연구』 19, 한국외국어대학교 외국문학연구소, 2005

우수진, 「초기 가정비극 신파극의 여주인공과 센티멘털리티의 근대성」, 『한국근대문학연구』 13, 한국근대문학회, 2006.

유승희, 「19세기 여성관련 범죄에 나타난 갈등양상과 사회적 특성 – 추조결옥록(秋曹決獄錄)을 중심으로」, 『대동문화연구』 73, 성균관대학교 대동문화연구원, 2011.

윤경수, 「숙영낭자전의 신화적 구성과 분석」, 『연민학지』 7, 연민학회, 1999.

윤분희, 「박록주 창본 숙영낭자전 연구」, 『어문논집』 6, 민족어문학회, 1996.

_____, 「한국 고소설의 서사구조 연구 – 결말처리 방식을 중심으로」, 숙명여자대학교 박사학위논문, 1997, 10쪽.

이   선, 「감성으로서 에스테틱」, 『동서철학연구』 47, 동서철학회, 2008.

이유경, 「'낭만적 사랑이야기'로서의 〈숙영낭자전〉 연구」, 『고전문학과 교육』 28, 한국고전문학교육학회, 2014.

이주영, 「근대 전환기 고전소설의 대응 양상과 그 의미 – 박건회 편집 및 개작 소설을 중심으로」, 『국문학연구』 17, 국문학회, 2008.

이창헌, 「고전소설 텍스트 선정과 관련된 몇 가지 문제」, 『한국고전소설과 서사문학』, 1998.

이태화, 「일제강점기의 판소리 문화 연구」, 고려대학교 대학원 박사학위논문, 2012.

이희숙, 「숙영낭자전고」, 『한국어문연구』 8, 이화여자대학교 문리대학 한국어문학회, 1968.

이희우, 「괴팅겐대학 도서관 한국 고소설 자료 수집에 대하여」, 『관악어문연구』 9, 서울대 국어국문학과, 1984.

임성래, 「대중소설연구」, 『열상고전연구』 6, 열상고전연구회, 1993.

임성래, 「방각본의 등장과 전통 이야기 방식의 변화 – 남원고사와 경판 35장본 춘향전을 중심으로」, 『동방학지』 122, 연세대학교 국학연구원, 2003.

임형택, 「17세기 규방소설의 성립과 ≪창선감의록≫」, 『동방학지』 57, 연세대학교 국학연구원, 1988.

장경남, 「숙영낭자전의 한문본 재생연의 존재」, 『어문연구』 44(3), 한국어문교육연구회, 2016.

장병인, 「조선시대 성범죄에 대한 국가규제의 변화」, 『역사비평』 56, 역사비평사, 2001.

전상욱, 「방각본 춘향전의 성립과 변모에 대한 연구」, 연세대학교 박사학위논문, 2006.

전용문, 「숙영낭자전 연구 – 이본간의 대비를 중심으로」, 『논문집』 27, 목원대학교, 1995.

_____, 「숙영낭자전 異本考(2)」, 『어문학연구』 3, 목원대학교인문과학연구소, 1993.

정병헌, 「〈방한림전〉의 비극성과 타자(他者) 인식」, 『고전문학과교육』 17, 한국고전문학교육학회, 2009.

_____, 「〈사씨남정기〉의 인물 형상과 지향」, 한중인문학회 학술대회, 2009.

_____, 「판소리의 지향과 실창의 관련성 고찰」, 『판소리연구』 32, 판소리학회, 2011.

정선희, 「외국인을 위한 한국문화 – 가치관 교육 제재 확장을 위한 시론 : 〈숙영낭자전〉을 중심으로」, 『한국고전연구』 27, 한국고전연구학회, 2013.

정인혁, 「숙영낭자전의 "몸"의 이미지」, 『한국고전연구』 28, 한국고전연구학회, 2013.

정충권, 「토끼전 결말의 변이양상과 고소설의 존재 방식」, 『새국어교육』 71, 한국국어교육학회, 2005.

정혜경, 「조선후기 장편소설의 감정의 미학 : 〈창선감의록〉, 〈소현성록〉, 〈유효공선행록〉, 〈현씨양웅쌍린기〉를 중심으로」, 고려대학교 박사학위논문, 2013.

조희웅, 「한국 서사문학의 공간 관념」, 『고전문학연구』 1, 한국고전문학연구회, 1971.

주형예, 「19세기 한글통속소설의 서사문법과 독서경험 –여성이야기를 중심으로」,

『고소설연구』 29, 한국고소설학회, 2010.

지연숙, 「소현성록 의 공간 구성과 역사 인식」, 『한국고전연구』 13, 한국고전연구학회, 2006.

최기숙, 「'여성 원귀'의 환상적 서사화 방식을 통해본 하위 주체의 타자와 과정과 문화적 위치」, 『고소설연구』 22, 한국고소설학회, 2006.

_____, 「귀신을 둘러싼 문(文)·학(學)·지(知)의 다층적 인식과 복합적 상상력 – 조선시대 제문·묘지문과 서사에서 '귀(鬼)·신(神)'의 거리와 공통 감각」, 세계한국어문학회 추계학술대회 발표논문, 2011.

_____, 「도시 욕망 환멸: 18,19세기 "서울"의 발견」, 『고전문학연구』 23, 한국고전문학회, 2003.

_____, 「조선시대 감정론의 추이와 감정의 문화 규약 – 사대부의 글쓰기를 중심으로」, 『동방학지』 159, 연세대학교 국학연구원, 2012.

최동현, 「20세기 전반기 판소리 향유층의 변동과 음악의 변화」, 『판소리연구』 12, 판소리학회, 2001.

최수현, 「국문장편소설 공간 구성 고찰 – 〈임씨삼대록〉을 중심으로」, 『고소설 연구』 33, 한국고소설학회, 2012.

최시한, 「근대소설의 형성과 "공간"」, 『현대문학이론연구』 32, 현대문학이론학회, 2007.

최재웅, 「〈숙향전〉의 공간 구성 원리와 의미」, 『어문연구』 43, 어문연구학회, 2003.

최혜진, 「허난설헌, 욕망의 시학」, 『여성문학연구』 10, 한국여성문학학회, 2003.

탁원정, 「연작형 국문장편소설의 공간 구성과 그 의미 –〈쌍천기봉〉 연작을 중심으로」, 『고전문학연구』 45, 한국고전문학회, 2014.

한길연, 「대하소설 속 독특한 여성공간의 탐색을 통한 문학치료」, 『문학치료연구』 19, 한국문학치료학회, 2011.

3. 저서

국제문화재단 편, 『한국의 규방문화』, 박이정, 2005.

규장각한국학연구원, 『조선 여성의 일생』, 글항아리, 2010.

김기동, 『이조시대소설론』, 정연사, 1959.

김남일, 『근현대 한의학 인물실록』, 들녘, 2011.

김미현·최재남 외, 『한국어문학 여성주제어 사전』 3, 보고사, 2013.

김열규, 『가와 가문』, 서강대학교 인문과학연구소, 1989.

김일렬, 『숙영낭자전 연구』, 역락, 1999.

김종철, 『판소리의 정서와 미학』, 역사비평사, 1996.

김태준, 『조선소설사』, 예문, 1989.

김 현, 『현대소설의 담화론적 연구』, 계명문화사, 1995.

문화재관리국편, 『무형문화재조사보고서』 12집, 한국인문과학원, 1998.

명창박록주기념사업회 편, 『명창 박녹주 Life story』, 명창박록주기념사업회.

박무영·김경미·조혜란, 『조선의 여성들 – 부자유한 시대에 너무나 비범했던』, 돌
     베개, 2004.

박성의, 『한국고대소설사』, 일신사, 1964.

박일용, 『조선시대의 애정소설』, 집문당, 1993.

박 주, 『조선시대의 효와 여성』, 국학자료원, 2000.

성현경, 『한국소설의 구조와 실상』, 영남대학교출판부, 1981.

신기형, 『한국소설발달사』, 창문사, 1960.

우쾌재, 『한국가정소설연구』, 고려대민족문화연구소, 1988.

우한용, 『한국현대소설담론연구』, 삼지원, 1996.

유민영, 『한국근대연극사』, 단국대학교출판부, 2000.

이숙인, 『정절의 역사』, 푸른역사, 2014.

이재선, 『한국문학주제론』, 서강대학교출판부, 2006.

장석주, 『장소의 탄생』, 작가정신, 2006.

정노식, 『조선창극사』, 조선일보사, 1940.

정노식 저, 정병헌 교주, 『교주 조선창극사』, 태학사, 2015.

정병헌, 『판소리문학론』, 새문사, 1993.

_____, 『한국고전문학의 비평적 이해』, 제이앤씨, 2008.

정정렬, 『판소리 5명창 정정렬』, 신나라레코드, 1995.

조동일, 『서사민요연구』, 계명대출판부, 1979.

_____, 『한국문학의 갈래 이론』, 집문당, 1992.

_____, 『소설의 사회사 비교론』 2, 지식산업사, 2001.

조희웅, 『고전소설 이본 목록』, 집문당, 1999.

_____, 『고전소설 문헌 정보』, 집문당, 2000.

_____, 『고전소설 연구보정』, 박이정, 2006.

주왕산, 『조선고대소설사』, 정음사, 1950.

최기숙, 『환상』, 연세대출판부, 2003.

최시한, 『가정소설 연구』, 민음사, 1993.

최화성, 『조선여성독본:여성해방운동사』, 백우사, 1949.

탁원정, 『조선후기 고전소설의 공간의 미학』, 보고사, 2013.

한국고소설연구회 편, 『고소설의 저작과 전파』, 아세아문화사, 1994.

한국소설학회 편, 『공간의 시학』, 예림기획, 2002.

한국출판무역 고서부, 『고서통신』 15, 한국출판무역, 1999.

갸스통 바슐라르, 곽광수 역, 『공간의 시학』, 동문선, 2003.

데이비드 흄, 김성숙 옮김, 『인간이란 무엇인가』, 동서문화사, 2009.

로즈메리 잭슨, 『환상성』, 서강여성문학연구회 옮김, 문학동네 2001.

마르쿠스 슈뢰르, 정인모·배정희 역, 『공간,장소,경계』, 에코리브르, 2010.

막스 셸러 저, 조정옥 역, 『동감의 본질과 형태들』, 아카넷, 2006.

막스 셸러 저, 이을상 역, 『공감의 본질과 형식』, 지식을만드는지식, 2013.

막스 셸러 저, 이을상 역, 『동정의 본질과 형식』, UUP, 2002.

미셸 푸코, 오생근 역, 『감시와 처벌』, 나남출판, 2005.

볼프강 이저, 이유선 역, 『독서행위』, 신원문화사, 1993.

시모어 채트먼 저, 김경수 역, 『영화와 소설의 서사구조』, 민음사, 1990.

앤소니 기든스, 배은경·황정미 역, 『현대사회의 성 사랑 에로티시즘』, 1996.

에드워드 렐프, 김덕현, 김현주, 심승희 옮김, 『장소와 장소상실』, 논형, 2005.

오토 프리드리히 볼노, 이기숙 역, 『인간과 공간』, 에코리브르, 2011.

이-푸 투안, 구동회·심승희 역, 『공간과 장소』, 대윤, 2005.

조너선 컬러, 이은경·임옥희 옮김, 「정체성, 동일시, 그리고 주체」, 『문학 이론』, 동문선, 1999.

폴 블룸, 문희경 옮김, 『우리는 왜 빠져드는가? : 인간 행동의 숨겨진 비밀을 추적하는 쾌락의 심리학』, 살림, 2011.

Alastair Fowler, *the life and death of literary forms: New direction in literary history*, Routledge & Kegan Paul, London, 1974.

Cleanth Brooks & Robert Penn Warren, *Understanding Fiction*, Appleton–
Century–Crofts, Inc., 1959.

Thomas J. McCarthy, *Relationships of sympathy : the writer and the reader
in British romanticism*, Aldershot, England : Scolar Press ; Brookfield,
Vt. : Ashgate Pub. Co., 1997.

4. 기타

김기형, 〈숙영낭자전〉, ≪국립극장 미르≫, 2013년 8월호, 2013.
박태일, 〈어을빈을 바로 알자〉, ≪국제신문≫, 2014.04.02. 31면.
한국영상자료원(http://www.kmdb.or.kr/)
한국향토문화전자대전(http://www.grandculture.net/main/main.asp)

김선현(金善賢)

숙명여자대학교 국어국문학과에서 학사, 석사, 박사학위를 받았다.
현재 경상대학교 국제지역연구원 선임연구원으로 활동하며
숙명여자대학교와 금오공대에서 문학을 강의하고 있다.
고전 문학에 담겨진 인간들의 다양한 삶의 무늬와 시공간들을 찾아
의미를 풀어내는 데 관심을 두고 있다.

논문 「〈도랑선비 청정각시〉에 나타난 경계 공간의 서사적 함의」(2017)
　　　「〈심청전〉의 재구와 고전 콘텐츠」(2018) 외.

저서 『숙영낭자전의 작품세계』 1~3(공저, 보고사, 2014)
　　　『판소리사의 재인식』(공저, 인문과 교양, 2016)

한국서사문학연구총서 26
숙영낭자전의 이본과 여성 공간

2018년 4월 10일 초판 1쇄 펴냄

지은이 김선현
펴낸이 김흥국
펴낸곳 도서출판 보고사

책임편집 황효은
표지디자인 손정자

등록 1990년 12월 13일 제6-0429호
주소 경기도 파주시 회동길 337-15 보고사 2층
전화 031-955-9797(대표), 02-922-5120~1(편집), 02-922-2246(영업)
팩스 02-922-6990
메일 kanapub3@naver.com / bogosabooks@naver.com
http://www.bogosabooks.co.kr

ISBN 979-11-5516-795-3　93810
ⓒ 김선현, 2018

정가 22,000원